Marie Force

Bis du mich verzauberst

W0278914

Montlake

Das Buch

Der attraktive Nico ist der Bad Boy der Familie Giordino. Bei keiner Frau hält er es lange aus, Verantwortung ist für ihn ein Fremdwort. Bis er die zauberhafte Sofia Diaz und ihren süßen Sohn Mateo kennenlernt. Auch wenn er es selbst kaum glauben kann: Es ist Liebe auf den ersten Blick und er würde alles für Sofia tun.

Sofia hat viel durchgemacht, hinter ihr liegt eine schwierige Trennung. Obwohl sie sich zu Nico hingezogen fühlt, scheint es keine gute Idee zu sein, sich mit ihm einzulassen – sogar seine Schwestern warnen sie davor. Aber dann spitzt sich die Lage mit ihrem gewalttätigen Ex dramatisch zu. Nun muss Nico beweisen, dass er ein Mann ist, auf den man sich verlassen kann …

Die Autorin

Marie Force ist die Autorin von über 80 zeitgenössischen Liebesromanen, von denen etliche sich auf den Bestsellerlisten der New York Times, der USA Today und des Wall Street Journal platziert haben. In deutscher Sprache sind bisher die erfolgreichen Reihen »Gansett Island«, »Quantum«, »Neuengland« und »Miami Nights« erschienen.

Marie Force wurde in Rhode Island geboren, wo sie auch heute wieder mit ihrem Mann und ihren Hunden lebt.

Marie Force

Bis du mich verzauberst

MIAMI NIGHTS

Roman

Aus dem Amerikanischen
von Lotta Fabian

Montlake

Die amerikanische Ausgabe erschien 2022 unter dem Titel
»How Much I Want« bei HTJB, Inc., Portsmouth, Rhode Island.

Deutsche Erstveröffentlichung bei
Montlake, Amazon Media EU S.à r.l.
38, avenue John F. Kennedy, L-1855 Luxembourg
August 2022

Die Übersetzung dieses Buches wurde durch Amazon Crossing ermöglicht.

Umschlaggestaltung: bürosüd° München, www.buerosued.de
Umschlagmotiv: © Lopolo / Shutterstock;
© Galyna Andrushko / Shutterstock
Lektorat: Birte Lilienthal, Ute-Christine Geiler, Agentur Libelli GmbH
Gedruckt durch:
Amazon Distribution GmbH, Amazonstraße 1, 04347 Leipzig /
Canon Deutschland Business Services GmbH, Ferdinand-Jühlke-Str. 7,
99095 Erfurt /
CPI books GmbH, Birkstraße 10, 25917 Leck

ISBN: 978-2-49671-173-8

www.montlake.de

Kapitel 1

Sofia

Nachdem Marlene mir erklärt hat, wie schnell der Reis und die Bohnen matschig werden können, wache ich mit Argusaugen über das *moro*. Ich drehe die Flamme am Gasherd runter und rühre in dem riesigen Topf, um zu verhindern, dass sich der Reis am Boden festsetzt. Marlene sagt, das sei ein echter Balanceakt. Die Bedeutung von dem Ausdruck musste ich im Wörterbuch nachschlagen und weiß jetzt, man verwendet ihn, wenn man sich um zwei oder mehr Sachen gleichzeitig kümmern muss. Heute sind das eine der Reis und die Bohnen und das andere die Aufmerksamkeit des Mannes, der mein Herz zum Rasen bringt, wenn er mich auf diese ganz spezielle Art und Weise ansieht.

Nico Giordino.

Seine Schwestern und seine Cousine haben mich vor ihm gewarnt.

Maria behauptet, sein Umgang mit Frauen sei toxisch. Das Wort »toxisch« musste ich ebenfalls nachschauen. Es heißt, dass sein Verhalten mein Leben negativ beeinflussen und Chaos stiften würde, was nach allem, was ich mit Mateos Vater durchgemacht habe, das Letzte ist, was ich gebrauchen kann.

Und wo ich gerade vom Teufel spreche … Das ist ein weiterer Ausdruck, den ich von Livia gelernt habe. Immer, wenn ich etwas höre, was ich nicht verstehe, frage ich nach der Bedeutung und trage es dann in das kleine Heft ein, das ich immer bei mir habe und in dem ich mir englische Wörter und Redewendungen notiere, die ich mir einprägen möchte. Seit mich der medizinische Notfall meines Sohns zu Dr. Jason Northrup und damit zur Familie Giordino geführt hat, bin ich wild entschlossen, so viel Englisch zu lernen, wie ich nur kann. Obwohl ich wunderbare Dolmetscher hatte, die mir geholfen haben, mich im Irrgarten der medizinischen Fachausdrücke zurechtzufinden, habe ich beschlossen, dass mein Englisch sehr viel besser werden muss.

Nachdem ich den Großteil meiner Kindheit in Mexiko verbracht habe, bin ich nach Miami zurückgekehrt, als ich auf der Highschool war, und musste mich mächtig ins Zeug legen, um aufzuholen, was meine Klassenkameraden mir voraushatten. Ich kann ziemlich gut lesen und schreiben, aber das Hörverstehen und das Selbst-Sprechen sind die Bereiche, an denen ich arbeiten muss.

Marlene, die während der Revolution aus Kuba geflohen ist, hat bei ihrem ersten »Heimatbesuch« erkannt, dass ihr wahres Zuhause jetzt unwiderruflich Miami ist. Danach hat sie sich mit aller Energie der Aufgabe gewidmet, ihr Englisch zu perfektionieren, und ich bin jetzt ihre Komplizin. Zwar werden wir im Herzen immer spanische Muttersprachler sein, doch wir freuen uns über alles, was wir im Sprachkurs gelernt haben. Der Lehrer sagt, ich hätte echtes Talent und sei auf dem besten Weg, Englisch flüssig in Wort und Schrift zu beherrschen. Nachdem ich mich vergewissert habe, dass ich das richtig verstanden hatte, bin ich stolz auf das, was ich erreicht habe.

Im März wird der Kurs fortgeführt und in der Zwischenzeit lese ich alle Bücher, die ich in die Finger kriege, um meinen Wortschatz zu erweitern. Ich versuche mindestens zehn neue Wörter am Tag zu lernen, die ich in das Heft eintrage, das ich jeden Abend vor dem Einschlafen noch einmal durchgehe.

Aber zurück zum Teufel … Er sollte jeden Moment hier auftauchen, um mir unseren Sohn für *Nochebuena* und Weihnachten zu bringen.

Joaquín Diaz war in der Highschool mein Freund, ist jedoch leider irgendwann in die falsche Gesellschaft und damit in Konflikt mit dem Gesetz geraten, war in Drogen- und Kleinkriminalität verstrickt und hat mir das Leben jahrelang mit emotionalen Misshandlungen zur Hölle gemacht, die sich später auch aufs Körperliche ausgedehnt haben.

Nicht zuletzt dank Marlene und Livia, die von meinen Schwierigkeiten erfahren haben, als Mateo so krank war, ist es mir endlich gelungen, mich von ihm zu befreien. Sie haben mir einen Job mit Sozialleistungen angeboten und mir auf diese Weise das Leben gerettet – genau wie das meines Sohnes. Mit ihrer Hilfe und der eines mit ihnen befreundeten Anwalts habe ich die Scheidung eingereicht und ein Kontaktverbot erwirkt, das es Joaquín untersagt, sich mir auf mehr als dreißig Meter zu nähern. Die einzige Ausnahme davon sind die Gelegenheiten, bei denen wir einander unseren Sohn übergeben.

Manchmal kann ich es immer noch nicht glauben, dass ich offiziell Schutz vor dem Mann brauche, den ich einmal so geliebt habe.

»Sofia«, sagt Nicos Cousin Domenic zu mir. »Draußen fragt jemand nach dir.«

Bei dem Gedanken, meinen kleinen Jungen wieder in die Arme schließen zu können, durchströmt mich pure Freude, die allerdings rasch von der Sorge verdrängt wird, auch seinen Vater sehen zu müssen. Nachdem ich mir die Hände gewaschen habe, bitte ich Dee, für mich ein Auge auf das *moro* zu haben, und laufe durch die Garage nach draußen, um meinen Sohn in Empfang zu nehmen.

Mateo, der fünf Jahre alt ist, geht es inzwischen viel besser, aber er hat noch einen langen Weg vor sich, bis er sich ganz von der Gehirn-OP erholt haben wird, bei der ihm ein bösartiger Tumor entfernt worden ist. Gott sei Dank hat Jason die Wucherung vollständig herausschneiden können und danach folgte eine Strahlentherapie, die inzwischen abgeschlossen ist.

Leider haben Mateos feinmotorische Fähigkeiten – ein weiterer Ausdruck, den ich lernen musste – dabei gelitten, daher erhält er Physio- und Ergotherapie. Außerdem hat er auf der rechten Seite eine leichte Gesichtslähmung, die sich möglicherweise von selbst wieder gibt oder eben auch nicht, sagt Jason. Das müssen wir abwarten.

Als ich aus der Garage in den strahlenden Sonnenschein Südfloridas hinaustrete, kommt Nico gerade mit seinem Pick-up angefahren. Marlene hat ihn losgeschickt, damit er bei einem Getränkemarkt in der Nähe ein Fass Bier abholt. Er begibt sich zu Joaquíns altem roten Auto, das in der Einfahrt parkt. »Ich nehme ihn schon«, erklärt er.

Ich mache einen Schritt zurück und erlaube Nico, das für mich zu tun, möchte mir lieber nicht eingestehen, was für eine Erleichterung es ist, dass er sich mit Joaquín auseinandersetzt und es mir abnimmt.

»Ich muss mit meiner Frau sprechen«, sagt Joaquín und fasst Mateo fester.

»Sie ist nicht länger deine Frau«, erinnert ihn Nico, ebenfalls auf Spanisch, während er die Hände nach meinem Sohn ausstreckt.

»Verpiss dich.«

Ich trete vor, bevor die Sache in eine Prügelei ausarten kann, denn das kann ich bei keinem von beiden ausschließen. »Ist schon okay, Nico. Ich hab alles im Griff.«

Mit einem finsteren Blick zu Joaquín tritt Nico beiseite, bleibt jedoch in der Nähe. Nur für alle Fälle.

Ich nehme Joaquín Mateo ab und drücke ihn an mich. Er riecht nach Zigarettenqualm, was mich wütend macht. Wie kann Joaquín in seiner Nähe rauchen – oder das irgendjemand anders erlauben –, nach allem, was unser Sohn hinter sich hat? »Was willst du?«

»Ich möchte, dass du zu Weihnachten heimkommst«, teilt er mir auf Spanisch mit. »Wo du hingehörst.«

»Tut mir leid, das ist nicht möglich«, antworte ich auf Englisch.

Seine grimmige Miene lässt sein Gesicht, das ich früher mal attraktiv gefunden habe, hässlich werden. »Bist du jetzt so vornehm, dass du nicht einmal mehr in deiner eigenen Sprache reden kannst?«

»Wir sehen uns am Dreizehnten.« Ich wende mich ab und trage Mateo ins Haus. Er freut sich schon so darauf, vor der Party heute Nachmittag in Marlenes Pool zu schwimmen.

»Keinen Schritt weiter«, warnt Nico Joaquín.

Ich tue so, als hätte ich das gar nicht gehört, und vertraue darauf, dass Nico dafür sorgt, dass Joaquín uns nicht folgt. Aber sobald ich sicher im Haus bin, laufe ich zum Fenster und schaue raus, um mich zu vergewissern, dass die Lage nicht eskaliert. Mateo schmiegt sich an mich, wirkt erleichtert, wie immer, wenn er wieder bei mir ist.

Die beiden Männer wechseln heftig Worte, doch wenigstens fliegen keine Fäuste.

Nachdem Joaquín eine obszöne Geste in Nicos Richtung gemacht hat, dreht der sich um und entfernt sich, die Hände zu Fäusten geballt. Mein Herz schlägt schneller bei seinem

Anblick, weil er um meinetwillen sauer auf meinen Ex ist. Warum bedeutet mir das so viel? Vielleicht weil jahrelang niemand um meinetwillen sauer war, während Joaquín mich schikaniert hat, damit alles genau so ablief, wie er es wollte.

Nico kommt rein und entdeckt mich in Marlenes Esszimmer, in dem sich der riesige Tisch unter Schüsseln, Anrichteplatten und Schalen voller Speisen förmlich biegt.

»Gracias«, sage ich zu ihm. *»Lo siento.«* Wenn ich aufgewühlt bin, verfalle ich leicht wieder in meine Muttersprache.

»Du musst dich bei mir weder bedanken noch entschuldigen«, entgegnet er in einem harschen Tonfall, der nicht gegen mich gerichtet ist.

Woher ich das weiß? Nun, er ist nie anders als unglaublich nett zu mir gewesen, aber Joaquín kann selbst den nettesten Menschen binnen Sekunden fuchsteufelswild machen. Nur habe ich das leider erst nach unserer Hochzeit bemerkt.

»Mir gefällt es nicht, dass der Typ sich so aufführt, als würdest du immer noch zu ihm gehören.«

»Ihm ist klar, dass ich das nicht tue.«

Nico stützt die Hände in die Hüften, und seine Frustration spiegelt sich nicht nur in seiner Körperhaltung, sondern auch in seiner Miene wider. »Wirklich?«

»Wenn nicht, ist es nicht meine Schuld. Ich habe die Scheidung eingereicht. Was soll ich denn sonst noch tun?«

»Ich hasse es, dass ihr euch nicht sicher fühlen könnt«, bemerkt er leise, um Mateo nicht zu beunruhigen.

»Wir sind ja in Sicherheit.« Das Beben in meiner Stimme verrät die Wahrheit: Ich fühle mich nie wirklich sicher, außer wenn ich bei der Arbeit bin, umgeben von Leuten wie ihm, denen ich wichtig bin. Und Nico arbeitet nicht einmal im Giordino's. Er ist nur oft da, besonders wenn ich dort bediene.

»Ich wünschte …« Er bricht ab und schüttelt den Kopf.

»Was wünschst du dir?«

»Darüber sollten wir reden, wenn gerade nicht Weihnachten ist und wir von lauter Leuten umgeben sind.«

Mein Herz klopft so schnell, dass ich mich frage, ob ich vor dem Mann, der mir in den letzten Monaten ein guter Freund geworden ist, ohnmächtig werde oder mir etwas ähnlich Peinliches geschieht. Worüber genau möchte er mit mir reden?

»Ich werde einen ehemaligen Schulfreund kontaktieren, der Polizist ist, und ihn bitten, Streifenwagen hier vorbeizuschicken, nur für den Fall, dass Joaquín beschließt, zurückzukommen und Ärger zu machen.«

Bei der Vorstellung, dass mein Ex-Mann ausgerechnet der Familie Ärger macht, die so gut zu Mateo und mir gewesen ist, muss ich schlucken. »Denkst du, das ist tatsächlich nötig?«

»Ja.«

»Vielleicht sollten Mateo und ich lieber gehen. Wenn wir nicht hier sind, wird euch niemand belästigen.«

»Hier bist du sicherer, als du irgendwo anders wärst. Alle hier würden für dich töten.«

»Ehrlich?«

»Absolut.«

»Alle oder nur du?«

»Alle, aber ganz besonders ich.«

»Und warum?«

»Das ist genau das, worüber wir besser reden sollten, wenn nicht jeden Moment meine ganze Familie einfallen wird, um gemeinsam *Nochebuena* zu feiern.«

Der Blick, den er mir zuwirft, während er das sagt, raubt mir den Atem. Nico Giordino ist der sexyste Mann auf dem gesamten Planeten, und ich werde mich mit jedem anlegen, der was anderes behauptet. Genau in diesem Moment ist es mir herzlich egal, ob seine Schwestern und seine Cousine meinen, dass er toxisch für Frauen ist.

Ich möchte einfach nur mehr von ihm und davon, wie ich mich in seiner Gegenwart fühle.

Nico

Nochebuena ist gewöhnlich mein liebster Tag im ganzen Jahr, aber nach dem Zwischenfall mit Sofias Ex kann ich mich nicht richtig entspannen. Nicht zu vergessen, dass im Geschäft viel zu tun ist und ich alles im Auge behalte, während meine Familie um mich herum ausgelassen feiert. Immer wieder kommen Fragen auf, die nur ich als Besitzer des Fahrservice beantworten kann, der heute Abend unter Volllast fährt. Normalerweise wäre ich darüber entzückt, doch ich kann an nichts anderes denken als an Mateo, Sofia und den Idioten, der der Vater ihres Kindes ist.

Ich habe ihn vorhin in Aktion erlebt, als er Mateo hergebracht hat. Nachdem er sich mit Sofia angelegt hat – und mit mir, als ich mich eingemischt habe –, habe ich meinen Freund Miguel, der bei der Polizei ist, gebeten, immer mal wieder einen Streifenwagen vorbeizuschicken, nur falls er ein weiteres Mal auftaucht, um Stunk zu machen.

Miguel hat mir mehr über Joaquíns Hintergrund erzählt, was mich bloß weiter alarmiert hat. Sein Vorstrafenregister ist ellenlang und er ist ein guter Bekannter der Polizei von Miami.

Trotzdem ist er nach dem Gesetz immer noch mit der Frau verheiratet, die ich mit jeder Faser meines Seins begehre.

Wenn ich daran denke, dass ihr oder Mateo von dem Mann Gefahr droht, der sie eigentlich beschützen sollte, krampft sich mein Magen schmerzhaft zusammen, bis mir fast schlecht ist.

Aber jetzt haben sie ja mich und ich würde eher mein Leben opfern, als zuzulassen, dass einem von beiden etwas passiert.

Um mich herum ist Abuelas jährliche Heiligabend-Party in vollem Gange. Familienmitglieder und Freunde feiern mit Unmengen Essen, Musik, Alkohol und Geschenken. Santa müsste jede Minute kommen und die kubanische Band, die sie jedes Jahr engagiert, ist besser als je zuvor.

Trotzdem kann ich kein Interesse dafür aufbringen. Meine ganze Aufmerksamkeit gilt allein Sofia und Mateo.

Zuzuschauen, wie sie mit meiner Schwester Maria und Everly, der kleinen Tochter ihres Verlobten, in Abuelas beheiztem Pool planschen, entlockt mir ein Lächeln. Mateo hat unverkennbar einen Heidenspaß daran, im Wasser zu sein. Der kleine Kerl hat es schwer gehabt, seit Carmens Ehemann Jason bei ihm einen Tumor diagnostiziert hat, den er in einer Notoperation entfernt hat. Der Tumor ist zwar weg, aber der Junge hat sich noch nicht vollständig von dem Eingriff erholt und braucht auch Monate danach weiter Physio- und Ergotherapie.

Zwar darf man damit rechnen, dass er alles wieder aufholt, trotzdem wird es für ihn nie ganz leicht sein. Wir wissen nicht, was die Zukunft für ihn bereithält, und es wird noch eine Weile dauern, bis man dazu etwas sagen kann, doch ich möchte in jedem Fall unbedingt für die beiden da sein.

Das ist das erste Mal für mich – so was habe ich noch nie empfunden, bei keiner Frau, aber aus irgendeinem Grund hab ich Sofia von dem Moment an, in dem ich sie gesehen habe, auf eine Art und Weise haben wollen, die mir bis dahin völlig unbekannt war.

Meine Schwestern und meine Cousine haben mich gewarnt, mich von ihr fernzuhalten. Sie behaupten, ich sei »toxisch« für Frauen, und ich muss zugeben, in der Vergangenheit mag das gestimmt haben. Doch bei Sofia ist alles anders, und ich bin entschlossen, ebenfalls anders zu sein. Ich verstehe, was auf dem Spiel steht. Sie ist alleinerziehende Mutter eines Kindes mit besonderen Bedürfnissen und befindet sich mitten in einer hässlichen Scheidung von einem möglicherweise gefährlichen Mann.

Das Letzte, was sie braucht, ist irgendwelcher Mist, weshalb ich so fest entschlossen bin, bei ihr anders zu sein als sonst.

Wenn ich sie nur davon überzeugen könnte, mir die Chance zu geben, das zu beweisen.

Bislang geht das zwischen uns nicht über einen Flirt hinaus.

Noch nicht.

Mein Cousin Domenic, der über die Feiertage aus New York hergeflogen ist, bringt mir ein weiteres Bier.

Ich nehme die eiskalte Flasche entgegen. »Danke.«

»Was ist mit dir los, *hombre*? Du wirkst heute furchtbar angespannt.«

»Nichts. Es ist unheimlich viel los in der Firma. Vermutlich sollte ich dort sein, aber ich wollte *Nochebuena* auf keinen Fall verpassen.«

»Versuch das jemandem weiszumachen, der dich nicht so gut kennt wie ich. Arbeit bereitet dir nicht solchen Stress.«

»Es ist mein erstes Weihnachten als Eigentümer. Das *ist* stressig. Jedes Auto ist bis nach Neujahr gebucht.«

»Das ist doch großartig, *primo*. Meinen Glückwunsch.«

Ich zucke die Achseln. Wenn es etwas gibt, was beweist, wie sehr es in Bezug auf Sofia um mich geschehen ist, dann ist die Tatsache, dass es mich nicht sonderlich interessiert, wie erfolgreich mein Geschäft läuft, ein ziemlich guter Fingerzeig.

Dom schwingt sich auf den Barhocker neben meinem. »Was ist los, Nico? Und erzähl mir diesmal die Wahrheit.«

»Sofia.«

»Sofia aus dem Restaurant?«

»Ja.«

»Was ist mit ihr?«

Ich zögere selbst vor meinem Cousin und guten Freund, Worte auszusprechen, die ich nicht wieder zurücknehmen kann. Allerdings ist es mir offensichtlich nicht gelungen, meine Gefühle zu verbergen, wenn Dom gemerkt hat, dass was im Busch ist. »Alles an ihr.«

Er erstarrt und mustert mich mit unergründlicher Miene. »Im Ernst jetzt?«

»So ernst, wie es nur geht.«

»Bist du … mit ihr zusammen?«

»Nein, aber das wäre ich gern.«

»Oh, wow …«

»Was?«

»Es ist nur … Du weißt schon … Es passt so gar nicht zu dir, was mit einer alleinerziehenden Mutter anzufangen.«

Mein Blick wird wie magisch von ihr und Mateo angezogen. Wenn sie irgendwo in meiner Nähe ist, kann ich nicht anders, als sie anzuschauen. »Sie ist was Besonderes.«

»Inwiefern?«

»Ich kann es nicht erklären. Sie ist einfach genau die Richtige für mich.«

»Und was hält sie von dir?«

»Sie mag mich, aber die Mädchen haben sie vor mir gewarnt. Dabei ist das Wort ›toxisch‹ gefallen.«

Darüber muss Domenic lachen. »Das glaube ich sofort.«

»Hey, du solltest auf meiner Seite sein.«

Er hält beschwichtigend seine freie Hand hoch. »Bin ich. Immer. Nur, Nico … Eine alleinerziehende Mutter? Ehrlich? Du kannst mit ihr nichts von dem tun, was du sonst immer machst.«

Die Bemerkung ärgert mich. »Das weiß ich.«

»Ist ihr Sohn nicht krank?«

»Das war er. Inzwischen geht es ihm viel besser, auch wenn er noch einen langen Weg vor sich hat. Ich hab ihn so gern wie sie. Er ist einfach unglaublich lieb.«

Domenic legt mir eine Hand auf die Stirn. »Komisch, kein Fieber.«

Ich schiebe sie weg. »Du kannst dich auch verpissen, wenn du so ein Idiot sein willst.«

»Okay, das ist ernster, als ich dachte.«

»Ich weiß nicht, wie ich sie davon überzeugen soll, dass ich es ehrlich mit ihr meine.«

»Du musst einfach immer wieder zuverlässig für sie und ihren Sohn da sein, ohne irgendwelchen Mist zu bauen.«

»Das kann ich.«

»Und vielleicht hilft auch ein bisschen Romantik.« Er schaut mich von der Seite an. »Du weißt doch, was das ist, oder?«

»Halt die Klappe, ja?«

Dom bricht in schallendes Gelächter aus, was mich nicht wirklich überrascht.

»Sie lässt dich ebenfalls nicht aus den Augen.«

»Was? Echt?«

»Himmel.« Dom verdreht die Augen. »Du hast kaum den Blick von ihr gewandt. Dir kann unmöglich entgangen sein, dass sie dich beobachtet.«

Die Information bewirkt, dass mein Herz wieder diesen komischen Satz in meiner Brust macht, von dem mir eine Sekunde lang schwindlig wird. Aber dann sehe ich Miguel mit besorgt gerunzelter Stirn auf Abuelas Terrasse treten. Als er mich entdeckt, nickt er mir zu und gibt mir ein Zeichen, dass ich zu ihm kommen soll.

»Was ist los?«, will Dom wissen.

»Keine Ahnung, doch ich werde es rausfinden.«

Kapitel 2

Sofia

Mein Magen zieht sich zusammen, als ich beobachte, wie Nico am Swimmingpool vorbei über die Terrasse geht, um mit einem uniformierten Polizisten zu sprechen. Dessen Gegenwart hier kann nur eines bedeuten: Schwierigkeiten, aller Wahrscheinlichkeit nach verursacht von meinem Ex-Mann. Wenn man es ganz genau nimmt, ist er noch gar nicht mein Ex, aber ich zähle die Tage, bis es endlich so weit ist.

»Alles in Ordnung mit dir?«, erkundigt sich Maria.

Ich zwinge mich, meinen Blick von Nico und dem Cop loszureißen. »Vorhin wollte mein Ex Ärger machen. Für den Fall, dass er das noch mal versucht, hat Nico seinen Freund bei der Polizei gebeten, hier alles im Auge zu behalten. Vermutlich ist es kein gutes Zeichen, dass er jetzt reingekommen ist.«

Bei der Vorstellung, den Leuten, die so gut zu mir gewesen sind, Probleme zu bereiten, wird mir übel.

»Geh ruhig hin und sieh nach, was da los ist«, schlägt Maria vor. »Ich pass solange auf Mateo auf.«

»Bist du dir sicher?«

»Na klar. Ab mit dir.«

»Danke, Maria.«

Ich steige aus dem Pool und greife mir auf dem Weg zu Nico und dem Cop ein Handtuch, das ich um mich wickle.

»Das hier ist mein Freund Sergeant Miguel Silva von der Miami Police«, stellt Nico ihn mir vor. »Miguel, das ist Sofia Diaz, Joaquíns Ex-Frau. Miguel hat ihn draußen beim Herumlungern erwischt und ihn wegen Verstoßes gegen die Kontaktbeschränkung festgenommen. Er wollte uns nur Bescheid geben.«

Bei der Nachricht, dass Joaquín Weihnachten im Gefängnis verbringen muss, verstärkt sich das ungute Gefühl in meinem Magen, denn ich weiß, dass seine Familie und seine Freunde mir die Schuld geben werden. Für sie ist niemals er für irgendwas verantwortlich. Nein, all seine Schwierigkeiten werden mir angelastet.

Nico legt einen Arm um mich, als ob es das Normalste der Welt wäre und er das ständig täte, obwohl es das erste Mal ist, dass das geschieht.

Unwillkürlich lehne ich mich an seinen warmen Körper, während mich ein Zittern durchläuft. Gerade als das mit Joaquín allmählich angefangen hat, sich zu beruhigen … Seit der Richter vor einigen Wochen die Kontaktbeschränkung verhängt hat, nachdem Joaquín bei einer Auseinandersetzung gewalttätig geworden ist, sodass ich blaue Flecken auf Armen und Schultern hatte, hat es keine größeren Probleme mehr zwischen uns gegeben.

Hinterher hat er sich in einer Textnachricht bei mir entschuldigt und behauptet, die Kontaktbeschränkung sei nicht nötig. Eine Antwort darauf habe ich mir gespart, denn ich fühle mich mit der richterlichen Anordnung sicherer.

»Was passiert jetzt mit ihm?«, will ich wissen.

»Am Tag nach Weihnachten wird er einem Richter vorgeführt«, erklärt Miguel und bestätigt meine Befürchtungen.

»Seine Familie und seine Freunde werden darüber nicht glücklich sein – und sauer auf mich.«

»Du warst ja nicht diejenige, die sich nicht an die Kontaktbeschränkung gehalten hat«, wendet Nico ein.

»Trotzdem …«

»Wir können jemanden abstellen, der Ihre Wohnung im Auge behält«, bietet Miguel an.

»Heute Abend werde ich bei ihr und Mateo sein.«

Überrascht schnappe ich nach Luft und schaue Nico an.

»Ich werde nicht zulassen, dass ihnen irgendetwas zustößt«, sagt er zu Miguel.

»Ich schicke trotzdem immer mal einen Streifenwagen vorbei. Wie lautet die Adresse?«

Während ich noch damit klarzukommen versuche, dass Nico vorhat, mich und Mateo heute nach Hause zu bringen, nenne ich Miguel leicht benommen die Anschrift.

»Versuchen Sie, sich keine Sorgen zu machen«, meint Nicos Freund. »Wir passen auf und achten auf alles Ungewöhnliche. Frohe Weihnachten.«

»Gleichfalls«, antwortet Nico und lässt mich los, um dem Mann die Hand zu schütteln. »Noch mal danke.«

»Ist doch selbstverständlich, Kumpel.«

»Geht's dir gut?«, fragt mich Nico, nachdem der Polizist auf dem Weg nach draußen im Haus verschwunden ist.

»Ich, äh … Was, denkst du, wollte Joaquín hier? Er weiß ja schließlich, dass er sich außer bei der Übergabe von Mateo von mir fernhalten muss.«

»Er wollte Schwierigkeiten verursachen und hat jetzt selbst welche.« Nicos Stimme hat einen harten Unterton, aber diese Wirkung hat Joaquín auf viele Leute. »Ich möchte nicht, dass du dich wegen irgendwas aufregst. Du und dein kleiner Junge werdet ein wunderbares Weihnachten feiern.«

»Du musst nicht mit uns nach Hause kommen.«

»Ich werde sonst ohnehin kein Auge zukriegen. Außerdem brauchst du vermutlich Hilfe beim Zusammenbauen von Mateos Spielzeug.«

»Das wollte ich machen, wenn ich zu Hause bin.«

»Und jetzt hast du Hilfe. Natürlich nur, wenn du möchtest. Ich kann auch in meinem Auto sitzen bleiben, wenn dir das lieber ist.«

»Warum willst du das für mich tun?«

Er streicht mir mit einer Fingerspitze übers Gesicht, eine Berührung, die so leicht und flüchtig ist, dass ich einen Moment zweifle, ob es sie überhaupt gegeben hat, dabei spüre ich sie in jeder Faser meines Körpers. »Weil du mir nicht egal bist, Sofia. Ich hab euch beide wirklich gern und ich möchte nicht, dass euch irgendwas zustößt, und ganz besonders nicht an Weihnachten.«

Ich bin atem- und sprachlos und alles andere -los, was man sich nur denken kann.

»Wenn du mich nicht in deiner Wohnung haben willst, kann ich euch auch von draußen im Auge behalten. Keine große Sache.«

»Sicher. Keine große Sache, an Heiligabend in deinem Auto zu übernachten.«

»Für dich würde ich das jederzeit tun.«

»Warum?«

Sein Blick gleitet von meinen Augen zu meinen Lippen und verweilt dort eine Sekunde, bevor er mir wieder in die Augen schaut. »Darum.«

»Okay«, antworte ich mit einem nervösen Lachen.

»Möchtest du Mateo jetzt bald nach Hause bringen?«

»Die Party fängt ja gerade erst an. Du wirst nicht jetzt schon gehen wollen.«

»Doch.«

»Wenn du dir sicher bist, hole ich ihn aus dem Pool.« Ich hoffe bloß, dass Mateo keinen Trotzanfall kriegt. Ich kehre an den Beckenrand des Pools zurück, wo Maria mit ihm und Everly spielt. Als sie mich kommen sieht, hebt sie Mateo aus dem Wasser und in meine Arme.

Ich erkläre ihm auf Spanisch, dass es Zeit ist, heimzufahren, damit Santa die Geschenke bringen kann. Nur weil er wegen Weihnachten aufgeregt ist, spielt er mit, als ich ihm trockene Sachen anziehe und ihn daran erinnere, sich bei Marlene zu bedanken, wenn wir uns verabschieden. Ich möchte, dass er zweisprachig aufwächst, daher bringe ich ihm das Englisch bei, das ich lerne, und wechsle zwischen den beiden Sprachen hin und her.

Bei einem der wenigen Male in den letzten Jahren, als wir meine Mutter getroffen haben, hat sie mir prophezeit, dass ich ihn damit bloß verwirren würde. Aber bislang scheint er es gut hinzukriegen. Wenn man mich fragt, hat er einen viel natürlicheren Zugang zum Englischen, als ich ihn je haben werde.

Als Mateo seinen Weihnachtspyjama anhat, schnappe ich mir meinen Rucksack und schlüpfe in Flipflops. Ich zieh ihm ein Sweatshirt an und streife mir selbst ebenfalls eins über, da es kühl geworden ist, was zu dieser Jahreszeit keine Seltenheit ist. Dann nehme ich Mateo auf den Arm und suche Marlene, die hier irgendwo unter den vielen Menschen sein muss, die die Musik und das Essen genießen. Sie hat ihren Garten mit Lichterketten, die zwischen Palmwedeln und entlang des Zauns gespannt sind, in ein echtes Wunderland verwandelt. Überall finden sich Stühle und Tische, die sie eigens für den Anlass ausgeliehen hat, genau wie Stehtische und Barhocker.

Ich hab noch nie in meinem Leben mehr Essen gesehen als das, was für diese Party herbeigeschafft wurde, und das will was heißen, denn schließlich wird beim Familienbrunch jeden Sonntag im Restaurant alles aufgefahren, was die Küche hergibt.

Marlene, die mit ihrem Verehrer Mr Muñoz, ihrer Tochter Vivian und Vivians Ehemann Vincent an einem Tisch sitzt, springt auf, als sie uns entdeckt. »Wollt ihr schon aufbrechen?«

»Ja, der kleine Kerl hier muss ins Bett, damit Santa kommen kann.«

»Ja, unbedingt«, sagt Marlene und kitzelt ihn an den Füßen.

Mateos Lachen zaubert wie immer allen ein Lächeln ins Gesicht.

»Aber weißt du, was? Bei mir war Santa schon und hat was für dich dagelassen. Möchtest du es dir ansehen, mein Schatz?«

Mateo nickt und lässt sich von mir bereitwillig in ihre ausgestreckten Arme übergeben, was für ihn eine echte Seltenheit ist. Wenn ich in der Nähe bin, möchte er eigentlich immer nur zu mir und niemand anderem. Doch Marlene kommt einfach prima mit ihm zurecht, so wie auch Vincents Mutter Livia, die sich zu uns gesellt, als wir reingehen, um uns anzuschauen, was Santa für Mateo gebracht hat. Sie haben ihm gesagt, dass er sie Abuela und Nona nennen soll, was total lieb ist, denn seine eigene Großmutter mütterlicherseits könnte sich kaum weniger für ihn interessieren – oder für mich –, und Joaquíns Mutter trifft er nur sehr selten.

Nico verabschiedet sich mit einer Männerumarmung von seinem Cousin Domenic und boxt seinen Bruder Milo freundschaftlich in den Arm, dann folgt er uns ins Wohnzimmer, wo sich neben dem geschmückten Weihnachtsbaum die Geschenke stapeln.

»Die hier sind für Mateo.« Marlene deutet auf einen großen Haufen. »Von mir und Livia.«

»Was? Nein …« Meine Augen füllen sich so jäh mit Tränen, als hätte jemand einen Wasserhahn aufgedreht.

»Es hat uns solchen Spaß bereitet, für ihn einzukaufen«, erklärt Marlene. »Bitte verdirb ihn uns nicht nachträglich.«

»Es war so schön«, fügt Livia hinzu. »Es ist schließlich eine ganze Weile her, dass wir Kinder hatten, die wir verwöhnen konnten. Na ja, da ist dann das Einkaufen für ihn und Everly ein bisschen aus dem Ruder gelaufen.«

»Ihr … Ihr seid schon so gut zu uns gewesen. Es ist zu viel.«

Marlene lässt Mateo runter. »Möchtest du deine Geschenke auspacken, Schatz?«

Er schaut zu mir hoch und in seinen großen braunen Augen steht ungläubiges Staunen.

»Ja, mach nur, Süßer.« Mein Blick ist so tränenverschwommen, dass ich kaum was erkennen kann, als Mateo die bunten Päckchen öffnet, in denen sich Trucks, eine Eisenbahn und Clifford, der große rote Hund, befinden, den Mateo liebt.

Wieder einmal bin ich sprachlos angesichts ihrer Großzügigkeit. Ich habe nie zuvor Leute wie sie kennengelernt, die eine völlig Fremde und ihren Sohn in ihre Familie aufnehmen, als wäre nichts dabei.

»Was sagst du zu Abuela und Nona?«, frage ich meinen Sohn.

»Muchas gracias«, antwortet er leise, während er mühsam auf die Füße kommt und mit seinem leicht ungleichmäßigen Gang zu ihnen läuft, um sie zu umarmen. »Danke.«

»Gern geschehen, *mi amor*«, erwidert Abuela. »Ich hoffe, du hast ein schönes Weihnachtsfest.«

»Feliz Navidad«, sagt er. »Das heißt ›Frohe Weihnachten‹ *en español.*«

»Ja, stimmt«, meint Nona. »Was bist du nur für ein kluger Junge!« Sie gibt ihm einen Kuss auf die Wange und schickt ihn dann zu mir zurück, während sie und Abuela seine Geschenke in eine Tüte stecken, die eine von ihnen irgendwo hergezaubert hat.

So sind sie – sie wissen immer schon, was man braucht, bevor es einem selbst klar wird. Ich möchte so werden wie sie, wenn ich groß bin. Ich umarme sie beide und muss weitere Tränen wegblinzeln, als ich mich bei ihnen bedanke. »Ich weiß nicht, wie es uns ohne euch und eure Familien ergangen wäre«, gestehe ich.

»Wir haben dich und Mateo sehr lieb«, erklärt Nona. »Wir werden immer deine Familie sein.«

»Ich hab euch auch lieb.«

Nico umarmt die beiden älteren Frauen. »Ihr versetzt mich immer wieder in Erstaunen. Ich liebe euch heiß und innig.«

»Wir dich genauso, Süßer«, verkündet Nona. »Bringst du sie nach Hause?«

»Hab ich vor«, bestätigt Nico.

»Gut.« Abuela krümmt den Finger, damit er sich zu ihr runterbeugt und sie ihn auf die Wange küssen kann. »Pass gut auf sie auf. Sie sind uns sehr wichtig.«

»Jawohl, Ma'am.« Er schnappt sich die Tüte mit Mateos Geschenken, die groß genug ist, um Santa als Geschenkesack zu dienen.

»Mama, kann ich dann noch spielen?«

»Morgen früh, Süßer. Erst mal musst du schlafen, damit Santa auch zu uns nach Hause kommen kann.«

»Ich will nicht schlafen, ich will spielen!«

»Ich weiß.«

Während ich ihn in seinem Autositz anschnalle, lädt Nico die Tüte mit dem Spielzeug in meinen Kofferraum. »Ich bin direkt hinter dir.«

Ich richte mich auf und drehe mich zu ihm um. »Das musst du wirklich nicht.«

»Das haben wir doch schon diskutiert, und ich hab gewonnen. Daher pass auf, dass du mich nicht abhängst.«

»Okay, ich geb mir Mühe.«

Kapitel 3

Nico

Ich hab keine Ahnung, was zum Teufel ich hier tue. Domenic hat recht. Sie ist komplett anders als die Frauen, auf die ich normalerweise stehe, aber als ich ihr in meinem Wagen in eins der weniger guten Wohnviertel der Stadt in der Nähe von Little Haiti folge, bin ich entschlossener als je, sie für mich zu gewinnen. Es ist mir völlig egal, was dafür nötig ist oder was ich tun muss, damit ich sie als festen Bestandteil in meinem Leben, in meinen Armen und in meinem Bett habe.

Über den letzten Punkt kann ich nicht mal nachdenken, sonst bin ich augenblicklich hart. Niemand anders hat je so eine Wirkung auf mich gehabt. Zugegeben, auch andere Frauen haben mich angeturnt und mein Verlangen geweckt, allerdings niemals auf diese Art und Weise. Sofia ist in jeder Beziehung einzigartig, weshalb es so wichtig für mich ist, dass sie und ihr Sohn sicher sind und mir so nahe wie möglich.

Morgen kommen sie mit mir zum Haus meiner Eltern, auch wenn Sofia davon noch nichts ahnt. Entweder gelingt es mir, sie dazu zu überreden, oder ich werde selbst nicht hinfahren.

Mein Handy klingelt und es ist Angelo, meine rechte Hand in der Firma. »Was ist los?«

»Boss, wir werden aus heiterem Himmel mit Anfragen zu Fahrten in letzter Sekunde überschüttet. Es wäre echt hilfreich, wenn du dich freimachen könntest.«

»Sorry, geht leider nicht.«

»Nico … Wir müssen Leuten absagen.«

»Lass mich meinen Bruder fragen. Ich melde mich gleich wieder bei dir.«

Über die Freisprecheinrichtung rufe ich Milo an.

»Hi. Ich dachte, du wärst schon weg?«

»Bin ich auch. Ich brauch einen Gefallen.«

»Was denn?«

»Kannst du heute Nacht einige Fahrten für uns übernehmen? Nur für ein paar Stunden?«

Milos Stöhnen verrät mir, was er von der Idee, an Heiligabend zu arbeiten, hält.

»Ich weiß, es ist viel verlangt, doch ich hab hier ein Problem und ich brauche personelle Verstärkung.« Milo nimmt selten mehr als einen Drink, daher mache ich mir keine Sorgen, dass er fahruntüchtig sein könnte.

»Heißt dein Problem zufällig Sofia?«

»Und wenn es so wäre?«

»Nur dass ich das richtig zusammenfasse: Du möchtest, dass ich meine Familie an Heiligabend sich selbst überlasse, damit du mit deiner Freundin – oder was auch immer sie ist – zusammen sein kannst?«

»Hast du vorhin mitbekommen, dass Miguel da war?«

»Ja, ich wollte ohnehin schon fragen, was da los ist.«

»Er hat ihren Ex-Mann beziehungsweise ihren zukünftigen Ex-Mann festgenommen, weil er in der Nähe von Abuelas Haus herumgelungert hat und vermutlich irgendwelchen Ärger stiften wollte. Damit hat er gegen die Kontaktbeschränkung verstoßen, die Sofia erwirkt hatte, sodass er jetzt über Weihnachten im Gefängnis hockt. Nun befürchtet sie, dass seine Freunde und seine Familie ihr Schwierigkeiten bereiten werden, daher begleite ich sie nach Hause und will in ihrer Nähe bleiben.«

»Ich übernehme die Fahrten für dich, Kumpel. Sag Angelo, dass ich auf dem Weg bin.«

Ich atme erleichtert auf. »Danke, Milo. Ehrlich, ich schulde dir was.«

»Eines Tages werde ich all diese Gefallen mal einfordern.«

»Jederzeit, Bruderherz.«

»Ruf mich an, wenn du Hilfe mit dem Anhang von Sofias Ex brauchst.«

»Mach ich. Noch mal danke.«

»Sehen wir uns morgen bei Mom?«

»Auf jeden Fall.«

»Bis dann.«

Ich wähle Angelos Nummer. »Mein Bruder ist unterwegs.«

»Super, danke.«

»Halt mich auf dem Laufenden, falls noch was ist.«

»Du wirst der Erste sein, der es erfährt.«

Angelo beendet das Gespräch ohne weitere Worte, was völlig okay ist. Er hat zu tun. Da wir ohnehin jeden Tag mehrere Stunden miteinander verbringen oder zumindest telefonieren, können wir auf große Förmlichkeit verzichten.

Wie immer bin ich echt dankbar für Milo. Er ist der Beste überhaupt, was auch alle wissen. Milo wäre perfekt für Sofia und ihren kleinen Jungen. Er ist genau die Sorte Mann, die sie in ihrem Leben braucht.

Das ist ein niederschmetternder Gedanke, aber es stimmt nun mal.

In dem Wissen, dass mein kleiner Bruder ein weit besserer Mann ist als ich, biege ich nach links ab und folge Sofia auf den Parkplatz an ihrem Apartmentkomplex. Doch ich bin entschlossen, mich für Sofia und ihren Sohn zu bessern, selbst wenn das bedeutet, dass ich mein Leben komplett umkrempeln muss.

Ich schaue mich um und mein Magen zieht sich vor Sorge zusammen, weil sie allein mit ihrem kleinen Jungen in einer so unsicheren Nachbarschaft lebt. Ich bin seit Jahren nicht mehr in der Gegend gewesen und mir hat es besser gefallen, als ich nicht wusste, wo genau sie wohnt. Dieses Gebäude als heruntergekommen zu bezeichnen wäre großzügig.

Während ich mein Auto auf einem Besucherparkplatz abstelle und dann mit der großen Geschenketüte von meinen Großmüttern hinter Sofia eine Außentreppe zum ersten Stock emporsteige, sehe ich mich weiter um. Die Farbe an den Wänden ist an einigen Stellen abgeplatzt, eine der Stufen gibt unter meinem Gewicht leicht nach und ich kann mir nicht vorstellen, dass das Geländer einen Sturz abfangen würde.

Sofia verlagert das Gewicht von Mateo, der an ihrer Schulter schon halb eingeschlafen ist, und schiebt den Riemen ihrer Handtasche hoch, bevor sie den Schlüssel ins Schloss steckt. Falls ihr jemand in dem unbeleuchteten Korridor was antun wollte, wäre sie ein leichtes Ziel.

Entspricht das Haus überhaupt den Bauvorschriften? Ich bezweifle es. Vielleicht sollte ich morgen mal im Rathaus anrufen und die Leute vom Bauamt vorbeischicken, damit sie ihren verdammten Job erledigen. Aber dann fällt mir wieder ein, dass morgen ja Weihnachten ist und das Telefon im Rathaus nicht besetzt sein wird. Das muss ich mir also für einen anderen Tag aufheben.

Sofia betätigt den Lichtschalter gleich neben der Tür und tritt beiseite, damit ich an ihr vorbei in die gemütlich eingerichtete kleine Wohnung gehen kann. Ich kann nur staunen, wie sie aus jedem Quadratzentimeter das Beste gemacht und ein schönes Zuhause für sich und ihren Sohn geschaffen hat.

»Du hast es wirklich nett hier.«

»Oh, danke. Wenn man die Umgebung ignoriert, ist es nicht so schlimm.«

Draußen ist es sogar sehr schlimm, doch das muss sie nicht auch noch von mir hören.

Sie legt den Riegel vor und hängt die Sicherheitskette ein. Beide wirken stabil, was mich erleichtert. »Ich bringe nur kurz Mateo ins Bett.«

»Lass dir Zeit.«

»Seine Geschenke sind in dem Schrank.« Sie deutet mit dem Kinn in Richtung einer Tür. »Falls du schon anfangen möchtest.«

Ich wünschte, ich hätte daran gedacht, Werkzeug mitzubringen. »Klar, ich kümmere mich drum.«

»In der Schublade neben dem Kühlschrank findest du Werkzeug.«

»Du hast meine Gedanken gelesen.«

Bei ihrem Lächeln strahlt ihr wunderschönes Gesicht auf, und mein Herz setzt einen Schlag aus, eine weitere Sache, die mir noch nie passiert ist, bis *sie* mir passiert ist.

»Ich bin gleich zurück.«

Wie meine Nona es ausdrücken würde, ist es im Apartment picobello sauber, und alles ist ordentlich aufgeräumt. Ein Poster an der Wand zählt die sieben Lebensregeln auf: Lächle, sei freundlich, gib nicht auf, ziehe keine Vergleiche, vermeide eine negative Einstellung, versöhne dich mit deiner Vergangenheit, achte auf deine körperliche und geistige Gesundheit.

Das sind auf jeden Fall vernünftige Regeln.

Ein weiteres Poster ziert ein Zitat von Maya Angelou: »Die Leute werden vergessen, was man gesagt hat, die Leute werden vergessen, was man getan hat, aber die Leute werden nie vergessen, wie sie sich bei einem gefühlt haben.«

Wenn ich das lese, denke ich mit schlechtem Gewissen an die vielen Herzen, die ich gebrochen habe. Ich bin nicht stolz auf meine Vergangenheit, doch die eine Sache, die ich zu meiner Verteidigung vorbringen kann, ist, dass ich keiner Frau je irgendwas versprochen habe. Wenn sie in beiläufige Begegnungen mehr hineininterpretieren als ich, ist das ja wohl kaum meine Schuld, oder?

Ist es nicht, aber ich hätte mich trotzdem weniger wie ein Idiot verhalten können. Das auf jeden Fall.

Ich finde die Werkzeuge an genau der Stelle, die Sofia mir genannt hat, und fange an, die Kästen mit Spielzeug aus dem gut organisierten Wandschrank zu nehmen. Alles hat bei ihr seinen Platz und nichts liegt rum. Sie würde mein Haus hassen, das dringend jemanden mit ihrem Sinn für Ordnung braucht. Außerdem besitze ich nicht ein einziges Stück Weihnachtsschmuck, nur den Baum, auf dem meine Schwestern bestanden haben. Ich verbringe die Feiertage mit meinen Eltern und Großmüttern, die mehr als ausreichend ausgerüstet sind. Wozu sollte ich das also brauchen?

Sofia hingegen hat einen wunderschön dekorierten kleinen Baum auf einem Tischchen in der Ecke stehen. Er ist mit bunten Lichtern geschmückt und mit Anhängern, die offensichtlich Mateo gebastelt hat. Alles an ihrem Zuhause ist gemütlich, warm und niedlich, genau wie sie selbst.

»Vom Planschen im Pool ist er total müde«, erklärt Sofia, als sie ins Wohnzimmer zurückkommt. »Sonst muss ich ihm ›Die Nacht vor Weihnachten‹ vorlesen und dann mit ihm Kekse und Milch für Santa bereitstellen, doch heute hat er nichts davon tun wollen.«

»Schön, dass er seinen Spaß hatte.«

»Schwimmen tut ihm gut. Wenn er im Wasser ist, bemerkt er keine seiner Beeinträchtigungen. Dann ist er einfach ein ganz normaler kleiner Junge.«

Ich drehe mich um, sodass ich sie anschauen kann. »Er macht das großartig, Sofia. Das siehst du auch, oder?«

Sie zuckt die Achseln. »Manchmal kann ich nur all das sehen, was er nicht kann.«

»Diese Liste wird kürzer und kürzer. Er erholt sich immer weiter, und bald wird die Behandlung nicht mehr als eine schlimme Erinnerung sein, die Jahre zurückliegt.«

Sie verschränkt ihre Finger, als müsse sie ihre Hände irgendwie beschäftigen. »Vielleicht bleiben gewisse Behinderungen zurück.«

»Dann wird er einen Weg finden, damit klarzukommen.«

»Das hoffe ich.« Ich kann erkennen, dass sie die Sorgen wegen ihres Sohns abschütteln möchte und ihre Aufmerksamkeit auf das richtet, was ich mit dem Spielzeug tue. »Lass dir von mir helfen.«

»Ich hab hier alles unter Kontrolle, also wenn es anderes gibt …«

»Ich kann doch nicht alles dir überlassen!«

»Es stört mich überhaupt nicht. Ich mag das sogar gern.«

»Niemand verbringt gern den gesamten Heiligabend damit, Spielzeug zusammenzubauen, aber ich bin dir für deine Hilfe dankbar. Gewöhnlich sitze ich bis drei Uhr morgens dran und bin dann den ganzen nächsten Tag lang völlig kaputt.«

»Hat dir Joaquín nicht geholfen?«, frage ich so beiläufig wie möglich, möchte dringend mehr über den Mann erfahren, der ihr solchen Herzschmerz zugefügt hat.

»Himmel, nein«, erwidert sie lachend. »Er kann kaum eine Glühbirne auswechseln, hat allerdings ein Händchen für alles, was mit Autos zu tun hat. Ich glaube, vor allem war er nicht daran interessiert, mir zu helfen.«

»Mein Dad hat darauf bestanden, dass wir all die Grundlagen lernen, die man braucht, um in dieser Welt zu überleben, wie er es formuliert hat. Wenn beispielsweise irgendwas am Durchlauferhitzer kaputtgegangen ist, hat er uns vier zusammengerufen, und wir mussten zuschauen, während er ihn repariert und uns dabei genau erklärt hat, wie man den Schaden behebt.«

»Das ist wirklich klug.« Sie setzt sich neben mich auf den Boden. »Er hat euch etwas überaus Wertvolles beigebracht.«

Ihr unwiderstehlicher Duft hüllt mich ein. »Ja, das hat er, auch wenn wir damals nicht weniger daran hätten interessiert sein können. Wobei ich schon interessierter als die andern war. Er hat mein handwerkliches Geschick früh erkannt und gefördert. Als Folge davon gibt es nicht viel, was ich nicht reparieren kann.«

»Sehr nützlich. Dein Dad ist wunderbar. Ihr hattet echt Glück.«

»Ja, das stimmt und wir wissen es.«

»Wie geht es deiner Mom?«

Diese Erinnerung an die Brustkrebserkrankung meiner Mutter trifft mich wie ein Schlag in den Magen, so wie beim ersten Mal, als ich von der Diagnose erfahren habe. »Insgesamt gut. Ihre Behandlung ist im Januar abgeschlossen und dann sehen wir weiter. Es ist auf jeden Fall stressig, zu wissen, dass der Krebs zurückkommen könnte.«

»Ihr müsst positiv bleiben und auf das Beste hoffen.«

»Ich versuche es.«

»Und ich hab dir nicht mal einen Drink angeboten! Wie wäre es mit etwas von dem *coquito*, den meine Nachbarin für mich gemacht hat?«

Für den spanischen Eierlikör mit Rum habe ich eine Schwäche. »Dazu würde ich nicht Nein sagen.«

Sie springt vom Boden auf, geht in die Küche und kommt ein paar Minuten später mit den Drinks zurück. »Der ist mit dem Rum hergestellt, den mir Mr Muñoz zusammen mit einem üppigen Trinkgeld zu Weihnachten geschenkt hat. Er ist so lieb.«

Ich nehme einen Schluck und der Rum wärmt mich angenehm von innen. »Mmm, der ist echt gut. Und ja, Mr Muñoz ist total nett.«

»Glaubst du, er und Marlene werden heiraten?«

»Da bin ich mir nicht sicher. Nachdem sie jahrzehntelang Witwe war, hat sie sich an ihre Unabhängigkeit gewöhnt und es ist gut möglich, dass sie die nicht aufgeben möchte.«

»Er ist so verrückt nach ihr, dass sie gar nichts aufgeben müsste, wenn sie ihn heiratet. Er würde ihr die Welt zu Füßen legen.«

Ich kann nicht umhin, den wehmütigen Unterton in ihrer Stimme zu bemerken. Ohne von dem Bahnhof hochzuschauen, den ich gerade aufbaue, frage ich sie: »Ist es das, was du dir wünschst? Ein Mann, der dir die Welt zu Füßen legt?«

»Teilweise. Ich möchte vor allem jemanden, der mich nicht ändern will und mich nicht davon abhält, meine Träume zu verwirklichen.«

»Hat Joaquín das getan?«

»Das war das Geringste von dem, was er getan hat. Er wollte jeden einzelnen Gedanken von mir kontrollieren, jede Bewegung, jedes Gefühl. Er hat mich von meinen Freunden, die mir sagen wollten, dass er nicht gut für mich ist, ferngehalten und ihnen entfremdet. Ich wünschte, ich hätte auf sie gehört, aber dann hätte ich Mateo nicht bekommen. Er ist alles wert.«

»Ich bin so froh, dass du Joaquín verlassen hast. Aus vielen Gründen, doch vor allem weil du so viel mehr verdienst, als er dir gegeben hat.«

Sie mustert mich über den Rand ihres Glases hinweg. »Was für andere Gründe?«

»Was meinst du?« Ich weiß natürlich genau, wonach sie sich erkundigt, aber ich muss mir etwas Zeit erkaufen, um mir meine Antwort zurechtzulegen.

Wenn ich den Blick, den sie mir zuwirft, allerdings richtig deute, täusche ich sie nicht.

»Was sind die anderen Gründe, aus denen du froh bist, dass ich ihn verlassen habe?«

»Du möchtest eine Liste?«

Mit einem Lächeln erwidert sie: »Eine Liste wäre gut.«

Dieses Lächeln wirft mich förmlich um. »Hm, na ja … Natürlich ist die Tatsache, dass du alleinstehend bist, gut für mich.«

»Inwiefern?«

Ich schaue zu ihr und erkenne, dass sie sich ein Grinsen verkneifen muss. »Du versuchst mich zu verwirren und genießt es auch noch.«

»Stimmt. Es passiert so selten, dass man Nico Giordino aus dem Konzept gebracht erlebt. Normalerweise strotzt du nur so vor Selbstbewusstsein.«

»Bei dir nicht.«

»Was meinst du damit?«

»In deiner Nähe bin ich immer nervös und fühle mich wie im falschen Spiel.«

»Wie im falschen Spiel … Ist das der Grund, warum deine Schwestern und deine Cousine mich gewarnt haben, dass ich besser die Finger von dir lassen soll?«

Ich ziehe eine Schraube an dem Spielzeugbahnhof fest, wie ich als Kind liebend gern selbst einen gehabt hätte. »Ich vermute schon.«

»Und was ist dein gewohntes Spiel?«

Wie kann ich ihre Frage beantworten, ohne dass sie mich für einen kompletten Idioten hält? »Es ist überhaupt kein Spiel. Wenigstens nicht absichtlich.«

»Welche Absicht steckt denn sonst dahinter?«

Wenn ich ihr jetzt sage, dass ich vor allem bemüht war, Komplikationen und allem, was nach fester Beziehung roch, aus dem Weg zu gehen, werde ich sie nie wiedersehen. Wenigstens nicht so. Nicht bei ihr zu Hause, während ihr kleiner Junge im Nebenzimmer schläft. »Ich hab irgendwie versucht, es nie allzu ernst werden zu lassen, weißt du? Zumindest früher.«

»Ah, verstehe.«

Ich blicke auf und stelle fest, dass sie mich mit einem Anflug von Belustigung in den wunderschönen braunen Augen mustert. »Also, mir ist klar, wie sich das in deinen Ohren anhören muss, doch die Wahrheit lautet … Bei dir möchte ich anders sein.«

»Inwiefern anders?«

»Du und deine bohrenden Fragen«, entgegne ich mit einem kleinen Lächeln.

Sie zuckt die Achseln. »Wenn ein Mädchen gewarnt wird, ein Typ sei toxisch, ist es nur vernünftig, erst mal rauszufinden, was genau das heißt, ehe sie entscheidet, ob sie mehr Zeit mit ihm verbringen möchte.«

»Ja, vermutlich schon«, muss ich ihr mit einem Seufzen beipflichten. »Ich verspreche dir, bei dir nicht toxisch zu sein.«

»Hast du das den anderen Frauen ebenfalls versprochen?«

»Ich hab nie auch nur einer von ihnen irgendwas versprochen, was der Grund ist, weshalb ich überhaupt erst die Bezeichnung ›toxisch‹ verliehen bekommen habe. Von außen betrachtet muss ich wie ein Idiot wirken, aber ich gebe keine Versprechen, die ich nicht halten kann. Also mache ich gewöhnlich keine.«

»Trotzdem hast du doch gerade versprochen, bei mir nicht toxisch zu sein.«

»Das hast du also bemerkt, ja?« Ich stelle den Bahnhof auf den Teppich, damit ich den Turm obendrauf setzen und befestigen kann.

»Ich hab, was dich betrifft, eine Menge bemerkt.«

»Was denn zum Beispiel?«

»Zum einen bist du überaus attraktiv.«

»Ach, wirklich?«

Sie verdreht die Augen. »Als ob du das nicht dein ganzes Leben lang gehört hättest.«

Ich lache heftiger, als ich es seit langer Zeit getan habe. Angesichts der Krankheit meiner Mutter und der Gründung meiner Firma war das vergangene Jahr alles andere als ein Zuckerschlecken. Sofia ist der einzige Lichtblick und mit jeder Sekunde strahlt sie heller. »Vielleicht habe ich es schon das ein oder andere Mal gehört.«

»Wie auch immer. Das ist die Ursache all deiner Probleme.«

»Ich wusste gar nicht, dass ich Probleme hab.«

»Mit Frauen. Du ziehst sie an, ohne dich im Geringsten anstrengen zu müssen, und servierst sie genauso einfach wieder ab.«

»Autsch. Das tut weh.«

»Die Wahrheit tut das häufig.«

»Darf ich dir ebenfalls die Wahrheit sagen?«

»Ich bitte darum.«

Ich lege den Schraubenzieher weg und schaue sie an – schaue sie wirklich an. »Ich mag dich. Ich möchte Zeit mit dir und Mateo verbringen. Ich möchte für dich ein besserer Mann sein, damit du alles haben kannst, was du dir wünschst und verdienst. Die Sache ist nur die … Ich hab das hier tatsächlich noch nie zuvor getan.«

»Was genau?«

»Ich glaube, man nennt es Beziehung?«

Sie beginnt haltlos zu lachen.

»Du findest das komisch, ja?«

Nickend wischt sie sich ein paar Lachtränen weg. »Geradezu zum Schreien.«

Ich schüttle gespielt verzweifelt den Kopf. »Ich entblöße hier meine Seele und du lachst mich aus.«

»Hast du das getan? Deine Seele entblößt?«

»Die ist so entblößt, wie meine Seele nur sein kann. Solche Unterhaltungen führe ich nicht mit Frauen. Na ja, wenigstens gewöhnlich nicht.«

»Richtig, und zwar weil du zu sehr damit beschäftigt bist, dir zu nehmen, was sie dir geben wollen, ehe du zur nächsten weiterziehst.«

Ich zucke zusammen, weil sie mit dieser Bemerkung leider gar nicht so falschliegt.

»Ich möchte keine von deinen Eroberungen sein, Nico. Das Wort habe ich übrigens aus einem Liebesroman über einen Typen wie dich.«

»Für dich möchte ich ein besserer Mann sein, Sofia. Und für Mateo.«

»Wir haben viel durchgemacht, Mateo und ich.« Alle Anzeichen von Belustigung sind verflogen. »Seine Erkrankung und der ganze Mist mit seinem Vater … Es ist schon echt viel gewesen.«

»Ich weiß.«

»Du weißt nicht mal die Hälfte.« Der scharfe Unterton in ihrer Stimme überrascht mich. »Ich bin durch die Hölle gegangen, und das Letzte, was ich brauche, ist ein neuer Mann in meinem Leben.«

Und ich dachte, wir würden Fortschritte machen … »Ich verstehe es, wenn es für dich nicht der richtige Zeitpunkt ist.«

»Das wollte ich nicht sagen. Nicht genau das.«

»Was dann?«

Sie zögert eine Sekunde und scheint ihre Worte mit Bedacht zu wählen. »Wenn wir uns auf das einlassen wollen, was du als ›Beziehung‹ bezeichnest, dann werden wir das sehr, sehr langsam tun oder gar nicht.«

»Ich kann ›langsam‹. Ist es nicht das, was wir die ganze Zeit schon machen?«

»Ja, vermutlich schon.«

Ich sehe sie an. »Wir haben beide eine Menge um die Ohren und keiner von uns hat nach dem gesucht, was das hier geworden ist.«

»Und was genau ist das?«

»Etwas ganz Besonderes und Wichtiges für mich. Damit hatte ich nicht gerechnet.«

»Ich auch nicht.«

Ich wage einen Blick in ihre Richtung. »Also ist es dir ebenfalls wichtig?«

»Wenn es das nicht wäre, wärst du nicht hier.«

Kapitel 4

Sofia

Was um alles in der Welt soll ich nur mit ihm anfangen? Er ist viel zu sexy, zu attraktiv, zu viel von allem und trotzdem scheine ich nicht anders zu können, wenn es um ihn geht. So ist es, seit ich ihn bei einer meiner ersten Schichten im Giordino's kennengelernt habe, nachdem die Familie nach Mateos Operation eingeschritten ist, um uns zu helfen. Livia und Marlene haben Geld für uns gesammelt, mir einen Job angeboten und mich in ihre Familie aufgenommen.

Ich bin den beiden so unglaublich dankbar, was der Grund dafür ist, dass ich Schuldgefühle habe, weil ich insgeheim für Livias sexy Enkel schwärme. Egal wie oft ich mir sage, dass in meinem Leben momentan kein Platz für einen Mann ist – wann immer er in der Nähe ist, habe ich nur Augen für ihn und kann an nichts anderes denken als an ihn.

Da ich mitten in einer schwierigen Scheidung einschließlich Sorgerechtsstreit stecke und gleichzeitig meinem Sohn helfe, wieder gesund zu werden, ist das Letzte, was ich in meinem Leben brauche, mehr Drama.

Und Nico Giordino ist das personifizierte Drama … oder wenigstens war er das früher, wenn man den Aussagen seiner Familienmitglieder Glauben schenken kann. Und ich glaube ihnen. Carmen, Maria und Dee ist es nicht leichtgefallen, aber sie haben mir erklärt, ich müsse vor ihm auf der Hut sein, als ob es ihnen wehtäte, ihrem Cousin und Bruder gegenüber illoyal zu sein. Ihre Sorge um mich war wirklich rührend. Es hat mir so gefehlt, Freundinnen zu haben, und jede von ihnen ist mir im letzten Jahr eine gute Freundin geworden.

Vielleicht bin ich eine Närrin, doch ich nehme es ihm ab, wenn er beteuert, dass er für mich und für Mateo ein besserer Mann sein möchte. Der einzige Weg, wie ich mit Sicherheit rausfinden kann, ob er es ernst meint, ist, ihn in mein Leben zu lassen. Ich hasse das Gefühl, etwas zu beginnen, das nicht gut ausgehen könnte, vor allem nachdem ich so was Ähnliches ja schon mit meinem Ex erlebt habe. Im Hinterkopf wusste ich bei ihm von Anfang an, dass es wohl nicht klappen würde, aber ich hab mich trotzdem drauf eingelassen, weil ich so dringend von zu Hause wegwollte. Ich hab ihm alles gegeben, und am Ende war ich schwanger und mit einem Mann verheiratet, der keinen von uns beiden verdiente. Allerdings bereue ich nichts, weil ich dadurch Mateo bekommen habe. Er ist jede Hölle und jeden Herzschmerz wert, die ich erlitten habe.

Trotzdem möchte ich auch glauben, dass ich aus den Fehlern der Vergangenheit gelernt habe, denn das mit Nico kann bloß weiteren Herzschmerz bedeuten.

»Was habt ihr morgen vor?«, fragt Nico.

»Nichts Besonderes.« Mit meiner Mutter habe ich seit Monaten nicht gesprochen. »Ich glaube, wir werden einfach ganz ruhig zu zweit Weihnachten feiern.«

Ohne von seiner Arbeit aufzuschauen, fragt er: »Möchtest du vielleicht mit zu meinen Eltern?«

Als wäre das keine große Sache.

»Du kannst an Weihnachten nicht einfach Fremde zu jemand anders miteinladen.«

»Es sind meine Eltern, daher ja, kann ich. Sie wären sogar sauer, wenn ich dich nicht einladen würde.«

Ich werfe ihm einen ungläubigen Blick zu. »Deine Mom hat genug Mäuler zu stopfen, ohne dass noch mehr dazukommen.«

»Meine Mom liebt nichts mehr, als Leute zu verköstigen, und sie wäre überglücklich, wenn ihr beide auch dabei seid. Natürlich nur, wenn du möchtest. Ohne Druck. Ich kann genauso gut mit euch hierbleiben.«

»Kommt gar nicht infrage. Du musst an Weihnachten bei deiner Familie sein.«

»Ich muss euch beide in Sicherheit wissen. Mir gefällt nicht, wie Joaquín sich heute aufgeführt hat. Er war auf Ärger aus, und nachdem er festgenommen worden ist, gibt es vielleicht andere, die an seiner Stelle Schwierigkeiten machen wollen.«

»Das ist nichts Neues. So ist das einfach.«

»War er schon immer so?«

»Nicht so wie jetzt. Er hat sich in den letzten paar Jahren sehr verändert. Manchmal erkenne ich ihn kaum wieder.«

Er lässt sich gegen das Sofa sinken und nimmt einen Schluck aus seinem Glas. »Was ist passiert?«

»Ich wünschte, ich wüsste es. Vielleicht sind es psychische Probleme, aber das sollte man besser nicht vor ihm erwähnen, denn das will er nicht hören. Er war immer schon schwierig und launisch. Brutal ist er ungefähr ein Jahr nach der Hochzeit geworden. Anfangs hat er nur rumgeschrien und mich wüst beschimpft, bevor daraus schließlich emotionale Misshandlung geworden ist, die letztlich zu körperlicher Gewalt ausgeartet ist. Erst als Mateo krank geworden ist, hab ich den Mut aufgebracht, ihn zu verlassen. Und als ich meine Miete nicht mehr zahlen konnte, wäre ich beinahe zu ihm zurückgekehrt.«

»Ich bin froh, dass du das nicht getan hast.«

»Hätte ich aber gemusst, wenn da nicht deine Großmütter und die Familie Giordino gewesen wären.«

»Gott sei Dank.«

»Das sage ich mir jeden einzelnen Tag. Ich hab keine Ahnung, was aus mir und Mateo geworden wäre ohne ihre Großzügigkeit und ohne den Job, der es mir gestattet, finanziell unabhängig von ihm und meiner Mutter zu sein, die im Übrigen beinah so schlimm ist wie er. Nicht ganz, doch viel fehlt nicht.« Wenn ich an sie denke, muss ich mich beherrschen, damit ich nicht erschaudere. Sie hat mir das Leben zur Hölle gemacht, bevor ich diese Hölle gegen eine andere eingetauscht habe.

Ab jetzt muss ich bessere Entscheidungen für mich und meinen Sohn treffen.

»Zurück zu morgen … Was meinst du?«

»Bist du dir sicher, dass es deine Mom nicht stört?«

»Absolut, aber ich kann ihr eine Nachricht schreiben und sie fragen, wenn du dich dann besser fühlst.«

»Es ist zu spät dafür, ihr jetzt noch zu schreiben.«

Er blickt zur Uhr an der Wand. »Die Christmette ist gerade vorbei.«

»Wieso warst du heute eigentlich nicht in der Kirche?«

»Ich hatte Besseres zu tun.« Er tippt seine Nachricht, und kaum dass er sein Handy weggelegt hat, gibt es ein »Ping« von sich, als die Antwort seiner Mutter eingeht. »Sie sagt: ›Bitte richte Sofia aus, dass wir sie und Mateo liebend gerne morgen bei uns begrüßen würden.‹«

»Ihr seid alle so lieb. Ich hab noch nie jemanden wie eure Familie kennengelernt.«

»Stimmt, sie sind ziemlich klasse.«

»Da es deiner Mom offenbar tatsächlich nichts ausmacht, würde ich gerne morgen mitkommen, aber nur, wenn ich was mitbringen darf.«

»Du musst überhaupt nichts mitbringen.«

»Ich kann da doch nicht mit leeren Händen auftauchen.«

»Dann eine Flasche Wein.«

»Okay.«

Er schiebt das Dreirad über den Teppich und betrachtet prüfend die Räder, die er gerade angeschraubt hat. »Wie sieht das für dich aus?«

»Perfekt. Der Physiotherapeut hat gesagt, Mateo sei noch zu unsicher auf den Beinen für ein echtes Fahrrad, selbst eins mit Stützrädern würde ihn überfordern, daher hat er ein Dreirad vorgeschlagen, das die Muskulatur kräftigt.«

»Er wird begeistert sein. Ich glaube, das war's dann.«

»Vielen, vielen Dank. Ich hätte die ganze Nacht dafür gebraucht.«

»Dann kannst du jetzt ja schön lang schlafen.«

»Du musst nicht bleiben.«

»Doch, aber tu einfach so, als wäre ich gar nicht hier. Mach einfach genau das, was du sonst machst. Ich bin nur für alle Fälle da.«

»Sicher.« Ich verdrehe die Augen. »So tun, als ob du nicht hier wärst. Als ob das möglich wäre.«

»Soll das heißen, dass du mich vielleicht auch magst?«

»Ein bisschen. Vielleicht.«

Sein Lächeln ist tödlich. »Gut zu wissen.«

»Bild dir bloß nicht zu viel darauf ein.«

»Wenn man meiner Familie glauben darf, war ich schon eingebildet, als ich auf die Welt gekommen bin.«

Darüber muss ich lachen. »Die sorgen schon dafür, dass du nicht komplett überschnappst.«

»Sie versuchen es zumindest.« Sein Lächeln verblasst und er wird ernster. »Ich möchte nur … Es ist mir wichtig, dass du weißt …«

»Was, Nico?«

»Dass ich dich wirklich gern mag – dich und Mateo. Und ich lege Wert darauf, dass du ebenfalls weißt, ich würde nie irgendetwas tun, das einen von euch verletzt. Mir ist klar, dass meine Schwestern und meine Cousine dich vor mir gewarnt haben, und glaub mir, es ist alles richtig, was sie über mich erzählt haben. Aber ich bin fest entschlossen, bei dir alles anders zu machen.«

»Das bedeutet mir viel. Hinter mir liegt eine lange, anstrengende Zeit, und das Letzte, was ich gebrauchen kann, sind mehr Schwierigkeiten. Ich bin erschöpft, Nico. Geistig, körperlich und emotional.«

»Ich möchte derjenige sein, der dafür sorgt, dass du es leichter hast und keine neuen Probleme bekommst.«

»Wenn du nur wüsstest, wie verzweifelt ich mir wünsche, dass du dieser Mensch für mich sein könntest.«

»Was hält dich davon ab?«

»In der Vergangenheit habe ich einen Riesenfehler gemacht und möchte keinen weiteren riskieren.«

»Was, wenn ich dir verspreche, dass ich kein Fehler sein werde?«

»Das kannst du gar nicht.«

»Doch. Ich kann dir gleich hier fest in die Augen schauen und dir schwören, dass ich kein Fehler sein werde.« Er nimmt meine Hand und ich lasse es zu, wobei ich mich bemühe, nicht weiter auf den kleinen elektrischen Schlag zu achten, der mich durchzuckt, wann immer er mich berührt. »Ich schwöre es dir, Sofia. Du kannst mir vertrauen.«

Zögernd ziehe ich meine Hand zurück. »Ich muss noch weiter darüber nachdenken, bevor ich irgendwas entscheide.«

»Das respektiere ich voll und ganz, aber darf ich dir, während du darüber nachdenkst, zeigen, wie es zwischen uns sein könnte?«

»Wie würdest du das denn angehen?«

»Eine Stunde nach der andern. Einen Tag nach dem andern. Eine Woche nach der andern. Wie viel Zeit auch immer nötig ist, um dir zu beweisen, dass du mir glauben kannst.«

»Darf ich dich was fragen?«

»Alles.«

»Warum ich?«

Nico

Ich hab mich noch nie so anstrengen müssen, um eine Frau dazu zu bringen, sich auf mich einzulassen. In dieser Beziehung ist Sofia von Anfang an einzigartig gewesen und jetzt muss ich einen Weg finden, ihr zu erklären, wieso und in welcher Hinsicht sie etwas Besonderes ist. »Hast du je irgendetwas gehabt – ein Spielzeug, ein Auto, eine Freundin, irgendwas –, das dafür gesorgt hat, dass du dich besser fühlst, wenn du in der Nähe davon warst?«

»So geht es mir mit Mateo.«

»Und mir mit dir. Wenn du da bist, fühle ich mich besser. Irgendwie beschwingter, glücklicher, aufgeregter. Wie die beste Art und Weise, natürlich high zu sein. Im Grunde genommen ist es ganz ähnlich wie damals, als wir unseren ersten Hund gekriegt haben oder als ich mir mein erstes Auto gekauft oder mein Unternehmen gegründet habe. Aber vor dir habe ich mich noch nie bei einer Frau so gefühlt. Jedes Mal, wenn ich dich sehe oder mit dir rede, kann ich es gar nicht erwarten, es wieder zu tun. Ich möchte dich nie verlassen, egal wo du bist, und es bringt mich geradezu um, wenn ich sehe, wie dein Ex dir das Leben schwer macht und dich einschüchtert oder dir Angst einjagt. Ich möchte alle Probleme, die du jetzt hast oder je haben wirst, aus der Welt schaffen – kurz, ich möchte mich um dich und Mateo kümmern.« Ich komme mir wie ein Idiot vor, weil ich so viel rede. »Also, um deine Frage zu beantworten, das ist der Grund.«

Sie überrascht mich total, indem sie sich auf die Knie aufrichtet, und dann stockt mir das Herz, als sie mir die Arme um den Hals legt und ihre Lippen auf meine presst. Ich halte die Luft an, möchte ihr auf keinen Fall einen Grund für einen Rückzieher liefern.

»Willst du meinen Kuss nicht erwidern?«

»Möchtest du das denn?«

Ehe sie zu Ende genickt hat, bin ich ebenfalls auf den Knien, habe meine Arme um sie geschlungen und reibe mit meinen Lippen über ihre, während ich mich ermahne, langsam zu machen, nicht zu viel Druck auszuüben und es ihr zu überlassen, das Tempo zu bestimmen. Wie ich überrascht feststelle, hält sie nichts zurück. Als sie mit der Zunge meine Unterlippe nachfährt, komme ich fast in meinen Jeans, was übrigens das erste Mal seit meiner albtraumhaften Teenagerzeit wäre, in der mir so was beinah immer passiert ist, wenn ein Mädchen mich auch nur angeschaut hat.

Meine Güte, sie ist sexy und süß und an all den richtigen Stellen angenehm gerundet. Ich bin mir nicht sicher, was ich anfassen darf, daher lasse ich meine Hände auf ihrem Rücken, obwohl ich ihren Körper liebend gern erkunden würde. Aber das Letzte, was ich riskieren möchte, ist, sie zu verschrecken oder sie daran zu erinnern, dass sie erst vor zehn Sekunden noch in Ruhe darüber nachdenken wollte, mich jetzt jedoch küsst, als wäre sie mit dem Denken fertig.

Ich wünschte, mein Verstand würde die Klappe halten und mich einfach genießen lassen, wie sie mit ihrer Zunge über meine reibt, wie sich ihr herrlicher Busen gegen meine Brust drückt und wie unglaublich verführerisch ihr Hintern ist, der sich gleich unterhalb meiner Hände befindet. Aber ich will dies hier richtig machen. Ich hatte noch nie weniger Lust, einen

Kuss zu beenden, doch das tue ich, löse mich langsam von ihr, während sie leise protestierend wimmert.

»Ganz ruhig, Süße.« Mit meinen Händen an ihrem Gesicht bringe ich sie dazu, mich anzuschauen, während ich mir redlich Mühe gebe, ihre leicht geschwollenen Lippen zu ignorieren, die so unglaublich sexy sind. »Vor einer Minute hast du mir erklärt, dass du nichts überstürzen willst. Wenn du mich allerdings weiter so küsst, wird alles sehr schnell deutlich ernster werden.«

»Und was, wenn es genau das ist, was ich möchte?«

»Das wäre toll, sofern es das ist, was du wirklich willst, aber ich möchte das hier richtig machen. Ich möchte, dass wir miteinander ausgehen und du mir komplett vertraust, bevor wir den nächsten Schritt tun.«

»Was du gesagt hast …« Sie starrt auf meine Lippen, wodurch es mir fast unmöglich wird, an irgendetwas anderes zu denken als daran, sie sofort wieder zu küssen. Manchmal ist es wirklich doof, sich wie ein Gentleman zu verhalten.

»Was meinst du?«

»Darüber, wie du dich fühlst, wenn ich da bin, und wie du uns beschützen willst …« Ihr Blick wandert an mir hoch, findet meinen. »So was hat noch nie jemand zu mir gesagt.«

Ich nehme ihre Hand und lege sie mir auf die Brust. »Spürst du das?«

Mein Herz schlägt so heftig, dass es mir in den Ohren dröhnt.

Sie befeuchtet sich mit der Zungenspitze die Lippen und nickt.

Ich bin fast schmerzhaft erregt. »So geht es mir, wenn wir auf diese Weise zusammen sind. Wenn du mich anschaust oder mich anlächelst oder in ein Zimmer kommst. Jedes verdammte Mal.«

Sie dreht unsere Hände so, dass jetzt meine flach auf ihrem Brustkorb liegt. Ihr Herz führt denselben wilden Tanz auf wie meins. Während sie bebend ausatmet, erkenne ich, dass sie mich genauso begehrt wie ich sie.

Aber weil so viel auf dem Spiel steht, weigere ich mich, unsere Hormone die Oberhand über den gesunden Menschenverstand gewinnen zu lassen. Sie hat nachvollziehbarerweise Bedenken in Bezug auf uns, und bevor wir den nächsten Schritt wagen, möchte ich ihr beweisen, dass sie mir vertrauen kann. Das fühlt sich – warum auch immer – entschieden wichtiger an, als dem machtvollen Verlangen zwischen uns nachzugeben.

Nur um das klarzustellen – das ist das allererste Mal, dass ich so empfinde. Ich hatte noch nie eine Frau in meinen Armen, die eindeutig zu allem bereit war, nur um dem Ganzen dann einen Riegel vorzuschieben. Denn bitte, wer, der noch ganz bei Verstand ist, würde eine derart unmissverständliche Einladung wie die von ihr eben ablehnen?

Dann bin ich wohl einfach nicht mehr ganz bei Verstand. Ich bin wild entschlossen, es diesmal richtig zu machen – wenigstens ein Mal. Und ich weiß einfach, dass jetzt mit ihr zu schlafen auf längere Sicht alles zerstören würde.

Daher rücke ich voller Bedauern von ihr ab, setze mich wieder auf meine Fersen.

Ihr Blick wandert über mich, bleibt an meinem Schritt hängen.

»Du willst nicht …«

»Natürlich will ich, aber mehr als alles andere möchte ich, dass du mir vertraust, Sofia. Und wenn wir einander jetzt die Kleider vom Leib reißen und du morgen früh aufwachst und merkst, dass du etwas getan hast, wozu du nicht bereit warst, könnte das alles ruinieren. Du hast mir vorhin erzählt, was du erlebt hast, und ich möchte dir beweisen, dass ich dir etwas Besseres zu bieten habe. Und das Letzte, was ich möchte, ist, dass du meinst, das hier sei das Einzige, was ich von dir will.« Ich gestikuliere mit den Händen zwischen uns hin und her. »Ich möchte alles von dir, was der Grund dafür ist, dass wir das hier nicht überstürzen werden.«

Sie nimmt einen tiefen Atemzug und atmet langsam wieder aus. »Ich hatte nicht vor, dich zu küssen.«

Grinsend erwidere ich: »Ich bin so froh, dass du es getan hast.«

»Ich auch.« Sie beißt sich auf die Unterlippe, während sie meinen Mund mit ihren wunderschönen Augen anstarrt, die noch mal mein Untergang sein werden.

»Du solltest dich hinlegen. Mateo wird früh wach sein und nachschauen wollen, was Santa gebracht hat.«

»Ja, stimmt.«

»Geh schon. Ich bleib hier und passe auf.« Ich lehne mich vor, um sie auf die Stirn zu küssen und dann noch einmal auf die Lippen. »Schlaf gut.«

Sie steht auf und wartet eine Sekunde, als wolle sie das abschütteln, was gerade zwischen uns geschehen ist. Ich verstehe das. Ich werde die ganze Nacht brauchen, um das zu verarbeiten, während meine Gedanken sich einzig darum drehen werden, wie bald wir das alles wiederholen können.

Gemeinsam platzieren wir Mateos Geschenke neben dem kleinen Baum mit dem selbst gebastelten Schmuck und den bunten Lichterketten. Ich bewundere sie, weil sie mit den wenigen Mitteln, die ihr zur Verfügung stehen, ein so gemütliches und liebevoll eingerichtetes Zuhause für ihren Sohn schafft.

»Ich werde dir ein Kissen und eine Decke besorgen.«

»Danke.«

Sie geht ins Schlafzimmer und kommt eine Minute später mit einem Kissen und einer gehäkelten Decke wieder, die mich an meine verstorbene Urgroßmutter erinnert.

»Die hier hat meiner Oma gehört. Es ist meine Lieblingsdecke«, sagt Sofia.

»Meine Urgroßmutter hatte genauso eine, die sie selbst gehäkelt hatte«, antworte ich.

»Ich habe so viele schöne Erinnerungen daran, wie ich in diese Decke gekuschelt bei ihr Fernsehen geschaut habe.«

»Ich werde sie sorgsam behandeln.«

Sie reicht mir eine verpackte Zahnbürste. »Ich dachte, vielleicht hättest du das hier ebenfalls gern.«

»Das ist super. Du kannst ruhig vor mir ins Badezimmer, ich bin dann nach dir dran.«

»Danke noch mal für deine Hilfe mit dem Spielzeug. Ich weiß es wirklich zu schätzen.«

Ich grinse. »War mir ein Vergnügen.«

Ihr Gesicht wird flammend rot, bevor sie sich umdreht und ins Badezimmer verschwindet, wobei ihr die Tür aus der Hand rutscht und mit einem lauten Knall zufällt.

Ich lache. Es ist schön, zu wissen, dass ich nicht der Einzige bin, der von dem hier komplett aus der Bahn geworfen wird.

Als ich mich später auf dem Sofa ausstrecke, schaue ich zum ersten Mal seit Stunden auf mein Telefon. Angelo hat mir einige Male geschrieben. Dein Bruder hat uns heute Abend den Hintern gerettet. Du schuldest ihm was.

Danke, ich werde ihn fürstlich entlohnen, weil er eingesprungen ist.

Es sieht dir so gar nicht ähnlich, einfach in der Versenkung zu verschwinden, wenn wir so viel zu tun haben. Was ist los?

Was Persönliches, das sich ergeben hat. Entschuldige, dass ich euch hängen gelassen habe.

Halb so wild. Ich fahre jetzt nach Hause und bin morgen Nachmittag wieder zur Stelle.

Danke, dass du an den Feiertagen arbeitest.

Danke, dass du mir den doppelten Stundenlohn dafür zahlst.

LOL. Aber klar doch.

Ich wollte freihaben, um dieses Weihnachten so viel Zeit wie möglich mit meiner Familie zu verbringen. Wir sind alle so dankbar, dass der Abschluss der Krebsbehandlung meiner Mom langsam in Sichtweite kommt – und ich hatte auf die Chance gehofft, mit Sofia und Mateo zusammen zu sein, wobei ich nicht sicher war, wozu sie bereit sein würde. Mir wäre im Traum nicht eingefallen, dass ich an Heiligabend auf ihrem Sofa übernachten würde.

Rasch schreibe ich eine Nachricht an Miguel. Hast du irgendetwas von Joaquín oder seinen Kumpels gehört, das mir Sorgen bereiten sollte?

Miguel antwortet zehn Minuten später. Lauter blödes Gerede und nichts Ernstzunehmendes. Wir behalten Sofias Wohnung im Auge. Bist du da?

Ja.

Wenn es Schwierigkeiten gibt, ruf mich an. Leg dich nicht selbst mit ihnen an.

Verstanden.

Ich werde mich morgen melden.

Danke dafür.

Ist doch selbstverständlich.

Der Gedanke, dass ihr irgendjemand wegen ihres dämlichen Ex etwas antun möchte, jagt mir Angst ein. Ich kann nicht die ganze Zeit bei ihr und Mateo sein, sosehr ich mir das auch wünsche. Übermorgen muss ich wieder zur Arbeit, Kunden herumfahren und mich um mein Geschäft kümmern. Ich habe alles darauf gesetzt, dass es ein Erfolg wird, und kann es mir unmöglich leisten, da jetzt die Zügel schleifen zu lassen.

Mit all den notwendigen Ausgaben für Unterhalt und Wartung der Fahrzeuge, Versicherungen und Personal wird es eine Weile dauern, bis wir richtig Gewinn machen, aber ich sehe schon in den nächsten paar Jahren das Licht am Ende des Tunnels.

Wie die meisten Kleinunternehmer arbeite ich halbtags – im Schnitt zwölf Stunden täglich. Ich habe diesen Witz bei einem Meeting für Unternehmensgründer gehört, an dem ich teilgenommen habe. Bei dem Termin habe ich Unmengen von Visitenkarten verteilt und damit an die zehn neue Stammkunden an Land gezogen. Das Parken am Flughafen ist ungemein teuer. Darum und weil wir die Preise knapp kalkulieren und Sammelfahrten organisieren, haben wir jede Menge Kunden.

Man hat mir erklärt, dass ich verrückt sei, im Zeitalter von Uber und Lyft in den Personentransport einzusteigen, doch wir sind der Ansicht, dass die Leute gerne lokale Unternehmen unterstützen. Es hat natürlich auch nicht geschadet, dass mein Onkel Vincent zu jeder Rechnung, die im Giordino's ausgestellt wird, meine Visitenkarten dazulegen lässt. Das beschert uns einen Haufen neuer Kunden, ebenso wie die Mund-zu-Mund-Propaganda.

Die Herausforderung, eine Firma von Grund auf aufzubauen, gefällt mir. Wir haben mit zwei Autos angefangen und unsere Flotte inzwischen auf fünfzehn aufgestockt. Und ich hoffe, dass wir Ende nächsten Jahres dreißig Wagen haben werden. Je mehr Fahrzeuge zur Verfügung stehen, desto mehr Geld nehmen wir ein, doch entscheidend ist, dass alle Wagen mindestens sieben Stunden pro Tag fahren. Diesem Ziel kommen wir langsam, aber sicher näher, ganz da sind wir allerdings noch nicht. Sobald wir diesen Meilenstein erreicht haben, werde ich weitere Autos anschaffen.

Mein Vater, der Buchhalter ist, und meine Mutter mit ihrem juristischen Hintergrund haben entscheidend zu dem verheißungsvollen Start meines Unternehmens beigetragen, doch das Risiko liegt allein bei mir. Und ich habe vor, eine Erfolgsgeschichte daraus zu machen.

Kapitel 5

Nico

Auf meinem Handy erscheint eine Nachricht von meinem Cousin Dom. Wo steckst du, du Aufreißer? Ich bin auf der Suche nach der Afterparty.

> Bei Sofia. Ich stelle sicher, dass die Freunde ihres Ex sie nicht belästigen, wenn sie herausfinden, dass er Weihnachten hinter Gittern verbringt.

> Oh, verdammt. Alles okay?

> So weit, so gut, und ich werde dafür sorgen, dass es dabei bleibt.

> Die Mädels behaupten, dass du Sofia wirklich gernhast.

> Das stimmt.

Wow. Dafür brauch ich eine Minute. Mein Cousin Nico bekundet zum zweiten Mal heute ernsthaftes Interesse an einer Frau. Was kommt als Nächstes? Die Landung von Aliens? Es folgen ein paar lachende Emojis, über die ich grinsen muss.

Mein ehrliches Interesse an Sofia – und ihrem Sohn – scheint alle zu faszinieren.

Sei still.

Mehr lachende Smileys. Was ist an ihr so besonders? Ernsthafte Frage.

Alles. Sie ist süß und sexy und freundlich und eine wunderbare Mutter. Ihr Leben war schwierig und ich möchte, dass sie es leichter hat.

Hätte nie gedacht, dass ich den Tag erlebe, an dem Nico G. sich verliebt.

Angeblich passiert das den Besten von uns. Was ist eigentlich mit deiner Freundin in NY?

Das ist vorbei. Es ist extrem unschön geworden, als ich ihr erklärt habe, dass ich nicht heiraten möchte.

Autsch.

Wenn sie sich so aufführt, wenn sie nicht kriegt, was sie will, ist es besser so, verstehst du?

Verdammt, ja. Das verstehe ich nur zu gut.

Ich spiele übrigens mit dem Gedanken, wieder nach Miami zu ziehen. Mein Mietvertrag in NY läuft Ende

Januar aus. Ohne Dee ist es nicht mehr halb so lustig. Darum hab ich mich um ein paar Jobs in Südflorida beworben. Schauen wir mal, was dabei rauskommt.

Das wäre toll! Du kannst für mich arbeiten, bis du was findest. Natürlich nur, falls du Lust hast. Deinen Führerschein hast du ja noch, oder? Das ist eine berechtigte Frage, da er in New York viele Jahre ohne Auto gelebt hat.

Jap.

Der Job gehört dir, wenn du willst. Die Bezahlung ist in Ordnung und die Trinkgelder sind üppig.

Onkel Vin hat mir angeboten, für ihn zu kellnern, sodass ich mich mit beiden Jobs gut über Wasser halten könnte, bis ich etwas Passendes finde. Danke, dass du mir geholfen hast, eine Entscheidung zu treffen. Ich komme heim!

Großartig! Dom ist nicht nur mein Cousin, sondern außerdem seit ewigen Zeiten einer meiner besten Freunde. Nachdem er in den Norden gezogen war, hab ich ihn bitter vermisst.

Bei mir sind noch ein paar Zimmer frei. Da kannst du wohnen, wenn du magst.

Echt? Der Gedanke, wieder bei meinen Eltern einzuziehen, war ziemlich ernüchternd.

Ich bin für dich da.

Du bist der Beste, Nico. Danke für Job und Unterkunft.

Ich freu mich schon darauf, dass du wieder zurück bist. Melde dich, wenn du Hilfe beim Umzug brauchst.

Ich entsorge den Großteil meiner Sachen, und den Rest schicke ich per Spedition, dann dürfte sich der Aufwand in Grenzen halten.

Klingt vernünftig.

Ich schätze, ich begebe mich dann mal ins Bett, da du so häuslich geworden bist und Milo mit einer Frau, die er aus der Schule kennt, um die Häuser zieht. Die Frauen heutzutage sind superlangweilig. Keine will mehr einfach bloß Spaß haben. Er garniert das mit trübseligen Emojis, die mich zum Lachen bringen.

Während deiner Abwesenheit sind wohl alle erwachsen geworden.

Ich weiß! Es ist unfassbar. Wenn das so langweilig ist, will ich nie erwachsen werden.

Ich muss an vorhin denken, als ich Sofia geküsst habe, denn das war ganz entschieden einer der aufregendsten Augenblicke meines Lebens. Es ist nicht alles langweilig, *primo*. Das wirst du schon auch noch merken.

Wenn du das sagst … Trotzdem bleib ich lieber Single, als mich mit dem ganzen Mist rumzuschlagen, der in der letzten Zeit passiert ist.

Wenn es die Richtige ist, gibt es keinen Mist.

Das hat Carmen auch behauptet. Sie meint, mit Jason sei es von Anfang an anders gewesen.

Und jetzt ist sie schwanger. Ich freue mich sehr für sie. Sie ist vor Jahren durch die Hölle gegangen, nachdem ihr junger Ehemann als Polizist im Dienst erschossen worden war.

Ich auch – wenn jemand es verdient hat, glücklich zu sein, dann sie. Okay, machen wir für heute Schluss. Sehen wir uns morgen?

Wir werden da sein.

Normalerweise landen an Weihnachten alle irgendwann bei meinen Eltern. Es ist eine der zahlreichen Traditionen, die wir alle nach so vielen Jahren für selbstverständlich halten. Ich finde es schön, dass mich Sofia und Mateo morgen begleiten. Bislang habe ich nie eine Frau zu irgendeiner Familienfeier mitgebracht, also wird es für mächtig Wirbel sorgen, wenn ich mit den beiden da auftauche.

Obwohl ich das weiß, kümmert es mich nicht weiter. Ich möchte sie an den Feiertagen bei mir haben – und nicht bloß aus Sorge um ihre Sicherheit. Viel wichtiger ist, dass Sofia irgendwann in den letzten paar Monaten mein absoluter Lieblingsmensch geworden ist und ich sie wie die Luft zum Atmen brauche. Vor nicht allzu langer Zeit hätte mich eine Erkenntnis wie diese die Flucht ergreifen, meinen Namen ändern und ins Exil gehen lassen, nur damit ich ja nicht mit irgendwas in Berührung komme, das auch nur ansatzweise nach Verbindlichkeit riecht.

Und jetzt? Ich möchte sie und Mateo in meinem Leben haben. Ich möchte da sein, wo immer sie sind. Die Vorstellung, mit irgendwem anders als mit ihr zusammen zu sein, finde ich absurd. Für mich gibt es nur sie. Ich muss mich bei ihr von meiner besten Seite zeigen, um sie davon zu überzeugen, uns eine Chance zu geben. Dafür muss ich jetzt nur noch herausfinden, was meine beste Seite ausmacht, und zwar schnell.

Sofia

Am nächsten Tag in Nicos Pick-up kreisen meine Gedanken um die Ereignisse des letzten Abends. Ich kann nicht glauben, dass ich ihn geküsst habe, aber andererseits, wie hätte ich das nicht tun können, nachdem er solche Dinge zu mir gesagt hat? Am liebsten würde ich mir seine Worte auf den Arm tätowieren lassen, damit ich sie jeden Tag sehen kann und sie nie vergesse. Nicht, dass da irgendeine Chance bestünde, dass das passiert.

»Ich muss kurz bei mir vorbei, um zu duschen und mich umzuziehen. Ist das okay?«

»Natürlich. Wir sind dabei.« Mateo ist in seinem Kindersitz auf der Rückbank und hat das Dreirad neben sich, weil er sich geweigert hat, es zu Hause zu lassen. Es war Nicos Idee, es neben Mateo anzuschnallen, wovon mein Sohn restlos begeistert ist. »Meine Eltern haben genau die richtige Einfahrt für eine Dreirad-Teststrecke«, hat Nico erklärt und versprochen, alle Autos so zu parken, dass Mateo jede Menge Platz hat.

Wer ist dieser Mann, der alles so viel besser für uns beide macht? Ich sollte schreckliche Angst vor den Gefühlen haben, die er in mir weckt, aber ich bin wie eine Drogenabhängige, die so schnell wie möglich den nächsten Schuss haben will. Heute früh hat er mit Mateo auf dem Fußboden gesessen und mit ihm die neuen Spielsachen ausprobiert, während ich Kaffee gekocht und Frühstück zubereitet habe. Es war der schönste

Weihnachtsmorgen meines gesamten Lebens, und das verdanke ich allein ihm.

In meinem Kopf meldet sich die verhasste Stimme meiner Mutter zu Wort, die mir sagt, dass ich es schon wieder tue. Ich lasse mir von einem Mann den Kopf verdrehen, der mich dann später wie den letzten Dreck behandeln und mich mit größeren Problemen sitzen lassen wird, als ich jetzt bereits habe. Denn so endet es unweigerlich. Zumindest ihrer Erfahrung nach – und meiner auch, sehr zu ihrer Genugtuung. Ich habe nie begreifen können, weshalb meine eigene Mutter sich darüber freuen sollte, dass mein Leben genauso lausig verläuft wie ihres. Warum wünscht sie sich nichts Besseres für mich? Das ist eine Frage, die ich mir schon so lange stelle, wie ich mich erinnern kann. Wann immer mir irgendetwas Gutes passiert ist, hat sie einen Weg gefunden, es zu torpedieren.

Wie zum Beispiel damals, als mir für die Universität von Florida ein Stipendium angeboten wurde und sie mir erzählt hat, ich würde es ohnehin nie schaffen, obwohl ich auf der Highschool einen Einserschnitt hatte. Drei Wochen bevor ich ausgezogen wäre, hat sie zum ersten Mal eine Überdosis genommen, und da sie niemand anderen hatte, der sich um sie kümmern konnte, blieb das wohl oder übel an mir hängen. Ich kann mich immer noch an ihr selbstzufriedenes Lächeln erinnern, als ich ihr gesagt habe, dass ich das Stipendium ausgeschlagen hab. Sie hat genau das gekriegt, was sie wollte – mich weiter unter ihrer Fuchtel zu haben.

Mich davon zu befreien war mein erster Akt der Unabhängigkeit. Leider habe ich mich darauf verlassen, dass Joaquín mich rettet, hab jedoch in Wirklichkeit nur ein schreckliches Los gegen ein anderes eingetauscht. Anfangs habe ich das natürlich nicht so gesehen, weil ich dachte, ich sei in ihn verliebt und er in mich, aber was wir hatten, war keine Liebe. Ich weiß nicht einmal, was Liebe genau ist. Ich weiß bloß, dass es das nicht war. Er hat geglaubt, er könne über alles bestimmen: darüber, was ich sage, was ich tue, und über jeden Cent, den ich ausgebe. Außerdem hat er einen Keil zwischen mich und die paar Freunde getrieben, die ich hier noch hatte, nachdem der Großteil von ihnen ans College gegangen war und den Staat verlassen hatte.

Heute kann ich nur sehnsüchtig verfolgen, wie sie das Leben führen, das ich mir für mich immer erträumt hatte. Ich möchte immer noch irgendwann ans College, selbst wenn das so weit außer Reichweite gerückt zu sein scheint, dass es lachhaft ist. Ich werde für den Rest meines Lebens die Rechnungen für Mateos Behandlung abstottern müssen. Zwar hat Jason auf sein Honorar verzichtet, trotzdem sind jede Menge anderer Kosten angefallen. Ich hatte nie eine Krankenversicherung, und Joaquín weigert sich, mir auch nur einen Cent Unterhalt zu zahlen, seit ich ihn verlassen und seinen Sohn mitgenommen habe. Daher bleibt alles an mir hängen, bis ich hoffentlich vor Gericht durchsetzen kann, dass er seinen Verpflichtungen nachkommt.

Ich versuche, mich deswegen nicht aufzuregen, solange Mateo sich immer weiter von dem Eingriff erholt. Jason meint, es wird wohl noch ein oder zwei Jahre dauern, und vielleicht bleiben auch ein paar Beeinträchtigungen zurück, weil der Tumor nun mal an exakt dieser ungünstigen Stelle gesessen hat, aber er sollte ein verhältnismäßig normales Leben führen können, solange der Krebs nicht zurückkehrt.

Obwohl ich natürlich Angst habe, dass genau das geschieht, übe ich mit ihm fleißig nach seinem Physio- und Ergotherapieplan. Und selbstverständlich hoffe ich, dass der Gesichtsnerv, der bei der Operation beschädigt worden ist, sich irgendwann regeneriert, sodass die rechte Hälfte seines Gesichts nicht länger so hängt und ihn wie einen traurigen kleinen Clown aussehen lässt. Jason hat mir erklärt, dass die Heilung von Nerven sehr langwierig ist, doch da es seit dem Eingriff schon erkennbare Verbesserungen gibt, ist er zuversichtlich, dass letztlich alles vollständig ausheilt.

Ich wünschte bloß, ich könnte mir mehr Therapie für ihn leisten. Da das nicht geht, nehme ich das, was ich mir von den Therapeuten abgeschaut habe, und mache die Übungen selbst mit ihm, so gut ich kann. Ich habe mir stundenlang Videos auf YouTube angesehen, in denen die besten Behandlungsmöglichkeiten für ihn gezeigt wurden. Ich finde, dass er gute Fortschritte macht, aber gleichzeitig ist es schwer zu beurteilen. Schließlich bin ich keine Expertin, sondern nur eine Mutter, die ihr Kind mehr liebt als irgendetwas sonst auf dieser Welt.

»Alles in Ordnung da drüben?«

Nicos tiefe Stimme holt mich aus dem Kaninchenloch, in das mich meine Gedanken gezerrt haben.

»Alles prima. Danke, dass du heute Morgen mit Mateo gespielt hast. Er war völlig hin und weg.«

»Er ist einfach unglaublich süß. Und ich hatte einen Mordsspaß.«

Kurze Zeit später fahren wir durch ein Tor, an dem uns ein lächelnder Wachmann durchwinkt.

»Hier wohnst du?« Ich betrachte ungläubig die wunderschönen Häuser mit den üppig grünen Gärten.

»Ich hab's vor ungefähr sechs Jahren sehr günstig bei einer Zwangsversteigerung erstanden.«

Die Straße führt durch eine Wohnsiedlung, wie ich sie mir in meinen kühnsten Träumen nicht hätte ausmalen können.

»Wie alt warst du, als du das Haus gekauft hast?«

»Sechsundzwanzig.«

»Du hast mit sechsundzwanzig Jahren ein Haus in dieser Gegend gekauft?« Ich kann das einfach nicht fassen. Außerdem weiß ich jetzt, dass er zweiunddreißig ist, also sechs Jahre älter als ich.

»Ich habe nur ungefähr die Hälfte dessen hinblättern müssen, was man normalerweise veranschlagt. Die Bank war sehr daran interessiert, das Haus loszuwerden.«

»Das ist erstaunlich.«

»Jetzt sind auch wieder Hypotheken drauf, die ich aufgenommen habe, um die Gründung meiner Firma zu finanzieren, also sei besser nicht zu beeindruckt. Ich bin bis Oberkante Unterlippe verschuldet.«

»Was bedeutet dieser Ausdruck? ›Oberkante Unterlippe‹?«

»Das heißt, dass ich hohe Schulden habe.«

»Ah, verstehe, und ich bin beeindruckt. Du besitzt mit zweiunddreißig Jahren schon ein Haus und eine Firma.«

»Ich hatte Riesenglück, das weiß ich. Mein Onkel hat mir, als ich sechzehn war, einen super Job gegeben, der es mir erlaubt hat, gutes Geld zu verdienen und genug zu sparen, um mir die Anzahlung für das Haus leisten zu können. Mein Vater hat mir außerdem bei der Abgabe des Angebots bei der Zwangsversteigerung geholfen.«

»Es ist mehr als Glück. Es ist auch harte Arbeit und … Wie heißt das Wort noch mal?«

»Zielstrebigkeit?«

»Ja, das ist es. Zielstrebigkeit.« Ich nehme mir im Geiste vor, das auf meine Liste mit neuen Wörtern zu setzen.

»Dein Englisch ist wirklich fantastisch.«

»Na, ich weiß nicht, aber auf jeden Fall wird es besser. Ich versuche, jeden Tag neue Wörter und Redewendungen zu lernen. Ich hoffe, es stört dich nicht, wenn ich dich frage, was ein bestimmter Ausdruck bedeutet.«

»Natürlich nicht. Frag ruhig alles, was du willst.« Er biegt in die Einfahrt eines zweistöckigen Hauses ein, das weiß gestrichen ist und inmitten eines Gartens mit Palmen steht.

Ich liebe Palmen und habe das schon immer getan. Ihr Anblick macht mich glücklich. »Das hier ist dein Haus?«

»Ja. Komm rein. Ich muss nur schnell unter die Dusche und die Geschenke für meine Familie holen.« Er ist aus dem Auto ausgestiegen und hat Mateo abgeschnallt, während ich noch mit der Erkenntnis ringe, dass er in einem Palast wohnt. Wenigstens wirkt es so auf mich. Ich verspüre eine merkwürdige Angst, während ich ihm ins Haus folge, nachdem er einen Zifferncode in das Nummernpad an der Haustür eingegeben hat.

Mir bleibt der Mund offen stehen, als ich drinnen die hohen Decken, einen offenen Grundriss und eine große, breite Treppe sehe. Hinten im Garten befindet sich ein Swimmingpool, den ich durch die Terrassentür erkennen kann. Ich kann nicht glauben, dass er tatsächlich hier wohnt.

»Sofia?«

Mir wird bewusst, dass ich weiter in der Tür stehe.

»Möchtest du nicht reinkommen?«

Nico hat meinen Sohn auf dem Arm und schaut mich an, als frage er sich, was mit mir los ist. Das frage ich mich auch. Was zum Teufel habe ich überhaupt in so einem Haus und bei einem Mann wie ihm verloren? Doch ich möchte nicht unhöflich sein, daher mache ich einen Schritt nach vorn und nehme ihm meinen Sohn ab.

»Ich beeile mich. Fühlt euch in der Zwischenzeit wie zu Hause.«

Mateo möchte runter, daher stelle ich ihn auf den Fliesenboden und halte seine Hand, als er mich zu dem riesigen Weihnachtsbaum zieht.

»Für den sind meine Schwestern verantwortlich«, erklärt Nico von der Küche aus, in der er sich gerade was zu trinken eingegossen hat. »Sie ertragen die Vorstellung nicht, dass ich kein einziges Stück Weihnachtsdeko im Haus habe. Kann ich dir irgendwas anbieten? Kaffee, Wasser, Tee, Limo?«

»Nein, danke, ich brauch nichts.«

»Und was ist mit Mateo?«

»Für ihn hab ich was dabei. Trotzdem danke.«

Ich krieg kaum Luft, so groß ist der Kloß, der sich in meiner Kehle gebildet hat, seit ich dieses unglaubliche Haus betreten habe. Ich bin mir nicht sicher, was ich mir vorgestellt hatte, wo und wie er wohnt, aber so etwas wie das hier war es ganz sicher nicht. Noch überraschter bin ich, als sein Bruder Milo ins Wohnzimmer geschlendert kommt, nur mit Basketballshorts bekleidet, die muskulöse Brust entblößt.

»Oh, hallo, Sofia«, begrüßt er mich. »Ich hab mich schon gefragt, wer hier ist.«

»Haben wir dich geweckt?«, erkundigt sich Nico.

»Nein. Ich bin bereits eine Weile auf und wollte mich gerade anziehen, um zu Mom zu fahren. Frohe Weihnachten.«

»Gleichfalls. Wir sind ebenfalls auf dem Weg dorthin. Ich muss bloß kurz duschen. Gestern Abend hast du uns den Hintern gerettet, hat man mir gesagt. Vielen Dank.«

»Kein Problem. Hat mir den Besuch der Christmette erspart, also …«

Nico lacht über die Grimasse, die sein Bruder schneidet.

Milo winkt meinem Sohn. »Hallo, Mateo.«

»Santa war da«, ruft Mateo im Überschwang weihnachtlicher Begeisterung.

»Und was hat er dir gebracht?«

»Ein Dreirad.«

»Das neue Dreirad ist sein Lieblingsspielzeug«, wirft Nico ein. »Wir wollen es in Moms und Dads Einfahrt ausprobieren.«

»Klingt nach Spaß.«

»Ich will Dreirad fahren!«, verlangt Mateo.

»Auf jeden Fall, Kumpel«, antwortet Nico. »Ich beeil mich. Bin gleich wieder da.«

Nachdem Nico die Küche verlassen hat, gießt Milo sich eine Tasse Kaffee ein und fragt, ob ich auch welchen möchte.

»Sicher, danke.«

»Zucker und Milch?«

»Nur ein bisschen Milch, bitte.« Ich hebe Mateo hoch und nehme ihn mit in die Küche, damit er neben mir sitzen kann. Von unseren Plätzen aus können wir den wunderschönen Swimmingpool sehen.

»Mama, kann ich schwimmen?«

»Heute nicht, Süßer.«

»Mama. Schwimmen!«

»Darf er vielleicht die Füße ins Wasser halten?«, schlägt Milo vor.

»Klar, warum nicht?«

Nicos Bruder trägt unsere beiden Kaffeetassen zum Pool raus, während ich mit Mateo auf dem Arm folge. Ich lasse mich auf einem Sofa nieder und ziehe meinem Sohn die Sandalen aus.

Milo stellt eine Tasse Kaffee neben mir auf den Tisch und hält Mateo die Hand hin. »Magst du deine Füße reinhalten, Kumpel?«

»Okay, Mama?«

»Aber wirklich nur die Füße! Und spritz nicht so rum, dass du von oben bis unten nass wirst.«

Während ich meinen Kaffee trinke, sitzt Milo mit Mateo am Rand des Pools und lässt seine Füße ins Wasser baumeln, zeigt Mateo, wie man es macht.

Mateo folgt seinem Beispiel und kichert, als er zu planschen beginnt. Wie gut, dass ich Klamotten zum Wechseln für ihn dabeihab, nur für alle Fälle. Ich fürchte, es ist ausgeschlossen, dass er trocken bleibt.

Mit seinem dunklen Haar und der schwarz gerahmten Brille ist Milo genauso attraktiv wie Nico. Ich hab schon vorher gewusst, dass er unglaublich nett ist, ohne die rauen Ecken und Kanten seines Bruders. Er ist der Mann, zu dem ich mich hingezogen fühlen sollte, und nicht der, den seine eigenen Familienmitglieder als »toxisch« beschreiben.

»Also wohnst du hier?«

»Ja. Mein großer Bruder ist mir gegenüber sehr großzügig.«

Irgendwie sorgt diese Aussage dafür, dass ich in Bezug auf das, was sich zwischen mir und Nico zu entwickeln scheint, ein besseres Gefühl hab. »Was arbeitest du?«

»Computerzeug.«

»Er ist ein Nerd«, verkündet Nico, der in diesem Moment auf die Terrasse tritt, frisch rasiert und geduscht, in Stoffshorts und ein kubanisches Guayabera-Hemd gekleidet. Er riecht gut. Wirklich, wirklich gut.

»Du wärst liebend gern ein Nerd wie ich«, entgegnet Milo.

»Nein, danke, ich verzichte.«

»Und trotzdem bist du immer bereit, auf meine Fähigkeiten zurückzugreifen, wenn deine Firma jemanden wie mich braucht.«

»Und du bist überglücklich, mietfrei in meinem Haus wohnen zu dürfen.«

Trotz des Geplänkels kann ich erkennen, dass sie einander nahestehen, und mir gefällt Nico in der Rolle des großen Bruders.

»Hör nicht auf ihn«, verlangt Milo. »Ich bin der Einzige, der hier je sauber macht. Wenn ich nicht wäre, wäre das hier der totale Schweinestall.«

»Stimmt ja gar nicht«, widerspricht Nico.

»Doch, absolut, und das weißt du auch.«

»Was immer du sagst, kleiner Bruder.« Er schaut mich an und verdreht die Augen. »Bereit zum Aufbruch?«

»Meinetwegen gern, aber es könnte schwierig werden, Mateo dazu zu überreden, den Pool zu verlassen.«

»Hey, Kumpel, willst du Dreirad fahren?«

»Dreirad!« Mateo versucht aufzustehen, und Milo hilft ihm hoch auf die Terrasse.

Bevor ich selbst auf die Füße komme, hat Nico ihn schon hochgehoben und in einer fließenden Bewegung die Sandalen mitgenommen. Ich kann erkennen, dass Milo ebenso beeindruckt davon ist wie ich, wie Nico sich um Mateo kümmert.

»Wir sehen uns gleich«, meint Nico zu seinem Bruder, während er im Haus verschwindet.

»Ich bin direkt hinter euch.«

»Danke, dass du mit Mateo gespielt hast«, sage ich zu Milo.

»Kein Problem. Er ist ein süßer Kerl.«

»Finde ich auch.«

»Bis gleich bei meinen Eltern.«

»Ist es wirklich okay, wenn ich mit dabei bin?«

»Eigentlich solltest du inzwischen wissen, dass du in unserer Familie herzlich willkommen bist.«

»Eure Familie ist was ganz Besonderes.«

»Stimmt. Wir haben Riesenglück, wie wir genau wissen.«

Nico kehrt zur Tür zurück. »Kommst du, Sofia?«

»Schon unterwegs. Danke noch mal für den Kaffee, Milo, und dafür, dass du dich mit Mateo beschäftigt hast.«

»Gern geschehen.«

Sein herzliches Lächeln sollte mein Herz schneller klopfen lassen, aber ich verspüre nichts außer freundschaftlichen Gefühlen. Als ich zu Nico schaue, ist seine Miene finster. Ist er sauer? Und wenn ja, warum?

Kapitel 6

Sofia

»Was ist denn los?«, frage ich, während ich ihm zur Tür hinaus folge. Er hat immer noch Mateo auf dem Arm, der mich über Nicos Schulter hinweg anschaut. Er fühlt sich wohl bei ihm, doch er möchte sicher sein, dass ich ebenfalls mitkomme.

»Nichts.« Er schnallt Mateo im Autositz an und zieht ihm die Sandalen wieder an, bevor er auf der Fahrerseite einsteigt.

»Warum sagst du ›Nichts‹, wo es doch offensichtlich ist, dass dich irgendetwas geärgert hat?«

Er seufzt. »Du schienst dich mit meinem Bruder echt gut zu verstehen.«

»Ich hab meinen Kaffee getrunken, während er am Pool mit Mateo gespielt hat.«

»Du hast gelacht und so.«

»Weil Mateo so niedlich war. Bist du etwa auf deinen eigenen Bruder eifersüchtig? Was soll das, Nico?«

»Ich bin ein Vollidiot, aber es hat mich wahnsinnig gemacht, mit anzusehen, wie du mit ihm lachst und dich mit ihm unterhältst, obwohl mir selbstverständlich klar ist, dass er nie was mit dir anfangen würde, weil er weiß, dass ich dich mag.«

»Ich würde auch nie etwas mit ihm anfangen. So bin ich nicht. Auch wenn er derjenige ist, auf den meine Wahl eigentlich fallen müsste.«

Oh, das hört er nicht gern. Interessant ist bei alldem hier, dass ich mich sicher genug fühle, um zu Nico etwas zu sagen, wofür ich mir von Joaquín mindestens eine Ohrfeige eingefangen hätte.

»Was zum Teufel soll das heißen?«

Ich werfe ihm einen Blick von der Seite zu. »Ich wette, ihn hat nie jemand als ›toxisch‹ bezeichnet.«

»Das stimmt. Er ist zu gut, um wahr zu sein. Und du hast recht: Mit ihm wärst du viel besser dran.«

»Und trotzdem bin ich hier bei dir.«

»Das musst du nicht, wenn du lieber bei ihm wärst.«

»Ach ja? Du würdest mich also einfach deinem Bruder überlassen und das wäre völlig in Ordnung für dich?«

Er umklammert das Lenkrad fester und starrt nach vorn durch die Windschutzscheibe. Ein Muskel an seinem Kiefer zuckt. »Das wäre absolut nicht in Ordnung. Aber falls es das ist, was du willst …«

»Ist es nicht. Aus irgendeinem Grund will ich *dich*, den toxischen Typen, was vermutlich das Letzte ist, was ich wollen sollte.«

Er schaut zu mir und der Ausdruck in seinen dunklen Augen ist ernster, als ich es je zuvor bei ihm gesehen habe. »Ich hab dir schon erklärt, dass du dir in der Hinsicht keine Sorgen machen musst.«

»Ich weiß.«

»Du glaubst mir nicht?«

»Ich würde es gern.«

»Gib mir die Chance, es dir zu beweisen.«

»Wie willst du das bewerkstelligen?«

»Wie ich gesagt habe: einen Tag nach dem anderen. Heute ist Weihnachten und wir fahren zu meinen Eltern, wo du mit deinem Sohn einen schönen, unbeschwerten Tag verbringen wirst.«

»Das ist ein guter Anfang.«

»Dann wollen wir mal sehen, was wir tun können, damit es ein *großartiger* Anfang wird.« Er drückt den Knopf, um das Auto zu starten, und setzt aus der Einfahrt zurück.

»Ich mag deinen Bruder. Er ist nett.«

»Ja, finde ich auch.«

»Ich habe nicht versucht, dich eifersüchtig zu machen, indem ich mich mit ihm unterhalten habe.«

»Ich weiß. Ich führe mich total albern auf und du sollst wissen, dass ich früher nie eifersüchtig war. Ich habe das vermutlich nicht so gut gehandhabt, wie ich es hätte tun können.«

»Ach, meinst du?«

Sein Lachen erfüllt mich mit Erleichterung, weil das, was immer es war, damit vorbei ist, und das ohne heftige Auseinandersetzung, ohne Geschrei oder gar die verhassten Ohrfeigen. Ich werde einige Zeit brauchen, um mich daran zu gewöhnen, mit jemandem zusammen zu sein, bei dem ich das nicht zu befürchten habe.

»Darf ich dir etwas sagen?«, frage ich ihn.

»Alles, was du willst.«

»Ich bin ehrlich froh, dass wir darüber gesprochen haben und es ohne irgendeinen hässlichen Zwischenfall klären konnten.«

Er streckt den Arm zu mir rüber und nimmt meine Hand. »Mit mir gibt's keine hässlichen Zwischenfälle. Versprochen.«

»Das ist ein weiteres Versprechen, das vielleicht schwierig zu halten sein wird.«

Er zieht meine Hand an seine Lippen und bei dem zärtlichen Kuss läuft mir ein Schauer über den Rücken. »Das ist das am leichtesten zu haltende Versprechen, das ich je jemandem gegeben habe. Ich werde dir oder deinem Sohn gegenüber niemals gewalttätig werden. Darauf kannst du dich verlassen, das schwöre ich bei Gott und auf die Leben all meiner Lieben.«

»Du kannst dir nicht vorstellen, was mir das bedeutet.«

»Am liebsten würde ich ihn umbringen, weil er dir wehgetan hat.«

»Bitte verzichte darauf, okay?«

»In Ordnung, solange du nur weißt, dass ich es am liebsten täte.« Er küsst erneut meine Hand und die Innenseite meines Handgelenks, und innerhalb weniger Sekunden summen alle Nerven in meinem Körper, und ich bin mir seiner Nähe überdeutlich bewusst.

»Ich will Dreirad fahren!«

Nico lächelt, als er in den Rückspiegel schaut. »Fast da, Kumpel. Nur noch ein paar Minuten.«

»Falls ich vergesse, dir das später zu sagen: Dies ist das schönste Weihnachten meines Lebens.«

Nico

Ich verliebe mich gerade so heftig in die beiden, dass es nicht mehr lustig ist. Als sie mir anvertraut hat, dass es das schönste Weihnachten sei, das sie je gehabt habe, bevor wir auch nur irgendwas gemacht haben … Mein Herz hat sich angefühlt, als würde es in einem Schraubstock zusammengepresst, und ich konnte kaum atmen.

Nachdem ich die Autos umgeparkt habe, übe ich mit Mateo mindestens eine Stunde lang auf der Einfahrt Dreiradfahren, während Sofia auf den Stufen vor der Tür sitzt, klatscht und ihn anfeuert.

Zu erleben, wie Mateo lacht und mit seinen kleinen Füßen in die Pedale tritt, bereitet mir unheimlich Freude. Ihn nach allem, was er durchstehen musste, wie ein gesundes Kind spielen zu sehen ist unglaublich schön, und ich kann erkennen, dass es auch seine Mom glücklich macht.

»Willst du eine Pause einlegen und was essen?«, frage ich ihn.

Als er nickt, pflücke ich ihn vom Dreirad und setze ihn mir auf die Schultern. »Dann lass uns mal schauen, was Mrs Elena gekocht hat.«

»Mama!«

»Ich komme.«

Ich führe sie durch die Garage ins Haus. Meine Mutter werkelt in der Küche und scheucht meine Schwestern Maria und Dee herum wie ein Drillsergeant.

»Mein Kumpel Mateo hat Hunger, Mom. Wie lange dauert es noch bis zum Dinner?«

»Eine halbe Stunde.«

»Kann ich bei irgendetwas helfen?«, erkundigt sich Sofia.

Mom lächelt sie an. »Absolut nicht. Du bist unser Gast. Du sollst dich entspannen und dich amüsieren.«

»Technisch betrachtet bin ich ebenfalls Gast«, wirft Maria ein. »Ich lebe hier nicht mehr.«

»Sei still und rühr weiter.«

Dee lacht schnaubend. »Netter Versuch, Schwester.«

»Du sei ebenfalls still. Wenn der Reis am Ende klebrig ist, wird es dir leidtun.«

Ich hebe den Deckel eines Topfes, um hineinzuspähen. »Da hat sie es dir aber gezeigt, Dee.«

Mom schlägt meine Hand weg. »Verschwinde aus meiner Küche und sorg dafür, dass unsere Gäste es sich im Wohnzimmer mit Drinks gemütlich machen.«

»Ja, Mom«, antworte ich, was sie mit einem Schnauben quittiert.

»Ich denke, damit hat sie es dir ebenfalls gezeigt«, erwidert Dee.

»Ich werde es euch allen zeigen, wenn ihr nicht aufhört, euch zu zanken«, warnt uns Mom.

»Hoffst du wirklich immer noch, dass das irgendwann mal passiert, Mom?«, fragt Milo, der mit einer großen Tüte voller Geschenke und Blumen für Mom aus der Garage hereinkommt.

»Schleimer«, meint Maria.

Mom streckt die Arme nach Milo aus, der mit einem triumphierenden Lächeln für mich, Dee und Maria zu ihr geht. »Komm her und gib mir einen Kuss, mein Süßer.«

»Muttersöhnchen«, sage ich, was ich mit einem Hüsteln kaschiere.

»Du bist ja nur neidisch, weil *du* ihr Liebling sein willst«, entgegnet Milo.

»Ihr seid alle meine Lieblinge«, teilt Mom uns mit. »Vor allem wenn ihr nicht redet.«

»Aber sicher doch.« Marias Tonfall trieft vor Sarkasmus. »Milo ist dein Liebling, und das wissen wir alle.«

»Der Herr bewahre mich vor diesen Kindern«, seufzt Mom und blickt dabei Hilfe suchend zur Decke.

Wir haben sie schon häufig damit aufgezogen, dass sie zur Decke spricht, als wäre der liebe Gott da irgendwo.

»Was haben sie jetzt schon wieder angestellt?«, will Dad wissen, der sich in der Küche zu uns gesellt.

»Sie streiten sich unablässig.«

»Das ist ja nichts Neues, Süße. Kinder, raus hier, und lasst eure Mutter ihre Magie wirken.«

Marias Verlobter Austin kommt mit Everly auf dem Arm herein, gefolgt von seinen Eltern.

»Perfektes Timing«, stellt Maria fest und geht zu ihm, um sie zu umarmen. »Ich bin gerade aus der Küche geworfen worden.«

Sofia

»Schwimmen, Rie!«, ruft Everly und streckt die Arme nach Maria aus.

»Erst wenn wir wieder zu Hause sind, Bärchen. Lass uns bis dahin mit Mateo spielen.«

»Ich will lieber Dreirad fahren«, sagt Mateo.

»Du kannst gern bei mir bleiben, wenn du möchtest«, wendet sich Elena, die am Herd steht, an mich. »Nico kann schon mal mit ihm nach draußen gehen.«

»Macht es dir was aus?«, frage ich ihn.

»Überhaupt nicht.« Er nimmt mir Mateo ab und ich wundere mich darüber, wie unproblematisch sich mein Sohn von Nico tragen lässt, obwohl er normalerweise nur mich und ausschließlich mich will. Joaquín ärgert sich furchtbar darüber, ebenso wie darüber, dass Mateo die ganze Zeit nach seiner Mama weint, wenn er bei ihm ist. Auch wenn es mir das Herz bricht, zu wissen, dass Mateo so unglücklich ist, wenn er nicht bei mir sein kann, verspüre ich insgeheim eine gewisse Befriedigung darüber.

Ich liebe es, Nicos Familie zu beobachten. Es erinnert mich an eine Fernsehserie, wie sie einander aufziehen und Sprüche klopfen, sich gegenseitig freundschaftliche Beleidigungen an den Kopf werfen und man dabei doch spürt, was für eine große Liebe sie verbindet. Mir ist noch nie eine Familie wie ihre untergekommen. Außerdem sind sie so viele. Ich habe eine ganze Weile gebraucht, bis ich raushatte, wer zu wem gehört, aber inzwischen weiß ich Bescheid.

»Du hast das gestern mit dem *moro* so gut hingekriegt, dass du es heute wieder übernehmen kannst, wenn du möchtest«, sagt Elena und hält mir den Holzlöffel hin.

»Natürlich.« Ich schließe meine Finger um den Stiel und beginne zu rühren. »Vielen Dank noch mal, dass Sie uns eingeladen haben.«

»Wir freuen uns immer, dich und deinen kleinen Jungen bei uns zu haben.« Sie wirft einen Blick zur Garagentür, die Nico hinter sich hat zufallen lassen, als er mit den anderen nach draußen gegangen ist. »Es ist vielleicht zu früh, um darüber zu sprechen, doch es tut meinem Herzen gut, meinen Sohn mit deinem Sohn auf dem Arm zu sehen.«

»Er macht das toll mit ihm.«

»Du musst verstehen …« Sie schaut erneut zur Tür. »Eigentlich passt das gar nicht zu ihm … Ich habe noch nie erlebt, dass er ein Kind auf dem Arm hatte.«

»Mateo betet ihn an.«

»Du solltest wissen, dass er auch noch nie eine Frau zu einem Feiertag oder einem Familiendinner mitgebracht hat.«

Sie merkt das so beiläufig an, als wäre es keine große Enthüllung. »Ach wirklich?«

»Mhm. Er muss dich sehr gernhaben.«

»Ich hab ihn auch sehr gern. Er ist ein netter Mann.«

»Ja, das kann er sein.«

»Ich bin mir seiner Ecken und Kanten sehr wohl bewusst, Mrs Giordino. Maria, Dee und Carmen haben mir alles erzählt.«

Sie lächelt. »Du solltest mich Elena nennen und da bin ich mir sicher. Sie würden sich vor ihn werfen, um eine Kugel für ihn abzufangen, aber sie würden niemals zulassen, dass er dir wehtut. Nicht nach allem, was du mit deinem kleinen Jungen schon durchgemacht hast.«

»Er hat versprochen, dass er mich nicht verletzen wird. Ich habe beschlossen, ihm die Chance zu geben, mir das zu beweisen.«

Elena legt sich eine Hand aufs Herz, und ihre Augen füllen sich mit Tränen. »Du hast ja keine Ahnung, wie sehr mich das freut. Er ist es, um den ich mich, seit bei mir Krebs festgestellt wurde, am meisten sorge. Maria und Dee haben mit Austin und Wyatt ihr Glück gefunden, mit Männern, die ich selbst nicht besser für sie hätte aussuchen können, und mein Milo findet ein nettes Mädchen, wenn er so weit ist. Mein Nico hingegen … Seinetwegen hab ich oft nachts wach gelegen und überlegt, was wohl aus ihm wird, vor allem, falls ich es nicht schaffe.«

»Es geht dir doch aber gut, oder?«

»Ja, Gott sei Dank. Eine so ernsthafte Krankheit sorgt allerdings dafür, dass man sich die schlimmsten Szenarien ausmalt.«

»Was bedeutet dieses Wort? Szenarien?«

»Damit meint man die unterschiedlichen Dinge, die passieren können.«

»Ah, okay. Danke.«

»Wie auch immer, als Mutter malt man sich immer das Schlimmste aus. Und wenn dann noch eine möglicherweise tödliche Krankheit ins Spiel kommt, fängt man an, ihr Leben ohne einen zu planen. Nico war derjenige, um den ich mir die meisten Gedanken gemacht habe, aber wenn ich jetzt weiß, dass er dich und deinen kleinen Jungen hat, fühle ich mich gleich viel besser.«

»Es ist ja alles noch ganz neu.«

»Ich weiß und ich will damit auf keinen Fall Druck auf dich ausüben. Es tut einfach gut, zu sehen, dass er sich wirklich Mühe gibt.«

»Er ist was ganz Besonderes.«

»Das denke ich auch und ich habe immer darum gebetet, dass er jemanden findet, der das erkennt.«

Nico stürzt durch die Garagentür in die Küche und wirkt ganz aufgelöst.

Sofort gerate ich in Panik. »Was ist los? Ist was mit Mateo?«

»Nein, mir ist bloß gerade aufgefallen, dass ich dich mit meiner Mutter allein gelassen habe.«

»Oh, meine Güte, Nico«, sagt Elena, während ich mich bemühen muss, bei dem Ausdruck auf seinem Gesicht nicht in lautes Gelächter auszubrechen. »Sei nicht albern.«

Er streckt eine Hand nach mir aus. »Komm mit. Ich kann dich nicht mit ihr allein lassen. Sonst plant sie sofort unsere Hochzeit. Ich weiß nicht, was ich mir dabei gedacht habe.«

Wahrscheinlich würde er durchdrehen, wenn er wüsste, worüber wir gerade geredet haben.

»Geh ruhig mit ihm mit«, erwidert Elena. »Ich übernehme hier.«

Ich reiche ihr den Löffel und ergreife Nicos Hand, bemerke, dass er sich in dem Moment, in dem meine Finger seine berühren, sofort entspannt. »Sorry wegen ihm«, sage ich zu ihr.

»Kein Problem, Süße. Genießt die Sonne.«

Sobald wir in der Garage sind, bleibt Nico stehen und wendet sich zu mir um. »Erzähl mir jedes Wort, das von der Sekunde an, als ich dich mit ihr allein gelassen habe, gefallen ist.«

»Ach, da gibt es nichts zu erzählen. Oh, warte mal, sie hat gefragt, ob ich bereit wäre, mehr Kinder zu kriegen, und wie viele ich insgesamt haben will und ob ich weiß, was für ein unartiger Junge du bist.«

Er starrt mich fassungslos an. »Hat sie nicht.«

Ich breche in haltloses Gelächter aus. Ich lache so sehr, dass mir Tränen in die Augen treten.

»Stimmt das?«

Ich schüttele den Kopf und wische mir die Tränen ab.

»Das war gemein, Sofia.«

»Tut mir leid«, japse ich, immer noch lachend, und erst als er die Arme um mich legt und mich so küsst wie letzte Nacht, kann ich aufhören.

In einem Auflodern von Hitze verwandelt sich meine Belustigung in intensives Verlangen, das mich und alles um uns herum zu verschlingen droht.

»Verdammt«, ertönt Milos Stimme und überrascht uns. »Es sind Kinder hier.«

»Halt die Klappe oder stirb«, knurrt Nico, während er mich weiter küsst, als wären wir allein statt umgeben von seiner Familie.

Seine Erektion an meinem Bauch zu spüren weckt in mir den Wunsch, mit ihm allein zu sein. Ich habe so lange keinen Sex mehr gehabt, dass ich fast vergessen habe, wie das ist. Nicht dass es in den letzten paar Jahren mit Joaquín noch wirklich gut gewesen wäre.

»Hört auf, ihr Turteltäubchen«, meint Dee.

Mein Gesicht brennt vor Verlegenheit.

»Wird später fortgesetzt«, flüstert mir Nico zu, als er mich endlich loslässt.

Mateos Gelächter holt mich aus meiner Versunkenheit. Ich gehe nach draußen, wo er wie ein Wilder mit dem Dreirad rumfährt, während Everly hintendrauf steht, die Hände auf seinen Schultern, und Austin sie filmt.

Mein Herz zieht sich zusammen, als mir klar wird, dass mein kleiner Junge eine Freundin gefunden hat. Er hat sich so nach der Gesellschaft anderer Kinder gesehnt, und dass er mit Everly spielt und lacht, ist für mich das Schönste überhaupt. Ich liebe es, dass sie offenbar nicht sieht, dass irgendwas mit ihm nicht in Ordnung ist. Sie sieht einfach nur einen Freund.

»Er wirkt so glücklich«, sagt Nico, der hinter mir auftaucht, mich an den Schultern fasst und sich von hinten gegen mich drückt.

»Ich habe ihn tatsächlich noch nie so glücklich erlebt wie heute.« Ich werfe Nico einen Blick zu. »Danke.«

»Du musst dich nicht bei mir bedanken. Wenn ihr hier seid, bin ich auch glücklich.«

Ich lasse mich mit dem Rücken gegen ihn sinken und er legt seine Arme um mich, sodass ich diesen perfekt zufriedenen Moment auskosten kann. Diese Art von Zufriedenheit hat in meinem Leben bisher gefehlt. Meine frühesten Erinnerungen sind geprägt von Angst, Drama, Schmerz und Enttäuschung. Die Giordinos zeigen mir etwas anderes. Etwas Besseres.

Carmen und Jason treffen zusammen mit Carmens Eltern Vincent und Vivian ein.

Jason bleibt stehen, um Mateo einen High Five zu geben, und staunt, wie gut er schon fahren kann.

»Schau mal, wie schnell ich bin, Doc«, ruft Mateo, wieder mit Everly hintendrauf.

Diesen Ausdruck, »hintendrauf«, hab ich aus einem Film gelernt.

Mateo verehrt Jason förmlich, der mir vor Monaten gesagt hat, wir sollen ihn so nennen, als ich immer noch »Dr. Northrup« für ihn benutzt habe. Der Mann hat meinem Sohn das Leben gerettet und ich werde ihm bis in alle Ewigkeit dankbar sein, genau wie Carmen, die überhaupt die Idee hatte, dass er in der Sozialklinik, in der Maria als Krankenschwester arbeitet, ehrenamtlich aushilft. Jason hat sofort erkannt, dass mit Mateo ernsthaft was nicht stimmte und er ihn dringend ins Krankenhaus bringen musste, weil Mateo eine Notoperation brauchte. Ich habe später herausgefunden, dass er die ohne Honorar gemacht hat.

Als er auf uns zukommt, löse ich mich von Nico, um Jason zu umarmen.

»Frohe Weihnachten«, sagt er.

»Feliz Navidad.«

»Meinem kleinen Freund geht es ja offenkundig fantastisch«, stellt Jason fest, während er Nico die Hand schüttelt.

»Er hat einen tollen Tag.«

»Ich finde es prima, dass er Dreirad fährt. Das ist sehr gut für seine Grobmotorik.«

»Das hat sein Therapeut auch gesagt.«

Carmen umarmt uns beide. »Mateo ist ja entzückend auf dem Dreirad!«

»Ich fürchte, dass er es mit ins Bett nehmen will.«

»Wir können es direkt neben sein Bett stellen«, meint Nico.

Vincent und Vivian ziehen mich in ihre Arme, als würde ich zur Familie gehören, und das tun auch Livia, Marlene und Mr Muñoz, als sie einige Minuten später eintreffen.

»Ich bin so froh, dass du und Mateo hier bei uns seid, Süße«, erklärt Livia.

»Vielen Dank für die Einladung.«

Ich liebe diese Menschen. Ich liebe ihre Herzlichkeit, ihre Großzügigkeit, ihre Freundlichkeit und die Art und Weise, wie sie dafür sorgen, dass ich mich fühle, als würde ich zu ihnen gehören, auch wenn wir alle wissen, dass das nicht stimmt. Nicht wirklich. Doch das ist ihnen egal. Ich habe keine Ahnung, was ohne sie aus Mateo und mir geworden wäre, was ebenfalls dazu beigetragen hat, dass die Situation mit Joaquín sich so verschlimmert hat. Er hasst es, dass sie mich vorbehaltlos aufgenommen haben und ich sie als meine Familie betrachte.

»Das ist nicht *deine* Familie.« Er hat mir die Worte entgegengeschleudert. »Du bist bloß ein Wohltätigkeitsprojekt für sie.«

Ich weiß es besser. So hat es vielleicht angefangen, aber ich habe ihre Liebe und Großzügigkeit jetzt lange genug genießen dürfen und verstehe, wie tief ihre Zuneigung zu mir und Mateo reicht. Ohne den Job im Giordino's hätte ich keine andere Wahl gehabt, als zu Joaquín zurückzugehen, nachdem ich den ersten

Job, den ich seit Jahren hatte, aufgeben musste, denn ich hätte bald auch mein Apartment verloren. Ich wäre jetzt vermutlich tot, wenn ich zu ihm zurückgekehrt wäre.

Der Weihnachtstag mit Nicos Familie wird mir wahrscheinlich immer als einer der besten Tage meines Lebens in Erinnerung bleiben. Nicht nur haben sie uns in ihrer Mitte aufgenommen, sie haben sogar Geschenke für mich und für Mateo, und dabei wussten sie bis gestern Abend nicht mal, dass wir bei ihnen zu Gast sein würden.

Für mich gibt es Badeöl, eine Kerze, einen wunderschönen Seidenschal und von Nico einen Geschenkgutschein für eine Massage in einem lokalen Spa. »Ich pass derweil auf Mateo auf«, fügt er hinzu, als ich mich bei ihm bedanke. Er liebt die Armbanduhr, die ich in der Hoffnung, dass sie ihm gefallen würde, für ihn besorgt habe.

Mateo bekommt mehr Spielzeug, inklusive eines Puzzles von Jason und Carmen, das laut Jason seine Feinmotorik fördert.

Ich bin überwältigt und dankbar und nach dem köstlichen Dinner, das Elena serviert hat, total satt. Sie geben uns eine riesige Tüte voller Reste mit nach Hause.

Mateo ist erschöpft und schläft nach wenigen Minuten im Auto ein.

»Das war ein wunderschöner Tag. Danke noch mal, dass du mich eingeladen hast. Ich hatte noch nie ein Weihnachtsfest wie dieses.«

»Schön, dass es dir gefallen hat. Meine Familie ist verrückt, aber ich liebe sie.«

»Du hast sehr viel Glück, sie zu haben.«

»Ich weiß. Ich habe sie nicht immer so zu schätzen gewusst wie jetzt. Ich musste erst den Mist erleben, mit dem sich manche meiner Freunde herumschlagen mussten, um zu verstehen, wie viel Glück ich wirklich habe. Und als meine Mom krank geworden ist, war das Einzige, worauf es ankam, alles in meiner Macht Stehende zu tun, damit sie es da durchschafft.«

»Ihr scheint es ziemlich gut zu gehen.«

»Das ist auch so. Es ist nur die Angst, dass der Krebs zurückkehren könnte, mit der ich nicht wirklich fertigwerde.«

»Was meinen denn die Ärzte?«

»Sie wagen da keine Vorhersagen. Bei dem Krebs, den sie hat, kommt das gar nicht so selten vor. Wenn es passiert, gilt man als austherapiert.«

»Was bedeutet das Wort?«

»Dass man sterben wird.«

»Mein Gott. Wie furchtbar.«

»Ich kann nicht mal darüber nachdenken, ohne das Gefühl zu haben, dass ich gleich verrückt werde. Sie ist so ein wunderbarer Mensch. Sie würde alles für jeden tun. Sie so leiden zu sehen war die Hölle.«

Ich greife über die Konsole hinweg nach seiner Hand. »Es tut mir entsetzlich leid, dass du das durchmachen musstest.«

»Mir tut es leid *für sie*.«

»Mir tut es leid *für dich*.«

»Danke. Ich sage mir immer wieder, dass es ihr jetzt gut geht, aber das werden lange fünf Jahre, bis sie als geheilt gilt.«

»Fünf Jahre sind eine lange Zeit. Bei Mateo ist es genauso.«

»Ja. Nachsorge-, Kontroll- und Laboruntersuchungen und dann jedes Mal die Sorge wegen der Ergebnisse. Das ist schrecklich.«

Als er mit dem Pick-up an einer roten Ampel anhält, blickt er gerade zu mir herüber, als jemand von hinten auf uns auffährt.

Kapitel 7

Sofia

»Was zum Teufel?«, entfährt es Nico, während er in den Rückspiegel sieht. Er schiebt den Schalthebel auf »Parken«. »Ruf die Polizei.« Er löst den Gurt.

Ich fasse ihn am Arm, während ich mein Handy herausziehe, um den Notruf zu wählen, und gleichzeitig nach Mateo schaue, der allerdings weiter schläft. »Was tust du da?«

»Jemand ist uns hintendrauf gefahren. Ich muss den Schaden begutachten.«

Mein Blick fällt auf das Gesicht im Wagen neben uns und ich zucke vor Schreck zusammen. »Warte. Das sind Joaquíns Cousins. Vermutlich haben sie Schusswaffen.« Kaum habe ich das gesagt, ist auch schon eine aus dem Auto nebenan auf uns gerichtet. Diego deutet auf mich und winkt mich dann mit einem Finger zu sich. Wenn ich jetzt mit ihm gehe, werde ich das nicht überleben, daran hege ich keinen Zweifel. Aber wenn ich bleibe, wird er Nico und Mateo erschießen, und das kann ich nicht riskieren.

Ich öffne meinen Sicherheitsgurt.

»Bleib ganz ruhig sitzen«, verlangt Nico in einem Tonfall, den ich noch nie zuvor von ihm gehört habe und der mich erschreckt.

»Sie haben den Notruf gewählt. Bitte teilen Sie uns mit, wie wir Ihnen helfen können.«

Gott sei Dank übernimmt Nico das Reden, weil ich so verängstigt bin, dass ich kaum atmen kann.

Diego steigt aus und klopft mit dem Lauf der Waffe gegen die Scheibe.

Nico ignoriert ihn, wobei er meine Hand fest umklammert hält.

Der Klang von Polizeisirenen in der Ferne ist das Beste, was ich je gehört habe.

Diego schaut in die Richtung, aus der das Sirenengeheul ertönt, dann wirft er mir einen drohenden Blick zu. Er starrt mich an, zielt mit dem Zeigefinger wie mit einer Pistole auf mich, ehe er mit dem Finger auf Mateo auf dem Rücksitz anlegt. Nachdem er seine Botschaft überbracht hat, steigt er wieder ins Auto und fährt weg, bevor die Polizei eintrifft.

Meine Hände zittern so sehr, dass ich sie zwischen meine Oberschenkel klemme, damit sie damit aufhören.

Ein Streifenwagen hält hinter uns an und Nico steigt aus dem Auto, um mit den Polizisten zu reden.

Ich muss das hier mit ihm sofort beenden. Meine Probleme sind das Letzte, was er in seinem Leben braucht, obwohl es mir das Herz brechen wird, ihn zu verlassen. Das hier ist das Zweitschlimmste, was mir in meinem Leben passiert ist, gleich hinter Mateos Erkrankung. Als Nico mit einem Polizisten an seiner Seite zurückkommt, ist mir übel.

»Wir brauchen Ihre Aussage, Ms Diaz«, erklärt der Streifenbeamte.

»Da gibt es nicht viel auszusagen. Sie sind uns hintendrauf gefahren, haben eine Waffe auf uns gerichtet und mich und meinen Sohn bedroht.«

»Können Sie mir die Namen der Männer nennen, die Sie wiedererkannt haben?«

Als ich ihm das Verlangte liefere und angebe, wo sie wahrscheinlich anzutreffen sein werden, habe ich das Gefühl, sowohl mein Leben als auch das von Mateo aufs Spiel zu setzen.

»Haben Sie einen sicheren Ort, an dem Sie bleiben können, bis das hier geklärt ist?«, will der Polizist wissen.

»Sie und ihr Sohn werden in meinem Haus in einer bewachten Wohnanlage sein.«

»Nein«, entgegne ich. »Wir fahren zu uns nach Hause.«

»Auf keinen Fall«, widerspricht Nico mit unnachgiebiger Miene. »Da bist du nicht sicher.«

»Ich bin nirgendwo sicher und ich werde dich auf keinen Fall mit diesem Mist in Gefahr bringen.«

»Ich kann auf mich aufpassen.« An den Polizisten gewandt erklärt er noch mal: »Sie werden bei mir sein.« Er nennt ihm die Adresse und seine Telefonnummer.

»Wir melden uns.«

Nachdem der Mann gegangen ist, sehe ich Nico an. »Bitte bring uns nach Hause und leb dein Leben weiter. Du brauchst das hier nicht.«

»Vielleicht nicht, doch ich brauche *dich*, und es ist einfach ausgeschlossen, dass ich dich irgendwohin bringe, wo sie dich als Erstes suchen werden und dir am Ende noch was passiert. Wir werden alles Wichtige aus deiner Wohnung holen und dann könnt ihr bei mir bleiben, solange es nötig ist. Niemand kommt in die Nähe meines Hauses, der dort nichts zu suchen hat.«

»Ich will dich da nicht mit reinziehen.«

»Zu spät. Ich bin bereits drin.«

»Das will ich aber nicht. Das ist mein Problem, nicht deins.«

»Glaubst du ernsthaft, ich überlasse dich deinem Schicksal, auf dass du allein mit Männern fertigwerden musst, die gedroht haben, dich umzubringen?«

»Ich fürchte, dass dir etwas geschieht.«

»Und ich habe Angst, dass *dir* was geschieht. Oder, was der Himmel verhüten möge, Mateo. Lass mich dafür sorgen, dass ihr beide in Sicherheit seid, Sofia. Bitte.«

Das letzte Wort durchbricht meine Abwehr. Er hat »Bitte« gesagt. Ich bin zu sehr daran gewöhnt, dass mir alle vorschreiben, was ich tun soll, ohne dass ich eine Wahl hätte, statt höflich darum gebeten zu werden. Und dass Mateo bei ihm sicher sein wird, spielt natürlich ebenfalls eine Rolle.

»Deine Familie wird mich hassen, wenn dir meinetwegen irgendwas zustößt.«

»Sie wären genauso wütend auf mich, wenn ich zuließe, dass euch was passiert. Sie lieben euch.«

Ich kann die Tränen nicht aufhalten, die mir über die Wangen laufen.

Nico hebt die Hand und wischt sie weg. »Alles kommt in Ordnung. Das verspreche ich dir.«

»So was kannst du nicht versprechen.«

»Ich kann dir versprechen, dass du in Sicherheit sein wirst. Und jetzt lass uns zusammenpacken, was ihr beide braucht, bevor wir zu mir fahren und Mateo ins Bett bringen.«

Mir gefällt der Plan immer noch nicht, weil es ihn zusammen mit uns in Gefahr bringt, aber ich habe auch Angst vor Diego und den anderen, sodass ich mich füge. Sie würden selbst vor Mord nicht zurückschrecken, um mich aus dem Weg zu räumen, und der Gedanke, dass mein Sohn von Joaquín und seinen Kumpanen aufgezogen wird, ist zu schrecklich. Daher beschließe ich um Mateos willen, Nicos Hilfe anzunehmen.

Aber ich habe schreckliche Angst, dass der Mann, der mir so wichtig geworden ist, in irgendeiner Weise verletzt wird.

Nico

Mein Herz klopft immer noch so schnell, dass es ein echtes Wunder ist, dass ich nicht hyperventiliere. Als ich gesehen habe, wie dieser Mistkerl Sofia bedroht hat, hätte ich ihn am liebsten an Ort und Stelle erwürgt. Während ich ihr mit dem schlafenden Mateo auf dem Arm die Treppe zu ihrer Wohnung hinauf folge, behalte ich die Umgebung aufmerksam im Auge. Obwohl ich niemanden entdecken kann, bin ich sicher, dass wir beobachtet werden.

Sie geben Sofia die Schuld daran, dass Joaquín im Gefängnis ist, dabei war er es, der gegen das Kontaktverbot verstoßen hat.

Mir geht es darum, sie und Mateo so schnell wie möglich von hier weg- und zu mir nach Hause zu schaffen. Daher bette ich Mateo vorsichtig auf das Sofa, decke ihn zu und schaue, wie ich helfen kann, um das Packen zu beschleunigen.

Sofia sitzt im Schlafzimmer auf einem der beiden Betten, die an die Wand geschoben sind. Das andere hat ein Gitter, vermutlich, um zu verhindern, dass Mateo rausfällt. Sie wirkt so niedergeschlagen, dass ich es kaum ertrage. Ich setze mich neben sie und lege einen Arm um sie. »Nichts hiervon ist deine Schuld.«

»Ich habe mir einen schlechten Mann als Vater meines Sohnes ausgesucht.«

»Wusstest du, dass er schlecht ist, als du dich für ihn entschieden hast?«

Sie schüttelt den Kopf. »Er war total nett, bis ungefähr vor vier Jahren. Ich weiß nicht, was passiert ist, aber alles hat sich geändert und er hat mein Leben in eine Hölle verwandelt. Eine meiner Freundinnen meint, er sei eifersüchtig auf Mateo und all die Aufmerksamkeit gewesen, die ich ihm geschenkt habe.«

»Und was denkst du?«

»Ich vermute, dass mehr dahintersteckt, auch wenn er so was nie zugeben würde. Das wäre ein Zeichen von Schwäche, und er wäre lieber tot, als irgendeine Schwäche einzuräumen.«

»Wie kann ich dir beim Packen helfen?«

»Vielleicht könntest du ein paar Spielzeuge von heute früh zusammenräumen?«

»Klar. Lass uns schnell machen, damit wir hier wegkommen, bevor irgendjemand merkt, dass wir hier sind.«

»Bist du sicher, dass ich dich nicht davon abbringen kann, dir meine Schwierigkeiten aufzuhalsen?«

Ich küsse sie auf den Scheitel. »Einhundert Prozent sicher.«

»Was ist eigentlich mit dem Unfallschaden an deinem Auto?«

»Dom hat einen Freund aus der Highschool, der Blechschäden repariert. Der wird es für mich in Ordnung bringen. Zerbrich dir darüber nicht den Kopf.«

Nervöse Energie erfüllt mich, während ich rasch das Spielzeug, mit dem Mateo heute Morgen am liebsten gespielt hat, in einen Karton stecke, der noch von gestern Abend im Wohnzimmer steht. »Ich bring das rasch runter«, erkläre ich Sofia. »Sperr hinter mir ab.«

»Bitte sei vorsichtig.«

Der besorgte Unterton in ihrer Stimme ist kaum auszuhalten. Was für ein Monster bedroht denn bitte, unterstützt von seiner Familie und Freunden, eine Mutter und ihr Kind? Ich laufe nach unten, die Arme voll mit Mateos Spielzeug, suche mit den Augen den Parkplatz ab. Ich kann nichts Beunruhigendes erkennen, doch ich gebe mich nicht dem Wunschdenken hin, dass sie sie in Ruhe lassen werden. Und wenn sie sie erst mal erwischt haben, wird sie für mich spurlos verschwunden sein.

Ich werfe einen Blick auf die hintere Stoßstange meines Pick-ups und entdecke eine kleine Delle, die man mühelos wegbekommt. Es war nicht ihr Ziel, meinen Wagen zu beschädigen.

Ich mache mir Sorgen darum, was ist, wenn Sofia wieder arbeiten muss, aber ich werde mit Onkel Vin reden und mir was einfallen lassen. Ich werde tun, was immer nötig ist, damit sie und Mateo sich sicher fühlen können. Ich muss mehrmals gehen, um alles, was sie gepackt hat, zum Auto zu tragen, ehe ich ein letztes Mal die Treppe runtersteige, dieses Mal mit Mateo auf dem Arm. Der kleine Kerl rührt sich nicht, er hat sich beim Spielen heute völlig verausgabt.

Auf der Fahrt zu meinem Haus sagt Sofia kein Wort und starrt zum Beifahrerfenster hinaus.

Ich versuche nicht, eine Unterhaltung mit ihr anzufangen, weil ich verstehe, dass sie alles verarbeitet, was vorgefallen ist, und außerdem Angst um sich selbst, ihren Sohn und mich hat. Ich kann auch verstehen, dass es ihr lieber wäre, wenn ich nicht in ihre Probleme hineingezogen würde, doch dafür ist es zu spät. Ich bin mittendrin und habe vor, das auch zu bleiben.

Als wir eintreffen, sitzt Milo mit einem Bier in der Hand auf dem Sofa und schaut einen Film. »Hi«, sagt er, und seine Augen weiten sich vor Überraschung, als er sieht, dass Sofia und Mateo bei mir sind.

»Hi. Sofia und Mateo werden eine Weile bei uns bleiben.«

»Soll ich ihr im Gästezimmer das Bett fertig machen?«

Viel lieber hätte ich sie in *meinem* Bett, aber das wird vermutlich nicht passieren. Zumindest nicht heute Nacht. »Das wäre toll. Danke, Milo.« Sobald ich ihm erzählt habe, weshalb Sofia hier ist, wird er seinen Teil dazu beitragen wollen, dass ihr und Mateo nichts passiert.

»Sicher. Kein Problem.«

Sofia steht neben mir, als wüsste sie nicht, was sie tun soll.

Ich hebe ihr Kinn mit einem Finger an und blicke ihr direkt in die Augen. *»Mi casa es tu casa.«*

»Gracias.«

»Fühl dich ganz wie zu Hause, okay?«

Sie nickt, doch ich spüre ihr Zögern. Sie will nicht hier sein, will nicht, dass ich in ihre Probleme reingezogen werde, aber was soll ich tun? Sie sich selbst überlassen, damit sie sich ganz allein gegen die Leute zur Wehr setzt, die ihr Leben und das von Mateo bedrohen?

Als ich ihr das Gästezimmer zeige, in dem Milo gerade das Bett fertig bezieht, habe ich mich immer noch nicht beruhigt. Trotzdem bemühe ich mich, mir nichts anmerken zu lassen, und helfe ihr, Mateo in das französische Bett zu legen. »Morgen können wir ihm ein Kinderbett besorgen, wenn du das möchtest«, schlage ich ihr vor, nachdem mein Bruder den Raum verlassen hat.

»Nein, danke, so ist es prima.« Ihre Worte klingen ein bisschen steif und zwischen uns klafft plötzlich ein Riesenspalt. Verschwunden ist die Herzlichkeit und Wärme von letzter Nacht, als sie die Arme um mich gelegt und mit einem einzigen Kuss mein Leben für immer verändert hat.

Es wird eine Weile dauern, dahin zurückzukommen, doch so schnell wird sie mich nicht los. Ich will sie und ich will Mateo. Ich werde alles tun, was nötig ist, um sie zu der Meinen zu machen, einschließlich sie zu beschützen, ob sie das nun will oder nicht.

»Im Badezimmerschrank sind Handtücher. Wenn du irgendetwas brauchst, lass es mich wissen.«

Sie sitzt auf der Bettkante und wirkt völlig verängstigt. »Danke.«

»Ich schau nachher noch mal nach dir, bevor ich ins Bett gehe.«

Sie nickt knapp, sagt aber nichts weiter.

Ich leide mit ihr und vermisse die süße, sexy, unbeschwerte Sofia, die sie gestern gewesen ist, an einem der besten Abende meines Lebens und mit Sicherheit dem besten, den ich je mit einer Frau verbracht habe. Alles, was ich möchte, ist mehr von dem, was wir hatten, und wenn ich mich dafür in Geduld üben muss, dann ist das eben so.

»Mein Zimmer ist gleich da drüben«, erkläre ich ihr und deute über den Flur.

»Okay.«

Ich lasse sie allein, damit sie ein bisschen zu sich kommen kann, und gehe in die Küche, um mir einen Drink einzuschenken. Den habe ich nie mehr gebraucht als jetzt.

»Was ist los?«, fragt Milo, der mit einem Bier in der Hand am Tresen lehnt.

Ich setze ihn ins Bild.

»Nicht wirklich, oder? Verdammt.«

»Sie will mich da nicht mit reinziehen.«

»Dafür ist es ein bisschen zu spät, oder?«

»Viel zu spät. Aber ich musste ihr gut zureden, damit sie überhaupt mit herkommt.«

Mein Handy klingelt und ich erkenne anhand der Nummer, dass es mein Freund Miguel ist. »Hi.«

»Hi. Ich dachte, du wüsstest gerne, dass wir Diego und die anderen verhaftet haben. Sie hatten nicht registrierte Waffen bei sich, daher können wir sie festhalten, bis sie dem Haftrichter vorgeführt werden.«

»Können wir ein Kontaktverbot gegen sie erwirken?«

»Das ist schon in Vorbereitung, doch du weißt ja selbst … Manchmal sind die Dinger das Papier nicht wert, auf das sie gedruckt sind.«

»Es macht mich ganz verrückt, dass ihr und ihrem Sohn von diesen Leuten Gefahr droht. Dabei hat sie nichts getan, außer einen Mann zu verlassen, der sie misshandelt hat. Er ist derjenige, der gegen die richterliche Anordnung verstoßen hat und dafür verhaftet worden ist.«

»Logik funktioniert in so einer Situation nicht«, antwortet Miguel und verspricht, mich morgen früh wieder anzurufen, um mich auf dem Laufenden zu halten.

Ich erzähle meinem Bruder, was Miguel gesagt hat. »Ich fühle mich, als würde ich jeden Moment aus der Haut fahren. Ist das normal?« Milo ist zwar sechs Jahre jünger als ich, aber Nona behauptet immer, er habe eine alte Seele. Er ist weise weit über sein Alter hinaus und ich frage ihn oft um Rat.

»Das liegt daran, dass sie dir beide wichtig sind.«

»Es ist mehr als das. Sie haben einen festen Platz in meinem Herzen.«

»Verdammt«, erwidert Milo mit einem Funkeln in den Augen. »Ich brauche eine Minute, um das zu verarbeiten.«

»Das ist kein Witz.«

»Das heißt ja nicht, dass wir andern keine Witze darüber reißen können.«

»Ich versuche hier, ernst zu sein, Milo.«

»Ich weiß. Das ist es ja, was so erstaunlich ist. Dir ist es in Bezug auf Frauen nie ernst. Ihnen vielleicht in Bezug auf dich, doch niemals andersherum.«

»Und ist es normal, sich zu fühlen, als ob einem jeden Moment der Kopf und alles andere explodieren könnten?«

Milo lacht, der Bastard. »Ich glaube, es ist normal, sich zu fühlen, als ob die gesamte Welt auf den Kopf gestellt ist.«

»Ja, ganz genau so ist es.«

»Aber es ist ein gutes Gefühl, oder?«

»Es ist das beste Gefühl überhaupt, doch ich ertrage es nicht, dass diese Kerle ihr die Schuld an dem geben, was Joaquín getan hat. Sie haben ihr Leben und das von Mateo bedroht. Das ist nicht hinnehmbar.«

»Du hast sie an den bestmöglichen Ort gebracht. Doug und die anderen Sicherheitsleute lassen hier niemanden rein, der nicht hierhergehört.«

»Vermutlich sollte ich ihm eine Nachricht schicken, damit er weiß, was los ist.«

»Keine schlechte Idee.«

»Sie will mich da nicht reinziehen. Sie hat mir gesagt, ich solle heimgehen und es ihr überlassen, damit fertigzuwerden.«

»Weil sie sich deinetwegen sorgt, nicht weil du ihr egal wärst. Vermutlich liegt ihr sogar zu viel an dir.«

»Meinst du?«

Milo lacht schnaubend. »Aus irgendeinem merkwürdigen Grund steht sie auf dich.«

»Denkst du wirklich?« Ich kann nicht glauben, wie armselig ich mich anhöre, aber das stellt sie mit mir an.

»*Alle* denken das. Und keiner von uns hat eine Ahnung, warum.«

»Sehr komisch.«

»Nein, ehrlich. Sie ist eine total liebe Frau, die es schwer gehabt hat. Man sollte nicht glauben, dass ausgerechnet du der Typ bist, zu dem sie sich danach hingezogen fühlt.«

Milo spricht meine größte Angst aus und trifft mich damit wie mit einem Hieb in den Solarplexus. »Warum sagst du das?«

»Man sollte meinen, dass sie jemanden möchte, der unkompliziert, umgänglich und nett ist. Das bist du nicht unbedingt.«

»Nein, du allerdings schon, was auch der Grund ist, weshalb es mich vorhin so gestört hat, als ich gesehen hab, wie ihr beide euch unterhalten habt.«

Sein freundlicher Gesichtsausdruck verhärtet sich augenblicklich. »Was zum Teufel? Ich hab nicht den geringsten Annäherungsversuch gemacht. Schließlich weiß ich, dass du sie magst. Das würde ich nie tun.«

»Ich weiß«, erwidere ich mit einem Seufzen. »Trotzdem hat es mich gestört, weil du besser für sie wärst, als ich je sein kann.«

»Das stimmt nicht. Du hast alles, was sie braucht. Du hast es nur bisher noch nie zum Einsatz gebracht.«

»Und was genau soll das sein?«

»Die Bedürfnisse von jemand anderem über deine eigenen und die deiner Familie zu stellen.«

»Musst du so verdammt direkt sein?«

»Möchtest du, dass ich dir Zucker in den Hintern puste, oder soll ich dir die Wahrheit sagen?«

»Die Wahrheit, vermute ich.«

»Nun, die lautet, mein lieber Bruder, du bist nicht unbedingt der Hauptgewinn, was Frauen angeht. Nur heißt das ja nicht, dass du dich nicht ändern kannst, um dich dem Moment gewachsen zu zeigen.«

»Ich möchte alles sein, was sie braucht.«

»Das ist ein guter Anfang, und sie herzubringen war genau richtig. Vielleicht möchte sie nicht, dass du da mit reingerätst, doch sie benötigt den Schutz, den du und wir alle ihr bieten können.«

»Sie hat niemanden, Milo. Sie und Mateo wollten Weihnachten ganz allein verbringen.«

»Das ist für uns mit unserer riesigen Familie komplett unvorstellbar.«

»Absolut. Als wir noch jünger waren, hat es mich schier wahnsinnig gemacht, dass sich alle ständig in meine Angelegenheiten eingemischt haben. Aber spätestens seit Mom krank geworden ist, weiß ich wirklich zu schätzen, was für ein Glück wir haben.« Unsere ausgedehnte Familie ist für uns da gewesen, hat uns mit Essen, Trost und Liebe versorgt und mit allem anderen, was wir gebraucht haben, noch bevor wir selbst wussten, dass wir es brauchten. »Ich möchte, dass sie weiß, sie ist nicht länger auf sich gestellt.«

»Das zeigst du ihr ja schon. Lass ihr einfach Zeit, sich damit zu arrangieren, und halte dich ein bisschen zurück. Sie ist daran gewöhnt, allein für sich und ihren Sohn zu sorgen. Sie wird es nicht mögen, wenn du ihr vorschreiben willst, was sie tun soll.«

»Stimmt.«

»Du kannst sie beschützen, ohne ein Idiot zu sein.«

»Woher weißt du eigentlich immer, was man tun muss?«

Milo zuckt die Achseln. »Ich achte auf die Leute.«

»Wohingegen ich nur auf mich achte.«

»Das hast du gesagt, nicht ich.«

»Wenn du jetzt lachst, hau ich dich.«

»Die Wahrheit ist grausam, was?«

Bevor ich ihm die passende Antwort entgegenschleudern kann, kommt Sofia in die Küche und hat etwas dabei, das wie ein kleines Funkgerät aussieht. Sofort ist das Gespräch mit Milo vergessen.

»Ein Babyfon«, erklärt sie, als sie merkt, dass ich hinschaue. »Ich habe es zu Mateos Geburt geschenkt bekommen, aber in meiner kleinen Wohnung habe ich es nie gebraucht. Manchmal wacht er nachts auf, weil er Schmerzen hat.«

»Ah, okay. Sehr nützlich.«

»Auf jeden Fall. Könnte ich bitte ein Glas Wasser haben?«

»Klar.« Ich nehme ein Glas, fülle es mit Eis und Wasser und reiche es ihr. »Möchtest du vielleicht einen Film gucken oder so?« Ich würde alles machen, damit sie hier bei uns bleibt.

»Ich glaub nicht, dass ich mich darauf konzentrieren kann.«

»Wie wäre es denn mit einer Runde im Pool? Es ist warm genug und außerdem ist er beheizt.«

Sie schaut durchs Küchenfenster nach draußen und ich bin dankbar, dass Milo und ich ein Wochenende investiert haben, um die Gartenbeleuchtung zu installieren, denn dadurch sieht der Pool jetzt sehr einladend aus. »Das würde dich nicht stören?«

»Ich hab dir ja gesagt, mein Haus ist dein Haus. Was immer du möchtest, wann immer du es möchtest.«

»Ja, vielleicht entspannt es mich etwas.«

Ich bin froh, dass ich sie daran erinnert habe, einen Badeanzug einzupacken. »Geh und zieh dich um. Wir treffen uns dann draußen.«

Sie blickt Milo an. »Tut mir leid, dass ich mit meinem Kind und meinen Schwierigkeiten in euer Haus komme.«

»Wir freuen uns, dich hierzuhaben«, erwidert er auf seine typische freundliche Art und Weise. »Mach dir um nichts Sorgen, okay?«

»Du bist uns wichtig, Sofia«, erkläre ich. »Und Mateo genauso. Wir möchten für euch beide da sein.«

»Danke.« Ihr süßes Lächeln weckt Hoffnung in mir und erfüllt mich mit genau den Glücksgefühlen, die dazu führen, dass Männer sich wegen Frauen zum Affen machen. Mir ist es gelungen, das bislang zu vermeiden, aber jetzt ist alles, was ich will, mich ihretwegen zum Affen zu machen. »Ich bin in einer Minute da.«

»Du kannst uns gern Gesellschaft leisten«, sage ich zu Milo, nachdem sie ihr Wasser genommen und die Küche verlassen hat.

»Danke, doch dabei brauchst du deinen kleinen Bruder nicht.« Er leert seine Bierflasche und stellt sie zu dem anderen Altglas, ehe er mir zuwinkt und zur Tür geht.

»Meinen kleinen Bruder brauche ich immer.«

Milo grinst. »Umgekehrt genauso, man muss nur das ›klein‹ gegen ›groß‹ austauschen.«

Wir beide haben uns immer bestens verstanden, trotz des Altersunterschieds und obwohl wir so völlig verschieden sind. Maria behauptet immer, wir seien Yin und Yang, was auch immer das heißen soll. Er hat mich beinah in den Wahnsinn getrieben, bis er ungefähr siebzehn war und plötzlich gezeigt hat, dass er echt nützlich sein kann. Jetzt wüsste ich nicht, was ich ohne seinen beruhigenden Einfluss in meinem Leben anfangen würde. Zusammen mit unserem Cousin Dom ist er mein bester Freund.

Ich muss übrigens unbedingt mit Dom reden, um rauszufinden, wann er nach New York zurückwill. Aber darum kümmere ich mich später. Im Moment muss ich mich ganz darauf konzentrieren, Sofia in einem Bikini zu verkraften. Sie hat sich so ein Stofftuch um die Hüften gewickelt, doch das nehme ich kaum wahr. Alles, was ich sehen kann, sind ihr atemberaubend schönes Gesicht und ihre herrlichen Brüste. Außerdem erkenne ich Unsicherheit, Angst und Unbehagen.

Ich möchte, dass sie sich in meiner Nähe so wohlfühlt wie nirgends sonst, daher strecke ich ihr die Hand hin und hoffe, dass sie sie ergreift und nie wieder loslässt. Nachdem sie ihre Finger um meine geschlossen hat, fällt mir auf, dass ich den Atem angehalten habe, während ich darauf gewartet habe.

»Das Wasser ist wunderbar. Lass uns reingehen.«

Kapitel 8

Nico

Sofia löst das Tuch um ihre Hüften, bevor wir die Stufen auf der seichten Seite runtergehen. Ich lasse ihre Hand nicht los, selbst als wir ganz im Wasser sind.

»Darum liebe ich Miami. Im Dezember im Freien schwimmen.«

»Es ist wirklich schön. Ich kann es immer noch nicht fassen, dass du so lebst.«

»Was hast du denn gedacht, wie ich lebe?«

»Ich weiß es nicht, aber so was hier habe ich mir nicht vorgestellt.«

»Es ist nur ein Haus.«

»Richtig«, sagt sie mit einem Lachen. »Nur ein Haus. Für mich ist es ein Palast. Mein gesamtes Apartment würde in dein Gästezimmer passen.«

»Ich möchte, dass du dich hier wohlfühlst.«

»*Jeder* würde sich hier wohlfühlen, Nico.«

»Ich möchte, dass *du* es tust.«

»Okay, keine Sorge, das tu ich. Und danke.«

»Du bist herzlich eingeladen, so lange zu bleiben, wie du willst oder musst.« Für immer wäre gut, doch ich wage nicht, das laut auszusprechen. Jedenfalls noch nicht.

»Ich werde mich gleich morgen um was kümmern.«

»Ich möchte dich weder morgen noch am Tag danach oder am Tag danach gehen lassen.« Während ich ihr das sage, trete ich näher zu ihr, in der Hoffnung, dass ich weiter meinen Arm um sie legen, sie an mich ziehen, ihr Trost und Schutz und alles andere bieten darf, was sie braucht.

»Es ist nicht deine Aufgabe, meine Probleme zu lösen.«

»Das weiß ich, aber warum darf ich dir nicht helfen? Ich dachte, das zwischen uns könnte ein Beginn sein.«

»Das ist es. Oder war es zumindest. Ich möchte nicht, dass du in diesen Mist mit Joaquín und seinen Schlägerkumpanen verwickelt wirst. Wenn dir etwas passieren würde, wüsste ich nicht, was ich tun würde.«

»Genau so empfinde ich bei dem Gedanken, dass dir etwas zustoßen könnte – oder Mateo.« Ich streiche ihr die Haare aus dem Gesicht. »Mein Freund Miguel hat angerufen und mir mitgeteilt, dass sie Diego und die Typen, mit denen er zusammen war, festgenommen haben. Ihnen wird vorgeworfen, uns absichtlich mit ihrem Auto gerammt und uns mit Schusswaffen bedroht zu haben, die zudem nicht registriert waren.«

»Sie werden die Kaution hinblättern und in ein, zwei Tagen wieder draußen sein. So läuft es immer ab.«

»Miguel meint, dass ihnen ein Kontaktverbot erteilt wird und dass die Anklagepunkte keine Lappalie sind. Sie müssten schon verrückt sein, um sich in deine Nähe zu wagen.«

»Trotzdem. Das wird sie nicht aufhalten. Sie denken, dass ich ihm unrecht getan habe, und werden mich nicht so ohne Weiteres in Ruhe lassen. Sie werden einen Weg finden, mich endlos zu belästigen. Ich habe sie jahrelang in Aktion erlebt. Diegos Ex-Freundin ist in der Psychiatrie gelandet, als sie versucht hat, ihn zu verlassen und seine Kinder mitzunehmen. Jetzt hat er das Sorgerecht, und sie kriegt sie nie zu Gesicht.«

»Das wird dir nicht passieren. Das lasse ich nicht zu.«

»Gibt es irgendwas, was ich sagen kann, das dich davon überzeugen würde, mich das selbst klären zu lassen?«

Ich schüttele den Kopf. »Nein, nichts.«

Ihr tiefes Seufzen spricht Bände.

»Halt dich an mir fest. Lass dir von mir helfen.« Ich küsse sie auf Kinn und Hals, bis sie in meinen Armen erbebt. »Du und Mateo seid mir extrem wichtig. Ich würde verrückt werden, wenn du mir nicht erlauben würdest, euch zu beschützen.«

»Du hast schon genug Probleme in deinem Leben. Du brauchst nicht zusätzlich meinen Mist.«

»Doch, den brauche ich. Wie kann ich mich auf irgendetwas konzentrieren, wenn ich mir euretwegen Sorgen mache?«

»Ich muss morgen arbeiten – oder vermutlich ist es inzwischen eher heute Abend.«

»Ich bring dich hin und passe auf Mateo auf, während du da bist.«

»Das musst du nicht! Ich habe einen Babysitter für die Zeit, in der ich im Restaurant arbeite.«

»Wo?«

»Bei mir zu Hause.«

»Du kannst dahin gerade nicht zurück, Sofia, und du kannst auch Mateo nicht dort zurücklassen. Ich nehme an, Joaquín weiß, bei wem er ist, während du im Restaurant bist. Was, wenn er tatsächlich auf Kaution freigelassen wird und du nach Hause kommst und feststellen musst, dass Mateo nicht mehr dort ist?«

»Er … Das kann er nicht. Wir haben eine Sorgerechtsvereinbarung. Er kriegt ihn nur eine Nacht die Woche.«

»Und er ist ja dafür bekannt, sich an Regeln zu halten und dem Gesetz zu gehorchen. Er sitzt genau deshalb im Gefängnis, weil er gegen eine richterliche Anordnung verstoßen hat. Ich kann mir gut vorstellen, dass er vor Wut kocht, weil er hinter Gittern ist. Und wem wird er wohl die Schuld daran geben, dass er dort gelandet ist? Sich selbst? Das bezweifle ich sehr.«

Sie zieht ihre Unterlippe zwischen die Zähne. »Vielleicht sollte ich nicht zur Arbeit gehen, wenn die Chance besteht, dass es Ärger gibt.«

»Wir werden mit meinem Onkel Vin reden und ihm erklären, was los ist, damit er ein Auge auf dich haben kann.«

»Er wird nicht wollen, dass ich da arbeite, wenn es meinetwegen Probleme gibt.«

Ich hebe ihr Kinn an. »Du gehörst für uns zur Familie, Sofia. Deine Probleme sind unsere Probleme. So funktioniert Familie.«

»Aber ich bin nicht wirklich Familie. Das könnte zu viel für sie sein.«

»Meine Familie interessiert sich nicht nur für mich, wenn die Dinge gerade gut für mich laufen. Sie kümmern sich die ganze Zeit um mich. Das weiten sie auf dich und Mateo aus. Abuela und Nona würden sich jeden persönlich vorknöpfen, der versucht, dich zu schikanieren.«

Das entlockt ihr das erste Anzeichen eines Lächelns, das ich bei ihr gesehen habe, seit Diego und seine Kumpel uns hintendrauf gefahren sind.

»Mit den beiden würde ich mich nicht anlegen wollen«, sagt sie.

»Sie sind ein eingespieltes Team, und sie beschützen ihre Familie. Sie haben dich und Mateo in unseren Kreis aufgenommen, und das gilt in schlechten wie in guten Zeiten.«

»Sie haben so viel für mich getan. Das Letzte, womit ich ihnen all das vergelten wollte, ist so ein Mist in ihrem Leben.«

»Du bist ja nicht diejenige, die diesen Mist zu verantworten hat.«

»Du weißt, was ich meine. Wenn ich nicht hier wäre, müssten sie sich diese Sorgen nicht machen.«

»Vielleicht nicht, doch wir würden uns um dich sorgen, wenn du nicht hier wärst.« Ich lege meine Arme unter Wasser um sie und ziehe sie zu mir. »Ich werde morgen mit Vin reden, ihm erzählen, was passiert ist, und dann schauen wir, was er dazu zu sagen hat. Ist das für dich in Ordnung?«

»Ich schätze schon. Ich hasse es nur, dass das hier passiert und dass ich ihn darein verwickle. Es ist der beste Job, den ich je hatte. Ich liebe alles daran.«

»Ich höre immer nur, wie toll du mit den Gästen umgehst und wie begeistert meine Tante und mein Onkel davon sind, dich in ihrem Team zu haben.«

»Das haben sie gesagt?«

»Dauernd. Das Giordino's ist was ganz Besonderes. Sie lassen nicht einfach jeden dort arbeiten. Wenn du nicht gut hineinpassen würdest, hätten sie dir geholfen, woanders was zu finden. Sie hätten dich nicht weiterbeschäftigt. Die Tochter eines Cousins von Vin und meinem Vater hat zwei Wochen durchgehalten, bevor man sie freundlich, aber bestimmt hinauskomplimentiert hat. Sie war eine furchtbare Kellnerin, was schlecht fürs Geschäft gewesen ist. Vin hat sich bei seinem Cousin entschuldigt und gesagt, dass es nicht funktioniert hat. Ende der Geschichte.«

»Wow, das muss seltsam gewesen sein.«

»Das war es, doch er ist sehr direkt, wenn es darum geht, das zu tun, was am besten für das Restaurant ist. Das ist auch nur verständlich, wenn man bedenkt, wie viele Menschen damit ihren Lebensunterhalt und den ihrer Familien bestreiten. Er nimmt diese Verantwortung sehr ernst.«

»Ich habe dort so viel gelernt, nicht bloß über das Restaurantgeschäft, sondern über das Leben und die Leute.«

»Ich weiß, was du meinst. Jeden Tag nutze ich irgendeine Lektion von dort in meinem eigenen Unternehmen.«

»Danke für alles, was du für mich tust.«

»Du musst dich nicht bei mir bedanken. Ich bin so froh, dass du hier bist. Du und Mateo seid hier willkommen, solange ihr wollt.«

»Du und dein Bruder braucht mich und mein Kind nicht in eurer … Wie nennt man das?«

»Junggesellenbude?«

»Ja, genau. Ich hab gehört, wie Livia es mal so genannt hat.«

»Falls du es nicht bemerkt hast, ich habe aktiv versucht, meinen Status von ›Junggeselle‹ zu ›in einer Beziehung‹ zu ändern.«

»Du könntest dir jemand weniger Komplizierten als mich suchen.«

»Vielleicht, aber ich habe bisher noch keine andere getroffen, mit der ich so sehr zusammen sein wollte wie mit dir. Ich schaue dich an und ich will nur dich. So war es schon beim ersten Mal, als ich dich im Restaurant gesehen und meinen Onkel gefragt habe, wer du bist. Er hat mir erzählt, dass du Sofia heißt, die neue Kellnerin bist und dass ich in deiner Nähe besser aufpassen sollte, weil Nona und Abuela sich zu deinen persönlichen Beschützern aufgeschwungen haben und mir die Kniescheiben zertrümmern würden, wenn ich es zu weit mit dir treibe.«

»Das hat er nicht gesagt!«

»Wortwörtlich. Und genau das würden sie tun, was ein weiterer Grund ist, warum du von mir nichts zu befürchten hast. Ich habe schreckliche Angst vor ihnen.«

Darüber muss sie kichern, was sie komplett verwandelt. Mir fällt auf, wie ernst und eingeschüchtert sie die meiste Zeit ist. Ich schwöre genau hier und jetzt, sie so oft zum Lachen zu bringen, wie ich nur kann. Ich habe mir vorgenommen, ihr heute Abend Raum zu lassen, da es ihr nicht gut geht, aber verdammt noch mal, wie könnte ich ihr so nahe sein und sie nicht küssen und berühren wollen?

Ich komme langsam näher, lasse ihr Zeit, Nein zu sagen. Doch das Nein bleibt aus. Stattdessen fährt sie mir mit ihren Fingern durchs Haar und sendet mir damit ein Prickeln über den Rücken. Als ich mit meinen Lippen ihre berühre, wird mir schwindelig, da all mein Blut sich an einer ganz bestimmten Stelle in meinem Körper zu sammeln scheint. Ich versuche, mich ein bisschen zurückzuziehen, damit sie nicht sofort spürt, was sie mit mir anstellt, aber sie schlingt ihre Arme und Beine um mich, was meine Selbstbeherrschung auf eine harte Probe stellt.

Herr, hab Mitleid, sie ist so heiß und sexy und süß und alles, was ich je wollen oder brauchen könnte. Ich weiß das ohne jeglichen Zweifel, nur vierundzwanzig Stunden nachdem wir uns das erste Mal geküsst haben. Sie ist einfach perfekt für mich, und während meine Hände über ihre zarte nasse Haut gleiten, verfalle ich ihr komplett. Schließlich liegen wir halb auf den Stufen, sie unter mir, und ihre Arme und Beine umklammern mich.

Meine Erektion drückt sich gegen sie und ich umfasse eine ihrer Brüste. Ich frage mich gerade, ob wir es gleich hier im Pool treiben werden, als uns mein Telefon mit dem Klingelton unterbricht, den ich Angelo zugewiesen hab. Stöhnend und höchst widerstrebend beende ich den Kuss.

»Da muss ich rangehen. Es ist die Firma.«

Als wir uns voneinander lösen, wirkt Sofia genauso erschüttert, wie ich mich fühle. Ich stolpere aus dem Pool zu dem Tisch, auf dem ich vorhin mein Handy abgelegt habe.

»Was ist los?«

»Oh, Mann … Irgendwer ist gerade in eins unserer Autos reingefahren, als es an einer Ampel gehalten hat, und ist dann abgehauen.«

Mein Herz sinkt bei dieser Nachricht. Wie kann es nichts mit dem Vorfall von vorhin zu tun haben? »Ist irgendjemand verletzt worden?«

»Die Passagierin hat über Nackenschmerzen geklagt, also hat Rudy den Notruf gewählt. Sie haben sie zu weiteren Untersuchungen ins Krankenhaus gebracht.«

»Und Rudy?«

»Alles gut, er ist nur wütend. Er hat gesagt, das andere Auto sei von hinten angerast gekommen, habe ihn gerammt und sei wieder verschwunden gewesen, bevor er überhaupt reagieren konnte. Ist alles furchtbar schnell gegangen.«

»Wie schlimm ist der Schaden am Wagen?«

»Das ganze Heck ist eingedellt.«

»Hat er eine Beschreibung von dem anderen Auto geben können?«

»Ja, die Polizei hat die Information.«

»Danke, Angelo. Morgen bin ich wieder in der Firma. Vielen Dank, dass du mich dieses Wochenende vertreten hast.«

»Kein Problem, Boss.«

Ich lege mein Telefon zurück auf den Tisch, während ich mich der unangenehmen Erkenntnis stelle, dass dieser Mist nur schlimmer werden wird, wenn ich mit Sofia zusammen bin. Doch davon lasse ich mich nicht abschrecken. Sie können mich so viel attackieren, wie sie wollen, das nehme ich in Kauf, solange sie und Mateo in Sicherheit sind.

Sofia kommt aus dem Pool und nimmt das Handtuch, das ich ihr reiche. »Was ist passiert?«

Sofia

Mir ist übel, nachdem ich von dem Auffahrunfall mit Fahrerflucht bei einem von Nicos Autos erfahren habe. Ich weiß, wie hart er gearbeitet hat, um sein Geschäft aufzubauen, und die Gewissheit, dass der »Unfall« mit mir zusammenhängt, ist niederschmetternd. Im Pool ist es mir eine Minute lang gelungen, das Chaos zu vergessen, das um uns herumwirbelt.

Doch obwohl mein Körper vor Verlangen weiter so heftig vibriert, dass es mir den Atem raubt, bin ich mir voll und ganz bewusst, dass ich das Nico nicht antun kann.

Morgen überlege ich mir einen Weg, wie ich ihn auf Abstand halten kann.

Das ist das einzig Richtige, was ich tun kann, selbst wenn es mich, nachdem ich eine kleine Kostprobe von dem erhalten habe, was für uns möglich sein könnte, umbringt, auch nur daran zu denken, von ihm getrennt zu sein.

»Ich kann förmlich sehen, wie sich die Rädchen hinter deiner Stirn drehen …«

»Was soll das heißen?«

»Dass du darüber nachdenkst, wie du mich loswerden kannst, damit deine Schwierigkeiten nicht zu mir rüberschwappen.«

Es ist ein bisschen beängstigend, dass er so genau erraten kann, was ich denke.

»Hör auf«, sagt er. »Wir stehen das gemeinsam durch.«

»Wie würdest du dich fühlen, wenn etwas aus deinem Leben mich in Gefahr brächte?«

»Ich wäre wild entschlossen, dich davor zu beschützen, aber ich würde dich nicht von mir stoßen.« Er zieht mich eng an sich. »Ich würde dich so im Arm halten, in all den Stürmen, die um uns toben, bis wir sie überstanden haben und endlich das gute Zeug genießen können.« Seine Lippen an meinem Hals sind warm und sofort flammt das Feuer wieder zwischen uns auf. »Stoß mich nicht von dir.«

Meine Finger pressen sich in seine festen Muskeln, während ich mich im Geiste noch ermahne, ihn loszulassen. Ich möchte das nicht, weshalb ich mir selbstsüchtig vorkomme. Ich bin nicht gut für ihn oder für seine Familie. Ich habe Schwierigkeiten in sein Leben gebracht, die er nicht gebrauchen kann.

Andererseits kann ich nicht leugnen, dass wir zusammenpassen wie zwei Teile eines Puzzles, sein Kinn ruht auf meinem Scheitel und seine Erektion presst sich heiß gegen meinen Bauch.

»Lass uns ins Bett gehen und uns ausruhen. Morgen überlegen wir uns, was wir wegen dieses ganzen Mists am besten unternehmen.«

»Ich sollte einfach Mateo in mein Auto setzen und mit ihm irgendwohin fahren, wo uns niemand finden kann.«

»Ich würde dich finden.«

»Du machst es mir nicht leicht, das Richtige zu tun.«

»Das Richtige für dich ist, hier bei mir zu sein, umgeben von allen, denen etwas an dir liegt und die dazu beitragen können, dass du und dein Sohn in Sicherheit seid.«

»Während ich Tumult in ihr Leben bringe.« Ich habe dieses Wort geliebt, bis es auf meine eigene Situation zutraf.

»Du bist nicht diejenige, die für den Tumult verantwortlich ist.«

»Er hängt aber mit mir zusammen.«

»Dennoch ist es nicht deine Schuld. Nichts hiervon ist deine Schuld.«

»Es fühlt sich trotzdem so an. Zwei von deinen Autos sind meinetwegen demoliert.«

»Nein, das sind sie wegen Joaquín und weil er nicht akzeptieren kann, dass du nicht länger mit ihm zusammen sein willst. Alles, was passiert ist, geht auf diese schlichte Wahrheit zurück.«

Er löst mein Haar aus der Spange, mit der ich es auf meinem Kopf hochgesteckt hatte, während wir im Pool waren, und fährt mit den Fingern hindurch, woraufhin meine Kopfhaut herrlich prickelt. Ich bin mir nicht sicher, warum mein Körper so stark auf jede seiner Berührungen reagiert, doch ich werde rasch süchtig nach der Art und Weise, wie ich mich in seiner Nähe fühle.

»Wenn wir zulassen, dass er uns auseinanderbringt, dann kriegt er, was er will, und erreicht damit, dass du vor ihm Angst hast. Das darf nicht geschehen.«

»Ich hab Angst vor ihm. Nicht nur wegen mir und Mateo, sondern auch wegen dir und deiner Familie.«

»Ich schreibe Onkel Vin eine Textnachricht, damit er weiß, was los ist und was wir dagegen unternehmen. Auf diese Weise erfährt er, dass er in Bezug auf dich besonders auf der Hut sein und auf sich und die Seinen achten muss. Joaquín wird den Tag bitter bereuen, an dem er sich mit der Familie Giordino angelegt hat. Das verspreche ich dir.«

Seine Schwestern und seine Cousine haben mich vor ihm gewarnt, aber was ich sehe, ist ein Mann, der alles für mich und meinen Sohn tun würde und der das allein heute schon zahllose Male bewiesen hat. Ich glaube immer noch, dass er ohne mich besser dran wäre, doch er hat keinen Zweifel daran gelassen, dass er mich nicht einfach so ziehen lassen wird.

Ich folge ihm ins Haus und beobachte, wie er den Alarm einstellt.

»Der Code ist 1215, der gleiche wie für die Haustür und die Garage. Wenn du den Alarm ausmachen musst, gibst du einfach diese Ziffern ein. Um ihn einzuschalten, drückst du auf ›Armed Stay‹, dann kannst du dich im Haus bewegen, ohne ihn auszulösen. ›Armed Away‹ stellt dann zusätzlich die Bewegungsmelder scharf.«

»Schreibst du mir das alles auf?«

»Ja. Und ich schicke es dir auch aufs Handy. Lass mich mal dein Smartphone anschauen. Ich werde dir die App darauf installieren, dann kannst du alles von unterwegs steuern.«

Als ich ihm mein Handy reiche, bin ich erstaunt darüber, dass er mir so vertraut, dass er mir derart Zutritt zu seinem Haus gewährt.

Eine Minute später gibt er mir das Smartphone zurück. »So.« Er zeigt mir, wie ich die App für das Security-System benutzen muss. »Da fällt mir auf, dass ich dir noch gar nicht mein Zimmer gezeigt habe. Komm mit.«

Der Blick, den er mir zuwirft, ist sengend. Ich ergreife die Hand, die er mir hinhält, und folge ihm in das große Schlafzimmer, in dem ein breites Doppelbett steht. »Du hast ja einen Kamin!«

»Ja, das ist ziemlich angenehm an den vier oder fünf Tagen, an denen es hier im Winter wirklich kalt wird.«

»Ich liebe Kaminfeuer.«

»Ich mache ihn dir gerne an – und drehe die Klimaanlage hoch, damit wir nicht zu sehr schwitzen –, falls du das möchtest.«

»Das musst du nicht.«

»Das weiß ich. Ich möchte es. Geh und zieh dir was Bequemes an.«

»Du bist echt ein Teufel.« Obwohl dieser Teufel nicht im Geringsten mit dem zu vergleichen ist, mit dem ich verheiratet war. Nico gehört zu einer ganz anderen Kategorie von Teufel – der besten nämlich.

Er runzelt die Stirn. »Inwiefern?«

»Ich ermahne mich dauernd, dass ich von dir wegmuss – zu deinem eigenen Besten –, aber du lieferst mir immer neue Gründe, zu bleiben.«

»Bitte geh nicht weg. Du tust mir gut.«

»Wir wissen beide, dass das nicht stimmt.«

»Doch, tut es.«

»Alle haben mich vor dir gewarnt, dabei hätten sie dich vor mir warnen sollen.«

»Alle Warnungen auf der Welt hätten nichts an der Tatsache ändern können, dass ich dich begehre, wie ich zuvor noch nie irgendjemanden begehrt habe.«

Ich fächle mir Luft zu. »Hier drin wird es ziemlich heiß, dabei hast du noch gar kein Feuer im Kamin angezündet.«

Sein Lächeln ist das Sexyste, was ich je gesehen habe. »Du hast keine Vorstellung von ›heiß‹, Baby.«

»Oh, wow, bin gleich wieder da.«

»Ich gehe nirgendwohin.«

Kapitel 9

Sofia

Ich schaue im Gästezimmer nach Mateo, der sich nicht vom Fleck gerührt hat, seit ich ihn hier hingelegt habe, bevor ich schnell dusche. Während ich mich mit Körperlotion eincreme und mir ein Tanktop und Shorts anziehe, bemühe ich mich, die vielen rot blinkenden Alarmleuchten in meinem Kopf zu ignorieren, die mich ermahnen, es langsam anzugehen, Vorsicht walten zu lassen und mich und Mateo zu schützen – genau wie Nico selbst. Aber eigentlich ist mir das alles egal. Ich will einfach nur mehr von ihm und der Art und Weise, wie ich mich fühle, wenn ich in seinen Armen liege.

Das hier ist kompletter Wahnsinn.

Gewöhnlich mache ich solche Sachen nicht.

Seit ich Joaquín verlassen habe, erledige ich meinen Job, kümmere mich um meinen Sohn, lerne Englisch und halte mich ansonsten bedeckt. Männern hatte ich auf jeden Fall ein für alle Mal abgeschworen.

Aber das war, bevor eines Abends Nico Giordino in das Restaurant seiner Tante und seines Onkels gekommen ist und all meine Vorsätze sich in Rauch aufgelöst haben. Ich hab es noch nicht mal geschafft, mein Interesse an ihm zu verbergen. Ich war gerade dabei, zusammen mit seiner Cousine Carmen irgendwas zu erledigen, als ich gemerkt hab, dass ich ihn wie ein liebeskranker Teenager angestarrt habe.

»Lass das«, hat sie gesagt. »Er bedeutet für Frauen nichts als Ärger.«

Nach allem, was ich hinter mir habe, hätten diese Worte ausreichen müssen, um meine Faszination im Keim zu ersticken. Doch die ist nur gewachsen, wann immer ich ihn gesehen habe, was oft der Fall war, nachdem ich erkannt hatte, dass diese Faszination beidseitig war. Er schien jedes Mal aufzutauchen, wenn ich meine Schicht hatte, was Carmen und den anderen natürlich aufgefallen ist. Sie und Jason essen an den allermeisten Samstagen im Restaurant, wenn ich auch eine meiner Schichten habe.

»Normalerweise ist er nicht so oft hier«, hat mir Luisa, eine der anderen Bedienungen, verraten. Ich hatte das Gefühl, dass sie sauer war, weil er offensichtlich meinetwegen da war, nicht ihretwegen.

Und je häufiger ich ihn zu Gesicht bekommen habe, desto mehr wollte ich ihn. Ich hab sogar von ihm geträumt – mehr als einmal –, und die Träume waren nicht gerade jugendfrei. Ich bin immer ganz verschwitzt und erregt erwacht und habe mich mit jeder Faser meines Körpers nach ihm gesehnt, obwohl ich gewarnt worden war, besser die Finger von ihm zu lassen.

Das war mir egal.

Ich wollte ihn einfach.

Und jetzt … Jetzt kann ich ihn haben und hab Angst, dass *ich* irgendwie schlecht für ihn bin, nicht andersherum. Wenn ich auch nur einen Funken Anstand hätte, würde ich Mateo nehmen und Nicos Haus verlassen, irgendwohin gehen, wo Joaquín und seine Freunde uns niemals finden würden. Bloß wo soll das sein?

Wohin könnte ich mich mit meinen beschränkten Mitteln schon wenden? Im Restaurant verdiene ich sehr gut – mehr, als ich je zuvor in meinem Leben verdient habe –, aber es reicht gerade mal für die Miete, Lebensmittel, Kleidung, Fahrkarten, Kinderbetreuung und die lächerlich geringen monatlichen Raten für die unvorstellbar hohen Schulden, die ich wegen Mateos Krankheit habe. Das ist auch der Grund, weshalb ich bei der Physiotherapie und der Ergotherapie eine Pause einlegen musste. Wenn alle anderen Rechnungen beglichen sind, ist für die Zuzahlungen kein Geld mehr übrig.

Vincent hat mich und Mateo so schnell wie möglich in die Krankenversicherung für die Restaurantmitarbeiter aufgenommen und das hat mir das Leben gerettet. Zwischen den seltenen Therapiestunden arbeite ich so viel wie möglich selbst mit Mateo und mache mit ihm die Übungen, die ich mir habe zeigen lassen.

Die Gegend hier zu verlassen, wo Mateos Ärzte und Therapeuten sind, ganz zu schweigen von meinem Job, ist nicht wirklich eine Option.

Ich hasse das Gefühl, dass ich keine andere Wahl habe, als Nicos Hilfe anzunehmen, und ich quäle mich mit Sorgen wegen dem, was ihn seine Großzügigkeit uns gegenüber letzten Endes kosten wird. Jetzt sind zwei seiner Fahrzeuge beschädigt, das zweite höchstwahrscheinlich von einem anderen Freund oder Familienmitglied von Joaquín, der weiterhin auf Rache sinnt und es auf den neuen Mann in meinem Leben abgesehen hat.

Das ist alles so absurd.

Unsere Ehe hat schon in Schwierigkeiten gesteckt, lange bevor unser Sohn krank geworden ist, und Joaquín war in den ersten furchtbaren Tagen nirgends aufzufinden. Und als er schließlich beschloss, wieder aufzutauchen, war er sauer auf mich, weil ich so hohe Schulden hatte machen müssen, um unseren Sohn zu retten. »Wir werden bis ans Ende unseres

Lebens brauchen, um das abzuzahlen«, hat er mich angeschrien, das Gesicht knallrot und die Faust schon erhoben.

Wenn ich zurückschaue, war das der Moment, in dem ich begonnen habe, ihn zu hassen. Es war nicht, als er einfach verschwunden ist und es nicht für nötig gehalten hat, in der Krise für uns da zu sein, sondern als klar wurde, dass ihm Geld wichtiger war als das Leben unseres Sohnes.

Aber erst als Marlene und Livia mir den Job im Giordino's und ihre Freundschaft angeboten haben, hatte ich den Mut und die Mittel, die Scheidung einzureichen, auch dank der Unterstützung eines Stammgastes im Restaurant, der praktischerweise Anwalt ist.

Und das war der Zeitpunkt, zu dem Joaquín wirklich wütend geworden ist.

Ein leises Klopfen an der Tür reißt mich aus meinen Erinnerungen. Ich gehe hin und öffne Nico, der mit bloßem Oberkörper vor mir steht, ein wahrhaft atemberaubender Anblick. »Du bist gar nicht zurückgekommen.«

»Ich … ich hab nachgedacht.«

»Tu das nicht.« Er legt seine Hand an mein Gesicht und reibt mit dem Daumen sacht über meine Wange, und sobald er mich berührt, verschwindet jedes Problem, das ich habe. »Denk nicht nach. Fühl einfach nur.«

Und sofort habe ich völlig vergessen, warum das hier eine schlechte Idee sein sollte. Ich verzehre mich nach ihm.

»Ich habe ein Feuer für dich gemacht. Möchtest du es sehen?«

Ich nicke. »Lass mich bloß schnell das Babyfon holen.«

Eine Minute später führt er mich in sein Zimmer auf der anderen Seite des Flurs und schließt die Tür. Die flackernden Flammen tauchen den Raum in einen gemütlichen Schein. Ich versuche mir vorzustellen, wie es wohl wäre, in einem Haus wie diesem zu wohnen, aber meine Fantasie lässt mich im Stich.

»Was denkst du gerade?«, will er wissen. Er steht hinter mir, die Hände auf meinen Schultern.

»Es ist so schön. Es ist tatsächlich das allerschönste Schlafzimmer, das ich je gesehen habe.«

»Findest du? Es ist ja gerade mal mit dem Nötigsten möbliert.«

»Doch, finde ich.« Ich drehe mich zu ihm um. »Du solltest eine bunte Tapete auf die Wand hinter dem Bett kleben.«

Er schaut über meine Schulter zu der Stelle. »Vielleicht könntest du mir dabei helfen, was auszusuchen.«

»Wenn du möchtest.«

»Es würde mich wirklich interessieren, was du damit anstellen würdest.«

»Und es wäre dir egal, was dabei rauskommt?«

»Wenn es dir gefällt, wird es mir ebenfalls gefallen.«

Ich werfe ihm einen neckischen Seitenblick zu. »Woher willst du das so genau wissen?«

»Weil das, was auch immer du tust, besser sein wird als das, was jetzt dort ist, nämlich nichts. Und außerdem bin ich neugierig, was dir so vorschwebt.«

»Ich liebe es, Räume zu verschönern. Meine Lehrer haben immer gesagt, ich könnte sogar aus nichts noch was machen.«

»Ich kann dir jedenfalls versichern, dass du ein echtes Talent dafür hast. Deine Wohnung ist toll.«

»Es ist alles aus zweiter Hand oder vom Sperrmüll.«

»Das würde man nie vermuten. Du hast da etwas Erstaunliches geschaffen.«

»Freut mich, dass du so denkst. Ich hab schon immer Spaß daran gehabt, etwas für wenig Geld hübsch zu dekorieren. Wenn ich mir einen Job aussuchen könnte, würde ich das wählen: für andere Leute Wohnungen einrichten und organisieren.«

»Du kannst gleich hier anfangen. Tu, was immer du möchtest. Fotografier alles, vorher und nachher, das kannst du später für deine Webseite benutzen.«

Bei seinem Vorschlag beginnt mein Herz schneller zu klopfen. »Klar. Ich sollte einfach dein Haus komplett neu einrichten, als wäre das keine große Sache.«

Lächelnd erwidert er: »Um es *neu* einzurichten, müsste man es überhaupt erst mal einrichten – und das habe ich nie getan. Ich hab hier jahrelang mit dem allernotwendigsten Mobiliar gehaust. Meine Schwestern liegen mir schon die ganze Zeit damit in den Ohren, dass ich was aus dem Haus machen soll, aber ich hab einfach keine Ahnung, was. Daher viel Spaß.«

»Das ist dein Ernst.«

»Voll und ganz. Allerdings kann ich nicht viel Geld ausgeben, weil das meiste in meine Firma investiert ist.«

»Ich arbeite ohnehin am besten mit einem knappen Budget.«

»Deine Augen strahlen.«

»Es ist aufregend, auch nur daran zu denken, ein Haus wie dieses einzurichten.«

Er nimmt meine Hand und geht mit mir zum Bett. »Mir gefällt es, wie du aussiehst, wenn du aufgeregt bist.«

Ich bin mir nicht sicher, ob eins zum anderen führen wird, wenn wir zusammen in einem Bett liegen, aber ich will alles, was er möchte. »Ich sehe bestimmt oft aufgeregt aus, wenn du in der Nähe bist.« Ich kann nicht glauben, dass ich das gesagt habe, doch es stimmt.

Sein Lächeln ist unglaublich sexy, als er eine leichte Decke über uns zieht und einen Arm um mich legt.

Ich atme den Duft seiner Haut ein. »Du riechst so gut.«

»Dee hat mir zu Weihnachten Duschgel und Rasierwasser geschenkt, und ich hab beschlossen, es heute mal auszuprobieren.«

»Ich mag es.«

»Dann werde ich das von jetzt an täglich benutzen.« Er streichelt mich mit beinahe ehrfürchtiger Zärtlichkeit, was bewirkt, dass ich mit jeder Faser meines Seins dichter bei ihm sein möchte. »Erzähl mir mehr über dein Leben. Ich will alles wissen. Bist du in Miami geboren?«

»Ja. Meine Mom hat mich bekommen, als sie erst neunzehn war. Mein Vater war ein One-Night-Stand, ein Marinesoldat aus Minnesota. Er weiß gar nichts von mir.«

»Hast du je versucht, ihn zu finden?«

»Nein. Was würde das schon bringen?«

»Du könntest einen Vater in deinem Leben haben.«

»Ich wüsste ja gar nicht, wie ich das anfangen sollte.«

»Du könntest dir eins dieser DNA-Kits besorgen und gucken, ob es eine Übereinstimmung mit irgendwem gibt. Ein Kumpel von mir aus der Highschool hat darüber seine biologischen Eltern gefunden. Wobei ein befreundeter Anwalt davon abgeraten hatte, weil es seiner Ansicht nach keine gute Idee sei, den Strafverfolgungsbehörden ohne Grund die eigene DNA zur Verfügung zu stellen.«

»Solange man nicht vorhat, eine Karriere als Verbrecher einzuschlagen, sollte das ja nicht weiter wichtig sein.«

»Das ist genau das, was ich gesagt habe. Aber ihm ging es darum, dass jemand, der mit einem verwandt ist, gefasst werden könnte.«

»Mateo wird nicht kriminell werden, wenn ich da ein Wörtchen mitzureden habe, daher könnte ich das wohl ausprobieren. Ich habe mich immer gefragt, wer wohl mein Vater ist.«

»Du kannst es auch über die sozialen Medien probieren. Stell dir nur seine Reaktion vor, wenn er erfährt, dass er eine erwachsene Tochter hat, von der er bisher überhaupt nichts geahnt hat.«

»Ich bin sechsundzwanzig. Was, wenn er zu der Zeit, als ich gezeugt wurde, schon in einer Beziehung war und die Nachricht von mir jetzt wie eine Bombe da reinplatzt?«

»Ja, das wäre natürlich blöd. Trotzdem wäre es cool, es zu wissen, oder?«

»Vermutlich schon. Obwohl ich bezweifle, dass es mein Leben in irgendeiner bedeutsamen Art und Weise verändern würde.«

»Man weiß nie.« Er spielt die ganze Zeit mit meinem Haar. »Erzähl mir mehr. Warst du eine gute Schülerin?«

»Ja. Ich war immer eine Einserkandidatin. Ich hab sogar ein Stipendium für die University of Florida bekommen.«

»Und warum hast du da dann nicht studiert?«

»Drei Wochen bevor ich zu Hause ausziehen wollte, hat meine Mutter zum ersten Mal eine Überdosis genommen. Ich bin ihre einzige Angehörige, daher konnte ich sie nicht allein lassen. Mir ist bald klar geworden, dass sie es absichtlich getan hat, weil sie mir die Chance nicht gegönnt hat.«

»Warum zum Teufel sollte sie sich das nicht für dich wünschen?«

»Sie ist schon mein ganzes Leben lang neidisch auf mich. Sie hat die Aufmerksamkeit gehasst, die die Freunde, die sie immer wieder hatte, mir geschenkt haben – genau wie ich. Ich war zwei, als sie mich nach Mexiko mitgenommen hat, um einem weiteren Mistkerl zu folgen, der uns im Stich gelassen hat, kurz nachdem wir dort angekommen waren. Wir sind trotzdem viele Jahre dortgeblieben und erst, als ich beinahe fünfzehn war, nach Miami zurückgekehrt, weshalb auch mein Englisch nicht so gut ist, wie es sein sollte.«

»Ah, verstehe. Deine Mom hat gar kein Englisch gesprochen?«

»Nein. Sie ist in Puerto Rico aufgewachsen und mit siebzehn hierhergezogen. Im Grunde genommen hat sie sich geweigert, Englisch zu lernen. Jetzt ist sie sauer, dass ich die Sprache beherrsche und sie nicht. Mein ganzes Leben lang hat sie es gehasst, wenn die Leute ihr Komplimente dafür gemacht haben, wie klug oder hübsch oder begabt ich sei. Es hat sie geärgert und diesen Ärger hat sie an mir ausgelassen. Sie hat mich wie den letzten Dreck behandelt und mir vorgeworfen, ich hielte mich für was Besseres, dabei sei ich nichts als das Ergebnis eines One-Night-Stands und hätte von Rechts wegen überhaupt nie geboren werden sollen.«

»Himmel«, flüstert er. »Das hat sie tatsächlich zu dir gesagt?«

»Häufiger, als ich zählen kann. Wenn du dich fragst, weshalb sie nicht länger eine Rolle in meinem Leben spielt, kennst du jetzt den Grund. Wobei sie selbst das niemals akzeptiert hat. Ich hab schon ernsthaft mit dem Gedanken gespielt, sie auf meinem Handy zu blocken, damit sie mich nicht länger belästigen kann. Trotzdem hab ich die Hoffnung nicht aufgegeben, dass sie sich eines Tages doch noch wie eine Mutter verhält.«

»Es tut mir leid, dass sie dich so behandelt hat und dass du dein Stipendium nicht wahrnehmen konntest. Aber vielleicht kannst du ja trotzdem irgendwie studieren.«

»Vermutlich könnte ich es gar nicht mehr. Es ist so lange her, dass ich wirklich lernen musste, dass ich wahrscheinlich vergessen habe, wie das geht.«

»Du wärst bestimmt eine ausgezeichnete Studentin. Schau dir nur an, wie super du die Englischkurse absolvierst.«

»Vielleicht.« Weil er daraufhin eine Weile schweigt, frage ich ihn: »Was denkst du gerade?«

»Dass du ein unglaublich schwieriges Leben hattest und wie gerne ich es für dich angenehmer und besser machen würde.«

»Es ist nicht deine Aufgabe, für mich irgendwas besser zu machen.«

»Das weiß ich, doch ich möchte es trotzdem.«

Eine lange Weile sehen wir einander einfach an, atmen die gleiche Luft, die förmlich knistert, wie ich es nie zuvor mit irgendjemandem erlebt habe. Als er nach mir greift, schmiege ich mich bereitwillig in seine Arme, küsse ihn, halte mich an ihm fest. Während des heißesten Kusses meines Lebens bin ich mir bewusst, dass sich alles ändert, und ich lasse es zu … und liebe es.

Nico

Sie ist der netteste Mensch, den ich je getroffen habe, und ich habe es ernst gemeint, als ich gesagt hab, dass ich alles für sie besser machen möchte. Ich hasse es, dass ihr Leben bisher so ein Kampf gewesen ist. Ich hasse, wie ihre Mutter und Joaquín sie behandelt haben, dass sie auf ihr Stipendium verzichten musste und dass alles von Anfang an so schwierig für sie gewesen ist. Wenn die eigene Mutter gegen einen arbeitet, hat man kaum eine Chance.

Während ein Kuss in den nächsten übergeht, will ich ihr verzweifelt zeigen, wie viel mir an ihr liegt. Aber ich möchte nicht, dass sie glaubt, dies sei alles, was ich will, selbst wenn ich sie mit einem brennenden Verlangen begehre, von dem ich gar nicht wusste, dass ich dazu in der Lage bin. Ich erinnere mich noch an mein Unverständnis, als Carmen sich in Jason verliebt hat und Maria in Austin, weil sie sich für den Rest ihres Lebens auf eine einzige Person festlegen, wo es so viele gibt, die man kennenlernen kann.

Jetzt verstehe ich es. Wenn Carmen das hier für Jason empfindet oder Maria für Austin oder meinetwegen auch Dee für Wyatt, dann kann ich voll und ganz verstehen, weshalb es für sie nur diesen einen Menschen gibt. Es ist ein Gefühl wie kein anderes, der absolute Wahnsinn, und alles, was ich will, ist so viel wie möglich davon, solange ich es nur bekommen kann. Den Kuss zu unterbrechen bereitet mir fast körperliche Schmerzen.

Sie öffnet langsam die Augen. »Warum hast du aufgehört?«

»Ich möchte nicht, dass du denkst, dies sei alles, was ich von dir will.«

»Ich möchte es auch, sonst wäre ich nicht hier mit dir in deinem Bett.«

»Ich möchte dich nicht zu etwas drängen, wozu du vielleicht noch gar nicht bereit bist.«

»Wir steuern seit Monaten hierauf zu.«

»Ja, irgendwie schon. Ich möchte nur, dass du weißt …« Ich nehme ihr Gesicht zwischen meine Hände, und sie schaut mich mit ihren großen braunen Augen an, die bis auf den Grund meiner Seele zu blicken scheinen.

»Was soll ich wissen?«

»Dass du mir wirklich, wirklich, wirklich viel bedeutest. Mehr, als mir je zuvor jemand bedeutet hat.«

»Das spüre ich, Nico. Ich merke es daran, wie du mich anguckst, wie du mich berührst, wie du dich um Mateo kümmerst. Und ich empfinde das Gleiche für dich, selbst wenn ich nach wie vor meine, dass es besser für dich wäre, wenn du dich nicht auf mich einlässt, vor allem solange mein Leben so ein Mist ist.«

»Nein, es wäre kein bisschen besser, und nicht *dein* Leben ist Mist, sondern das deines Ex-Mannes. Und über ihn möchte ich im Moment nicht reden.«

»Worüber möchtest du dann reden?«, fragt sie mit dem breitesten Lächeln, das ich je bei ihr gesehen habe.

»Über dich und mich. Uns.«

»Was ist mit uns?«

»Das hier.« Ich küsse sie auf den Hals und arbeite mich dann zu ihrem Busen vor, während ich an ihrem Top zupfe. »Können wir das loswerden?«

»Klar.« Sie setzt sich auf und zieht sich das Kleidungsstück über den Kopf, sodass ihre herrlichen Brüste meinen Blicken preisgegeben sind.

Mit den Händen auf ihren Hüften beuge ich mich über sie, während sie sich auf die Matratze sinken lässt und mir die Arme um den Hals legt. »Du bist so verdammt sexy. Du hast keine Ahnung, wie verrückt du mich machst. Das war von Anfang an so.«

»Ach tatsächlich?«

»Mhm.« Meine Lippen können gar nicht genug von ihrer weichen Haut bekommen. »Ich bin mit niemand anders zusammen gewesen, seit ich dich getroffen habe. Ich möchte, dass du das weißt.«

Mit den Fingern in meinem Haar dirigiert sie mich zu ihrer linken Brust.

Ich hab auf einmal ein ganz anderes Verständnis von dem Ausdruck »gestorben und direkt im Himmel gelandet«, denn genau so fühle ich mich. Ich bin so verdammt hart, dass ich fast befürchte, mir könnte was platzen, so verzweifelt begehre ich sie. Ich könnte für den Rest meines Lebens so liegen bleiben, mein Gesicht zwischen ihren perfekten Brüsten, und es würde mir an nichts fehlen. Ich möchte, dass es fantastisch für sie wird, damit sie niemals einen anderen als mich will.

Obwohl ich mich nach ihr verzehre, lasse ich mir Zeit und küsse sie überall. Ich liebkose sie mit Fingern und Zunge und bringe sie zweimal zum Höhepunkt, direkt hintereinander, bis sie keuchend daliegt und mich atemlos anfleht, ihr zu geben, was wir uns beide mehr als alles andere wünschen. Ich schnappe mir ein Kondom aus der Nachttischschublade und streife es mir über, während sie mir mit geröteten Wangen und geschwollenen Lippen zusieht. Ihr Körper ist bereit für mich.

Ich möchte sie fragen, ob sie sich sicher ist, aber ich lasse es. Sie weiß, sie kann mir jederzeit sagen, dass ich aufhören soll, und ich würde es tun, selbst wenn es mich umbrächte.

Sie streicht mir mit den Händen über den Rücken und zieht mich an sich, schlingt mir die Beine um die Hüften, während ich in ihr versinke.

Heilige Scheiße.

Der Laut, der ihr entschlüpft, als ich sie völlig ausfülle, bringt mich fast um den Verstand. Ich muss meine gesamte Selbstbeherrschung aufbieten, um nicht gleich in den ersten zwei Sekunden, die ich in ihr bin, jegliche Kontrolle zu verlieren. »Himmel, Sofia.«

»Es fühlt sich so wunderbar an. Hör nicht auf.«

Ich lache stöhnend. »Ganz bestimmt nicht.« Ich werde nie aufhören, sie zu begehren oder mich nach ihr zu verzehren. Eine Minute in ihr, und ich bin süchtig danach.

Sie bewegt sich mit mir, als wäre sie dazu geschaffen, mich zu lieben.

Ich steigere das Tempo, und wir geben uns dem Gefühlssturm hin, als wäre es das erste Mal nach einer jahrelangen Durststrecke. Eigentlich ist es wie das allererste Mal überhaupt, weil es wir beide sind, sie und ich.

Sie klammert sich an meinen Rücken, und die leisen Laute, die ihr über die Lippen kommen, sind mein Untergang. Ich presse mich in sie und überlasse mich dem intensivsten Höhepunkt meines Lebens. Nichts ist je wie das hier gewesen oder wie sie, und mir war von Beginn an klar, dass es mit ihr so sein würde.

Episch.

Lebensverändernd.

Es kostet mich alle Selbstbeherrschung, ihr nicht zu sagen, dass ich sie liebe. Vielleicht sollte ich es tun, damit sie es weiß. Es fühlt sich zu schnell an und gleichzeitig nicht schnell genug. Diese Worte habe ich noch nie zu einer Frau gesagt, daher habe ich keine Ahnung, was der richtige Zeitpunkt ist. Alles, was ich weiß, ist, dass ich das, was ich für sie fühle, noch für niemand sonst empfunden habe.

Ich hebe den Kopf von ihrer Brust und küsse sie auf den Mund. »Alles in Ordnung?«

»Mhm, in bester Ordnung.«

»Das war unglaublich.«

»Ich habe gewusst, dass es so sein würde.«

»Ach ja?«

Sie lächelt und nickt, hält die Augen aber geschlossen. »Ich hatte schon ein paar ziemlich lebhafte Träume über dich und das hier.«

»Wirklich? Erzähl.«

»Ich würde es dir lieber zeigen.«

Sechs kleine Worte sind alles, was nötig ist, um mein Blut wieder zum Kochen zu bringen. »Liebend gern.«

»Ich muss mich nur erst ein kleines bisschen ausruhen. Du hast mich völlig ausgelaugt.«

»Haha, ich würde sagen, es war eher andersrum.« Nachdem es mir jetzt gestattet ist, kann ich nicht aufhören, sie zu küssen und überall zu berühren. Ich möchte sie auf den Bauch drehen, ihren Rücken mit Küssen übersäen und sie von hinten nehmen, aber das hebe ich mir fürs nächste Mal auf.

Ich löse mich von ihr, verlasse das Bett und entledige mich des Kondoms. Nachdem ich mir Shorts angezogen habe, gehe ich über den Flur, um nach Mateo zu schauen. Er schläft noch genau so, wie wir ihn hingelegt haben.

Dann kehre ich zu Sofia zurück. Sie liegt auf der Seite, schlummert tief und fest, und eine nackte Schulter lugt unter der Decke hervor. Ich küsse sie und streiche ihr das Haar aus dem Gesicht, während ich sie betrachte. Eine weitere Sache, die ich grundsätzlich nie mache, ist, mit Frauen das Bett für die Nacht zu teilen. Das bedeutet Intimität und Verpflichtungen, also gleich zwei Dinge, mit denen ich nie irgendetwas zu tun haben wollte. Bis jetzt.

Bis zu ihr.

Sie ist so süß und perfekt, und ich liebe es, dass sie in meinem Bett liegt und schläft, eine echte Premiere. Eigentlich nehme ich Frauen noch nicht mal mit zu mir nach Hause.

Ich habe nach Regeln gespielt, die für mich funktioniert haben. Was meine Schwestern und meine Cousine als »toxisch« bezeichnen, war genau das nie. Ich war zu jeder Frau, mit der ich je ausgegangen bin, stets aufrichtig in Bezug auf das, was ich wollte und was nicht. Ist es meine Schuld, wenn sie dachten, sie könnten einen Sinneswandel bei mir auslösen?

Ja, ich habe ein paar Herzen gebrochen, doch nicht absichtlich. Ich war ehrlich, als ich ihnen gesagt habe, sie sollten sich nicht in mich verlieben. Kann ich was dafür, dass sie es trotzdem getan haben?

Ich hasse es, über diese Dinge nachzudenken oder mich schuldig zu fühlen für Entscheidungen, die andere Leute getroffen haben, vor allem nachdem sie davor gewarnt wurden. Nach dem besten Sex meines Lebens bin ich voll nervöser Energie. Ich stehe auf und hole mir ein Glas Wasser, wobei ich in der Küche Milo treffe, der das Gleiche tut. Seine Haut glänzt vor Schweiß – offenbar hat er im Fitnessraum im Keller trainiert.

Mir ist die körperliche Betätigung, die ich gerade mit Sofia hatte, viel lieber, worüber ich grinsen muss, während ich mir ein Glas mit Eiswasser aus dem Spender in der Kühlschranktür fülle.

»Schlafen unsere Gäste?«

»Ja. Sie sind völlig erschossen.«

»Ich hab gerade darüber nachgedacht – es ist das erste Mal, dass du eine Frau mit hergebracht hast.«

»Komisch, ich hab gerade genau das Gleiche gedacht. Es ist nicht meine gewohnte Routine, aber nichts an ihr ist gewohnt oder Routine.«

»Sie scheint wirklich was Besonderes zu sein.«

»Ist sie, und sie hat es echt schwer gehabt … Und hinzu kommt, dass es noch nicht vorbei ist.«

»Ich hab gehört, dass eins der Autos in einen Unfall verwickelt worden ist. Denkst du, das hat was damit zu tun?«

»Hundertprozentig. Joaquín weigert sich, sie gehen zu lassen, dabei ist es Monate her, dass sie ihn verlassen und die Scheidung eingereicht hat. Seine Freunde und Cousins und wer weiß wer noch versuchen sie einzuschüchtern, während er im Knast sitzt.«

»Ich finde es echt furchtbar, dass sie ihr und Mateo drohen und ihr Angst einjagen.«

»Geht mir genauso. Es macht mich schier wahnsinnig.«

Milo wirft mir einen ernsten Blick zu. »Und mich macht es wahnsinnig, dass sie sich dich vorknöpfen könnten.«

»Ich kann auf mich aufpassen.«

»Du hast keine Waffe, Nico. Einer Pistole bist du nicht gewachsen.«

»So wie die Cops ihnen im Moment schon auf die Pelle rücken, müssten sie komplett übergeschnappt sein, um die Sache weiter anzuheizen.«

»Sie sind dir bereits hinten auf den Pick-up aufgefahren, und jetzt haben sie eins deiner Firmenautos gerammt. Für mich sieht es nicht so aus, als ließen sie sich von der Polizei sonderlich beeindrucken.«

»Wenn es dich beruhigt, werde ich morgen mit Miguel sprechen. Mach dir keine Sorgen und sag nichts davon zur Familie. Ich werde Onkel Vin erklären, was los ist, damit er auf der Hut ist und im Restaurant für Sofias Sicherheit sorgen kann. Aber auf keinen Fall möchte ich Mom und Dad aufregen.«

»Ich werde kein Wort verraten, allerdings musst du mir versprechen, dass du vorsichtig sein wirst. Und einfach aus Neugier habe ich online Sofias Ex recherchiert. Er hat ein beachtliches Vorstrafenregister, genau wie seine Spießgesellen. Ich hab nicht den Eindruck, als würden er und seine Kumpel einen Gedanken an die Polizei verschwenden.«

»Wenn ich morgen mit Miguel rede, kann ich ihn fragen, was man wegen eines Wiederholungstäters tun kann, der sich einfach nicht damit abfinden will, dass seine Frau nicht länger mit ihm verheiratet sein möchte.«

»Ich weiß, dass sie dir wichtig ist. Trotzdem will ich, dass du deine Sicherheit nicht völlig außer Acht lässt.«

»Ja, sie bedeutet mir viel. Ich glaube fast, dass ich sie liebe.«

Milos Augen hinter seinem schwarz gerahmten Brillengestell werden groß. »Ernsthaft?«

»So ernsthaft, wie es geht.«

»Nun, das ist auf jeden Fall eine Premiere.«

»Absolut. Und ich verstehe es jetzt langsam.«

»Was?«

»Warum andere Typen sich wegen einer Frau zum Narren machen.«

Milo bricht in schallendes Gelächter aus. »Oh, Hochmut kommt tatsächlich vor dem Fall.«

»Vermutlich passiert es irgendwann auch den Besten von uns.«

»Ich will ehrlich sein. Ich hätte nie gedacht, dass ich diesen Tag erlebe, aber das erste Mal, als ich dich mit Sofia beobachtet habe, hatte ich schon den Eindruck, dass da zwischen dir und ihr etwas anders ist.«

»So hat es sich auch von Anfang an für mich angefühlt. Ich will sie seit dem ersten Moment, in dem ich sie gesehen habe.

Der Gedanke an diesen Typen, der sie schikaniert, weil sie nicht länger mit ihm zusammen sein möchte, ärgert mich maßlos.«

»Das passiert leider viel zu häufig.«

»Ich hasse es, dass sie das durchmachen muss. Ich möchte einfach nur, dass sie ihn loswird, damit wir Pläne schmieden können.« Als ich an ihm vorbeigehe, fahre ich Milo durchs Haar. »Danke, dass du für mich einstehst.«

»Immer doch.«

Ich kehre in mein Zimmer zurück und krieche neben Sofia ins Bett, lege einen Arm um sie, damit ich sie dicht bei mir behalten kann. Ich bin entschlossen, dafür zu sorgen, dass ihr und ihrem kleinen Sohn unter meiner Obhut nichts passiert. Lieber würde ich selbst sterben, als das zuzulassen.

Kapitel 10

Maria

Der Kuss meines Liebsten weckt mich aus tiefstem Schlaf.

»Lebst du noch?«, fragt Austin und lächelt mich an, während mir der Duft von frisch gekochtem Kaffee in die Nase steigt … und sich mir prompt der Magen umdreht.

Wenn ich nach Beweisen dafür suche, dass ich krank bin, dann ist der Umstand, dass ich wie eine Tote geschlafen habe und mir von dem Geruch von Kaffee schlecht wird, alles, was nötig ist. »Nicht wirklich«, antworte ich. »Ich glaub, ich hab mir irgendeinen Virus eingefangen. Am liebsten würde ich immer nur schlafen. Gott sei Dank habe ich diese Woche frei.«

»Ich dachte, wir könnten was Schönes unternehmen, wie beispielsweise an den Strand fahren.«

»Ich glaube nicht, dass ich dazu in der Lage bin, aber es spricht nichts dagegen, dass du das mit Everly tust.«

»Ohne ihre Rie wird sie nicht wollen.«

»Im Moment ist Rie leider eine Spaßbremse.«

»Nein, ist sie nicht. Sprich nicht so über meine wunderschöne Verlobte.«

»Deine Verlobte ist eine Spaßbremse.« Demnächst muss er sich zum Frühjahrstraining in Jupiter einfinden, und allein daran zu denken erschöpft mich. Seine Eltern wohnen bei uns, doch hauptsächlich werde ich mich um seine Tochter Everly kümmern, während er im Trainingslager ist. Die meisten Testspiele sind in Jupiter oder West Palm Beach, sodass wir am Wochenende rauffahren und ihm zusehen können, allerdings ändert das nichts daran, dass Austin in den meisten Nächten nicht hier sein wird.

Wir haben uns so auf die gemeinsame freie Woche gefreut, und jetzt verschlafe ich sie. Fest entschlossen, mich da durchzukämpfen und mich zusammenzureißen, richte ich mich auf. Nur hat das, was immer mit mir los ist, andere Pläne. In meinem Kopf dreht sich alles, sodass mir sofort übel wird.

»Oje, Liebling. Du bist ganz grün im Gesicht.«

»Ich fühle mich furchtbar. Vielleicht ist es was mit dem Innenohr. Da hatte ich schon mal Probleme.«

»Kannst du heute zum Arzt gehen?«

»Vermutlich könnte ich in der Klinik vorbeischauen und mich von Miranda untersuchen lassen.«

»Ich fahr dich hin.«

»Eigentlich würde ich sagen, dass ich selbst fahren kann, doch ich glaub wirklich nicht, dass ich mich hinters Steuer setzen sollte.«

»Solange du dich so krank fühlst, auf keinen Fall. Ich frage meine Mutter, ob sie in der Zeit auf Ev aufpassen kann.«

»Klingt gut, danke.«

Nachdem ich in der Sozialklinik, in der ich arbeite, angerufen habe, um zu fragen, ob man mich für eine schnelle Untersuchung einschieben kann, schleppe ich mich unter die Dusche. Danach bin ich am Ende meiner Kräfte und will nur noch zurück ins Bett. Als Austin ins Schlafzimmer zurückkommt, sitze ich genau da, wo er mich zurückgelassen hat, auf der Bettkante und kämpfe darum, wach zu bleiben.

Was immer das hier ist, es nervt. An Heiligabend hat es angefangen. Nachdem wir von Abuela heimgefahren sind, ging es mir rapide schlechter. Den ersten Weihnachtsfeiertag bei meinen Eltern hab ich irgendwie geschafft, aber seit wir wieder zu Hause sind, hab ich praktisch durchgeschlafen.

Gott sei Dank ist Austin da, der einen Arm um mich legt und mich zu dem neuen Mercedes-Geländewagen bringt, den er mir zu Weihnachten geschenkt hat und den ich erst zweimal benutzt habe. Das wird das dritte Mal sein, doch ich bin zu erschöpft, um mich über den Neuwagengeruch oder die ruhige Fahrweise oder irgendetwas anderes zu freuen als die Gelegenheit zu einem Nickerchen, während Austin mich zur Klinik bringt.

Weil ich meine Chefin vorgewarnt hatte, wartet sie schon auf uns.

»Oh, *chica*, du siehst nicht gut aus.«

»Danke, *amiga*.«

Miranda lacht. »Nun, sonst siehst du immer unverschämt gut aus, aber heute ehrlich nicht.«

»Ich fühle mich absolut grauenvoll.«

»Dann lass uns mal nachschauen.« Zu Austin sagt sie: »Kommst du mit oder möchtest du lieber hier draußen warten?«

»Ich wäre gern dabei, wenn es Maria nicht stört.«

»Tut es nicht.« Ich möchte ihn immer an meiner Seite haben, sogar wenn es mir schlecht geht. Im Behandlungszimmer beginnt Miranda die Untersuchung mit einem prüfenden Blick in mein Ohr. »Da ist keine Rötung oder so zu erkennen. Warum glaubst du, dass es mit dem Ohr zusammenhängt?«

»Mir ist total schwindlig und ich bin restlos erschöpft. Ich hatte schon Mittelohrentzündungen, die sich ähnlich angefühlt haben.«

»Mit deinen Ohren scheint alles in Ordnung zu sein. Leg dich auf die Untersuchungsliege, damit ich ein paar andere Sachen überprüfen kann.«

Dass ich fast einschlafe, während sie mir den Bauch abtastet, verrät viel darüber, wie schlimm es um mich bestellt ist.

»Sag mal, könnte es sein, dass du schwanger bist?«

Plötzlich bin ich hellwach. »Nein. Das ist unmöglich.«

Sie grinst und wirft Austin einen Blick zu. »Wirklich?«

»Ich verhüte. Mit Hormonspritze.«

Miranda dreht sich um und tippt etwas in den Computer ein. »Hier steht, dass du für deine Spritze seit sechs Wochen überfällig bist.«

»Was? Das kann nicht sein. Ausgeschlossen. Ich erhalte Benachrichtigungen auf mein Handy.«

»Wenn du sie dir nicht irgendwo anders hast geben lassen, bist du überfällig. Unser System ist vollautomatisch und benachrichtigt Patienten, aber wie du weißt, haben wir nicht genug Personal, um bei den Leuten nachzuhaken, die nicht auftauchen.«

»Das werdet ihr haben, wenn ihr in die neuen Räumlichkeiten umgezogen seid«, sagt Austin, obwohl sein Gesicht vor Schock ganz ausdruckslos ist, seit Miranda das Wort »schwanger« erwähnt hat. Als Hauptsponsor der Klinik weiß er genauestens über die vielen Verbesserungen Bescheid, die es in der neuen Klinik geben wird, die gerade gebaut wird.

»Was meint ihr, sollen wir einen Schnelltest durchführen?«

Nachdem sie mir beim Aufsetzen geholfen hat, kommen mir die Tränen, weil ich nicht fassen kann, dass ich vergessen habe, mir meine Verhütungsspritze geben zu lassen, und jetzt schwanger bin. Ich bin Krankenschwester, verdammt noch mal. Wer sollte besser wissen als ich, wie gefährlich es ist, in dem Punkt nachlässig zu sein?

Austin legt einen Arm um mich. »Schhh. Wenn du schwanger bist, werden wir ein wunderschönes Baby kriegen, das wir lieben. Kein Grund für Tränen.«

»Aber unsere Hochzeit und deine Saison und alles … Ich bin noch nicht bereit dafür.«

»Jetzt vergewissern wir uns erst einmal, ob es überhaupt stimmt, bevor du anfängst, dir wegen alldem Sorgen zu machen, okay?«, schlägt Miranda vor.

Nickend wische ich mir das Gesicht ab. Mir ist bewusst, dass eine ungewollte Schwangerschaft in meinem wundervollen Leben kaum als Krise zählen kann. Austin und ich haben die nötigen Mittel und können mit nahezu allem fertigwerden, was das Schicksal uns an Steinen in den Weg legt. Als jemand, der mit Leuten arbeitet, die echte Not kennen, vergesse ich nie, wie glücklich ich mich schätzen kann. Nur verdammt noch mal, ich bin noch nicht bereit für ein Baby.

»Wir sind noch nicht einmal verheiratet.« Unsere Hochzeit ist für November geplant, nach dem Ende der Baseball-Saison.

»Wir können das jederzeit ändern, wenn du möchtest.«

»Ich möchte eine schöne, sorgfältig geplante Hochzeit, nichts in aller Eile Zusammengeschustertes, weil wir heiraten *müssen*.«

Austin antwortet mit einem Lachen: »Wir *müssen* gar nichts, Süße. Trotzdem weißt du ja, dass ich es gar nicht erwarten kann, dich zu heiraten, mit dir Kinder zu kriegen und alles andere mit dir zu teilen.« Er küsst mir die Tränen weg. »Wir können heiraten und unser Baby auf die Welt bringen und dann später eine große Feier schmeißen, wenn die Saison vorbei ist. Alles wird gut.«

Miranda kommt mit dem Schwangerschaftstest zurück.

Austin hilft mir vom Tisch runter. »Schaffst du das?«

»Auf jeden Fall. Du musst nicht mit aufs Klo.«

»Das würde ich, wenn du das möchtest.«

»So schlimm ist es nicht. Zumindest *noch* nicht.«

»Ich bin für dich da, wofür auch immer du mich brauchst.«

»Wir sind gleich zurück«, erklärt ihm Miranda und geht mit mir zur Toilette für Angestellte. »Was jetzt auch rauskommt, du hast da auf jeden Fall einen tollen Typen, der alles für dich tun würde. Also mach dir keine Sorgen.«

»Es ist mir absolut bewusst, dass ich kein Recht hab, mich so aufzuführen, nur weil ich vielleicht schwanger bin.«

»Du darfst so reagieren, wie du willst.«

»Wir sehen hier so viele Frauen, für die das eine echte Krise wäre. Für mich hingegen ist es das nicht mal ansatzweise.«

»Eine Schwangerschaft ist immer ein Schock, wenn sie nicht geplant ist.« Miranda tätschelt mir den Arm so mütterlich, wie sie mir gegenüber stets ist, genau wie gegenüber allen anderen, die mit uns hier arbeiten.

»Mit einem Mal ergibt alles Sinn. Die Erschöpfung, das Ziehen in den Brüsten, mein enormer Appetit, die ausgebliebene Periode. Verdammt, Miranda. Was für eine Krankenschwester bin ich eigentlich, dass ich diese Puzzleteile nicht selbst zusammensetzen konnte?«

»Du bist eine der besten Krankenschwestern, mit denen ich je gearbeitet habe, aber du hattest jede Menge um die Ohren, wie dich um deine Eltern zu kümmern, solange deine Mutter in Behandlung war, eine neue Beziehung zu beginnen und der Tochter deines Verlobten eine Mutter zu werden. Nimm dazu noch den Trubel der Weihnachtsfeiertage, und du musst zugeben, das wäre für jeden eine Menge.«

»Ich schätze, da hast du recht.«

»Es stimmt. Wir staunen immer darüber, dass es dir überhaupt gelungen ist, das alles unter einen Hut zu bringen, weil bei dir so viel los war.«

»Bei uns allen ist viel los.«

»Bei dir mehr als bei den meisten, also geh bitte nicht so hart mit dir ins Gericht, *amiga*. Und jetzt mach den Test, damit du die Bestätigung für das kriegst, was du bereits weißt.«

Ich nehme das Kit mit einem dankbaren Lächeln entgegen und verschwinde in der Damentoilette. Ich könnte schwören, dass der blöde Streifen beim ersten Kontakt mit meinem Urin auf »Positiv« springt. Wieder laufen mir die Tränen übers Gesicht.

Verflixt noch mal. Wir kriegen ein Baby.

Und dann keimt da auf einmal Vorfreude auf. Carmen ist ebenfalls schwanger, sodass unsere Kinder so miteinander aufwachsen, wie es bei uns war. Das ist definitiv ein Lichtblick in dieser unerwarteten Situation. Zwar ist mein Entbindungstermin noch nicht berechnet, aber wir werden unsere Hochzeit im November höchstwahrscheinlich verschieben müssen, damit mir genug Zeit bleibt, mich von der Geburt zu erholen.

Argh.

Ich kann das nicht fassen.

Miranda klopft an die Tür. »Ist alles in Ordnung da drin?«

Ich wasche mir die Hände und öffne die Tür. »So positiv, wie es nur sein kann.«

»Das hab ich mir schon gedacht. Darf ich dich beglückwünschen?«

»Du darfst.«

Sie umarmt mich. »Ich freue mich für euch beide und für eure süße Everly. Sie wird eine wunderbare große Schwester sein.«

»Ja, auf jeden Fall.« Als ich daran denke, fließen bei mir schon wieder die Tränen.

Austin kommt aus dem Untersuchungszimmer, bemerkt, dass ich weine, und joggt zu mir. »Sind das Gute-Nachrichten-Tränen oder Schlechte-Nachrichten-Tränen?«

»Was zählt in diesem Fall als gute Nachrichten?«

Er wirft mir einen amüsiert-liebevollen Blick zu, was bei ihm unwiderstehlich aussieht, doch das tut ja eigentlich alles.

»Gute Nachrichten.«

»Hurra!« Er hebt mich hoch und wirbelt mich herum, bevor ich ihn darauf hinweisen kann, dass das im Moment vielleicht keine gute Idee ist. »Ich weiß, wir haben das so nicht geplant, Süße, aber heute ist einer der besten Tage meines Lebens. Wir kriegen ein Baby!«

»Everly wird große Schwester.«

»Sie wird die beste große Schwester sein, die es je gab.«

»Das hat Miranda auch gerade gesagt und das hat mich so gerührt, dass ich wieder weinen musste.«

»Gegen solche Tränen ist nichts einzuwenden.« Er hebt mein Kinn an und küsst mich gleich hier im Flur, wo uns jeder sehen kann. »Selbst wenn das nicht geplant war, wird das einfach nur großartig. Das verspreche ich dir.«

»Ich weiß. Ich hab bloß für einen Moment die Nerven verloren.«

Er führt mich ins Behandlungszimmer und schließt die Tür. »Nimm einen tiefen Atemzug. Es ist alles in Ordnung.« Er geht in die Hocke, sodass er mir in die Augen schauen kann. »Wir haben ein Baby gemacht!«

»So was passiert, wenn man mit dem Feuer spielt.«

Sein Grinsen ist unfassbar attraktiv. Ich frage mich immer noch, womit ich das Glück verdient habe, dass ich ihn gefunden habe. Okay, ich habe mein Knochenmark gespendet, mit dem seiner Tochter das Leben gerettet werden konnte, doch der Rest der Geschichte, unserer Geschichte, versetzt mich nach wie vor in Erstaunen. »Du bist so unglaublich sexy, dass ich einfach nicht die Finger von dir lassen kann. Ich liebe es, dass wir ein Baby gemacht haben, und kann es gar nicht erwarten, es im Arm zu halten.«

»Das dauert aber noch ein paar Monate, weißt du?«

»Wirklich? Wie lange?«

Angesichts dieser albernen Frage verdrehe ich die Augen. »Das weißt du, weil du bereits ein Kind hast.«

»Wann können wir es allen erzählen?«

»Wenn die ersten drei Monate um sind. Wir wollen schließlich sichergehen, dass nichts schiefläuft.«

»Nichts wird schieflaufen. Das werde ich nicht zulassen.«

»Unglücklicherweise entzieht sich das deiner Kontrolle und außerdem wirst du die meiste Zeit gar nicht hier sein.«

Zum ersten Mal, seit er von der Schwangerschaft erfahren hat, verblasst sein Grinsen. »Stimmt, das hab ich völlig vergessen. Vielleicht sollte ich mich einfach aus dem aktiven Sport zurückziehen, damit ich zu Hause bleiben und dir den Rücken und die Füße und jeden anderen Körperteil, bei dem du das möchtest, massieren kann.«

»Du hast gerade erst einen neuen Vertrag unterschrieben, also hör sofort mit diesem Unsinn auf.«

Er drückt mich an sich. »Ich möchte nicht von dir getrennt sein.«

Ich atme seinen sauberen, leicht herben Zitrusduft ein. »Das möchte ich auch nicht, aber deine Karriere ist wichtig und während der Saison musst du dich darauf konzentrieren.«

»Wir haben noch ein paar Wochen für uns, und da werde ich mich perfekt um dich kümmern.« Er streicht mir die Haare aus dem Gesicht. »Mach dir um rein gar nichts Sorgen, okay?«

»Ich versuche es. Solange ich dich und Everly habe und wo jetzt auch noch ein Baby unterwegs ist, gibt es keinen Grund zur Sorge.«

Austins Augen leuchten für einen Moment auf. »Du weißt doch, dass meine Brüder dieses Wochenende herkommen, um uns vor Beginn der Saison zu besuchen?«

»Sicher, was ist damit?«

»Ich hab da eine tolle Idee.«

»Was für eine Idee ist das genau?«

»Lass mich erst schauen, ob es überhaupt möglich ist, bevor ich es dir erzähle.« Austin küsst mich auf die Stirn und zieht mich wieder in seine Arme. »Du erfährst es dann später. In der Zwischenzeit zerbrich dir bitte über nichts den Kopf. Du wirst uns immer haben. Bis in alle Ewigkeit.«

»Mehr brauche ich nicht, um glücklich zu sein.«

Kapitel 11

Nico

Während ich darauf warte, dass Sofia sich für die Arbeit fertig macht, fühle ich mich wie die sprichwörtliche Katze auf dem heißen Blechdach. Ich kann nicht aufhören, auf und ab zu tigern, ständig in Bewegung zu sein, mich zu sorgen. Ich kann nicht ihre gesamte Schicht über im Restaurant bleiben, und der Gedanke, dass sie auch nur eine Minute in Gefahr ist, ist mehr, als ich ertragen kann. Doch ich muss mich um meine eigene Arbeit kümmern, denn wir sind heute Nacht komplett ausgebucht.

Einer unserer Fahrer fällt krankheitsbedingt aus und ich muss für ihn einspringen.

Wir haben Mateos übliche Babysitterin gebeten, zu mir nach Hause zu kommen, um auf ihn aufzupassen, solange Sofia und ich arbeiten. Ich habe einen meiner Jungs losgeschickt, damit er sie abholt, und sie müsste jeden Moment hier eintreffen. Ich werde Sofia zum Restaurant fahren und sie nach ihrer Schicht wieder abholen. Ich tue alles, was menschenmöglich ist, damit sie in Sicherheit ist, aber es fühlt sich trotzdem nach nicht genug an, und das ist es, was mich in den Wahnsinn treibt, während sich die Zeiger der Uhr immer weiter auf die Vier zubewegen.

Wir hatten einen lustigen, entspannten Tag am Pool mit Mateo, gefolgt von zwei atemberaubenden Stunden, während er geschlafen hat. Es hat etwa zehn Minuten mit Sofia im Bett dafür gebraucht, dass ich komplett süchtig nach ihr bin. Ich liebe alles an ihr, von ihrer weichen Haut über ihr seidiges Haar und ihre süßen Kurven bis hin zu der Art, wie sie auf meine Berührungen reagiert. Ich wünschte, wir hätten nichts anderes zu tun, als unsere Tage im Bett zu verbringen, doch das ist leider keine Option.

Sie kommt aus dem Bad, ihr Haar in der sexy Hochsteckfigur, die sie zur Arbeit trägt. Ihre blütenreine weiße Bluse steckt in einem kurzen schwarzen Rock, der ihre Beine perfekt zur Geltung bringt. Während sie sich die Schürzenbänder hinter dem Rücken zubindet, schaut sie zu mir. »Warum starrst du mich so an?«

»Weil du die sexyste Frau bist, die ich je gesehen habe.«

»Du hast doch schon gekriegt, was du wolltest, also musst du das nicht mehr sagen.«

Ich stehe auf und gehe zu ihr, lege ihr die Hände auf die Hüften, während ich ihr tief in die Augen blicke. »Ich habe gerade erst damit angefangen, das zu kriegen, was ich von dir will – und das ist *alles* –, und du bist ohne Zweifel die sexyste Frau, die ich je gesehen habe. Bitte glaub nicht eine Sekunde lang, dass ich von dir außer Sex nichts will. Das ist vielleicht ein Zehntel davon, wenn auch zugegebenermaßen ein sehr nettes Zehntel.«

»Ich wollte dich nicht beleidigen.«

»Schon okay, solange dir klar ist, dass Sex bei uns nicht das Wichtigste ist. Ich hasse es, dass du das gedacht hast.«

»Hab ich nicht. Ich weiß, dass es mehr ist, was mir Angst macht.«

»Warum?«

»Ich habe mir geschworen, nie wieder einem Mann die Macht zu geben, mir wehzutun.«

»Ich würde eher sterben, als dir wehzutun.«

»Das glaube ich dir und darum bin ich hier.«

»Ich meine es ernst, Sofia. Ich werde nie irgendetwas tun, was dich verletzen könnte.«

»Doch, wirst du.« Sie sieht mich mit ihren großen Augen an. »Und ich umgekehrt genauso. Aber es wird nicht absichtlich sein und das ist ein Riesenunterschied.«

»Du hast keine Ahnung, wie wichtig du mir bist.«

»Ich denke, vielleicht schon, und du bist mir auch wichtig. Genauso sehr. Ich wünschte, ich müsste heute Abend nicht arbeiten, damit wir mehr Zeit miteinander verbringen könnten.«

»Das wünsche ich mir ebenfalls.«

»Das war das beste Weihnachten meines gesamten Lebens.«

»Finde ich auch.«

»Lass uns losfahren. Hinterher haben wir ja wieder Zeit füreinander.«

Ich ziehe sie für einen Moment an mich. »Versprich mir, auf der Hut zu sein und Vin Bescheid zu geben, wenn dir irgendetwas auffällt, was dir merkwürdig erscheint.«

»Das werde ich. Ich verspreche es. Ich habe Angst, meine Probleme dorthin zu bringen.«

»Nicht du bringst deine Probleme dorthin, sondern Joaquín und seine Kumpane, und das wissen wir alle.«

»Ich hab schon Magenschmerzen, weil ich mir solche Sorgen mache.«

»Versuch, dich zu entspannen. Joaquín und seine Jungs sind im Moment immer noch im Gefängnis.«

»Nicht alle. Er hat viele Freunde und mehr Cousins, als ich zählen kann. Seine Eltern stammen beide aus großen Familien und sie halten alle zusammen.«

»Ich denke, die Tatsache, dass er und mehrere andere im Gefängnis sitzen, nachdem sie uns bedroht haben, dürfte dem Rest von ihnen eine Botschaft vermittelt haben.«

»Da traust du ihnen vermutlich zu viel zu.«

»Miguel hat zugesagt, dafür zu sorgen, dass in der Nähe des Restaurants verstärkt Streife gefahren wird. Wir tun alles, was wir können, also versuch, dir deswegen nicht den Kopf zu zerbrechen.« Eine Klingel ertönt, was bedeutet, dass in einem anderen Teil des Hauses eine Tür geöffnet wurde. »Das wird Gladys sein.«

Dabei handelt es sich um eine ehemalige Nachbarin von früher, als Sofia noch ein Kind war. Sie hat mir erzählt, dass Gladys immer nett zu ihr gewesen sei. Über die Jahre sind sie in Kontakt geblieben, und als Sofia beschlossen hat, Joaquín zu verlassen, hat Gladys ihr geholfen, eine Wohnung im selben Apartmenthaus zu bekommen, in dem sie lebt. Sofia sagt, Gladys sei ein echtes Geschenk des Himmels, weil sie auf Mateo aufpasst, während Sofia bei der Arbeit ist. Gladys behandelt ihn, als wäre er ihr Enkel.

»Noch mal danke, dass das alles bei dir zu Hause stattfinden kann.«

»Mi casa es tu casa.« Ich werde das wieder und wieder sagen, bis sie es mir glaubt.

»Muchas gracias.«

Sie geht, um Gladys zu begrüßen, während ich mich besorgt frage, wie ich mich auf meine Fahrten konzentrieren soll, solange ich nicht bei ihr sein kann.

In der Küche bleibe ich überrascht stehen, weil ich Milo in seinem »Big G Car Service«-Shirt sehe. »Warum bist du denn schon zu Hause?«

»Mit meiner Arbeit war ich bereits fertig, also habe ich mir überlegt, dass ich heute deine Fahrten übernehme. Vermutlich möchtest du die Dinge im Restaurant im Auge behalten.«

Seine Freundlichkeit und Aufmerksamkeit sind beinahe zu viel. »Ich … Ich kann es mir nicht leisten, dir viel zu bezahlen.«

»Das Geld ist mir egal. Mir ist wichtig, dass Sofia nichts passiert. Sorg dafür, dass das der Fall ist, okay?«

Ich drücke ihn fest an mich. »Ich weiß nicht, womit ich einen so großartigen kleinen Bruder und besten Freund verdient habe, aber was immer es ist, ich bin Gott verdammt dankbar, dass ich dich habe.«

»Du würdest dasselbe für mich tun.«

Ich löse mich von ihm, lasse meine Hände jedoch auf seinen Schultern liegen. »Da bin ich mir nicht so sicher. Wahrscheinlich wäre ich überhaupt nicht darauf gekommen.«

»Da unterschätzt du dich. Du würdest alles für mich tun, genau wie ich alles für dich tun würde.«

»Ich wünschte, ich wäre mehr wie du.«

»Du bist genau richtig, so wie du bist.«

Sofia kommt mit einer älteren Frau in die Küche. »Nico und Milo, ich möchte euch Gladys vorstellen.«

Gladys begrüßt uns auf Spanisch, also antworten wir ihr auch so. Ich danke ihr, dass sie sich um Mateo kümmert. Sie macht mir Komplimente zu dem Haus und sagt, dass sie sich freut, ihren kleinen Freund wiederzusehen. Er ist offensichtlich genauso glücklich, während er neben Gladys steht und darauf wartet, dass sie mit ihm spielt.

»Ich habe zum Abendessen Pasta und Hühnchen gekocht«, erklärt ihr Sofia. »Du findest alles im Kühlschrank, und zum Nachtisch gibt es Eis.«

Ich habe ihr gesagt, dass sie alles, was sie braucht, benutzen kann, aber sie hat darauf bestanden, sich die Lebensmittel liefern zu lassen.

Während sie mit Gladys spricht, beobachte ich sie genau, weil ich sie im Mom-Modus so mag. Sie nimmt sich einen Moment für Mateo, bevor er wegläuft, um zu spielen, und dann gehe ich mit ihr in die Garage. »Rate mal, was passiert ist.«

»Was denn?«

»Milo übernimmt meine Fahrten, damit ich heute bei dir im Restaurant sein kann.«

Ich helfe ihr beim Einsteigen in den Pick-up. »Hast du ihn darum gebeten?«

»Nein, er hat es von sich aus angeboten.«

»Wow. Das ist wirklich lieb von ihm.«

»Er ist der beste Mensch, den ich kenne.«

»Du bist selbst auch nicht schlecht.« Sie legt mir eine Hand um den Nacken. »Du stellst dein eigenes Leben auf Sparflamme, um auf mich aufzupassen.«

»Ich würde alles tun, damit dir nichts zustößt.«

Als sie mich küsst, werden mir die Knie weich. Ich wünschte, wir müssten nirgendwohin. Ich werde die Stunden zählen, bis wir wieder nach Hause können.

»Danke für alles, Nico. Ich weiß nicht, was ich anfangen würde, wenn du es dir nicht zum Ziel gesetzt hättest, dafür zu sorgen, dass mir nichts passiert.«

»Das ist nicht mein einziges Ziel, weißt du?«

»Darüber würde ich gerne mehr hören. Aber jetzt muss ich erst mal zur Arbeit.«

»Dann musst du mich loslassen, damit ich fahren kann.«

Mit einem Lächeln küsst sie mich ein letztes Mal, bevor sie mich freigibt, allerdings nur sehr widerstrebend. Ich hoffe, dass wir bald jeden Samstagabend miteinander verbringen können, jetzt ruft allerdings erst mal die Pflicht.

Am Restaurant angekommen, gehe ich mit ihr durch die Hintertür hinein, behalte dabei die Umgebung aufmerksam im

Auge. Ich atme erst auf, als wir drinnen sind, unter Leuten, denen wir beide wichtig sind.

Nona begrüßt uns mit einer Umarmung. »Was machst du hier, Knöpfchen?«

»Nenn mich vor Sofia nicht so, Nona. Sie muss nicht die ganzen schlechten Dinge über mich wissen.«

Sofias Augen leuchten interessiert auf. »Doch, muss ich. Warum nennst du ihn so, Livia?«

»Weil er genau weiß, welche Knöpfe er bei uns allen drücken muss. Ständig fängt er mit allen Ärger an.«

»So war ich früher, jetzt nicht mehr.« Ich will verzweifelt, dass Sofia nur das Gute in mir sieht und nicht das, was die Leute in den Wahnsinn treibt.

Nona hebt die Augenbrauen und gibt mir zu verstehen, dass sie mich durchschaut. »Und wann hat sich diese wundersame Verwandlung abgespielt?«

»Kürzlich.«

Meine Großmutter bricht in Gelächter aus. »Verstehe.«

Ich gebe Sofia einen Kuss auf die Wange. »Jetzt aber an die Arbeit, und hör bloß nicht auf das, was sie über mich erzählt.«

»Oh, ich höre auf jeden Fall zu«, erwidert sie mit einem sexy Grinsen.

Das wird eine lange Nacht werden.

Nachdem Sofia gegangen ist, hält Nona mich mit einer Hand auf meinem Arm davon ab, ihr zu folgen. Sobald ich Sofia nicht mehr sehen kann, werde ich unruhig.

»Was ist los?«

»Mit Sofia?«

»Mit allem. Und sag nicht, dass es nichts ist. Vin hat uns erzählt, dass du denkst, sie braucht Schutz.«

Ich weihe sie kurz in alles ein, was passiert ist – genug, damit sie weiß, dass sie aufpassen muss, aber nicht so viel, dass sie Angst bekommt.

Sie hört mir mit ihrer üblichen Aufmerksamkeit zu. »Ist das der Grund, warum du hier bist und nicht hinterm Steuer eines deiner Autos, wo du an einem Samstagabend eigentlich sein und Leute durch die Gegend kutschieren solltest?«

»Milo hat sich angeboten, meine Fahrten zu übernehmen, damit ich bei Sofia bleiben kann.«

»Das ist nett von ihm.«

»*Sehr* nett, und das habe ich ihm auch gesagt. Er ist der Beste.«

»Genau wie du.«

Ich werfe ihr einen prüfenden Seitenblick zu. »Womit habe ich mir plötzlich solche Komplimente von dir verdient?«

»Wir sind nur so zu dir, weil du das vertragen kannst.« Sie nimmt mich mit aus dem Trubel in eine stille Ecke nahe der Hintertür. »Dir hat es offenbar nichts ausgemacht, wenn die Familie dich veralbert hat. Aber manchmal fürchte ich, dass du nicht weißt, wie sehr wir dich schätzen und bewundern.«

So hat sie noch nie mit mir gesprochen. Ich habe keine Ahnung, was ich antworten soll.

»Du hast aus dem Nichts ein erfolgreiches Unternehmen aufgebaut, obwohl du bis vor Kurzem noch einen zweiten Job hattest, um die Rechnungen bezahlen zu können. Du hast dich während der Krankheit deiner Mutter wunderbar um deine Eltern gekümmert, inklusive der ganzen Gartenarbeit für deinen Vater. Du hast ihnen Essen gebracht, sie besucht und alles andere getan, wodurch ihr Leben einfacher wurde. Du bist ein wundervoller Bruder, Cousin und Freund, und jetzt hast du beschlossen, dass du der Beschützer von Sofia und ihrem kleinen Jungen bist. Ich bin mir nicht sicher, was du siehst, wenn du in den Spiegel schaust, aber ich sehe einen jungen Mann, auf den jeder stolz wäre.«

»Meine Güte, Nona, gleich fange ich an zu heulen.«

Sie lächelt, während sie mich umarmt. »Ich sehe einen Mann, der zu sich selbst findet und dabei möglicherweise auch die Liebe seines Lebens gefunden hat.«

»Ich glaube, vielleicht hab ich das tatsächlich.«

»Das macht mich so, so glücklich. Sie ist eine großartige junge Frau, stark und mutig und fleißig. Und sie ist eine wunderbare Mutter. Ich könnte sie nicht mehr lieben, wenn sie wirklich mit uns verwandt wäre.«

»Sie liebt dich und Abuela auch. Und sie ist sehr dankbar für alles, was die Familie für sie getan hat.«

»Sie und ihr kleiner Junge sind entzückend.«

»Ja, das sind sie.«

»Ihr Leben ist voller Komplikationen.«

»Auf viele verschiedene Arten.« Ich trete einen Schritt zurück, um einen Blick in den Korridor zu werfen, aber ich kann Sofia nicht entdecken und sofort bin ich beunruhigt.

»So wichtig ist dir bisher noch keine Frau gewesen.«

»Nein, nicht wie sie.«

»Was der Grund ist, warum du vorsichtig sein musst, Nico. Ich weiß, dass die Mädchen sie vor dir gewarnt haben, doch du musst genauso auf dich selbst achten. Sie ist noch nicht offiziell geschieden, ihr Sohn wird auf Jahre hinaus ernsthafte gesundheitliche Probleme haben und sie braucht nicht mehr Drama oder Unsinn in ihrem Leben.«

»Das weiß ich, Nona. Ich möchte die Dinge für sie nur besser machen.«

»Und das rechne ich dir hoch an, aber worauf ich hinauswill, ist, dass sie vielleicht mehr braucht, als du ihr geben kannst.«

Bei der Vorstellung durchzuckt mich Angst und trifft mich direkt in den Magen. »Ich würde ihr alles geben. *Alles*. Und das weiß sie.«

»Trotzdem … Alles ist vielleicht nicht genug. Pass auf, mein Junge. Hüte dein Herz, selbst wenn du es ihr schenkst. Das ist alles, was ich dir mit auf den Weg geben will.«

Sie hat mir den Boden unter den Füßen weggezogen, indem sie angedeutet hat, dass alles, was ich habe, vielleicht nicht genug für Sofia ist. Wie ist das möglich?

»Ich habe dich aufgeregt. Entschuldige. Das wollte ich nicht. Ich bin nur eine besorgte alte Großmutter, die sich in Angelegenheiten einmischt, die sie nichts angehen.«

»Du bist nicht alt, und seit wann gehen dich meine Angelegenheiten nichts an?«

Ich liebe ihr Gelächter. »Stimmt.«

Ich ziehe sie in meine Arme und gebe ihr einen Kuss auf die Wange. »Ich habe gehört, was du gesagt hast, und selbst wenn mir manches davon nicht gefallen hat, weiß ich es zu schätzen, dass du dir solche Sorgen um mich machst – und um Sofia und Mateo. Falls ich dir das in letzter Zeit nicht gesagt habe: Du bist die beste Nona auf der ganzen Welt, selbst wenn du mich immer noch ›Knöpfchen‹ nennst.«

Ihr Lächeln ist gemeingefährlich. »Das ist der beste Spitzname, den ich je jemandem verpasst habe.«

»Wenn du meinst.«

»O ja, meine ich.«

Ich verdrehe die Augen und mache mich auf die Suche nach Sofia. Sie redet mit Abuela und deren Freund Mr Muñoz. Ich bin so erleichtert, als ich sie entdecke, dass mir ganz schwindlig wird. Mir fällt auf, dass ich noch nie solche Angst empfunden habe, nicht mal als bei meiner Mutter Krebs festgestellt wurde. Ich habe von Anfang an geglaubt, dass sie den Krebs besiegt. Das hier hingegen … Das ist etwas ganz anderes.

»Komm und lass dir einen Drink spendieren, Nico«, ruft mich Vin von der Bar.

Ich zwinge mich dazu, den Blick von Sofia abzuwenden. Sie steht mit dem Rücken zu mir, also hat sie nicht gesehen, dass ich sie angestarrt habe. Ich setze mich auf einen der Hocker an der Bar.

Mein Onkel stellt einen Tanqueray mit Tonic vor mich und spritzt etwas Limette hinein. »Trink.«

»Erwecke ich den Anschein, als würde ich das brauchen?«

»Ja.«

Vin, der Bruder meines Vaters, spielt eine wichtige Rolle in meinem Leben. Er ist praktisch ein zweiter Vater für mich und meine Geschwister. »Miguel ist hier.«

»Er ist persönlich gekommen?«

»Ja.« Als ich aufstehen will, um zu ihm zu gehen, hält mich Vin mit einer Hand zurück. »Er tut so, als wäre er ein ganz normaler Gast, also pass auf, dass du seine Tarnung nicht auffliegen lässt.«

Ich entspanne mich auf meinem Hocker oder versuche das zumindest. »Ja, richtig, okay.«

»Atme tief durch, Nico, bevor du einen Schlaganfall oder einen Herzinfarkt oder irgendetwas anderes kriegst, was Ärger in meinem Restaurant verursacht.«

Ich grinse leicht und gönne mir einen tiefen Schluck von meinem Drink. »Danke, dass du auf Sofia aufpasst – und auf mich.«

»Immer.«

Mein ganzes Leben lang habe ich gewusst, dass unsere Familie etwas Besonderes ist, aber heute Abend wird mir das noch deutlicher als sonst vor Augen geführt. Statt uns mit unseren Problemen wegzuschicken, heißen sie uns in ihrer Mitte willkommen. Ich habe Mitleid mit den Dummköpfen, die sich mit den Giordinos und ihren Freunden anlegen wollen.

Zum ersten Mal seit Stunden entspanne ich mich etwas. Meine Brust fühlt sich vor Angst weiter wie von Stahlbändern umschlossen an, doch wenigstens kann ich etwas leichter atmen und es genießen, Sofia bei der Arbeit zuzusehen.

Sie ist wunderbar mit den Gästen, lacht und redet auf Spanisch und Englisch mit ihnen, was mich unglaublich stolz macht, da ich weiß, wie hart sie daran gearbeitet hat, ihr Englisch zu perfektionieren. Sie hat das hauptsächlich getan, um während der Erkrankung ihres Sohnes einfacher mit dem englischsprachigen medizinischen Personal kommunizieren zu können, aber hier ist es ebenfalls sehr praktisch, weil das Giordino's Touristen aus dem ganzen Land anzieht, genau wie Gäste aus der Gegend, die besser Spanisch sprechen.

Abuela hat mir erzählt, dass Sofia gut Englisch gelernt hat, während sie ein alter Vogel sei, dem man keine neuen Tricks beibringen könne. Doch das stimmt nicht. Abuelas Englisch ist sehr viel besser, als es früher war, und ich habe ihr gesagt, dass sie stolz darauf sein kann.

Ich liebe dieses Restaurant immer, aber vor allem samstagabends, wenn die Stammkunden kommen, und am Sonntag, wenn die Familie sich hier zum Brunch trifft. Ich muss Sofia und Mateo fragen, ob sie mich morgen begleiten wollen, auch wenn das eine weitere Coming-out-Party für uns als Paar bedeuten würde. Nicht dass mich das stören würde, doch vielleicht ist sie noch nicht so weit.

Ich möchte so gerne mit ihr darüber sprechen und über eine Million anderer Dinge, aber das muss bis später warten.

Ich werfe einen Blick auf die Uhr. Halb sechs.

Das wird eine lange Nacht.

Kapitel 12

Sofia

Ich spüre, wie Nico mich während meiner Schicht beobachtet. Er verlässt keine Sekunde lang seinen Posten an der Bar, von wo aus er die italienische Seite des Restaurants im Blick behalten kann, auf der ich heute Abend arbeite. Ich frage mich, ob sie mich hier einsetzen, weil diese Hälfte weiter vom Eingang entfernt ist als die kubanische.

Es würde mich nicht überraschen.

An einem der Tische in meinem Bereich habe ich Nicos Freund Miguel entdeckt, aber Livia hat mir gesagt, ich solle ihn ignorieren, damit er seinen Job erledigen kann.

Die Vorstellung, dass Vin und Viv einen Cop dafür bezahlen, die Lage im Auge zu behalten, während ich arbeite, belastet mich, und ich frage mich unwillkürlich, wie viel sie das wohl kostet. Vielleicht sollte ich anbieten, dass sie das von meinem Lohn abziehen.

»Was ist los?«, fragt Livia, als sie mich gedankenverloren vor der Zapfanlage findet.

»Nichts.« Ich richte mich auf, um mich wieder an die Arbeit zu machen.

Sie verstellt mir den Weg. »Was ist los, Sofia?«

»Wie viel kostet der Polizist?«

»Keine Ahnung. Warum?«

»Ich sollte dafür bezahlen, schließlich ist er da, um euch vor Leuten aus meinem Leben zu beschützen.«

»Es sind nicht Leute aus *deinem* Leben, sondern Leute aus dem Leben deines bald von dir geschiedenen Ehemannes.«

»Das ist reine Haarspalterei. Diese Leute wären kein Problem für euch oder eure Familie, wenn ich nicht hier wäre.«

»Lass dir kurz erklären, wie die Dinge in dieser Familie funktionieren. Du bist eine von uns, und wir beschützen die Unsrigen. Mehr gibt es dazu nicht zu sagen.«

Ich bin schrecklich verlegen, als mir Tränen in die Augen steigen. »Ihr seid viel zu nett.«

»Das ist keine Nettigkeit. Wir sind deine Familie, Sofia. Wir würden das für jeden von uns tun, der in Gefahr ist. Ich weiß, dass ich für Vin und Viv spreche, wenn ich dir versichere, dass du nicht weiter an die Kosten denken sollst, die Miguels Anwesenheit hier verursacht. Es interessiert sie nicht und daher sollte es dich auch nicht interessieren.«

»Es interessiert mich aber. Ich hasse es, dass das nötig ist.«

»Wir hassen es um deinetwillen.«

»Er … Er war nicht immer so. Früher war er lieb und freundlich und …«, mein Kinn zittert, »jedenfalls nicht so.«

Livia schaut sich um, um sich zu vergewissern, dass die bereits anwesenden Gäste alle Getränke und Brot haben. »Vor langer Zeit, bevor ich meinen Ehemann kennengelernt habe, hatte ich einen Verehrer wie deinen Joaquín. Er war so süß und lustig und attraktiv, wie man es sich nur wünschen konnte. Ich war wahnsinnig verliebt in ihn. So sehr, dass ich lange Zeit gar nicht gemerkt habe, dass er es nicht mochte, wenn ich nicht seiner Meinung war oder Dinge mit Freunden unternehmen wollte, zu denen er nicht gehörte. Jedes Mal, wenn ich irgendwohin gegangen bin, hat er hinterher gefragt, wo ich gewesen bin, mit wem ich gesprochen habe und ob ich an anderen Männern interessiert sei. Er hat angefangen, meine Ausgaben zu kontrollieren, meinen Verstand, meinen Körper und hat mir Angst gemacht, ihm die Wahrheit zu sagen. Gleichzeitig hatte ich genauso große Angst davor, ihn anzulügen. Er hat dafür gesorgt, dass ich vor *allem* Angst hatte, und das war, bevor er angefangen hat, mich zu schlagen.«

Ein Schluchzer entringt sich mir, als Livia ihre Arme um mich legt.

»Sch. Jetzt ist alles gut. Du bist ihn los, auch wenn er es noch nicht begriffen hat. Irgendwann wird er das. Und in der Zwischenzeit darf nur dein Entschluss nicht ins Wanken geraten, dein Leben ohne ihn weiterzuleben.«

»Ich werde niemals zu ihm zurückgehen.«

»Es ist nicht ausgeschlossen, dass du dich in Versuchung geführt fühlen wirst, bevor alles vorbei ist.«

»Nein, niemals.«

»Egal, was von hier an passiert, wir stehen hinter dir. Wir sind für dich und deinen Sohn da. Du musst nicht allein damit fertigwerden. Nicht mehr.«

»Vielen Dank. Für alles. Für den Job und die Familie und dafür, dass du mir erzählt hast, weshalb du gut verstehen kannst, wie ich in so eine Lage geraten konnte.«

»Ich verstehe das nur zu gut. Ich hab es dir von Anfang an angesehen. Du hast völlig vor den Kopf geschlagen gewirkt, so wie ich es war, als ich schließlich aus dem Nebel getreten bin und erkannt habe, was er mir angetan hatte. Ich verstehe es und ich bin hier, für dich und Nico. Was immer ihr braucht, ich bin für euch da. Das gilt für uns alle.«

Jetzt umarme ich sie. »Ich liebe euch so sehr. Ich würde lieber sterben, als irgendwelche Probleme in euer Leben zu bringen.«

»Das wissen wir und wir lieben dich auch.« Sie haucht mir einen Kuss auf den Scheitel. »Jetzt aber Kopf hoch, trockne deine Tränen, und zurück an die Arbeit. Mr Andruzzi möchte vermutlich nicht länger auf seine Gnocchi warten.«

»Nein, bestimmt nicht«, antworte ich lachend, während ich mir die Augen mit einer Serviette abtupfe.

»Was ist passiert?«, will Nico wissen, der hinter Livia auftaucht.

Sie dreht sich zu ihm um. »Nichts. Bloß ein kleines vertrauliches Gespräch von Frau zu Frau.«

»Warum hat Sofia geweint?«

»Weil deine Nona so unfassbar lieb zu mir war.«

»Ich werde nie verstehen, weswegen Frauen Tränen vergießen.«

Livia gibt ihm eine kleine Kopfnuss. »Das musst du auch nicht. Du musst nur dafür sorgen, dass es Glückstränen sind und nichts anderes, verstanden?«

»Ja, verstanden.«

»Gut, und jetzt muss ich weitermachen.«

Nachdem sie weg ist, legt Nico die Arme um mich. »Ist wirklich alles in Ordnung mit dir?«

»Ja.«

»Dann lass ich dich mal zurück an die Arbeit.«

Ich halte ihn fest, sodass er nicht wegkann. »Nur ein paar Sekunden mehr von dem hier.«

»Liebend gern.«

Eine Minute später stehen wir immer noch genau so da, als Mario, einer der Hilfskellner, zu mir kommt. »Da ist eine Lieferung für dich, Sofia.«

»Für mich?«

»Ja, und das möchtest du unbedingt sehen.«

Ich schaue zu Nico, der mit den Achseln zuckt und mir zum Haupteingang des Restaurants folgt, der von weißen

Rosen überquillt. Es sind Dutzende und Aberdutzende, und ihr Duft ist so überwältigend, dass er sogar den köstlichen Geruch des kubanischen und italienischen Essens verdrängt. »Was zum Teufel?«

»Hier, für dich«, sagt Marlene und reicht mir eine Karte.

Ich drehe mich zu Nico. »Warst du das?«

»Nein«, antwortet er und seine Miene ist vor Anspannung ganz hart.

Meine Hand zittert, als ich die Karte öffne, auf der steht: *Mir tut alles so entsetzlich leid. Ich liebe Dich und Mateo mehr, als Du Dir vorstellen kannst. Ich würde Dir alles geben, alles tun, damit es wieder so ist wie früher. Dieses Mal wird es anders sein. Das schwöre ich Dir beim Leben meiner Mutter. Ich liebe Dich. Bitte komm nach Hause. J.*

Himmel, gleich wird mir schlecht. Das muss heißen, dass er auf Kaution raus ist, und ich schmecke Galle. Gott sei Dank ist Mateo in Nicos Haus in der bewachten Wohnanlage, während ich hier arbeite. »Ist der Lieferwagen noch da?«

Mario blickt zur Eingangstür raus. »Ja.«

»Sag ihm, er soll sie wieder einladen. Es soll alles zurückgeschickt werden.«

»Ich … äh …«

Ich zwänge mich an ihm vorbei und laufe nach draußen, winke dem Lieferwagenfahrer, der am Bordstein parkt. Er öffnet das Seitenfenster. »Sie müssen die Blumen wieder mitnehmen. Ich will sie nicht.«

»Wieder mitnehmen?«

»Sie haben mich gehört. Schaffen Sie sie weg.«

»Da muss ich erst bei meinem Boss nachfragen.«

»Warum? Ich will ja kein Geld zurück. Ich verweigere einfach nur die Annahme.«

»Ich hab es noch nie erlebt, dass irgendjemand Blumen nicht haben will.«

»Dann ist dies eben das erste Mal. Kommen Sie jetzt und schaffen Sie sie da raus. *Sofort.*«

Der junge Mann schluckt schwer, sodass sein Adamsapfel auf und nieder hüpft. »Ja, Ma'am.«

Es ist das erste Mal, dass mich jemand »Ma'am« nennt, doch das tut jetzt nichts zur Sache. Ich möchte einfach die Blumen und alles, was sie repräsentieren, hier weghaben. Während ich auf dem Bürgersteig stehe und zuschaue, hoffe, dass sich jemand anders drinnen um meine Tische kümmert, muss er mehrmals gehen, um alle Blumenvasen zurück in den Lieferwagen zu laden. Ich zähle zwölf Dutzend.

Idiot.

Als ob das alles wieder in Ordnung bringen könnte, was zwischen uns in Schieflage geraten ist.

Ich erinnere mich an meinen Geburtstag vor zwei Jahren, daran, wie er eine Riesensache daraus gemacht hat, mit Blumen und Geschenken und einer Torte, und ich den ganzen Tag wie auf glühenden Kohlen gesessen habe, weil er in all den Jahren vorher nie an meinen Geburtstag gedacht hatte. Er war so stolz auf sich wegen der Mühen, die er auf sich genommen hatte, und hat von mir erwartet, dass ich ebenfalls stolz auf ihn bin. Er hat einfach nicht begriffen, wie schlecht mir wurde, als ich erkannte: Ich erwartete so wenig von ihm, dass ich geradezu schockiert war, wenn er doch einmal etwas Nettes tat.

»Können Sie hier unterzeichnen und mir bestätigen, dass Sie die Blumen nicht wollen?«

»Sicher.« Ich unterschreibe und notiere »Annahme verweigert« neben meinem Namen. »Und bitten Sie Ihren Boss, den Auftraggeber darüber zu informieren, dass die Blumen zurückgegangen sind.«

»Ja, Ma'am.«

Ich kehre ins Restaurant zurück, rufe ihm aber noch über die Schulter zu: »Und nennen Sie mich nicht ›Ma'am‹.«

Als ich durch die Eingangstür komme, stehen Marlene, Livia, Nico und Vivian im Empfangsbereich.

»Alles in Ordnung?«, erkundigt sich Vivian.

»Jetzt schon. Entschuldigt bitte die Störung.«

»Nicht nötig«, antwortet Marlene. »Du hast sie ja nicht verursacht.«

»Trotzdem tut es mir leid.« Ich sehe zum italienischen Restaurantteil hinüber. »Ich gehe dann mal zurück an die Arbeit.«

Auf dem Weg dorthin spüre ich ihre Blicke in meinem Rücken, vermutlich voller Mitgefühl, das ich gar nicht will. Ich hasse es, mich wie ein Fall für die Wohlfahrt zu fühlen, eine Frau, die ihr eigenes Leben nicht auf die Reihe kriegt. Ich hab es so satt, dass gerade alles so ein schreckliches Chaos ist. Ich möchte einfach etwas Ruhe und Frieden, also das, was ich bei Nico gefunden habe.

Während ich da weitermache, wo ich beim Bedienen der Gäste vorhin aufgehört habe, sage ich mir, dass ich nicht einen Mann gegen einen anderen eintausche. Ich habe mehrere Monate allein gelebt, getrennt von Joaquín, und während der Zeit war da niemand sonst. Dank meines Jobs hier kann ich meinem Sohn ein sauberes, liebevolles und stabiles Zuhause bieten, selbst wenn es sich nicht im besten Teil der Stadt befindet.

Ich ersetze nicht einfach einen Mann durch einen anderen. Ich habe eine neue Beziehung mit jemandem begonnen, der hart arbeitet und aus einer wunderbaren, liebevollen Familie stammt. Was ich mit Nico habe, ist nicht mit dem zu vergleichen, was ich mit Joaquín hatte. Auf keinen Fall würde Nico mir vorschreiben, was ich tun oder wie ich empfinden soll oder mit wem ich sprechen darf. Er würde sich nie zwischen mich und meine Freunde drängen, uns entfremden oder meine Liebe zu meinem Sohn als Waffe gegen mich einsetzen.

Alles, was er möchte, ist, für mich und Mateo zu sorgen. Er will uns nicht kontrollieren. Schon allein dadurch unterscheidet er sich von Joaquín wie der Tag von der Nacht. Den Ausdruck habe ich aus einer Fernsehshow. Ich habe ihn bei Google eingegeben, um mich zu vergewissern, dass ich die Bedeutung verstanden habe, und dann habe ich ihn in mein Notizheft mit Vokabeln eingetragen, damit ich ihn nicht vergesse.

Ich liebe es, zu lernen. Das habe ich schon immer getan. Das war eine weitere Sache, die meine Mutter an mir gehasst hat – wie leicht ich Neues gelernt habe und wie gut ich in der Schule war. Was Nico über mich gesagt hat, dass ich immer noch das College besuchen könnte, beschäftigt mich. Himmel, ich würde es lieben, wieder zu lernen und einen Abschluss zu machen, mit dem ich dann einen Beruf ausüben kann, von dem ich mich und meinen Sohn ernähren kann. Das würde unser Leben für immer verändern.

Aber jetzt muss ich mich erst mal um Mr Riccis Hähnchen Marsala kümmern und dann zwei Teller Haussalat zu Mr und Mrs Marino bringen. Sie sind alle Stammkunden und bestellen jede Woche das Gleiche.

»Wir sollten vermutlich wirklich mal etwas anderes ausprobieren«, erklärt Mrs Marino jeden Samstag. »Doch ich freue mich die ganze Woche auf das Chicken Parmigiana vom Giordino's.«

Die Routine tröstet mich. Die gleichen Leute, die gleichen Gerichte, die gleichen Unterhaltungen und am Ende großzügige Trinkgelder, bevor die zweite Welle Gäste um halb sieben eintrifft. Dann ist hier wirklich viel los und ich habe keine Zeit mehr, über irgendetwas nachzudenken außer über Cocktails, Salate, Vorspeisen, Hauptgerichte, Desserts, Kaffee, die Rechnung, ehe dann alles wieder von vorn beginnt.

An einem gewöhnlichen Samstagabend laufe ich ungefähr zwölftausend Schritte. Ich war total verblüfft, als eine der anderen Kellnerinnen mir den Schrittzähler auf meinem Handy gezeigt hat. Ich hätte nie gedacht, dass es so viele sein würden, aber Samstagabende sind immer verrückt – und höchst lukrativ. Mateo und ich können beinah allein von dem leben, was ich samstags verdiene, was ein echter Segen ist.

Livia und Marlene haben den Kunden vermutlich von der Krankheit meines Sohnes erzählt, was der Grund ist, weshalb sie so freigiebig beim Trinkgeld sind. Die Großzügigkeit von Fremden ist wirklich überwältigend.

Wir sind mitten im geschäftigsten Teil des Abends, als Miguel plötzlich aufspringt und zur Eingangstür läuft.

Das Herz klopft mir bis zum Hals und ich bin wie erstarrt, als ich mehrere Polizisten vor der Tür sehe. Etwas ist passiert und ich bin außer mir vor Angst, dass es was mit mir zu tun hat.

Nico taucht an meiner Seite auf.

»Was ist los?«

»Ich weiß es nicht.«

»Irgendwas muss …«

Da stößt Vincent einen Laut aus, der irgendwas zwischen einem Aufheulen und einem Schrei ist.

Nico lässt mich stehen, um zu seinem Onkel zu gehen.

Ich folge ihm, obwohl ich Angst davor habe, was das hier sein mag.

»Was ist passiert?«, fragt Nico Vincent, der mit den Tränen kämpft.

»Milo.«

Jeder Muskel in Nicos Körper verspannt sich. »Was ist mit ihm?«

»Als er an einer Ampel am Coral Way anhalten musste, hat jemand auf ihn geschossen. Sie bringen ihn ins Miami-Dade, aber sie sagen, es sei schlimm. Ich … Ich muss es deinen Eltern beibringen.«

Dee, die aus dem Büro gekommen ist, um rauszufinden, was los ist, stößt bei dieser Nachricht einen Schrei aus, den ich nie vergessen werde.

Ich kann nicht atmen oder denken oder irgendetwas anderes tun, als mit dem Schicksal zu hadern, weil Menschen, die in einer Beziehung zu mir stehen, Nicos geliebtem Bruder so etwas angetan haben. Ich ertrage das nicht.

Und dann ist Marlene da, legt mir die Hände auf die Schultern und schaut mich mit Tränen in den Augen an. »Geh mit ihm, *cariño*. Er wird dich brauchen.«

»Meine … Meine Tische. Ich kann nicht … O Gott, Marlene. Das ist alles nur meinetwegen. Er dachte, es sei Nico.«

»Wenn du nicht selbst eine Waffe auf unseren Milo gerichtet und abgedrückt hast, dann ist es nicht deinetwegen. Geh mit Nico. Er braucht dich. Ich mach deine Schicht zu Ende und verwahre das Trinkgeld für dich.«

Am liebsten würde ich ihr sagen, dass mir das Geld völlig egal ist, doch den Luxus kann ich mir nicht leisten.

Marlene drückt mir den Arm. »Weiteratmen, Sofia.«

Ich nicke, nehme die Hand, die Nico mir hinhält, und folge ihm durch die Hintertür nach draußen, muss beinahe laufen, um mit ihm Schritt zu halten. Kurz bevor wir die Tür erreichen, kommen Carmen und Jason rein, lächeln, bis sie uns erblicken.

»Was ist los?«, will Carmen wissen.

»Auf Milo ist geschossen worden. Sie bringen ihn ins Miami-Dade.«

»Wir sind direkt hinter euch«, meint Jason. Er arbeitet dort und ihn bei uns zu haben wird hilfreich sein.

»Danke«, antwortet Nico mit belegter Stimme.

Wir springen in seinen Pick-up und fahren Sekunden später vom Parkplatz.

Nico ist so angespannt, dass ich fast befürchte, er könnte explodieren. Ich würde ihm keine Vorwürfe deswegen machen.

Ich weiß nicht, was ich sagen oder denken soll. Meine Haut fühlt sich zu eng an für das Gefühlschaos in mir. Wenn er meinetwegen seinen wunderbaren Bruder verliert, werde ich sterben. Ich werde einfach aufhören, in irgendeiner Form zu existieren, die Bedeutung hat.

Es dauert dreißig schreckliche, bange Minuten, in denen keiner ein Wort sagt, bis wir auf dem Parkplatz unweit der Notaufnahme des Krankenhauses ankommen. Wir springen aus dem Auto und rennen zum Eingang. Ich bin mir bewusst, dass Carmen und Jason hinter uns sind, genauso wie Vincent, Vivian und Livia. Wir sind ein paar Minuten lang da, warten auf Informationen, als Nicos Eltern und seine Schwestern völlig aufgelöst in Begleitung von Austin und Wyatt eintreffen.

Alle sind in heller Aufregung.

Und ich würde mich am liebsten irgendwo verkriechen.

Jason geht durch die Doppeltüren in den Bereich, in dem ausschließlich medizinisches Personal zugelassen ist, um mehr über Milos Zustand herauszufinden.

Ein paar Minuten später erscheint Miguel und winkt Nico zu sich. »Wir haben alles auf Video. Wir werden sie schnappen.«

»Kann ich es mir anschauen?«, erkundige ich mich, und meine Stimme zittert unter den Gefühlen, die in mir toben.

Miguel ruft es auf seinem Handy auf und zeigt es uns.

Nico stöhnt, als er zusehen muss, wie sein Bruder, als er in einem von seinen schwarzen Wagen an einer roten Ampel hält, angeschossen wird.

Ich keuche auf, als ich den roten 69er Pontiac GTO erkenne, den wiederherzurichten Joaquín seinem Cousin Diego geholfen hat. Sie haben vor vier Jahren einen ganzen Winter lang daran gearbeitet. »Das Auto gehört Diego Garcia, Joaquíns Cousin mütterlicherseits. Er ist auch derjenige, der uns gestern mit der Waffe bedroht hat.« Während ich seine Adresse runterrattere, wo ich viele Male war, während sie das Auto instand gesetzt haben, bin ich innerlich wie betäubt von der Bestätigung, dass ich der Grund für diese Katastrophe bin.

»Danke, das ist eine wichtige Information«, sagt Miguel.

»Danken Sie mir nicht. Nichts von alldem wäre passiert, wenn ich nicht wäre.«

Nico legt seinen Arm um mich, aber ich schüttle ihn ab. Ich kann es im Moment nicht ertragen, berührt zu werden.

Jason taucht wieder auf und seine Miene ist grimmig. Alle drängen sich um ihn, wollen verzweifelt seinen Bericht hören. »Man hat ihn in den Hals geschossen und die Kugel steckt neben seiner Wirbelsäule.«

Elena wäre gestürzt, wenn Lorenzo und Vincent sie nicht gestützt hätten.

»Er muss schnellstmöglich operiert werden«, erklärt Jason weiter. »Das übernehme ich, und ich werde alles in meiner Macht Stehende tun, damit er wieder gesund wird.«

»Jason«, schluchzt Elena. »Bitte rette mein Baby. Bitte.«

»Ich werde Himmel und Hölle in Bewegung setzen, Elena, aber sein Zustand ist ernst. Ich muss ehrlich zu euch sein. Es ist gut möglich, dass auch die Operation ihn nicht retten kann oder dass er querschnittsgelähmt ist. Das können wir erst beurteilen, wenn wir mit der Operation begonnen haben und sehen können, wie groß der Schaden ist.«

»O mein Gott«, flüstert Maria.

Dee weint stumm neben mir, während Wyatt sie im Arm hält.

»Wir beten für euch«, sagt Carmen zu ihrem Ehemann. »Und für Milo. Und jetzt geh und rette ihn.« Sie umarmt ihn, flüstert ihm zu, dass sie ihn liebt, und schickt ihn los, damit er das tut, was er am besten kann. Dann dreht sie sich zu uns anderen um. »Lasst uns beten.«

Seit dem Tag, an dem ich diese wunderbare, großzügige und liebevolle Familie getroffen habe, haben sie mich und meinen

Sohn mit offenen Armen in ihrer Mitte aufgenommen. Dies ist das erste Mal, dass ich ein Gefühl habe, als gehörte ich nicht zu ihnen. Als sie einen Kreis bilden, um für Milo zu beten, möchte ich einen Schritt zurücktreten. Mir ist bis auf den Grund meiner Seele schlecht, weil ich das alles über sie gebracht habe, auch wenn es unabsichtlich war.

Wenn Milo stirbt oder gelähmt ist, werden sie mir nie verzeihen. Ich würde mir selbst nie verzeihen. Er ist ein so lieber, netter Typ, und der Gedanke, dass ihm etwas so Schreckliches passiert ist, ist einfach unerträglich.

Kapitel 13

Sofia

Zum ersten Mal, seit Miguel aufgesprungen und zum Eingang des Restaurants gerannt ist, denke ich an Mateo, der mit Gladys bei Nico zu Hause ist.

Ich trete hinaus in die schwüle Abendluft und ziehe mein Handy aus der Tasche meiner Schürze. Meine Hände zittern so sehr, dass ich kaum anrufen kann.

»Hallo«, sagt Gladys. »Hier ist alles in Ordnung. Er hat sich ganz mühelos ins Bett stecken lassen und schläft jetzt schon seit über einer Stunde.«

»Gladys.«

»Was ist los, Süße? Was ist passiert?«

Ich kann die Worte nicht an dem Riesenkloß in meiner Kehle vorbeizwängen.

»Ist alles in Ordnung?«

»Nicos Bruder Milo ist angeschossen worden und wird gerade notoperiert. Es sieht nicht gut aus.«

»O Gott. O nein.«

»Das war Joaquín. Er muss ihn mit Nico verwechselt haben. Sie haben meinetwegen auf ihn geschossen.«

»O Süße. Mein Gott.«

»Er ist am Hals getroffen worden. Der Arzt hat gesagt, er könne sterben oder querschnittsgelähmt sein.«

»Und jetzt machst du dir Vorwürfe wegen dem, was dieser Mistkerl und seine Freunde getan haben. Hab ich recht?«

»Sie würden sich überhaupt nicht für Nico oder seinen Bruder interessieren, wenn ich nicht wäre.«

»Trotzdem haben *sie* das auf dem Gewissen und nicht *du*. Wie lange habe ich dir schon gesagt, dass dieser Mann nichts als Probleme bedeutet?«

»Solang ich mich erinnern kann.«

»Ich war so dankbar, als du schließlich auf mich gehört und die Scheidung eingereicht hast, *chica*.«

»Ich weiß nicht, was ich tun soll. Die Giordinos waren so gut zu mir und Mateo, und das soll der Dank sein? Ein Mitglied ihrer Familie muss meinetwegen um sein Leben kämpfen?«

»Es ist *seinet-* und nicht *deinet*wegen.«

»Ich hab nicht abgedrückt, aber meine Güte, Gladys. Milo könnte wegen dem, was mein Ex-Mann getan hat, sterben. Und Nico … Er gibt sich die Schuld. Er hat Milo heute Abend die Fahrten übernehmen lassen, für die er eigentlich selbst eingeteilt war, obwohl er wusste, dass Joaquín und seine Jungs uns auf dem Kieker haben. Wir hätten nur nie gedacht, dass sie so weit gehen würden.« Dann kommt mir ein weiterer Gedanke. »O mein Gott. Die Blumen! Ich hab seine Blumen abgelehnt.«

»Was für Blumen?«

»Joaquín hat mir Dutzende Rosen ins Restaurant geschickt, zusammen mit einer Karte, auf der er sich für alles entschuldigt und versprochen hat, dass es anders sein würde, wenn ich ihm eine weitere Chance gebe. Ich hab die Annahme verweigert.« Ich rutsche an der verputzten Mauer nach unten, bis ich auf dem Bürgersteig sitze, und werde von Schluchzern geschüttelt.

»Ich hab ihn wütend gemacht, Gladys, und er hat es an Milo ausgelassen.«

»Er ist ein Soziopath, Sofia, der schon vor Jahren weggesperrt gehört hätte. Das alles ist *nicht* deine Schuld!«

»Bis die Blumen eingetroffen sind, wusste ich nicht mal, dass er auf Kaution frei ist.«

»Was hat er denn gedacht, was die Blumen bewirken würden? Dass du deine Meinung änderst und zu ihm zurückkommst? Er ist komplett irre. Das wussten wir schon, bevor er auf Nicos Bruder geschossen hat. Das Beste, was du je getan hast, war, Mateo zu nehmen und Joaquín zu verlassen. Wenn das Ganze für irgendwas gut sein kann, dann vielleicht dafür, dass das Gericht ihm zukünftig kein Besuchsrecht mehr einräumt.«

In all dieser Verzweiflung ist das ein winziger Lichtschimmer.

»Ich bleib so lange hier, wie du es brauchst. Mach dir um mich und Mateo keine Gedanken. Kümmer dich um Nico und tu für seine Familie alles, was in deiner Macht steht.«

»Glaubst du denn, ich sollte hier sein? Vielleicht sollte ich zurück in meine Wohnung …«

»Nein, auf keinen Fall! Du solltest dich noch nicht mal in die Nähe begeben, hast du mich gehört? Bleib bei Nico. Bei ihm bist du sicher.«

»Aber ist er bei mir sicher?«

Gladys' tiefes Seufzen sagt alles.

»Ich muss schauen, dass ich von ihm wegkomme.«

»Das wird nicht passieren.« Seine tiefe Stimme erklingt über mir und erschreckt mich. »Du gehst nirgendwohin.«

»Ich … äh, Gladys, ich muss aufhören. Ich halte dich auf dem Laufenden.«

»Mach dir um uns keine Sorgen, Mateo und mir geht's prima.«

»Vielen Dank. Das bedeutet mir die Welt.«

»Hab dich lieb, *chica*. Bleib tapfer.«

»Hab dich auch lieb.«

Nico setzt sich neben mich auf den Boden. »Du verlässt mich nicht. Es sei denn, dir liegt nichts mehr an mir, dann steht es dir selbstverständlich frei, zu tun, was immer du willst. Doch wenn dir noch was an mir liegt, lass mich bitte nicht allein.«

»Natürlich liegt mir noch was an dir, aber das hier ist meine Schuld, Nico«, erwidere ich flüsternd. »Dein Bruder kämpft um sein Leben, und zwar wegen mir, wegen uns.«

»Das ist nicht der Grund. Vielmehr liegt das an Leuten, die ein Nein als Antwort nicht akzeptieren und die denken, sie können etwas wie das hier unschuldigen Leuten antun, die überhaupt nichts damit zu schaffen haben.« Seine Stimme bricht. »Wenn überhaupt, dann ist es *meine* Schuld. Ich wusste, sie waren hinter mir her, um mir eine Lektion zu erteilen, und trotzdem habe ich zugelassen, dass Milo für mich einspringt. Das hätte ich nie erlauben dürfen.«

Ich strecke die Arme nach ihm aus, lege sie um ihn und ziehe seinen Kopf an meine Brust, während ihm die Tränen über die Wangen laufen.

»Es tut mir so furchtbar leid, dass ich diese Hölle in dein Leben gebracht habe.«

»Niemand macht dir Vorwürfe, Sofia.«

»Vielleicht doch, wenn er gelähmt bleibt oder … Was der Himmel verhüten möge …«

»Sag es nicht. Er kann nicht sterben. Und wir alle wissen, das hier ist nicht deine Schuld. Wenn überhaupt, dann sind wir noch dankbarer als zuvor, dass du ihn verlassen hast, wenn er zu so was fähig ist.«

Ich benutze meinen Ärmel, um mir die Tränen aus dem Gesicht zu wischen. »Es ist, weil ich die Blumen zurückgeschickt habe. Das hätte ich nicht tun sollen. Es hat ihn wütend gemacht.«

»Weder Wut noch Eifersucht geben ihm das Recht, auf mich oder meinen Bruder zu schießen. Dafür ist er ganz allein verantwortlich, nicht du. Bitte versichere mir, dass du das begreifst.«

»Was ich einmal mehr begreife, ist die unglaubliche Großzügigkeit deiner Familie, die mich in ihrer Mitte aufgenommen hat und dafür jetzt einen schrecklichen Preis zahlen muss.«

»Ich dachte mir schon, dass ich euch beide hier draußen dabei finde, wie ihr euch selbst die Schuld an etwas gebt, wofür ihr nichts könnt«, erklärt Livia.

Wir schauen zu ihr hoch. Sie steht mit in die Hüften gestemmten Händen vor uns und ihre Miene spiegelt Kummer, aber auch Entschlossenheit wider.

»Tut das nicht«, verlangt sie. »Ihr könnt nicht ändern, was passiert ist. Wir wissen, wer es getan hat, und sie werden dafür bezahlen. Milo ist jung und stark und wird vom besten Neurochirurgen in ganz Florida operiert. Wir dürfen den Glauben daran nicht verlieren, dass er wieder gesund wird. Und wenn nicht … Nun, damit setzen wir uns auseinander, wenn es so weit ist. Jedenfalls hilft es niemandem, wenn ihr hier draußen sitzt und euch mit Schuldgefühlen quält.«

»Wie kannst du nach allem, was passiert ist, weiter so nett zu mir sein?«, frage ich sie.

»Das war dein Ex-Mann. Nicht du. Du, mein liebes Mädchen, hattest jedes Recht, ihn zu verlassen, dich von ihm scheiden zu lassen und dir ein neues Leben aufzubauen, das eine neue Liebe beinhaltet, wenn du das möchtest. Daran ist nichts falsch, und ganz bestimmt rechtfertigt es nicht das, was er heute getan hat.« Ihr Blick richtet sich auf Nico. »Und es ist nicht deine Schuld, dass du deinen Bruder heute Abend die Fahrten hast machen lassen. Du hast getan, was du für das Beste gehalten hast, indem du in Sofias Nähe geblieben bist.«

»Er ist mein kleiner Bruder«, meint Nico leise, während ihm Tränen über das Gesicht laufen. »Mein bester Freund.«

»Was der Grund ist, weshalb er dir helfen wollte, als du ihn gebraucht hast, so wie du es für ihn getan hättest, wenn es andersherum gewesen wäre. Die Verantwortung für das gewalttätige Verhalten von jemand anderem auf sich zu nehmen führt zu nichts. Niemand hier gibt dir daran die Schuld, Sofia. Wir wissen alle ganz genau, wer schuld ist, dass Milo jetzt im Krankenhaus liegt, und du bist es nicht.«

Livias Großherzigkeit mir gegenüber zu einer so schweren Zeit erstaunt mich. Obwohl ich erkennen kann, dass sie wegen dem, was Milo passiert ist, am Boden zerstört ist, schwankt ihre Stimme nicht, als sie uns von jeder Verantwortung freispricht. Wenn ich groß bin, möchte ich so sein wie sie. Ich möchte immer das Richtige tun und für andere Leute da sein, wenn sie mich brauchen, genau wie sie.

Ein Mann läuft zu uns, aber es ist niemand, den ich kenne. »Livia! Ich bin so schnell gekommen, wie ich konnte. Wie geht es deinem Enkel?« Der Typ sieht auf eine raue Art und Weise gut aus, mit braunen Augen und welligem dunklen Haar mit silbernen Strähnen. Seine Haut ist tief gebräunt wie bei jemandem, der den Großteil seiner Zeit im Freien verbringt.

Livia wirkt extrem überrascht, dass er hier ist, wer auch immer er ist. »Äh, Chris … Du hättest doch nicht herkommen müssen.«

Er betrachtet sie verwirrt. »Natürlich. Ich bin da, um dir beizustehen.«

»Also … Das hier sind mein Enkel Nico und seine Freundin Sofia. Und das ist … äh, Chris, mein Fluglehrer.«

»Oh«, sage ich lang gezogen. Ich hab schon gerüchteweise gehört, dass Livia für den Typen schwärmt, der ihr das Fliegen beibringt. »Sie sind also Chris, der Fluglehrer.«

Nico steht auf und hält mir seine Hand hin, um mir beim Aufstehen zu helfen, bevor er dem anderen Mann die Hand schüttelt. »Nett, Sie kennenzulernen.«

»Gleichfalls. Wie geht es deinem Enkel, Livia?«

»Er wird gerade operiert. Wir wissen noch nicht mehr als das, was ich dir geschrieben hab.«

»Was kann ich für dich tun?«

»Im Grunde genommen nichts. Es wird eine lange Nacht werden.«

»Dann werde ich mit dir warten und dir alles besorgen, was du vielleicht brauchst.«

Bilde ich mir das nur ein oder errötet die unerschrockene Livia Giordino tatsächlich, als er das sagt? »Das musst du nicht.«

»Ich bestehe darauf.«

Bevor sie sich von ihm ins Krankenhaus begleiten lässt, wo seine Ankunft eine willkommene Abwechslung sein und allen dringend benötigte Ablenkung bieten wird, schaut Livia uns beide noch mal an. »Haben wir uns verstanden, was das Thema Schuld betrifft?«

»Ja, Ma'am.« Nico gibt ihr einen Kuss auf die Wange. »Danke.«

»Sofia?«

»Ja, danke.« Ich fühle mich trotzdem verantwortlich, aber das werde ich für mich behalten.

»Gut. Kommt wieder rein.«

»Machen wir«, sagt Nico. »Gleich.«

Livia nickt Chris zu und sie treten durch die automatischen Türen, die beim Öffnen einen Schwall gekühlter Luft in die warme Nacht entlassen.

Nico legt seinen Arm um mich. »Bitte bleib bei mir. Ich brauche dich.«

Ich drücke ihn. »Ich gehe nirgendwohin.«

Nico

Das hier ist ein verdammter Albtraum, direkt aus der Hölle. Während die Stunden dahinkriechen, immer nur gelegentlich unterbrochen von Nachrichten aus dem Operationssaal, dass Milo noch am Leben ist, fühle ich mich, als würde mir der Kopf explodieren, während ich darauf warte, zu hören, ob er es schaffen wird. Ob er vom Hals abwärts gelähmt sein wird. Gott steh mir bei, aber ich ertrage es nicht, diese Möglichkeit auch nur in Betracht zu ziehen.

Ich kann die Tränen nicht aufhalten, obwohl ich mir verzweifelt Mühe gebe, für meine Eltern stark zu sein, für meine beiden Großmütter und Sofia, die sich immer noch mit Selbstvorwürfen quält, egal, was Nona und ich ihr gesagt haben.

Sofias Kopf ruht an meiner Schulter und sie umklammert meine Hand. Sie ist mir keine Minute von der Seite gewichen.

Abuela und Mr Muñoz sind eingetroffen, nachdem sie das Restaurant vorzeitig geschlossen haben. Mein Cousin Domenic sitzt neben mir. Seine Eltern haben auf seiner anderen Seite Platz genommen. Wir alle erhalten unablässig Textnachrichten von besorgten Freunden, Verwandten und langjährigen Stammkunden des Restaurants, die sich alle Informationen über Milos Zustand erhoffen, doch es gibt aktuell nichts, was wir ihnen sagen können.

Als Jason schließlich in blauer OP-Kleidung in den Warteraum kommt, sieht er so erschöpft aus, wie wir uns alle fühlen.

»Er ist im Aufwachraum, und das sind gute Neuigkeiten, weil das heißt, dass er die schwierige Operation überstanden hat.«

»Was ist mit der Querschnittslähmung?«, fragt mein Vater, der mit den Tränen kämpft.

»Dazu können wir noch eine Weile lang wenig Definitives sagen. Es gab eine Menge zerstörte Nerven und Knochensplitter und Ähnliches mehr. Eine erste Überprüfung seiner Reflexe war vielversprechend, aber wir müssen mit einer endgültigen Beurteilung warten, bis er uns mitteilen kann, was er spürt. Ich wünschte, ich könnte mehr Zuversicht verbreiten, aber bis die Schwellungen zurückgegangen sind und man genauer feststellen kann, was ihm bleiben wird, tappen wir im Dunkeln.«

Die Schultern meines Vaters sinken herab, während er das verdaut. *Was ihm bleiben wird …* Als wäre das weniger als vorher. Das will ich jetzt nicht hören.

»Das Beste, was ihr alle jetzt für Milo tun könnt, ist, nach Hause zu fahren und euch auszuruhen. Vor ihm liegt eine lange und kräftezehrende Genesung, und ihr müsst für ihn stark sein.«

»Ich bleibe hier«, verkündet meine Mom.

»Du kannst nichts für ihn tun, Elena«, erklärt Jason in sanftem Tonfall. »Er wird noch stundenlang im Aufwachraum sein, ehe wir ihn auf die Intensivstation verlegen können. Da darf er dann Besuch von jeweils einer Person haben, allerdings erst viel später heute. Ich bin die ganze Zeit bei ihm und ich rufe euch an, wenn sich irgendwas ändert. Versprochen.«

Dad umarmt Jason. »Danke, dass du das Leben meines Sohnes gerettet hast. Wir werden dir nie vergessen, was du für ihn und für uns getan hast.«

»Ich bin froh, dass ich da war, als es passiert ist. Er ist noch nicht komplett über den Berg, Lo. Ich wünschte, ich könnte dir was anderes sagen, aber ich verspreche, immer ehrlich zu euch zu sein und mich zu melden, sobald ich irgendwas Neues weiß.«

»Das verstehen wir«, antwortet Dad unter Tränen. »Elena und alle anderen, lasst uns für eine Weile heimfahren. Ihr habt gehört, was Jason gesagt hat. Unser Junge wird uns brauchen, daher sollten wir uns für ihn ausruhen. Euch allen vielen Dank, dass ihr hier bei uns seid und uns durch die längste Nacht unseres Lebens geholfen habt.«

Während ich meine Eltern und meine Schwestern, meinen Cousin und meine Cousine, Onkel und Tante sowie meine Großmütter umarme, fühle ich mich wie ein Roboter, der die ihm vorgegebenen Bewegungen ausführt. Von Rechts wegen sollte ich an Milos Stelle da im Krankenhausbett liegen und um mein Leben kämpfen, um meine Bewegungsfähigkeit, nicht mein kleiner Bruder, der nie auch nur ein schlechtes Wort über irgendjemanden gesagt hat. Ich bin derjenige, der andere vor den Kopf stößt und sich wie ein Idiot aufführt. Wo bleibt denn da die Gerechtigkeit?

Sofia und ich gehen raus zu meinem Pick-up.

»Soll ich fahren?«, fragt sie.

Ich schaue sie an, beinahe als hätte ich sie noch nie zuvor gesehen. Alles an meinem Leben fühlt sich fremd und falsch an, an diesem Morgen nach einer Nacht in der Hölle, in der wir alle nicht wussten, ob mein kleiner Bruder überlebt oder stirbt. »Nein, das mach ich schon.«

Aus reiner Gewohnheit halte ich ihr die Tür auf, helfe ihr beim Einsteigen und warte, bis sie sich angeschnallt hat, bevor ich die Tür schließe und mich zur Fahrerseite begebe. Jeder Schritt, den ich tue, fühlt sich verkehrt an, solange es möglich ist, dass Milo nie wieder wird laufen können.

Weil er für mich eingesprungen ist.

Ich wusste, sie haben mich im Auge behalten, und trotzdem habe ich ihn rausgeschickt. Dafür hat er beinah mit dem Leben bezahlt.

Ich starre für eine lange Zeit durch die Windschutzscheibe, ehe ich mich wieder auf das besinne, was ich jetzt tun muss. Den Schlüssel umdrehen, den Rückwärtsgang einlegen, aus der Parklücke fahren und dann nach Hause. Weitermachen. Mein

Leben weiterführen, als ob alles normal wäre, obwohl nichts das ist.

Ich habe gerade in meiner Einfahrt geparkt, als ich zum ersten Mal, seit ich mich hinters Lenkrad gesetzt habe, zu Sofia hinüberschaue. Ihr Gesicht ist tränenüberströmt, obwohl sie sich immer wieder stumm mit dem Handrücken darüberwischt. Ihren Kummer ertrage ich nicht.

»Nicht.« Meine Stimme ist rauer und klingt harscher als beabsichtigt. »Nicht weinen.«

»Ich scheine damit nicht aufhören zu können. Ich fühle mich so furchtbar.«

»Ich weiß genau, was du meinst.«

»Ich glaube wirklich, Mateo und ich sollten zu uns nach Hause zurückkehren, damit du dich voll und ganz deiner Familie widmen kannst.«

»Nein.«

Sie dreht sich zu mir um und ihre Augen blitzen. »Du hast mir nicht vorzuschreiben, was ich zu tun und zu lassen habe. Denn ich werde nie wieder einem Mann erlauben, irgendwas für mich zu entscheiden.«

»Ich will nichts für dich entscheiden. Ich möchte lediglich, dass du und Mateo sicher seid, was hier einfacher zu gewährleisten ist als in deiner Wohnung.«

Alle Kampfeslust scheint aus ihr zu weichen, als sie langsam ausatmet und in ihren Sitz zurücksinkt. »Tut mir leid. Das ist einfach nur ein wunder Punkt für mich, nachdem es mich so viel Kraft gekostet hat, einen Schlussstrich zu ziehen und Joaquín zu verlassen.«

»Das verstehe ich. Und ich habe nicht den geringsten Wunsch, dich zu kontrollieren. Ich möchte einfach bloß, dass euch nichts geschieht.«

»Ich weiß nicht, was ich denken oder sagen oder fühlen soll. Jede Faser meines Körpers leidet mit Milo, mit dir und deiner Familie. Alle sind so lieb zu mir und Mateo gewesen, und jetzt haben wir solches Unheil über euch gebracht. Ich bin dankbar, dass du mir keine Schuld gibst, aber es macht mich trotzdem krank.«

»Das weiß ich und natürlich gibt dir niemand die Schuld. Miguel und seine Leute werden Joaquín und seine Spießgesellen festnehmen und für den Rest ihres Lebens ins Gefängnis stecken. Wenn es irgendwas Positives an dem ganzen Mist gibt, dann das. Du wirst ihn ein für alle Mal los sein und er wird aus Mateos Leben verschwinden.«

»Das Einzige, was im Moment wichtig ist, sind Milo und seine vollständige Genesung.«

»Du bist auch wichtig. Und Mateo ebenso.«

»Es tut mir so entsetzlich leid, Nico.«

»Du musst dich nicht bei mir entschuldigen.«

»Doch. Es tut mir leid, dass deinem Bruder das passiert ist.«

»Danke, aber bitte lass uns das hier gemeinsam durchstehen, statt getrennte Wege zu gehen. Das würde nichts besser machen. Es wird ihnen nur das verschaffen, was sie wollten. Und ich brauche dich gerade jetzt an meiner Seite, um das durchzustehen.«

»Ich bin hier.«

»Und bleibst du das auch?«

Sie blickt auf das Haus und dann wieder zurück zu mir. »Ja.«

»Danke.«

»Dank mir bitte nicht dafür, dass ich dir erlaube, mir bei dir eine sichere Zuflucht zu gewähren.«

»Ich bin ehrlich froh, dass ich mich nicht mit Sorgen um dich und Mateo aufreiben muss, während ich mit allem anderen zu kämpfen habe.«

Ihr kleines Lächeln ist wie die Sonne, die hinter den dunkelsten Wolken hervorlugt. Es verschafft mir einen winzigen

Funken Hoffnung, den ich brauche, um weiterzumachen. »Warte auf mich.«

Ich steige aus dem Wagen und gehe um ihn herum, um ihr rauszuhelfen, halte meine Arme länger um sie als zwingend notwendig, einfach aus dem verzweifelten Verlangen nach Trost heraus, den allein sie mir bieten kann.

Sie umarmt mich fest. »Ich bin für dich da, Nico. Für alles, was du brauchst. Du musst es nur sagen.«

»Ich weiß nicht, was ich brauche, aber das hier fühlt sich schon mal verdammt gut an.«

Ich bin mir nicht sicher, wie lange wir so dastehen, Trost empfangen und spenden, bis mein Nachbar Josh uns unterbricht.

»Nico. Ich hab das von Milo gehört. Ist er … Geht es ihm einigermaßen?«

Ich lasse Sofia los und drehe mich zu Josh um, lasse jedoch meinen Arm um sie liegen. »Die Notoperation hat er so weit erst mal gut überstanden. Alles andere ist noch ungewiss.«

»Mein Gott, das ist so furchtbar. Haben die Cops den Typen verhaftet, der auf ihn geschossen hat?«

»Da habe ich noch nichts gehört, aber sie wissen, nach wem sie suchen müssen.«

Als er zu Sofia blickt, erkläre ich: »Das ist übrigens meine Freundin Sofia. Sofia, das hier ist Josh, mein Nachbar.«

»Schön, dich kennenzulernen«, sagt sie.

»Gleichfalls. Gib Bescheid, falls ich irgendwas tun kann, Nico. Rasenmähen, Poolsäubern … Wobei auch immer du Hilfe brauchst.«

Ich lasse Sofia los, um ihn kurz zu umarmen. »Danke.«

»Milo ist einfach der Beste«, stellt Josh mit schwankender Stimme fest. »Wir haben ihn wirklich ins Herz geschlossen.«

»Alle mögen Milo.«

»Ja. Schick mir eine Textnachricht, wenn ich irgendwas tun kann, okay?«

»Mach ich. Noch mal danke.« Ich führe Sofia durch die Garage in die Küche, wo Gladys und Mateo frühstücken.

Mateo steht auf und kommt zu seiner Mutter, und sein Gang mag schief und unsicher sein, doch seine Entschlossenheit, zu ihr zu gelangen, ist ungebrochen.

Sie umarmt ihn fest. »Wie geht es meinem Lieblingsmenschen heute?«

»Gut, Mama. Gladys sagt, nach dem Frühstück kann ich schwimmen, wenn ich all meine Pancakes aufgegessen habe.«

»Dann solltest du dich schnell wieder an den Tisch setzen.«

»Ich hab genug für euch mitgemacht«, wirft Gladys ein und deutet auf den Herd.

»Ich glaub nicht, dass ich irgendwas runterbringe«, meint Sofia.

»Ich auch nicht«, füge ich hinzu. »Aber danke.«

»Ich stell sie in den Kühlschrank, falls ihr später Hunger habt. Wie geht es Milo?«

»Er hat die Operation gut überstanden«, teile ich ihr mit. »Alles andere müssen wir abwarten.«

»Ich hab meine Kirchengemeinde aufgerufen, für ihn zu beten, und zwar so lange, wie er es braucht.«

»Danke«, flüstere ich, überwältigt von der Vorstellung, dass Leute, die Milo überhaupt nicht kennen, für ihn beten. Wir nehmen, was immer wir kriegen können.

»Ich kann auch gern noch bleiben und auf Mateo aufpassen, falls ihr euch ausruhen wollt«, schlägt Gladys vor. »Wenn es helfen würde, kann ich auch schnell heim und eine Tasche packen. Dann könnte ich bei ihm bleiben, so wie ihr es braucht.«

Ich blicke Sofia an. Sie beißt sich auf die Unterlippe, während sie darüber nachdenkt.

»Was meinst du?«, wendet sie sich schließlich an mich.

»Wenn es Gladys nichts ausmacht, wird es nicht schaden.«

»Nicht das Geringste«, erwidert die.

»Ich kann dich zu deiner Wohnung fahren«, biete ich ihr an.

»Das wäre toll. Lass mich schnell meine Handtasche holen, dann können wir los.«

Mateo hält seinen leeren Teller hoch. »Mama, können wir jetzt schwimmen?«

»Natürlich. Stell deinen Teller in die Spüle und zieh dir deine Badesachen an.«

»Mateo.«

Er dreht sich zu mir und sein Gesichtchen ist ganz ernst.

»Wie lautet die Regel zum Pool?«

»Ich darf nur hin, wenn ein Erwachsener bei mir ist.«

»Genau, und diese Regel gilt immer. Verstanden?«

Er nickt. »Ja, Sir.«

»Okay, dann lauf hoch und zieh dich um.«

Er setzt sich so schnell in Bewegung, wie es ihm möglich ist, was in Anbetracht seiner Behinderung ziemlich schnell ist.

»Schwimmen tut ihm so gut«, stellt Gladys fest, als sie mit ihrer Handtasche zurückkommt.

»Denkst du, wir sollten Miguel Bescheid geben, dass du Gladys zu unserem Apartmenthaus bringst?«, fragt Sofia.

»Ja, vermutlich schon.« Ich küsse die Stelle zwischen ihren Augenbrauen, wo sich der Stress sammelt und sich eine steile kleine Falte gebildet hat. »Amüsier dich mit deinem Jungen, und wenn wir wieder zurück sind, ruhen wir uns aus.«

Nicht dass ich damit rechne, dass einer von uns beiden auch nur eine Minute Schlaf finden kann, bis wir sicher wissen, dass Milo wieder gesund wird.

»Bitte sei vorsichtig.«

»Versprochen.«

Kapitel 14

Dee

Egal, wie sehr ich mich bemühe, ich kann nicht aufhören zu weinen. Die Vorstellung, Milo zu verlieren, ist so schrecklich, dass ich sie unmöglich akzeptieren kann. Ich sitze im Bett und wische mir zum tausendsten Mal die Tränen aus dem Gesicht.

Wyatt bringt mir einen Becher Zitronentee, den ich abends oft trinke, und reicht ihn mir. »Versuch das hier. Vielleicht hilft es dir, dich zu beruhigen.«

»Danke.« Ich nehme einen Schluck und dann einen weiteren, überrascht, als der Tee in meinem Magen bleibt. Mir ist schon den ganzen Abend unglaublich schlecht.

Wyatt schlüpft zu mir ins Bett und legt einen Arm über meinen Unterleib.

»Sag mir die Wahrheit. Wird er gelähmt sein?« Ich kann die Worte kaum aussprechen, ohne sofort wieder in Tränen auszubrechen.

»Ich weiß es nicht, Süße. Ich bin mir sicher, Jason hat alles Menschenmögliche getan, um ihm die besten Chancen zu verschaffen, wieder gesund zu werden, aber alles, was mit der Wirbelsäule zu tun hat, ist heikel.«

»Was sollen wir nur tun, wenn dem so ist?«

»Dann werden wir ihn auf jede mögliche Art unterstützen und alles schön eins nach dem anderen angehen. Ich hege nicht die geringsten Zweifel, dass deine erstaunliche Familie sich gut um ihn kümmern wird.«

Die Tränen laufen mir weiter übers Gesicht wie ein Wasserfall, der nicht versiegt. »Ich hasse es so sehr. Er ist der Beste von uns.«

Wyatt wischt mir die Wangen ab, wie er es schon die ganze Zeit tut. »Ich weiß, Süße. Ich hasse es auch.«

»Kann ich dir etwas sagen, das du niemandem weitererzählen darfst?«, frage ich ihn.

»Natürlich.«

»Ein Teil von mir möchte wütend auf Sofia sein, doch so richtig schaffe ich es nicht.«

»Sie hat ihn nicht niedergeschossen und sie hat ganz sicher nicht geahnt, dass ihr Ex so weit gehen würde.«

»Sie haben ihn mit Nico verwechselt.« Der Gedanke, dass mein älterer Bruder verletzt werden könnte, ist genauso furchtbar. »Er ist derjenige, den sie umbringen wollten.«

»Stell dir vor, wie sich Nico und Sofia fühlen müssen. Es ist so schrecklich.«

»Ich versuche mich in jemanden hineinzuversetzen, der einen Menschen erschießen würde, den er nicht mal kennt, nur weil er behämmerterweise meint, dass er dadurch irgendwie seine Ex-Frau zurückbekommt.«

»In so jemanden kann man sich nicht hineinversetzen, also versuch es am besten gar nicht erst.«

»Ich will es aber verstehen.«

»Das werden wir niemals verstehen.«

»Ich fühle mich so schlecht wegen meiner Eltern. Sie haben so viel durchgemacht, erst mit Moms Erkrankung und jetzt damit.«

»Deine Eltern sind die stärksten Menschen, die ich kenne. Ich möchte sie – und euch alle – an meiner Seite wissen, falls mir je so etwas zustoßen sollte.«

»Denk so was nicht einmal. Dir darf einfach nichts zustoßen.«

Er lächelt, nimmt mir den Becher Tee aus der Hand und stellt ihn auf den Nachttisch. »Lass dich von mir halten.«

Weil es nichts Besseres gibt, als von ihm gehalten zu werden, kuschele ich mich in seine Arme.

»Ich wünschte, es gäbe mehr, was ich für dich tun kann.«

»Das hilft schon und dein medizinisches Wissen hat uns durch die Nacht gebracht.«

»Mein Wissen gehört ganz dir, zum absoluten Sonderpreis von einem Kuss.«

Ich löse mich ein wenig von ihm, lächle zum ersten Mal seit zwölf Stunden und küsse ihn.

»Ich hätte mehr verlangen sollen.«

Ich hätte gedacht, dass es mir im Moment unmöglich wäre, zu lachen, bis er mir das Gegenteil beweist. »Ich weiß nicht, was ich ohne dich anfangen würde.«

»Du wirst es nie herausfinden müssen.« Er küsst mich wieder und wieder, bis ich mich an ihn klammere und verzweifelt will, dass er meine Gedanken von dem Schrecken ablenkt, so wie nur er allein es kann.

Als mein Telefon das Eintreffen einer Textnachricht vermeldet, löse ich mich von Wyatt, um nachzuschauen, falls es Neuigkeiten über Milo sind.

»Marcus hat mir eine SMS geschickt, in der er mir mitteilt, dass er und Tara an Milo und meine Familie denken.«

»Das ist nett von ihm«, sagt Wyatt, ganz entspannt, obwohl ich meinen Ex-Verlobten erwähnt habe, weil er weiß, dass er sich keine Sorgen machen muss, was Marcus oder irgendeinen anderen Mann betrifft. »Ist bei ihm alles in Ordnung?«

»Er meint, mit ihr läuft es großartig und er ist jetzt seit sechzig Tagen trocken. Ich denke, dass sie ihren Beziehungsstatus noch nicht genauer definieren, weil er erst so kurz auf Entzug ist, aber er findet sie toll und ist ganz verrückt nach ihr. Er schreibt, dass er für Milo und uns alle betet.«

»Freut mich zu hören«, sagt Wyatt. »Ich muss unter die Dusche.«

Ich liebe es, dass Wyatt glücklich ist und dass es Marcus gut geht und mein Liebster sich nicht das kleinste bisschen dadurch bedroht fühlt, dass mein Ex mir eine Nachricht geschickt hat. »Ich auch.«

»Möchtest du vielleicht mit mir zusammen etwas Wasser sparen?«

»Nichts lieber als das.«

Wir stehen auf und begeben uns ins Bad, wobei wir uns schon ausziehen. Der Anblick seines nackten Hinterns fesselt meine Aufmerksamkeit, wie er es immer tut. Als er sich zu mir umdreht, erwischt er mich dabei, wie ich ihn anstarre.

»Hallo? Könntest du mich bitte nicht als reines Sexualobjekt betrachten? Das gehört sich nicht.«

Ich lache schnaubend. »Wie machst du das nur immer?«

Nachdem er die Wassertemperatur gecheckt hat, kommt er zu mir, um mir mit meinem BH zu helfen. »Was genau meinst du?«

»Mich sogar in Zeiten wie diesen zum Lachen zu bringen.«

»Entschuldige. Ich wollte dir nicht zu nahe treten.«

»Tust du nicht. Es ist genau das, was ich gerade brauche. *Du* bist das, was ich brauche.«

Er zieht mich an sich und das Gefühl seiner nackten Haut an meiner hat denselben Effekt auf mich wie immer. Wenn er bei mir ist, will ich ihn. Verdammt, ich will ihn sogar, wenn er nicht mal irgendwo in meiner Nähe ist. »Ich möchte immer genau das sein, was du brauchst.«

Als wir unter der Dusche stehen, wäscht er mir die Haare und seift mich beinahe ehrerbietig ein, wie ich es von ihm gewohnt bin. Er berührt mich nie anders als mit Liebe und größter Zärtlichkeit. Selbst wenn wir von Leidenschaft überwältigt werden, ist er stets behutsam, aber als er mich hochhebt und in der Dusche gegen die Wand drückt, protestiere ich, weil ich mir immer Sorgen um sein Herz mache.

»Schh«, beruhigt er mich, während er in mich eindringt. »Es geht mir gut. Dir geht es gut. Milo wird es irgendwann auch wieder gut gehen. Ich fühle das.«

Mehr ist nicht nötig dafür, dass ich wieder anfange zu weinen. »Gott, ich hoffe es.« Ich habe in meinem ganzen Leben nie mehr für irgendetwas gebetet als dafür. Als ich gestern Abend im Restaurant mein Büro verlassen habe und mitten in diesen Albtraum geraten bin, hatte ich zuerst befürchtet, meine Mutter wäre gestorben. Doch zu hören, was mit Milo passiert ist, war schlimmer, als selbst das gewesen wäre.

»Ich bin für dich da, Liebste«, sagt Wyatt. »Ich halte dich.«

Ich schlinge ihm die Arme um den Hals, schließe die Augen und lasse mich von ihm auf die bestmögliche Art von meinen Sorgen ablenken. Vor einer halben Stunde hätte ich es nicht für möglich gehalten, gleich kurz vor einem Orgasmus zu stehen, aber Wyatt kriegt das hin. Ich weiß, ich sollte nicht überrascht sein, dass er dazu fähig ist, sogar in dieser schrecklichen Zeit, doch es ist nur ein weiterer Beweis dafür, dass er der Richtige für mich ist.

»Ich liebe dich so sehr«, flüstere ich, als ich langsam wieder auf die Erde zurücksinke.

»Ich liebe dich mehr, und es tut mir leid, dass du so schreckliche Dinge erleben musst.«

»Durch dich wird es erträglich.«

Er vergräbt sein Gesicht in meiner Halsbeuge und küsst mich dort, sendet mir einen Schauer über die Haut.

Aber während ich mich in den Armen meines Liebsten verliere, fürchte ich, dass Milo niemals das haben wird, was ich mit Wyatt gefunden habe.

Maria

So habe ich mich noch nie gefühlt. Nicht als meine Mom uns eröffnet hat, dass bei ihr Brustkrebs festgestellt worden ist. Nicht als wir gedacht haben, dass Everly einen Rückfall hätte. Nicht als mein Ex mich betrogen hat. Nichts ist vergleichbar mit dieser alles durchdringenden Angst, Milo zu verlieren oder dass er für immer gelähmt sein wird. Das ertrage ich nicht. Eigentlich sollen wir uns ausruhen, doch das ist unmöglich.

Ich sitze im Bett, höre Austins tiefe Stimme, während er mit Everly und seinen Eltern redet. Sie haben angeboten, sie mit zu sich zu nehmen, damit wir etwas schlafen können, aber wir wollen, dass sie bei uns ist.

Austin kommt mit ihr auf dem Arm ins Schlafzimmer.

»Rie«, ruft sie.

»Komm zu mir, Bärchen.«

Austin setzt sie aufs Bett und sie kuschelt sich in meine Arme, jetzt genauso mein Kind wie seins. Ich liebe sie so sehr und der süße Geruch ihres sauberen Haars tröstet mich.

»Tut mir leid wegen deinem Bruder«, sagt sie ganz leise.

»Danke, Süße.«

»Geht es ihm gut?«

»Wir hoffen, dass es das bald tut.«

Wir haben ihr erzählt, dass ihr Onkel Milo verletzt wurde. Wir haben ihr nicht verraten, wie schlimm es ist, auch wenn sie wegen der bedrückten Stimmung und unserer Niedergeschlagenheit etwas ahnen muss.

Austin streckt sich auf dem Bett aus, rollt sich auf die Seite und legt einen Arm um uns.

Everly sitzt nie lange still und ist nicht lange leise, doch sie scheint zu spüren, dass es das ist, was ich gerade brauche. Mit den beiden dicht bei mir kann ich endlich ein wenig dösen. Als ich etwas später wieder aufwache, bin ich allein im Bett. Ich frage mich, ob Austin überhaupt schlafen konnte.

Er betritt mit einem Tablett in den Händen das Zimmer und schließt dic Tür. »Mom hat ›Futter für die Seele‹ zubereitet, wie sie es nennt: ein gegrilltes Käsesandwich und Tomatensuppe.«

»Das hört sich gut an.« Der Schlaf hat ein wenig geholfen und mir ist nicht mehr so schlecht wie in der endlosen Nacht, in der allein der Gedanke, irgendetwas zu essen, dafür gesorgt hat, dass mir übel wurde. Ich richte mich auf und nehme mein Haar zu einem Pferdeschwanz zusammen, den ich zu einem Knoten drehe und mit einem Haarclip sichere, den ich vom Nachttisch fische. »Irgendwelche Neuigkeiten?«

»Ich hab nichts gehört.«

Ich greife nach meinem Handy und suche in dem Meer aus Textnachrichten von Freunden und der weiteren Familie, die Milo und uns alles Gute wünschen, nach Nachrichten von meinen Eltern oder Jason. Nichts Neues von den Leuten, von denen ich am dringendsten hören will.

Austin stellt mir das Tablett auf den Schoß.

»Bedank dich bitte bei deiner Mutter für mich.«

»Mach ich.«

Ich beiße vorsichtig von meinem Sandwich ab und dann, als der erste Bissen leicht runtergeht, noch mal.

»Du siehst etwas besser aus«, stellt Austin fest.

»Ich werde mich erst besser fühlen, wenn ich weiß, dass mit Milo alles in Ordnung kommt. Ich muss die ganze Zeit daran denken, dass er vielleicht gelähmt ist.«

»Darüber will ich nicht nachdenken. Es ist unvorstellbar.«

»Aber sehr gut möglich. Eine Kugel so dicht an der Wirbelsäule …« Ein Schauer überläuft mich und mein Magen fängt wieder an zu schmerzen, wie er es die ganze Nacht getan hat, während der schrecklichen, langen Stunden, in denen Milo operiert wurde.

»Wir müssen weiter beten und das Beste hoffen«, sagt Austin. »Es ist nicht ganz vergleichbar, doch so habe ich es geschafft, als Everly krank war. Ich habe gebetet, dass sie wieder gesund wird, jeden Tag eine Minute nach der anderen durchgestanden und versucht, nicht so weit in die Zukunft zu blicken. So habe ich mir meine geistige Gesundheit bewahrt.«

»Das ist eine gute Strategie. Danke. Denkst du, wir sollten unsere Pläne aufgeben?«

»Warten wir erst mal ab und schauen, was passiert. Meine Brüder haben immer noch vor zu kommen, also«, er zuckt die Schultern, »eine Minute nach der anderen.«

»Stimmt. Danke für die Erinnerung.«

»Ich wünschte, es gäbe mehr, was ich für dich und deine Eltern tun kann.«

»Einfach dass du da bist, hilft schon. Wir sollten zu ihnen rüberfahren.«

»Das habe ich auch gedacht. Ich wage zu bezweifeln, dass sie schlafen.«

»Ich bin mir sicher, dass sie das nicht tun.«

»Iss auf, und dann geht es gleich los.«

Nach dem Essen und einer Dusche fühle ich mich ein wenig besser, und als wir eine Stunde später vor dem Haus meiner Eltern parken, bin ich bereit, für sie stark zu sein. Wenigstens denke ich das. Wir haben Everly bei Austins Eltern gelassen, damit wir uns auf meine konzentrieren können.

»Hey«, sage ich zu Austin, bevor wir aus dem G-Wagon steigen.

»Ja, Süße?«

»Danke, dass du für mich und meine Familie da bist.«

»Natürlich, Süße. Sie sind jetzt auch meine Familie. Du bist meine Familie. Milo ist meine Familie. Es ist entsetzlich, dass ihm – und euch allen – das passiert ist.«

»Finde ich auch, aber ich komme besser damit zurecht, weil ich dich an meiner Seite habe.«

Er nimmt meine Hand. »Das Beste an dem hier, an dir und mir, ist, dass wir nie wieder irgendwas allein durchstehen müssen.« Er führt meine Hand an seine Lippen und gibt mir einen Kuss auf den Handrücken. »Wir schaffen das gemeinsam.«

»Und dafür bin ich jeden Tag wirklich dankbar, und vor allem heute – und gestern.«

»Ich bin immer für dich da, Baby. Lass uns schauen, wie wir deinen Eltern helfen können.«

Das Erste, was ich bemerke, als ich das Haus betrete, ist, dass überall auf den Tresenflächen Essen steht, was mich nicht überrascht. Das ist die übliche Reaktion unserer Nachbarn, wenn jemand eine Tragödie erlebt. Natürlich kann es nicht hier draußen stehen bleiben, weil es dann verdirbt, also mache ich mich daran, die Dinge zu organisieren und zu beschriften, bevor ich sie in den Kühlschränken in der Küche und der Garage verstaue. Mit Austins Hilfe packe ich alles weg, während ich eine Liste erstelle, was da ist und wer es gebracht hat, damit meine Mutter später Dankesschreiben schicken kann.

Die Leute sind so unglaublich lieb und hilfsbereit. Es gibt zahllose Gerichte, eine genauso bunte Mischung wie unsere Nachbarschaft, mit allem von kubanischem zu italienischem, karibischem, puerto-ricanischem und brasilianischem Essen. Die Gerüche allein würden normalerweise dafür sorgen, dass mir das Wasser im Mund zusammenläuft. Jetzt haben sie wegen meiner Schwangerschaft allerdings einen ganz anderen Effekt, und als wir fertig sind, steht mir der Schweiß auf der Stirn, so muss ich mich anstrengen, um mich nicht zu übergeben.

Austin reicht mir ein Glas Wasser und eine Handvoll Cracker. »Iss und trink was. Das wird helfen.«

Obwohl ich weiß, dass das stimmt, ist es mir fast unmöglich, die Cracker zu schlucken. Ich versuche es trotzdem.

»Deine Eltern sind im Wohnzimmer.«

Ich nicke, nehme einen weiteren Schluck von dem Wasser und wappne mich, um stark für sie zu sein.

Sie sehen schrecklich aus und es ist offensichtlich, dass sie kein Auge zubekommen haben.

Mom streckt mir die Arme entgegen, und ich laufe zu ihr und umarme sie fest.

»Wir haben eine Nachricht von Jason, dass es Milo den Umständen entsprechend gut geht und dass er noch schläft«, informiert uns Dad. »Sie hoffen, dass sie ihn in ein paar Stunden auf die Intensivstation verlegen können. Dort können wir ihn dann auch besuchen.«

»Das sind gute Neuigkeiten.« Ich muss genau aufpassen, was ich sage, jedes Wort, und darauf achten, keine Miene zu verziehen. Weil ich Krankenschwester bin, werden sie sich an mich wenden, damit ich ihnen die Lage erkläre, und ich möchte, dass sie optimistisch bleiben, selbst wenn ich innerlich zerbreche, sobald ich daran denke, was die möglichen Folgen für Milo sein könnten. »Wir haben in der Küche all das Essen weggepackt.«

»Oh, danke. Den ganzen Morgen über sind Leute gekommen. Alle sind so furchtbar nett.«

»Wir würden dasselbe für sie tun.«

»Tja, ich denke schon.«

Nico kommt herein und wirkt wie der Tod auf zwei Beinen. Ich erkenne sofort, dass er von Schuldgefühlen zerfressen wird und dieselbe Angst empfindet, die uns alle fest im Griff hat. Nur ist es für ihn eine Million Mal schlimmer, weil er sich dafür verantwortlich fühlt, dass Milo überhaupt angeschossen wurde.

Mein Herz öffnet sich ihm, als ich ihn umarme. »Wie geht es dir?«

»Nicht gut. Ich hab mir gerade das Auto angeschaut …« Er schüttelt den Kopf. »Es ist ein Wunder, dass er überhaupt überlebt hat.«

»Warum hast du das getan?«

Er zuckt die Achseln. »Ich musste es sehen.«

»Irgendwelche Neuigkeiten von der Polizei?«

Er schüttelt den Kopf. »Miguel sagt, dass sie immer noch nach ihnen fahnden.«

»Sie werden sie finden.«

»Das hoffe ich.«

»Wie geht es Sofia?«

»Schrecklich. Sie fühlt sich verantwortlich.«

»O nein! Natürlich ist es nicht ihre Schuld.«

»Versuch das mal ihr klarzumachen.« Er wirft einen Blick zu unseren Eltern, die nebeneinander in ihren Fernsehsesseln sitzen. »Wie verkraften sie es?«

»Sie halten durch. Sie möchten ihn dringend besuchen.«

»Alles, was ich will, ist zu hören, dass er sich wieder ganz erholt. Ich weiß nicht, was ich tue, wenn dem nicht so ist.«

»Er ist jung und stark, und wir müssen das Beste hoffen und beten. Das ist alles, was wir tun können.«

Das Handy meines Vaters klingelt und wir alle erstarren, während sich eine Mischung aus Furcht und Hoffnung im Raum ausbreitet.

»Es ist Jason.« Dad nimmt den Anruf entgegen und schaltet den Lautsprecher ein. »Hi, Jason. Alle sind hier.«

»Sehr schön. Ich wollte euch mitteilen, dass Milo aufgewacht und bei Bewusstsein ist und auf Schmerzstimuli in allen Extremitäten reagiert.«

»Oh, Gott sei Dank«, stößt Dad aus und fängt an zu weinen. »Und danke, Jason.«

»Wir haben einen langen Weg vor uns, aber das sind sehr gute Neuigkeiten.«

»Das sind die besten Neuigkeiten überhaupt. Vielen Dank dafür, Jason. Aus tiefstem Herzen … Ich finde keine Worte.«

»Ich bin froh, dass ich da war, als er mich gebraucht hat. Wenn ihr um vier vorbeikommen und ihn sehen wollt, ist er vermutlich noch auf der Intensivstation, doch da darf man ihn besuchen. Es sollte allerdings erst mal nur die direkte Familie sein. Wir wollen ihn ja nicht überfordern.«

»Natürlich nicht. Bis dann.« Nachdem er das Gespräch beendet hat, blickt er zu meiner Mom. »Unsere Gebete wurden erhört.«

»Ich … Äh, ich muss los«, sagt Nico und verlässt den Raum, bevor ihn jemand aufhalten kann.

Während ich ihm hinterherschaue, mache ich mir um ihn fast so viele Sorgen wie um Milo.

Kapitel 15

Nico

Es sieht so aus, als würde Milo keine größeren bleibenden Schäden davontragen. Wenigstens sagen sie das im Moment. Wer weiß, was in einer Stunde oder zweien sein wird oder in zwei Tagen? Ich will nach Hause zu Sofia, um ihr die guten Nachrichten persönlich mitzuteilen. Als ich schon beinah am Tor zu meiner Wohnanlage bin, meldet sich Miguel bei mir.

»Wir haben sie. Sie hatten sich auf Diegos Grundstück in so einem alten Schiffscontainer versteckt, den Leute manchmal zu Häusern umbauen. Das Auto hatten sie ebenfalls dort drin.«

»Das sind großartige Neuigkeiten.« Ich verspüre eine Riesenerleichterung über diese Entwicklung. »Und jetzt versichere mir bitte, dass sie nicht binnen kürzester Zeit auf Kaution freikommen.«

»Wir haben sie wegen versuchten Mordes festgenommen. Freilassung auf Kaution ist keine Option. Wie geht es deinem Bruder?«

»Er ist wach, ansprechbar und reagiert auf Schmerzreize.«

»Was für eine Erleichterung für euch, Nico. Milo ist ein wirklich guter Mensch. Ich finde es furchtbar, dass ihm so etwas Schreckliches zugestoßen ist.«

»Dann sind wir schon zu zweit. Er hat mir einen Gefallen getan … und wäre dabei beinahe gestorben …« Meine Kehle schnürt sich so eng zusammen, dass ich Mühe habe, zu atmen.

»Diese Typen machen seit Jahren nichts als Ärger. Deine Freundin ist ohne ihren Ex in ihrem Leben entschieden besser dran.«

»Das wusste sie auch schon vorher. Und was ist mit dem Rest der Sippe? Muss ich mich, nachdem Joaquín und Diego verhaftet worden sind, jetzt sorgen, dass sich ihre Freunde an uns rächen wollen?«

»Wir behalten sie genau im Auge, aber du solltest auf jeden Fall noch eine Weile auf der Hut sein.«

»Geht klar. Danke für alles, Kumpel. Du hast was gut bei mir.«

»Ich erledige nur meinen Job. Wir bleiben in Verbindung.«

Ich beschließe, sofort meinen Dad anzurufen, um ihm Bescheid zu geben, dass die Schützen gefasst worden sind.

»Nun, das sind ja mehr gute Nachrichten. Danke, dass du uns auf dem Laufenden hältst.«

Da niemand anders mithört, sage ich: »Dad …«

»Was ist, Nico?«

Ich habe Mühe, ein Schluchzen zu unterdrücken. »Es tut mir so leid, dass ich das zugelassen habe.«

»Von Zulassen kann ja keine Rede sein. Du hättest die Kugel für ihn abgefangen, wenn das möglich gewesen wäre. So war das schon immer mit euch beiden – und zwar seit dem Tag, an dem wir ihn vom Krankenhaus nach Hause gebracht haben. Du hast verkündet, er gehöre jetzt zu dir, und genauso ist es seither gewesen. So furchtbar und aufwühlend all das jetzt gerade für uns ist, weißt du, was ich gestern zu deiner Mutter gesagt habe?«

Ich tupfe mir mit dem Ärmel die Wangen trocken. »Nein. Was denn?«

»Wie wunderbar es ist, dass unsere Kinder derart füreinander einstehen. Milo hat gesehen, dass du Sofia helfen wolltest, und hat daher angeboten, deine Schicht zu übernehmen, so wie du ihm unter die Arme gegriffen hast, als er hier ausziehen wollte, aber nicht das Geld dafür hatte, sich eine eigene Wohnung zu leisten.«

Als ich an meinen kleinen Bruder denke, schießen mir derart heftig die Tränen in die Augen, dass ich kaum noch was erkennen kann, und ich lenke den Wagen an den Straßenrand, bevor ich noch irgendwo gegenfahre. Nachdem ich den Ganghebel auf »Parken« gestellt habe, wische ich mir mit der Hand übers Gesicht. »Ich liebe ihn so sehr. Ich hatte keine Ahnung, wie sehr, bis ich dachte, wir würden ihn verlieren.«

»Du wusstest schon vorher, wie sehr du ihn liebst. Selbst als er noch klein war und dich schier in den Wahnsinn getrieben hat, weil er dir auf Schritt und Tritt gefolgt ist, hast du ihn trotzdem geliebt.«

»Stimmt.« Ich muss mir mehr Tränen wegwischen. »Ich würde alles dafür geben, wenn die Kugel mich und nicht ihn getroffen hätte.«

»Sag das nicht, Sohn. Es wäre für uns genauso verheerend, wenn du im Krankenhaus liegen würdest.«

»Milo ist ein viel besserer Mensch als ich.«

»Unsinn.«

»Nein, das ist so, Dad. Er ist viel selbstloser.«

»Du hast vielleicht ein paar rauere Ecken und Kanten, doch du bist ein genauso guter Mensch wie er.«

»Ich biete nicht freiwillig an, mit den alten Männern im Seniorenheim Domino zu spielen oder Fahrten für ›Essen auf

Rädern‹ zu übernehmen, und ich mähe auch nicht einmal die Woche den Rasen bei den Millers, seit Mr Miller sich die Hüfte gebrochen hat. Nein, er ist viel besser, als ich je sein werde.«

»Geh nicht so hart mit dir ins Gericht, mein Sohn. Du bist auf deine Weise gut und er auf seine. Es gibt nichts, was du für deine Familie oder deine Freunde nicht tun würdest. Du bist immer da, wenn wir dich brauchen. Ich sage Mom jeden Tag, dass ich nicht weiß, was wir während ihrer Erkrankung ohne euch Kinder getan hätten. Und schau dir nur an, wie du für Sofia und ihren kleinen Sohn da bist. Du bist ein guter Mensch, Nico, und ich bin stolz auf dich.«

»Es tut mir so furchtbar leid, Dad.« Verzweiflung droht mich zu überwältigen, wenn ich daran denke, was gewesen wäre, wenn Joaquín und sein Cousin besser zielen könnten. »Ich werde das wiedergutmachen. Und wenn es das Letzte ist, was ich tue.«

»Nico, du hast nichts wiedergutzumachen, für keinen von uns. Es ist etwas Furchtbares passiert, aber das hättest du nicht ahnen und schon gar nicht verhindern können.«

»Sie hatten es auf mich und Sofia abgesehen. Ich wusste, dass sie irgendwo dort draußen auf der Lauer liegen und ihr die Schuld daran geben, dass Joaquín verhaftet worden ist. Ich wusste nicht, dass er auf Kaution raus war, sonst hätte ich niemals zugelassen, dass Milo sich an meiner Stelle hinters Steuer setzt.«

»Dann wäre Sofia ohne dich im Restaurant gewesen und du hättest die Lage nicht im Auge behalten können.«

»Dafür war ja Miguel da. Ich hätte selbst fahren sollen.«

»Dann würdest du jetzt statt Milo im Krankenhaus liegen.«

»Ich wünschte, es wäre so. Es hätte schließlich mich treffen sollen. Ich bin derjenige, auf den sie sauer sind, weil ich mit Sofia zusammen bin.«

»In Situationen wie diesen ist es leicht, sich mit Was-wäre-wenn-Fragen zu quälen, doch du weißt, ich glaube fest daran, dass alles von einer höheren Macht vorbestimmt ist. Milo war derjenige, der angeschossen werden sollte, nicht du. Wir verstehen vielleicht im Moment nicht, warum das so ist, aber letzten Endes wird es für uns Sinn ergeben.«

»Das wird niemals der Fall sein.«

»Wo bist du eigentlich? Maria hat gesagt, du seist gegangen.«

»Ich bin auf dem Weg nach Hause, um Sofia in Bezug auf Milo auf den neuesten Stand zu bringen.«

»Gut. Genau das solltest du auch tun. Fahr zu ihr, sei mit ihr zusammen und tröstet euch gegenseitig. Ihr beide seid genauso Opfer dieser sinnlosen Gewalt wie Milo.«

»Nein, sind wir nicht.«

»O doch, denn ihr gebt euch die Schuld, obwohl ihr beide euer eigenes Leben geopfert hättet, um zu verhindern, dass Milo so was passiert.«

Bei dem Gedanken, dass Sofia ihr Leben gibt, um Milos oder meins zu retten, läuft mir ein Schauer über den Rücken. Das möge der Himmel verhüten.

»Die guten Neuigkeiten sind«, fügt Dad hinzu, »dass Milo sich weiter erholt und dass die beiden Männer, die auf ihn geschossen haben, hinter Gittern sind. Wenn wir uns auf das Positive konzentrieren, werden wir auch diese Krise überstehen. Das gilt für dich genauso.«

»Ich werde ein besserer Mensch werden. Darum bemühe ich mich für Milo.«

»Du bist schon gut genug, aber tu, was du tun musst. Du weißt, egal was, du wirst immer meine Liebe und Unterstützung haben.«

»Ich liebe dich so sehr.«

»Das wissen wir, und wir lieben dich auch. Und jetzt fahr zu deiner Frau. Sie wird alles besser machen.«

»Ich liebe sie, Dad.«

»Ich weiß, mein Sohn. Das können wir alle sehen.«

»Ich hab solche Angst, es zu vermasseln.«

»Dann tu das nicht. Sei für sie und ihren Jungen da, jeden Tag. Zeig ihr, was sie dir bedeutet, und lass sie nie darüber im Unklaren, was du für sie empfindest.«

»In Ordnung.«

»Geht es dir schon besser?«

»Ja. Irgendwann bestimmt. Mach dir um mich keine Sorgen.«

»Da kannst du mir genauso gut sagen, ich solle aufhören zu atmen.«

»Du hast genug um die Ohren. Ich werde schon wieder. Wir sehen uns nachher im Krankenhaus.«

»Bis dann.«

Ich lege auf und fühle mich ein bisschen besser als vor dem Gespräch.

Ich werde auch für meine Familie ein besserer Mensch werden. Ich habe mehr sonntägliche Brunchs ausfallen lassen, als ich zählen kann, habe Geburtstagsfeiern versäumt, auf die ich keine Lust hatte, habe insgesamt meine Verpflichtungen meiner Familie gegenüber schleifen lassen. Ja, in den vergangenen paar Monaten, während meine Mutter ihre Krebsbehandlung hatte, habe ich meinen Teil getan, doch es gibt da definitiv jede Menge Luft nach oben. Ich kann das besser.

Und damit fange ich heute an.

Sofia

Ich bin so müde, dass ich kaum noch geradeaus gucken kann, aber ich spiele über eine Stunde im Pool mit Mateo, ermutige ihn, schwimmen zu üben. Die erste Physiotherapeutin, mit der wir gearbeitet haben, hat mir erklärt, Schwimmen sei gut für seine Muskelentwicklung und die Grobmotorik. Ich hatte bislang bloß keinen regelmäßigen Zugang zu einem Pool. Ich kann bereits jetzt erkennen, dass regelmäßiges Schwimmen eine ausgezeichnete Therapie für ihn wäre, habe jedoch trotzdem das Gefühl, wir sollten eigentlich nicht hier sein.

Gladys sitzt mit einem Glas Limonade neben dem Pool und liest in einer Zeitschrift, die sie von zu Hause mitgebracht hat. Sie hat mir gesagt, ich solle mich hinlegen, aber meine Gedanken sind viel zu aufgewühlt, als dass ich auch nur ein Auge zukriegen würde.

»Möchtest du was essen?«, frage ich Mateo, als ich sehe, dass er müde wird.

»Ja, Mama. Ich hab Hunger.«

Es freut mich, das zu hören, denn der mangelnde Appetit nach seiner Erkrankung hat mir viele Sorgen bereitet. An manchen Tagen musste ich auf Proteinshakes mit Schokoladengeschmack zurückgreifen, damit er überhaupt genug Nährstoffe zu sich nimmt.

Wir steigen aus dem Pool und trocknen uns ab, bevor wir in die Küche gehen, wo ich ihm ein Sandwich mit Erdnussbutter und Marmelade mache, das ich ihm zusammen mit ein paar Möhren auf einem Teller anrichte. Die Möhren isst er zuerst und lacht über das knackende Geräusch, wenn er abbeißt.

Nach dem Imbiss ist er damit einverstanden, dass wir uns ein bisschen ausruhen, ehe er wieder ins Wasser darf. Ich sorge dafür, dass er eine trockene Badehose anzieht, und stecke ihn mit ein paar Büchern ins Bett. Dann erinnere ich ihn noch einmal daran, dass er nicht ohne einen Erwachsenen in die Nähe des Pools darf.

»Ich weiß, Mama. Ich halt mich dran.«

»Gut. Danke, dass du so artig bist.« Ich gebe ihm einen Kuss auf die Stirn und wende mich ab.

»Mama?«

Ich drehe mich zu ihm zurück. »Ja, Süßer?«

»Wohnen wir jetzt hier?«

»Nein, wir bleiben nur eine Weile bei Nico.«

»Oh. Okay.«

Ich kann die Enttäuschung in seiner Miene lesen. Ihm gefällt es hier und das ist kein Wunder. Nicos Haus ist ein Palast, verglichen mit unserem winzigen Apartment – und er hat zudem den Pool. Aber es ist nicht unser Zuhause und ich möchte nicht, dass Mateo sich hier zu sehr eingewöhnt.

»Ich werde jetzt rasch duschen, Mateo. Komm zu mir, wenn du irgendwas brauchst.«

»Okay.«

Ich gehe über den Flur und durch Nicos Zimmer in das angrenzende Badezimmer, um mir den Schrecken der letzten achtzehn Stunden vom Körper zu waschen. Wenn ich an Milo auf der Intensivstation denke, wo er um sein Leben und seine Bewegungsfähigkeit bangen muss, und das alles wegen meines Ex-Mannes … Ich fange so heftig an zu zittern, dass ich zu zerbrechen fürchte. Wie soll Nico je etwas anderes in mir sehen als die Frau, die beinahe für den Tod seines Bruders verantwortlich gewesen wäre?

Gerade als sich das zwischen uns in eine wunderbare Richtung entwickelt, hat Joaquín mir einen Strich durch die Rechnung gemacht. Eigentlich müsste ich mich inzwischen daran gewöhnt haben, doch nach all den Dingen, die er mir schon genommen hat, ist das einfach zu viel. Ich war gerade dabei, wieder auf die Beine zu kommen, wieder zu der Frau zu werden, die ich war, bevor er entschieden hat, wer und was ich sieben mir nahezu endlos erscheinende Jahre lang sein sollte, als er erneut zugeschlagen und mir damit das Gefühl vermittelt hat, nie frei von ihm zu sein.

Ich stehe in ein Handtuch gewickelt vor dem Spiegel und starre in das Gesicht, das mir so vertraut ist und trotzdem das einer Fremden sein könnte. Wer ist diese Frau? Was will sie vom Leben? Ich war auf dem besten Weg zur Antwort auf diese Fragen, als Joaquín mir einmal mehr den Boden unter den Füßen weggezogen hat.

Nico kommt durch die Badezimmertür, die ich aufgelassen hab, damit ich Mateo hören kann, stellt sich hinter mich und legt mir einen Arm um die Taille. Er stützt sein Kinn auf meine Schulter.

Ein Blick verrät mir, dass er geweint hat, und mir drohen die Knie einzuknicken. »Milo.«

»Ist wach, ansprechbar und reagiert auf Schmerzreize in den Extremitäten.«

Mein Englisch lässt mich bei den Wörtern »Schmerzreize« und »Extremitäten« im Stich. »Also heißt das …«

»Er kann in Armen und Beinen was spüren. Mehr wissen wir noch nicht, aber Jason sagt, das sei überaus ermutigend. Und Miguel hat angerufen. Sie haben Joaquín und Diego mitsamt dem Auto in einem Schiffscontainer auf Diegos Grundstück gefunden. Jetzt sind die beiden in Untersuchungshaft und können vor der Gerichtsverhandlung nicht auf Kaution freigelassen werden. Die Anklage lautet auf versuchten Mord.«

Ich atme in einem lang gezogenen Seufzer aus. »Gott sei Dank.«

»Ja.«

Ich bedecke seine Hände mit meinen. »Warum hast du geweint?«

»Ich hab mit meinem Vater über Milo geredet, und da konnte ich plötzlich nicht mehr.«

»Ist es jetzt besser?«

»Ja, und zwar seit ich gehört habe, dass sich Milo auf dem Weg der Besserung befindet und Joaquín hinter Gittern ist. Wieder mal.«

»Dann sollten Mateo und ich zurück in unsere Wohnung.«

»Miguel hat mir erklärt, wir müssten weiter auf der Hut sein. Nur weil Joaquín und Diego aus dem Verkehr gezogen sind, heißt das nicht, dass ihre Freunde und Familienmitglieder ihren Rachefeldzug aufgegeben haben.«

»Ich habe schon genug Chaos in dein Leben und das deiner Familie gebracht.«

»Schon vergessen? Solche Gedanken wollten wir doch sein lassen.« Er lässt eine Hand unter mein Handtuch gleiten und umschließt eine meiner Brüste. Mit dem Daumen reibt er über die fest gewordene Spitze und sofort erwacht meine Leidenschaft.

»Versuch nicht, mich abzulenken. Es ist Zeit, dass wir heimkehren.«

»Nein, ist es nicht.« Er rollt meine Brustspitze zwischen Daumen und Zeigefinger, und ich drücke mich mit dem Hintern gegen seine Erektion, während mir klar wird, dass ich das eine sage und das andere tue. »Das hier ist euer Zuhause, solange ihr hierbleiben wollt. Genau genommen fände ich ›für immer‹ perfekt.«

»Nico, hör auf. Sag nichts, was du nicht wirklich so meinst.«

»Ich sage nie was zu dir, was ich nicht so meine. Das schwöre ich bei Gott, Sofia. Du kannst mir glauben, dass ich euch beide bei mir haben möchte. Ich liebe es, nach Hause zu kommen und zu wissen, dass du hier bist. Ich liebe es, dich zu berühren und zu küssen.« Er schiebt die Tür mit dem Fuß zu und sperrt mit der freien Hand ab. »Ich liebe alles an dir.«

Mein Handtuch fällt zu Boden. Im Spiegel verfolge ich, wie er sich die Shorts aufknöpft. Als er mich an sich zieht, drückt sich seine Erektion hart gegen meinen Rücken. Er umfasst meine Brüste mit beiden Händen und ich bin schon allein von seinen Worten unendlich erregt, genau wie von der Zärtlichkeit, mit der er mich berührt. Ich glaube ihm, dass er meint, was er sagt. Das verrät mir auch die Art und Weise, wie er mich im Spiegel ansieht.

»Sag mir, dass du mich willst.« Er presst seine Erektion zwischen meine Pobacken. »Sag mir, dass du das gleiche verrückte Verlangen für mich empfindest wie ich für dich.«

»Das tue ich. Ich begehre dich, obwohl ich genau weiß, ich sollte das nicht.«

»Doch, solltest du.« Er beugt mich nach vorn und dringt von hinten in mich ein.

Er ist so viel größer als das, was ich gewohnt war, dass ich einen Moment benötige, um mich so weit zu entspannen, dass ich ihn ganz einlassen kann.

»Verdammt, ich hab das Kondom vergessen«, brummt er.

»Ist schon in Ordnung. Ich verhüte ja.«

Sein leises Stöhnen verrät mir, wie sehr ihm das gefällt. »Himmel, du fühlst dich so wunderbar an.« Sein Atem an meinem Ohr verursacht mir eine Gänsehaut, und als er mich vorn zu streicheln beginnt, habe ich das Gefühl, gleich zu explodieren.

»Noch nicht.«

Es ist, als stünde ich unter Strom, und ich erbebe unter dem überwältigenden Drang, endlich zu kommen. Ich umklammere seine Handgelenke, während er mich weiter liebkost. »Nico.«

»Was, Süße?«

»Ich brauche …«

»Sag mir, was du brauchst.«

Ich hebe den Kopf und erwidere im Spiegel seinen Blick, und was ich darin sehe, ist alles, was ich mir je für mich und meinen Sohn gewünscht habe – ein Mann, der uns von ganzem Herzen und aus ganzer Seele liebt. »Ich brauche dich. Ich brauche dies hier.«

Meine Worte wecken etwas Wildes, Ungestümes in ihm. Er hält mich an den Hüften fest, während er sich in mich stößt.

Ich beiße mir auf die Lippen, als ich das erste Mal komme, und dann, als es wieder geschieht, dieses Mal mit ihm zusammen, bringt es mich beinahe um, meine Lust nicht hinauszuschreien.

Nico legt seine Stirn gegen meine Schulter. »Ist es zu früh oder zu viel, wenn ich dir jetzt gestehe, dass ich drauf und dran bin, mich bis über beide Ohren in dich zu verlieben?« Nach einer Sekunde, in der ich das erst mal verdauen muss, fügt er hinzu: »Nein, warte. Das stimmt nicht. Ich bin bereits in dich verliebt.«

»Lass mich hoch.«

Er löst sich von mir und hilft mir, mich aufzurichten.

Ich drehe mich zu ihm um, schlinge ihm die Arme um den Hals und presse meinen nackten Körper an seinen. »Ich bin auch in dich verliebt.«

Das Lächeln, das sein sündhaft attraktives Gesicht aufstrahlen lässt, ist das erste, das ich bei ihm sehe, seit er erfahren hat, dass sein Bruder angeschossen worden ist. »Ich möchte, dass ihr beide offiziell bei mir einzieht.«

Noch bevor er zu Ende gesprochen hat, schüttle ich den Kopf. »Das möchte ich nicht.«

Sein Lächeln verblasst. »Warum nicht?«

Ich greife um ihn herum nach dem Bademantel, den ich an einen Haken an der Badezimmertür gehängt habe. Nachdem ich den Gürtel zugebunden habe, befreit Nico vorsichtig mein Haar aus dem Kragen und lässt es sich durch die Finger gleiten. »Ich möchte es dir so erklären, dass es für dich Sinn ergibt.«

Er zieht sich die Shorts hoch, schließt den Reißverschluss, lässt jedoch den Knopf am Hosenbund offen, während er mir ins Schlafzimmer folgt und sich neben mich aufs Bett setzt.

Ich bin dankbar, dass er mir kurz Zeit lässt, meine Gedanken zu sammeln, statt mich sofort mit Gründen zu bestürmen, weshalb es besser wäre, zu tun, was er möchte. »Ich habe sehr lange dafür gebraucht, den Mut aufzubringen und genug Geld zu sparen, um Joaquín zu verlassen. Ich weiß, unser kleines Apartment sieht nicht nach viel aus, wenn man in so einem Haus hier lebt, aber es ist das erste eigene Zuhause, das ich je hatte, und ich bin noch nicht bereit, es aufzugeben.«

»Das verstehe ich. Ich möchte einfach nur, dass wir beide die ganze Zeit zusammen sind.«

»Das können wir ja auch sein, allerdings ziehe ich nicht bei dir ein.«

»Und was ist mit dem Sicherheitsaspekt? Joaquín und Diego sind zwar für den Moment hinter Gittern, trotzdem sind wir nicht vor Problemen mit seinen Freunden und seinen Familienangehörigen gefeit. Diese Bedrohung wird sich nicht einfach in Luft auflösen. Vermutlich wird es sogar schlimmer werden, nachdem ihnen jetzt ein deutlich schwereres Delikt zur Last gelegt wird.«

»Ich weiß, und darum ist es mir auch so wichtig, dass Mateo und ich gut geschützt sind. Hier fühlen wir uns sicher und außerdem ist er süchtig nach deinem Pool.«

»Mein Pool ist sein Pool, egal, wo er wohnt.«

»Danke. Ich werde deine Freundlichkeit und die deiner Familie mir gegenüber nie vergessen. Das bedeutet mir viel.«

»Du sagst das, als ob es eine vorübergehende Schwärmerei oder so wäre.«

Das hört sich zwar alles sehr schön an, aber es ist wichtig, dass wir realistisch bleiben. »Du und ich leben in der echten Welt, Nico. So was wie das zwischen uns scheitert viel zu oft, egal, wie sehr wir uns was anderes wünschen. Ich kann mein Leben nicht ein zweites Mal neu aufbauen. Schon das erste Mal hat mich fast umgebracht.«

»Ich weiß, hinter dir liegt eine wirklich schwierige Zeit, und mein Leben war im Vergleich dazu ein Spaziergang. Ich hab meine Nona mal zu jemand sagen hören, dass das meiste Glück, das man im Leben hat, darauf zurückzuführen ist, dass man in eine gute Familie hineingeboren wurde. Und das stimmt. In der Beziehung bin ich ein echter Glückspilz.«

»Schön, dass du das so siehst.«

»Das tue ich. Je älter ich werde und desto mehr Leute ich treffe, desto mehr erkenne ich, wie viel Glück ich habe. Beinahe meinen Bruder zu verlieren war ein Weckruf, der mir klargemacht hat, wie dankbar ich für alles sein muss, was ich habe. Mehr als alles andere möchte ich dich und Mateo in meinem Leben. Ich möchte, dass ihr hier lebt, wo wir so viel Zeit wie möglich miteinander verbringen können. Ich möchte dazu beitragen, dass dein Leben einfacher wird, bequemer und sicherer. Aber ich erwarte nicht, dass du für all das schon bereit bist. Du sollst bloß wissen, dass es hier ohne Ablaufdatum auf dich wartet, auf dem Tisch liegt.«

»Was soll das heißen? Auf dem Tisch liegen?«

Er küsst mich ganz leicht auf die Lippen. »Es heißt, dass mein Zuhause dir stets offensteht, selbst wenn du deine eigene Wohnung behältst. Dieses Angebot gilt bis in alle Ewigkeit.«

»Das ist überaus großzügig von dir, doch vermutlich solltest du erst mit Milo reden, denn es ist schließlich auch sein Zuhause. Es ist gut möglich, dass er uns nach dem, was ihm unseretwegen zugestoßen ist, gar nicht hierhaben will.«

»Das kann ich sofort und ohne jeden Zweifel aus der Welt räumen. Er würde euch sehr wohl hierhaben wollen und euch niemals die Schuld an dem geben, was geschehen ist.«

»Trotzdem solltest du ihn fragen.«

Er küsst mich erneut. »Na gut, aber jetzt muss ich erst mal Mr Millers Rasen mähen.«

»Musst du das ausgerechnet heute tun, nachdem du letzte Nacht praktisch nicht geschlafen hast?«

»Milo macht das jeden Sonntag nach dem Brunch. Also ja, muss ich. Ich leg mich noch mal kurz hin, bevor ich heute Abend arbeiten muss.«

»Du bist ein guter Mensch.«

»Milo ist der Gute von uns beiden. Ich springe nur für ihn ein.«

Ich umfasse seine Hand, bevor er schnell verschwinden kann. »Du bist auch gut.«

»Nicht so wie er.«

»Du bist gut wie *du*, und das ist mehr als genug für mich.«

Er blickt mich für einen langen Moment an. »Das ist vermutlich das Netteste, was je irgendjemand zu mir gesagt hat.«

Kapitel 16

Nico

Ich bin verrückt nach ihr. Sie ist nicht nur total süß und höllisch sexy, ich liebe es auch, dass sie so einen ausgeprägten Unabhängigkeitsdrang hat. Obwohl ich mir wirklich wünsche, dass sie mit Mateo bei mir einzieht und für immer bleibt, respektiere ich ihren Wunsch, das Zuhause zu behalten, das sie für sich und Mateo geschaffen hat.

Als ich den Aufsitzrasenmäher aus der Garage schiebe und überprüfe, ob genug Benzin im Tank ist, kommt Mrs Alvarez mit einer Einkaufstasche aus dem Haus auf der anderen Straßenseite.

Ich unterbreche meine Arbeit, um sie zu begrüßen.

»Wir haben das mit Milo gehört und können es gar nicht fassen. Wie schrecklich für ihn und Sie alle.«

»Danke.«

»Wie geht es ihm?«

»Als Letztes hieß es, er sei wach und ansprechbar und sein Zustand sei so gut, wie man es unter den Umständen erwarten darf. Allerdings werden wir erst in ein paar Tagen Genaueres wissen. Aber vermutlich können wir ihn heute irgendwann später besuchen.«

»Gott sei Dank hat er überlebt.«

»Absolut.« Wenn ich über die Alternative auch nur nachdenke, habe ich schon wieder einen Kloß im Hals.

»Ich hab hier einen Auflauf und frisch gebackene Brownies.«

»Das ist wirklich sehr lieb von Ihnen. Vielen Dank.«

»Richten Sie Milo bitte unsere herzlichsten Grüße und Genesungswünsche aus«, sagt sie mit Tränen in den Augen. »Alle hier in der Wohnanlage halten große Stücke auf ihn.«

»Ja, das mache ich auf jeden Fall.«

Bevor sie gehen kann, kommt Mrs Sanchez, die zwei Häuser weiter wohnt, mit einem weiteren Auflauf und dem Apple Pie, den Milo wohl so liebt. Sie hat die gleiche Nachricht für meinen Bruder und muss sich ebenfalls die Augen abtupfen, als sie mir erzählt, dass ihre gesamte Kirchengemeinde für ihn betet.

Ich danke ihr ebenso aufrichtig, bevor ich das Essen ins Haus bringe und in den Kühlschrank stelle. Wieder zurück, beeile ich mich, den Rasenmäher anzuwerfen und die paar Meter zum Grundstück der Millers zu fahren, damit ich später noch Zeit habe, mich hinzulegen. Ich kann schließlich nicht Leute durch die Gegend kutschieren, ohne vorher ausreichend geschlafen zu haben.

Ich habe ungefähr die Hälfte der Rasenfläche vor dem Haus der Millers geschafft, als sie in ihrem neuen Buick in die Einfahrt einbiegen. Mrs Miller hilft ihrem Ehemann aus dem Wagen und winkt mir.

Ich schalte den Rasenmäher aus.

»Das müssen Sie doch nicht tun«, erklärt sie.

»Milo würde das von mir erwarten.«

»Sie sollten bei ihm sein, Nico«, sagt Mr Miller und lehnt sich auf seinen Gehstock. »Und nicht hier unseren Rasen mähen.«

»Wir können ihn ohnehin erst heute Abend sehen, daher bin ich eigentlich ganz froh, weil es mir was zu tun gibt.«

»Wenn Sie sicher sind, dass das kein Problem ist.«

»Ganz sicher.«

»Wie geht es ihm denn?«

Ich berichte ihnen, was ich weiß, und fühle mich langsam wie das Ansageband eines Anrufbeantworters, denn ich wiederhole inzwischen die gleichen Worte zum dritten oder vierten Mal.

»Bitte richten Sie ihm aus, dass wir an ihn denken und für ihn beten.«

»Mach ich.«

»Vielen Dank, Nico. Ihre Eltern haben ihre Söhne zu guten Männern erzogen.«

Sie haben *einen* Sohn zu einem guten Mann erzogen und den anderen zu einem, der sich noch deutlich mehr anstrengen kann. »Das ist sehr nett von Ihnen.«

»Lassen Sie es uns bitte wissen, wenn wir irgendetwas für Sie oder Ihre Familie tun können.«

»Danke. Gut, ich mäh dann mal lieber schnell den Rasen fertig.«

Mrs Miller überrascht mich, als sie mich spontan umarmt. »Gott segne Sie und Ihren Bruder.«

Ich hatte immer eine merkwürdige Beziehung zu Gott. Meine Geschwister und ich sind im katholischen Glauben aufgewachsen, aber seit ich selbst darüber entscheiden konnte, habe ich nicht mehr viel Zeit in einer Kirche verbracht. Im Sonntagsgottesdienst eine gefühlte Ewigkeit lang still sitzen zu müssen, obwohl ich viel lieber irgendwo anders gewesen wäre, hat mich schier verrückt gemacht. Und von der Kinderkirche, dem Religionsunterricht und Ähnlichem will ich gar nicht erst anfangen. Ich war weg, sobald meine Eltern mir nicht mehr vorschreiben konnten, was ich zu tun hatte. Allerdings muss ich zugeben, ich bin echt dankbar für die ganzen Gebete, die die Leute für Milo und unsere Familie sprechen, genau wie für die, die während ihrer Erkrankung für unsere Mutter gebetet worden sind.

Während ich mich in dem Vor und Zurück des Rasenmähens verliere, entstaube ich meinen Glauben und bete zum Allmächtigen, dass Milo all das zurückerhält, was er vor gestern Abend hatte, und dass er schon bald wieder hier sein, den Rasen für die Millers mähen und allen Freude bringen kann, wohin er auch kommt. »Ich weiß, ich hab kein Recht, Dich um irgendetwas zu bitten, nachdem ich Dich jahrelang hab links liegen lassen, aber bitte lass Milo wieder ganz gesund werden. Er ist der beste Mensch, den ich kenne, und er verdient nur Gutes.«

Ich wische mir eine Träne weg, die mir über die Wange läuft, und wende den Rasenmäher erneut, knöpfe mir den schmalen Grasstreifen am Rand des Vorgartens vor. Ich höre Sofias Stimme, die mir sagt, ich sei ebenfalls ein guter Mensch. Dabei bin ich mir darüber im Klaren, dass es noch jede Menge Verbesserungspotenzial gibt.

Als ich schließlich mit dem Rasen der Millers fertig bin, brauche ich dringend einen Nachmittagsschlaf. Zwar muss ich mich eigentlich auch um meinen eigenen Rasen kümmern, aber das mache ich nicht heute. Nachdem ich den Aufsitzrasenmäher wieder in der Garage abgestellt habe, sehe ich zum ersten Mal seit einer Stunde auf mein Handy, finde jedoch keine neuen Nachrichten, was eine echte Erleichterung ist.

Im Haus ist es ganz still. Gladys schläft auf dem Sofa, Mateo in seinem Bettchen und Sofia hat sich auf ihrer Seite in meinem Bett unter die Decke gekuschelt und schlummert ebenfalls tief und fest. Ich dusche mich rasch, stelle den Wecker auf meinem Handy auf halb fünf und strecke mich neben ihr aus, hoffe, dass ich ein paar Stunden Schlaf finde.

Bevor ich eindöse, kehre ich zurück zu dem Gebet von vorhin und sage es ein weiteres Mal, füge noch ein Vaterunser und ein Gegrüßet-seist-du-Maria hinzu.

Was immer nötig ist.

Livia

Chris hat darauf bestanden, mich vom Krankenhaus aus nach Hause zu fahren, und hat dann gefragt, ob er mit reinkommen und mir Frühstück machen dürfe. Als er am Krankenhaus aufgetaucht ist, war ich geschockt, ebenso wie darüber, dass er geblieben ist und mit meinen Familienangehörigen gesprochen hat, als sei es keine große Sache, wenn in der Stunde größter Not plötzlich ein Mann an meiner Seite ist.

Wenn sonst nichts los gewesen wäre, wäre das der Knaller des Jahrzehnts gewesen. Ich bin sicher, ich kriege dazu noch jede Menge Bemerkungen zu hören, nachdem wir diese Krise überstanden haben.

Himmel, wie sehr ich diesen Jungen liebe. Eine Großmutter sollte eigentlich niemanden vorziehen, sondern all ihre Enkel gleich lieb haben, und ich geb mir da auch wirklich Mühe, aber ich möchte den hören, der Milo kennt und ihn nicht als einen seiner liebsten Mitmenschen bezeichnet. Er ist einfach ein Engel und war das von der Minute an, in der er als der Jüngste der vier Kinder meines Sohnes Lorenzo geboren wurde. Er ist das Licht in unser aller Leben.

Wenn ich daran denke, wie knapp wir davorgestanden haben, ihn zu verlieren … Meine Hände beginnen zu zittern und mein Herz fühlt sich an, als würde es gleich explodieren. Ich hab in meinem Leben schon so viel durchgemacht, habe meinen Ehemann viel zu früh verloren und musste meine

Kinder allein großziehen. Trotzdem war der mögliche Verlust meines geliebten Enkels dann selbst für mich fast zu viel.

Irgendwie hat Chris das aus den paar Textnachrichten herausgelesen, die ich ihm vom Krankenhaus aus geschrieben habe. Er hat gefragt, in welchem Krankenhaus er liegt, und dann ist er hergefahren, als ob das nicht die Sensation des Jahrhunderts in meiner Familie sein würde.

Um bei der Wahrheit zu bleiben, war ich nie so froh, jemanden zu sehen, wie ihn gestern Nacht.

Als er einen Teller mit Käse-Omelett und Weizentoast vor mich auf den Tisch stellt, knurrt mein Magen.

»Guten Appetit, meine Süße«, sagt er und haucht mir einen Kuss aufs Haar.

Ich muss ein bisschen weiter ausholen, zu der Zeit vor gestern Abend, als unsere Freundschaft sich noch darauf beschränkt hat, dass er mir das Fliegen beibringt, aufgelockert durch einen leichten Flirt und ein paar Andeutungen. Ich war jedenfalls nicht seine »Süße«, und er hat mich nicht auf den Scheitel geküsst (oder sonst irgendwohin) und er hat mich auch nicht zu Hause besucht, als wäre es keine große Sache, dass er hier ist.

Ich sehe ihn einmal die Woche für zwei Stunden Unterricht, eine am Boden und die andere in der Luft. Ich liebe es, fliegen zu lernen, und wenn ich außerdem noch für meinen wesentlich jüngeren Fluglehrer schwärme, nun, dann ist das eben so. Es ist mir egal, was andere darüber denken.

»Danke«, sage ich und nehme einen Bissen von den schmackhaften Eiern. »Das ist sehr gut.«

»Wenn es von einer Giordino kommt, ist das ein großes Lob.«

»Wir sind mehr für unsere Pasta bekannt als für unsere Eierspeisen.«

Er schenkt uns beiden Kaffee ein und setzt sich zu mir an den Tisch. »Ihr seid für eure ausgezeichnete Küche und die angenehme Atmosphäre bekannt.«

»Du hast ja gar nichts für dich selbst gemacht.«

»Ich hab keinen Hunger.«

Plötzlich fällt es mir ein: Es ist Sonntag. »Du musst doch arbeiten! Heute ist dein geschäftigster Tag in der Flugschule.«

Er schiebt meine Bedenken mit einer Handbewegung beiseite. »Ich habe mir den Terminkalender freigeschaufelt, gleich nachdem ich gehört hatte, wie ernst der Zustand deines Enkels war.«

Diese Information berührt mich tief. »Das ist weit mehr, als man von Freunden erwarten kann.«

»Ist es denn das, was wir sind?« Er bedenkt mich mit dem langsamen, sexy Lächeln, das für die erste Schwärmerei verantwortlich ist, die ich seit mehr Jahren, als ich zählen kann, verspüre. »Freunde?«

Ich bin so aus der Übung, dass ich mir nicht sicher bin, ob er mit mir flirtet oder ob das eine ernsthafte Frage ist. »Ich möchte gern glauben, dass wir befreundet sind.«

»Das sind wir.«

Die Zeit, die wir zusammen verbracht haben, ist auf mehr als eine Weise ein wahr gewordener Traum. Ich trete nicht nur in die Fußstapfen meines verstorbenen Vaters, indem ich endlich das Fliegen lerne, sondern liebe auch die Unterhaltungen, die ich mit meinem attraktiven Fluglehrer über das Leben, das Älterwerden, die Familie und so viele andere Dinge führe. Außerdem haben wir in unserer Liebe für Hunde sofort ein verbindendes Element gefunden, nachdem ich seinen Golden Retriever Jet kennengelernt hatte, den er mit zur Arbeit bringt.

»Wer kümmert sich um Jet?«

»Mein Nachbar.«

»Oh, gut.«

Er stützt sein Kinn in die Hand und betrachtet mich.

Ich muss einen furchtbaren Anblick bieten, nachdem ich die ganze Nacht auf war und mir um Milo Sorgen gemacht hab. Auf einmal bin ich furchtbar verlegen, was mir bloß ganz selten passiert. In meinem Alter ist es mir gewöhnlich herzlich egal, wie ich aussehe. Nur wenn Chris in der Nähe ist, interessiert es mich. Ich fahre mir mit den Fingern durchs Haar und hoffe, dass es nicht in alle Richtungen absteht.

»Mir ist klar, dass jetzt nicht der günstigste Zeitpunkt dafür ist, das zu besprechen, doch ich möchte mehr als Freundschaft.«

Kaum hat er diese lebensverändernde Äußerung getan, als es an meine Tür klopft.

Chris springt auf, bevor ich ihm sagen kann, dass er das nicht tun soll. »Ich mach schon auf.«

Ich bin sicher, es ist irgendein Familienmitglied, das nach mir schauen möchte, und dass *er* hier ist, wird Fragen aufwerfen, auf die ich noch keine Antworten hab.

Ich höre Marlenes Stimme und verkneife mir nur mit Mühe ein Stöhnen. Sie wird einen Blick auf diese behagliche Szene hier werfen und jede Menge voreiliger Schlüsse ziehen.

Sie kommt mit Alfredo im Schlepptau in die Küche, der einen Teller mit Gebäck trägt. »Ich hab dir die *pastelitos* besorgt, die du so magst. Die mit dem Käse.«

Alfredo stellt den Teller auf den Tresen. »Soll ich dir eins geben, Livia?«

»Ja, danke.«

»Für Sie auch, junger Mann?«

Ich würde am liebsten im Boden versinken, als Alfredo Chris so nennt. Lieber Gott … Was tue ich hier?

»Sehr gern«, antwortet Chris. »Danke.« Er macht noch mehr Kaffee und bringt Tassen für Marlene und Alfredo.

»Hast du irgendwas aus dem Krankenhaus gehört?«, erkundigt sich Marlene.

»Jason hat Lo angerufen und ihm erzählt, dass Milo wach und ansprechbar sei und Schmerzreize spüren könne.«

»Das sind ja ausgezeichnete Neuigkeiten«, erklärt Marlene mit einem langen Ausatmen. »Seit wir die Nachricht erhalten haben, schlägt mir das Herz bis zum Hals.«

»Mir auch.«

»Ich wusste, dass du nicht schläfst, wie du es eigentlich solltest.«

»Ich bin viel zu aufgedreht von der Angst und der Sorge und dem Koffein. Ich denke nicht, dass ich schlafen kann, bis ich mich mit eigenen Augen davon überzeugen konnte, dass es ihm gut geht.«

»Ich bin hergekommen, weil ich nicht wollte, dass du allein bist, aber ich sehe ja, dass du Gesellschaft hast«, bemerkt Marlene und ihre Augen funkeln.

Am liebsten würde ich sie in den Arm boxen. »Chris war so lieb und hat mich nach Hause gefahren und mir dann auch gleich Frühstück gemacht.«

»Ja, sehr nett.«

Ihr Blick zuckt zwischen mir und Chris hin und her, und ich kann erkennen, dass ihr tausend Fragen auf der Zunge liegen.

»Woher kennt ihr einander eigentlich?«

»Chris ist mein Fluglehrer.«

»Ach. Wie schlägt sie sich denn?«

»Ganz ausgezeichnet. Es scheint, sie hat ein angeborenes Talent fürs Fliegen.«

Das zu hören schockiert mich. »Ehrlich?«

»Absolut. Du bist eine meiner besten Schülerinnen. Du lernst fleißig und hörst zu, wenn ich dir was sage, und du gehst an alles mit der gebotenen Vorsicht heran, anders als ein paar der jungen Hüpfer, die am liebsten sofort ins Flugzeug steigen würden. Sie nehmen sich nicht die Zeit, sich erst mal die Grundlagen anzueignen.«

Wie die Närrin, die ich nun mal bin, sauge ich seine lobenden Worte förmlich auf.

»Wir machen uns Sorgen, dass sie verletzt wird«, meint Marlene, als wäre ich gar nicht da.

»Sie ist in den allerbesten Händen.« Chris wirft mir sein sexystes Lächeln zu. »Also kein Grund zur Sorge.«

Aus dem verzweifelten Wunsch heraus, das Thema zu wechseln und mein inneres Gleichgewicht wiederzufinden, schaue ich Marlene an. »Hast du mit Nico oder Sofia gesprochen? Gestern Abend ging es den beiden nicht gut.«

»Habe ich nicht, aber ich hab gehört, dass sie wieder bei ihm zu Hause sind.«

»Solange diese Irren rumlaufen und auf unschuldige Leute schießen, bin ich nur froh, dass sie dort ist.«

»Ich auch«, pflichtet sie mir bei. »Doch sie geben sich die Schuld an allem. Ich hoffe, das Ganze treibt keinen Keil zwischen sie. Mir gefällt es, dass die beiden ein Paar sind.«

»Mir genauso, was echt überraschend ist, weil ich anfangs nicht so davon überzeugt war.«

»Warum nicht?«, will Chris wissen.

»Mein Nico … Na ja, er ist viel attraktiver, als gut für ihn ist, weswegen die Frauen sich ihm seit seinen Teenagertagen an den Hals werfen.«

»Der arme Kerl«, bemerkt Chris mit einem Zwinkern.

Alfredo lacht. »Eine schreckliche Last, da bin ich mir sicher.«

Wir lachen alle.

»Er hat sich nie mal wirklich um eine bemühen müssen und daher war er nicht immer ganz so aufrichtig im Umgang mit Frauen, wie wir uns das gewünscht hätten.«

»Bei Sofia ist er anders«, fügt Marlene hinzu. »Ich glaube, er ist verliebt.«

»Das glaube ich auch, was der Grund dafür ist, dass ich mich deswegen besser fühle als vorher.« Chris erkläre ich: »Sofia ist in unser Leben gekommen, als Jason bei ihrem Sohn einen Gehirntumor festgestellt hat, der sofort operativ entfernt werden musste. Wir haben sie dann unter unsere Fittiche genommen, ihr einen Job und Familienanschluss gegeben. Sie und ihr Sohn haben eine Menge durchmachen müssen, und sie hat eine hässliche Ehe hinter sich. Sie ist uns allen ans Herz gewachsen, und das Letzte, was wir wollen, ist, dass unser Enkel ihr das Herz bricht.«

»Das ist nur verständlich«, sagt Chris.

»Wenn er im Restaurant ist, während sie arbeitet, lässt er sie keine Sekunde aus den Augen«, wirft Alfredo ein. »Es ist fast so, als könne er nicht anders.«

»Das ist mir auch aufgefallen«, erwidert Marlene und lächelt ihm zu.

Die beiden sind so verdammt süß miteinander. An Weihnachten hat sie mir erzählt, dass er sie heiraten will, sie sich allerdings nicht sicher ist, ob sie das ebenfalls möchte. Das verstehe ich. Wir beide sind länger verwitwet, als wir verheiratet waren, und haben uns irgendwie daran gewöhnt.

»Nico hat nicht mehr viel Zeit im Restaurant verbracht, seit er mit dem Kellnern aufgehört hat«, erkläre ich Chris. »Jetzt ist er dauernd da, aber nur wenn Sofia arbeitet.«

»Das klingt ganz so, als hätte dein Enkel die Richtige gefunden«, bemerkt er.

»Das hoffe ich doch.« Ich nehme einen Schluck Kaffee und beiße von dem köstlichen kubanischen Gebäck ab, das Marlene mitgebracht hat. »Sie tut ihm gut. Sie lässt sich nichts von ihm gefallen.«

»Ich bezweifle, dass sie seine nicht so perfekte Seite überhaupt je zu sehen bekommt«, meint Marlene. »Vielmehr bringt sie seine besten Qualitäten zum Vorschein. Mal was ganz anderes, was denkst du, wann Maria uns verrät, dass sie schwanger ist?«

»Warte. Was? Wie konnte ich das nicht mitkriegen?«

Marlene hebt ihre zierlichen Schultern. »Letzte Nacht ist mir aufgefallen, dass ihre Wangen voller sind und dass ihr von bestimmten Gerüchen übel wird, genau wie bei Carmen.«

»Wie können diese Kinder es wagen, uns das anzutun?«, erkundige ich mich mit einem Stöhnen. »Ich bin überhaupt noch nicht bereit, Urgroßmutter zu werden. Nichts lässt einen älter wirken als das.«

»Du bist nicht alt, Livia«, widerspricht Chris. »Du bist *großartig.*«

Als er das sagt, fallen Marlene vor Neugier beinahe die Augen aus dem Kopf.

Ich würde vor Verlegenheit sterben, wenn ich nicht so dringend wissen wollte, was wohl als Nächstes passiert. Ich kann nicht einfach tot umkippen, wo es gerade so spannend wird.

»Da könnte ich Ihnen gar nicht mehr recht geben, Chris«, antwortet Marlene, und wieder würde ich sie am liebsten schlagen. Den Drang verspüre ich oft, wenn ich in ihrer Nähe bin. »Livia ist tatsächlich großartig«, fährt sie fort. »Sie und ich liefern uns dauernd Wortgefechte.«

Als Alfredo auflacht, drehen wir uns zu ihm um. »Das ist noch untertrieben. Die Hälfte der Zeit gehen die beiden wie wütende Katzen aufeinander los, aber sie würden einen in der Luft zerreißen, wenn man auch nur ein schlechtes Wort über die andere verlieren würde.«

»Das trifft es ganz gut.« Ich grinse meiner besten Freundin zu. »So war es von dem Moment an zwischen uns, in dem ihre Vivian und mein Vincent sich kennengelernt haben.«

»Wir necken einander seit unserer ersten Begegnung vor über dreißig Jahren«, fügt Marlene mit einem Lächeln hinzu, »und zwar ohne Unterbrechung oder Pause.«

»Dabei ist es nie böse gemeint«, beruhigt Alfredo Chris.

»Meistens jedenfalls«, wirft Marlene ein.

»Es gibt niemanden, den ich nach so einer Nacht in der Hölle lieber an meinem Küchentisch sitzen hätte«, teile ich ihr mit.

»Gleichfalls, liebste Freundin.« Sie blickt Chris an und dann wieder zu mir. »Jetzt, wo ich weiß, dass du in guten Händen bist, brechen wir wieder auf, damit du dich ausruhen kannst.« Mit einem kleinen Lächeln wendet sie sich dann an Chris: »Und Sie sollten unbedingt nächsten Sonntag zum Brunch kommen. Ich bin sicher, bis dahin ist alles wieder weitestgehend normal.«

»Sehr gern. Danke, Marlene.«

Sobald wir das nächste Mal zwei Minuten ungestört sind, wird sie mich mit Fragen löchern, doch damit werde ich schon fertig.

»Danke, dass ihr vorbeigeschaut habt.« Ich bringe sie und Alfredo zur Tür und umarme sie. »Das bedeutet mir viel.«

»Wir sind für dich und deinen Milo da«, versichert mir Alfredo.

»Er ist *unser* Milo, meiner und Marlenes.«

Ihre Augen füllen sich mit Tränen, als sie mich erneut umarmt. »Stimmt, das ist er.«

In den letzten Jahren haben wir alles miteinander geteilt, unsere Enkelkinder eingeschlossen. »Wir sehen uns später im Krankenhaus«, erklärt Marlene.

»Ja. Bis dann.«

Mein Magen zieht sich nervös zusammen, als ich in die Küche zurückkehre, wo mein wesentlich jüngerer, sexy Fluglehrer wartet, um weiter über unsere Beziehung zu diskutieren. Es heißt, es gibt keinen Narren wie einen alten Narren, ein Gedanke, über den ich lachen muss.

»Was ist denn so witzig?«, möchte er wissen.

»Ich. Ich bin witzig.«

»Das habe ich auch schon bemerkt.«

Was noch was ist, was ich an ihm mag. Die Liste der Eigenschaften, die ich an ihm schätze, ist lang und schließt die Art und Weise ein, wie er über seine Tochter spricht, voller Zuneigung und unverhohlener Liebe. Er war mit ihrer Mutter zwar nicht verheiratet, jedoch von Anfang an eine feste Größe im Leben seiner Tochter. Er hat ihr das Fliegen beigebracht, als sie sechzehn war, und jetzt arbeitet sie mit ihm zusammen und unterrichtet ebenfalls.

»Und warum bist du jetzt gerade witzig?«

»Weil ich eine alte Närrin bin, die sich wie ein Teenager benimmt, der zum ersten Mal verliebt ist.«

»Dann werden meine Gefühle also erwidert?«

»Offenbar.« Ich werfe ihm einen Blick zu. »Darf ich dich was fragen?«

»Alles, was du möchtest.«

»Wie alt bist du?«

»Einundsechzig.«

Ich verziehe das Gesicht. »Autsch.«

»Alter ist bloß eine Zahl. Du, meine Liebe, könntest genauso gut fünfzig sein, wenn man bedenkt, wie viel jugendliche Lebenskraft du versprühst.«

»Oh«, antworte ich lachend, »du bist wirklich ein Charmeur. Hast du gehört, was Marlene gesagt hat? Wir werden Urgroßmütter, bevor das Jahr vorbei ist. Du hast noch nicht mal Enkelkinder!«

Er wirft den Kopf in den Nacken und lacht, und möge mir der Himmel gnädig sein, der Mann ist einfach unglaublich sexy, wenn er lacht.

Gott, er ist sexy, wenn er nur atmet.

Dann legt er mir die Hände auf die Schultern und schaut mich mit einem Ausdruck in den Augen an, mit dem Männer Frauen von Beginn der Zeiten an angesehen haben. Für mich ist es bloß schon so lange her, dass ich nicht ganz sicher bin, was dieser Blick bedeuten soll.

Ich weiche einen Schritt zurück. Ich bin noch nicht bereit für das, was immer er da denkt. Nicht wo ich so erschöpft bin, emotional ausgelaugt und vermutlich aus dem Mund nach Kaffee rieche, nachdem ich letzte Nacht zu viel davon getrunken habe.

»Tut mir leid. Das ist jetzt wirklich nicht der richtige Zeitpunkt für diese Unterhaltung. Aber ich möchte sie gern irgendwann demnächst führen. Wenn dein Enkel auf dem Weg der Besserung ist. Wäre das in Ordnung?«

Als ich zu ihm hochschaue, in das freundliche, attraktive Gesicht eines Mannes, der viel zu jung für mich ist, erkenne ich, dass dies der Augenblick der Wahrheit ist. Bin ich willens und bereit, diese Zuneigung zwischen uns zu erkunden, oder soll ich aufhören, solange ich das noch kann? Sobald ich mir diese Frage stelle, ruft eine Stimme in meinem Kopf: *Nein!* Er und die Flugstunden sind das Aufregendste, was ich seit Jahren erlebt habe.

»Ja.« Ich klinge viel ruhiger, als mir zumute ist. »Das wäre in Ordnung.«

Kapitel 17

Marlene

»Sieht ganz so aus, als hätte sie einen Freund!« Ich habe gewartet, bis wir im Auto sitzen, bevor ich auch nur ein Wort sage, auch wenn ich seit der Sekunde, in der wir Livias Haus verlassen haben, vor Ungeduld schier platze, endlich darüber zu reden.

»Sieht ganz so aus«, bestätigt Alfredo mit einem leisen Lachen, während er uns zu mir nach Hause fährt.

»Was glaubst du, wie alt er ist?«

»Irgendwo in den Sechzigern?«

»Ja, vermutlich Anfang sechzig. Wie nennt man so eine Frau?«

»Einen Cougar?«

»Ja, genau! Sie ist ein Cougar.«

»Vielleicht möchtest du das lieber nicht vor ihr wiederholen. Sonst schlägt sie dich noch k. o.«

»Stimmt.« Ich reibe mir die Hände, denke an all die vielen Arten und Weisen, wie ich sie damit aufziehen kann. Da sie selbst eine Meisterin darin ist, habe ich wenig Mitleid mit ihr. »Danke, dass du mich herumkutschierst und heute bei mir geblieben bist«, sage ich zu Alfredo. Er ist mein Fels in der

Brandung gewesen, seit wir gestern Abend das mit Milo gehört haben.

»Ist mir ein Vergnügen, dich herumzukutschieren und mich um dich zu kümmern.«

Ich blicke ihn an, so attraktiv und perfekt gekleidet, selbst nach einer schlaflosen Nacht. Wie schafft er das nur, wo ich mich wie durch die Mangel gedreht fühle? »Ich hatte ganz vergessen, wie es ist, jemanden zu haben, auf den ich mich in Zeiten wie diesen stützen kann.«

»Es macht mich glücklich, derjenige zu sein, auf den du dich in guten wie in schlechten Zeiten stützt.«

»Was du gesagt hast … an *Nochebuena* …«

»Das mit dem Heiraten?«

»Ja. Das.«

»Was ist damit?«

»Ich habe viel darüber nachgedacht.«

»Es freut mich, das zu hören. Ich denke die ganze Zeit daran.«

»Ehrlich? Das tust du?«

Als wir an einer Ampel halten müssen, blickt er mich voller Liebe und Zuneigung an. »Die ganze Zeit.«

Die Welle von Gefühlen, die mich bei seinen Worten überrollt, überrascht mich, wobei ich mir gar nicht sicher bin, weshalb. Das passiert mir schließlich oft, wenn er da ist und so süße Sachen zu mir sagt, schon im Voraus weiß, was ich brauche. Er ist ein Geschenk des Himmels, und das abzustreiten wäre dumm und witzlos.

»Ich könnte es verstehen, wenn du lieber weiter nach einem jungen, attraktiven Typen Ausschau halten möchtest, wie sich Livia einen geangelt hat.«

Bei der Bemerkung verschlägt es mir vor Entrüstung die Sprache. »Ich halte überhaupt nach niemandem Ausschau«, gelingt es mir schließlich zu erwidern.

Er lacht und ich weiß, dass er mich nur aufgezogen hat und ich ihm komplett auf den Leim gegangen bin. Ich lache ebenfalls. In seiner Gegenwart lache ich viel mehr als sonst.

»Schließlich hab ich schon mit dir alle Hände voll zu tun.«

Er fährt den Wagen in meine Einfahrt und schaltet den Motor aus, bevor er sich auf seinem Sitz zu mir umdreht. »Ich liebe dich, Marlene. Das weißt du, oder?«

»Ja, das tue ich, und ich liebe dich auch. Es tut mir leid, dass ich so lange gebraucht habe, um deine Einladung zum Abendessen anzunehmen. Das war dumm von mir.«

»Ist schon in Ordnung. Worauf es ankommt, ist, dass du am Ende Ja gesagt hast.«

»Trotzdem. Ich habe kostbare Zeit verschwendet, die für immer verloren ist.«

Er hebt meine Hand an seine Lippen und haucht mir einen Kuss auf den Handrücken. »Wir können den Rest unseres Lebens darauf verwenden, das wettzumachen. Möchtest du mich heiraten, Marlene?«

»Ach, jetzt fragst du wirklich?«

»Ja, wirklich. Und nur dass du es weißt, ich habe Vivian schon vor Wochen um ihren Segen gebeten, und nachdem sie ihre Tränen getrocknet hatte, hat sie geantwortet, den hätten wir uneingeschränkt.«

»Du … Du hast sie gefragt?«

»Selbstverständlich.« Er scheint von der Frage ein bisschen gekränkt zu sein. »Mir war klar, wie wichtig dir das ist.«

»Ja, das stimmt.«

»Vincent hat unsere Unterhaltung mit angehört und er lässt dir ausrichten, er sei ebenfalls einverstanden.«

Ich lache und weine gleichzeitig. »Das glaube ich sofort. Er hat dich vermutlich angefleht, dass du mich ihm abnimmst.«

»So etwas hat er mit keinem Wort erwähnt.« Er verschränkt seine Finger mit meinen. »Was sagst du? Wollen wir den Rest unseres Lebens gemeinsam verbringen?«

Ich habe einmal mit meinem verstorbenen Ehemann den Grand Canyon besucht und am Rand gestanden, hinab in die Tiefe gestarrt und versucht, mir vorzustellen, wie es wohl wäre, sich dort hineinzustürzen. Das hier fühlt sich so an wie ein freier Fall ins Unbekannte, nur weiß ich, dass mit meinem Alfredo die Landung weich und sicher sein wird. »Ja, Alfredo. Ich will dich heiraten.«

»Bist du dir sicher?«, fragt er mit dem kleinen Augenzwinkern, das ich so liebe.

»Ich bin mir sicher.«

»Dann öffne bitte mal das Handschuhfach.«

Ich zögere einen Moment und klappe es dann auf. Darin befindet sich ein blaues Samtkästchen.

Ich beuge mich vor, um es mir näher anzusehen. »Ist das … Ist es von Tiffany?«

»Nur das Allerbeste für meine Verlobte.«

»Wann … Wie lange …« Ich schaue ihn verblüfft an.

»Vor zwei Monaten. Ich wollte vorbereitet sein, wenn ich dich endlich so weit habe, dass du Ja sagst.« Nach einer Pause fügt er hinzu: »Na los, mach es auf.«

Ich strecke eine Hand aus und berühre das Kästchen mit der gleichen Vorsicht, die ich bei einer Stange Dynamit walten lassen würde. Der weiche Samtbezug unter meinen Fingern sendet einen Schauer der Aufregung durch mich. Ich trage immer noch den Ehering von meinem geliebten Jorge, nur jetzt an der rechten Hand, denn ich habe mich nicht überwinden können, ihn nach seinem Tod ganz abzulegen. Ich halte das kleine blaue Kästchen ein paar Sekunden in der Hand, ehe ich den Deckel anhebe und beim Anblick eines großen, rechteckig geschnittenen Diamanten, umgeben von kleineren Steinen, nach Luft schnappe. »Oh, Alfredo. Meine Güte!«

»Ist es zu viel? Ich wollte etwas, das so außergewöhnlich ist wie du.«

Es ist viel zu viel, aber das werde ich ihm nie sagen. Meine Finger wollen mir nicht recht gehorchen, als ich den Ring herauszuziehen versuche.

Er nimmt mir das Kästchen ab, holt den Ring heraus und steckt ihn mir an die linke Hand.

»Es ist … Meine Güte, der ist wunderschön.«

»So wie du. Ich hoffe, du weißt, wie glücklich du mich machst, nicht nur heute, sondern an jedem Tag, den wir gemeinsam verbracht haben.«

Ich kann nicht aufhören, auf den Ring zu starren. »Du hast mich mindestens genauso glücklich gemacht«, erwidere ich, als ich endlich meinen Blick losreißen kann und ihn ansehe. »Ich fühle mich genauso wie damals, als Jorge mich gebeten hat, ihn zu heiraten. In meinem Bauch flattern Schmetterlinge, ich bin aufgeregt und voller Vorfreude.«

»Ja, das Gefühl kenne ich und mir geht es genauso. Ich glaube, dein Jorge und meine Diana schauen von oben auf uns herab und freuen sich, dass wir die Erinnerung an sie in Ehren halten, aber genauso, dass wir einander gefunden haben.«

»Glaubst du das wirklich?«

»Das weiß ich sogar. Sie haben uns geliebt und sie wünschen uns nur das Beste.« Er beugt sich zu mir herüber und küsst mich. »Danke, dass du Ja gesagt hast.«

»Danke, dass du gefragt hast, dass du mit Vivian gesprochen hast – und mit Vincent – und für diesen wunderschönen Ring.«

»Liebend gern, und jetzt möchte ich, dass du reingehst und dich ausruhst, bevor wir zurück ins Krankenhaus müssen. Gegen halb fünf hole ich dich wieder ab.«

»Warum kommst du nicht mit rein und ruhst dich mit mir zusammen aus?«

Er hebt die Augenbrauen, ist so überrascht, wie ich es noch nie bei ihm gesehen habe. Ich genieße es, dass ich ihn geschockt habe. »Bist du dir sicher?«

»Ja, Alfredo. Absolut.«

Milo

Ich hab nicht die geringste Ahnung, wo ich bin und was passiert ist. Mein Kopf steckt in einem Gebilde, das mich an etwas aus dem Metallbaukasten erinnert. Gerade als sich Panik in mir regt, erscheint eine junge Frau neben meinem Bett. Sie hat große braune Augen, ihr schimmerndes dunkles Haar ist zu einem Pferdeschwanz zusammengebunden und sie trägt rosafarbene Krankenhauskleidung.

»Schön vorsichtig, Mr Giordino. Sie müssen still liegen.«

»Warum?«

»Erinnern Sie sich nicht, was passiert ist?«

Ich versuche den Kopf zu schütteln, doch das geht nicht. »Nein.«

»Sie sind in den Hals geschossen worden. Dr. Northrup hat eine Notoperation durchgeführt, die Ihnen das Leben gerettet hat.«

»Echt?«

»Ja.«

»Meine Familie …«

»Sie sind letzte Nacht alle hier gewesen, aber dann hat Dr. Northrup sie nach Hause geschickt, damit sie sich ausruhen. In ein paar Stunden kommen sie zurück.«

»Ich bin angeschossen worden«, wiederhole ich verwirrt.

»Ja, während Sie im Auto an einer Ampel gewartet haben.«

»Ich kann mich überhaupt nicht daran erinnern.«

»Das ist nicht ungewöhnlich. Ich heiße Gianna und bin heute die für Sie zuständige Intensivkrankenschwester. Gibt es irgendetwas, das ich Ihnen holen kann?«

»Ich hab Durst.«

»Ich besorge Ihnen ein paar Eis-Chips, bis Dr. Northrup Ihnen Wasser erlaubt.«

Ich starre an die Decke und versuche mich verzweifelt an die Ereignisse zu erinnern. Doch das Letzte, was ich weiß, ist, dass ich Passagiere am Flughafen habe aussteigen lassen. Sie wollten nach Hause, nach Boston. Nachdem ich sie am Abflugterminal abgesetzt hatte, wollte ich zurück nach Little Havana, um eine Gruppe für einen Junggesellenabschied abzuholen. Alles nach dem Flughafen ist wie weggefegt. Wenn ich bedenke, was Gianna mir erzählt hat, ist das vielleicht gar nicht so verkehrt.

Sie kommt mit den Eis-Chips zurück, die sich in meinem trockenen Mund wunderbar anfühlen.

»Haben Sie zufällig ein Handy?«

»Ja.«

»Könnten Sie meine Eltern für mich anrufen?«

»Sicher.«

Ich diktiere ihr die Nummer meines Vaters, da es wahrscheinlicher ist, dass er sein Smartphone bei sich hat. Meine Mom weiß nie, wo ihres gerade ist.

Gianna stellt den Anruf laut und es klingelt mehrmals.

Ich hoffe nur, dass er den Anruf von einer ihm unbekannten Nummer überhaupt annimmt.

»Hallo?«, meldet er sich und klingt unsicher und nervös.

»Dad? Ich bin's, Milo.«

»O Gott.« Er beginnt sofort zu schluchzen. »Ich bin so froh, deine Stimme zu hören. Du hast uns einen Heidenschreck eingejagt.«

»Das tut mir leid.«

»Muss es nicht. Wie fühlst du dich?«

»Hm, eigentlich ganz gut. Jason hat irgendeinen Apparat um meinen Kopf befestigt, der dafür sorgt, dass ich ihn nicht bewegen kann.«

»Kannst du denn Hände und Füße bewegen?«

Ich probiere das gleich aus. »Ja, warum?«

Eine Weile antwortet mein Vater nicht, dann höre ich weitere Schluchzer durch das Telefon. »Wir waren uns nicht sicher, ob du das noch können würdest.«

»Oh.« Was das heißen würde, ist mehr, als ich im Moment verkraften kann. »Wirklich?«

»Es war eine sehr, sehr lange Nacht, mein Sohn, und alle waren im Krankenhaus. Die gesamte Familie.«

Ich kann mir lebhaft vorstellen, was für ein Menschenauflauf das gewesen sein muss.

»Alle, die dich oder einen von uns kennen, haben Essen vorbeigebracht. Es ist einfach unglaublich. Du bist überall beliebt, mein Milo.«

»Das ist echt nett von ihnen.«

»Sie dürfen sich nicht verausgaben«, flüstert mir Gianna zu.

»Dad, ich muss auflegen, aber wir sehen uns später.«

»Auf jeden Fall. Jason hat uns versprochen, uns anzurufen, sobald wir zu dir können.«

»Okay.«

»Wir haben dich alle so lieb«, erklärt er, kaum in der Lage, die Worte auszusprechen. »So sehr.«

»Ich euch auch.«

Gianna legt auf und nimmt ein Tuch, um mir die Tränen aus dem Gesicht zu wischen, die ich bis jetzt gar nicht bemerkt hatte. »Klingt, als hätten Sie eine sehr nette Familie.«

»Ja, sie sind wunderbar. Kennen Sie das Restaurant Giordino's?«

»Natürlich. Wer tut das nicht? Das ist eins meiner Lieblingsrestaurants.«

»Es gehört meiner Tante und meinem Onkel. Wir Kinder haben alle irgendwann dort gekellnert.«

»Ich hab mich schon gefragt, ob es da irgendeine Verbindung gibt.«

»Der Bruder meines Vaters und seine Frau sind die Besitzer. Was mögen Sie lieber, das italienische Essen oder das kubanische?«

»Ich liebe beides, doch das italienische gefällt mir noch etwas besser.«

»Geht mir genauso, aber bitte verraten Sie das niemandem. Familienmitgliedern sind Vorlieben untersagt.«

Ihr Lächeln ist wunderschön. »Das verstehe ich, und Ihr Geheimnis ist bei mir sicher.«

Eine Sekunde lang schließe ich die Augen. Als ich sie wieder öffne, sind meine Eltern und Jason da.

Meine Mom streichelt mir den Arm, und angesichts dessen, was man mir vorhin gesagt hat, habe ich Riesenglück, dass ich das spüren kann. »Mein lieber, süßer Junge«, flüstert sie, während ihr Tränen über die Wangen laufen. »Jag mir nie wieder so einen Schreck ein.«

»Ich geb mir Mühe.« Ich würde gern fragen, wo Gianna ist, was mich wundert, doch ich wüsste es einfach gerne.

Jason hat jede Menge Fragen für mich und macht eine Reihe von Tests und erkundigt sich, was ich spüre. Am Ende lächelt er. »Das hast du mit fliegenden Fahnen bestanden.«

»Gott sei Dank«, sagt Dad unter Tränen. »Gott sei Dank.«

»Trotzdem wird deine Genesung eine ganze Weile dauern, Milo. Du musst ein paar Tage lang absolut still liegen, damit die Operationswunden abheilen können. Der Nachteil der absoluten Bettruhe ist die Gefahr von Blutgerinnseln. Daher trägst du auch diese modischen Stützstrümpfe. Und die ganze nächste

Woche über müssen wir dich und deine Vitalfunktionen noch genauestens überwachen.«

»Also muss ich hier liegen bleiben und tagelang an die Decke starren?«

»Ich fürchte schon, aber du darfst auch immer mal ein bisschen aufrecht sitzen.«

»Na, das klingt ja echt toll.«

»Trotzdem besser als die Alternative«, wirft Dad ein. »Und wir kommen dich alle besuchen und leisten dir Gesellschaft. Mach dir keine Sorgen.«

»Hat jemand bei meiner Arbeit angerufen?«

»Noch nicht, doch darum kümmern wir uns, auch wenn sie inzwischen bestimmt bereits davon gehört haben. Es war überall in den Nachrichten.«

Ich bin mir nicht sicher, wie ich es finde, in den Nachrichten gewesen zu sein.

Gianna erscheint neben meinem Bett und ich verspüre enorme Erleichterung. Merkwürdig, was soll das eigentlich?

»Wie geht es Ihnen?«

»Okay, würde ich sagen. Kann ich ein bisschen Wasser haben?«

»Aber nur ganz vorsichtig nippen«, ermahnt mich Jason. »Du darfst dich auf keinen Fall verschlucken.«

»Und wie esse ich?«

»Ganz langsam. Heute wirst du intravenös mit allem versorgt, was dein Körper braucht. Ab morgen kannst du langsam versuchen, wieder feste Nahrung zu dir zu nehmen.«

»Also vermutlich eine Weile lang keine Cheeseburger.«

Jason lächelt. »Tut mir leid, dazu musst du dich bewegen können. Und dafür muss erst die Operationsstelle weit genug verheilt sein.«

In den nächsten paar Stunden schaut jedes Mitglied meiner Familie bei mir vorbei. Weil Jason zu unserer Familie gehört, nehmen sie es mit den normalen Regeln nicht so genau und lassen immer zwei Besucher gleichzeitig zu. Maria und Austin stehen neben meinem Bett, als er eine Textnachricht kriegt, die ihm ein Stirnrunzeln entlockt.

»Was ist los?«, frage ich ihn. Ich wünschte, ich könnte mein Handy haben, doch die Bitte hebe ich mir für morgen auf.

»Die Presse hat mich mit den Schüssen auf ein Familienmitglied der Giordinos in Verbindung gebracht. ›Schwager in spe des Marlins-Superstars Austin Jacobs nach Schüssen auf der Straße lebensgefährlich verletzt‹.«

»Tut mir leid, dass ich dich da mit reingezogen hab.«

»Kein Problem. Ist mir völlig egal, was sie schreiben, solange es dir gut geht.«

Maria laufen unablässig Tränen über die Wangen, während sie neben meinem Bett steht.

»Warum weinst du? Es ist alles in Ordnung.«

»Es ist überhaupt nichts in Ordnung und ich kann einfach nicht aufhören, egal, wie sehr ich es versuche.«

»So ist sie seit letzter Nacht«, wirft Austin ein. »Gestern hat sie eine gesamte Großpackung Taschentücher verbraucht.«

»Hör auf, so eine Dramaqueen zu sein«, sage ich zu meiner Schwester.

Die lacht. »Du musst reden, schließlich bist du derjenige, der ein Krönchen trägt.«

»Genau. Wie lange muss ich das Ding überhaupt aufhaben?«

»Mindestens sechs Wochen«, antwortet Jason, der an einem Computertisch mit Rollen steht.

»Ach, herrje. Warum habe ich nur gefragt?«

»Wir müssen deinen Hals so ruhig wie möglich halten, bis wir uns sicher sein können, dass das bestmöglich verheilt ist.«

»Ist er immer so ein Langweiler?«, will ich von Carmen wissen, die Austins Platz eingenommen hat.

»Gewöhnlich nicht. Aber er weiß, was er tut, daher musst du auf ihn hören.«

»Ja, Mom. Wie geht es dir?« Sie war an Weihnachten krank und sieht immer noch nicht wirklich gesund aus.

»Alles in Ordnung.«

»Bist du schwanger?«, erkundigt sich Maria.

»Vielleicht, vielleicht auch nicht. Und du?«

»Vielleicht, vielleicht auch nicht.«

»Wartet mal eine Minute.« Meine Augen sind das Einzige in meinem Kopf, was ich problemlos bewegen kann, daher schaue ich zwischen den beiden hin und her. »Was meint ihr?«

»Wenn ich es dir verrate«, sagt Carmen, »behältst du es dann für dich? Wir warten die ersten drei Monate ab, bevor wir es bekannt geben.«

»Wir auch«, fügt Maria hinzu.

Sie beginnen beide zu kreischen, während sie einander umarmen, scheinen für den Moment vergessen zu haben, wo sie sich befinden.

»Das erklärt auch das unablässige Geheule«, bemerkt Carmen.

»Und ich dachte schon, es sei aus Sorge um mich«, erwidere ich.

Marias Augen füllen sich erneut mit Tränen. »Natürlich ist es das.«

»Hör auf. Ich mach nur Witze.«

Meine ältere Schwester wischt sich die Wangen mit dem Handrücken ab. »Das ist nicht komisch. Du hast gar keine Ahnung, wie das letzte Nacht für uns war.«

»Tut mir leid.«

Maria streicht mir mit der Hand über den Arm. »Ich habe beschlossen, dir zu verzeihen, allerdings nur, weil du es überlebt hast.«

»Oh, danke, sehr großzügig.«

Ich erhalte noch Besuch von Vincent, Vivian, Abuela, Nona, Domenic, seinen Eltern und mehreren engen Freunden, bevor Gianna verkündet, ich müsse mich jetzt ausruhen. Sie scheucht meine Besucher zurück ins Wartezimmer der Station. Ich werde nie zugeben, dass ich erleichtert bin, weil ich so müde bin, dass ich mich fühle, als könnte ich eine Woche lang durchschlafen.

»Sie sind wirklich beliebt«, stellt Gianna fest, als wir allein sind.

»Sagen Sie mir die Wahrheit. Haben sie das gesamte Wartezimmer der Intensivstation mit Beschlag belegt und ein Buffet für alle aufgebaut?«

»Wie haben Sie das erraten?«

»Ich weiß, wie sie ticken. In meiner Familie geht es um Menge – bei Leuten und beim Essen.«

»Scheint, als hätten Sie da ziemliches Glück gehabt.«

»Das weiß ich, wenigstens meistens. Wenn sie sich alle in meine Angelegenheiten einmischen, bin ich ein bisschen weniger dankbar, als ich vermutlich sein sollte.«

Sie ist eine natürliche Schönheit mit makelloser hellbrauner Haut, die kein Make-up und keine sonstige Verschönerung braucht. Ihr Lächeln ist ansteckend und ihre Augen sind der Hammer. Ich wünschte, ich könnte mehr von ihr sehen, aber ich muss mich mit ihrer oberen Hälfte begnügen, die für sich genommen schon ziemlich großartig ist.

»Wie ist denn Ihre Familie?«

»Ich hab keine, die der Rede wert wäre, nur ein paar gute Freunde, die wie Familie sind.«

»Oh. Tut mir leid, das zu hören.«

»So ist es am besten.«

Ich hab so viele Fragen, doch sie tätschelt mir den Arm und verspricht, nachher wieder nach mir zu schauen. »Ruhen Sie sich jetzt aus.« Ehe sie den Raum verlässt, dimmt sie das Licht, trotzdem bekomme ich das geschäftige Treiben der Intensivstation durch die großen Fenster mit. Das Piepen der Maschinen, an die ich angeschlossen bin, wird mich irgendwann noch in den Wahnsinn treiben, aber meine Lider sind so schwer, dass ich die Augen nicht länger offen halten kann.

Ich frage mich, ob ich Gianna wiedersehen werde.

Ich hoffe es sehr.

Kapitel 18

Nico

Milo sitzt im Bett, mit so einem metallenen Haltegestell um den Kopf, das mit Schrauben an seinem Schädel fixiert ist, und er ist an gefühlt eine Million Maschinen angeschlossen. Es ist ziemlich überwältigend, ihn so zu sehen. Bisher durfte ich nur eine Minute zu ihm und da war unsere Mom ebenfalls dabei. Insofern war das kaum der richtige Zeitpunkt dafür, mich bei ihm zu entschuldigen, weil ich zumindest mit dafür verantwortlich bin, dass er überhaupt auf der Intensivstation gelandet ist.

Ich versuche mich auf das Positive zu konzentrieren. Jason geht davon aus, dass Milo sich wieder vollständig erholt, aber das wird eine ganze Weile dauern und eine anstrengende Reha erfordern. Es können gut und gerne sechs Monate verstreichen, bis er wieder an dem Punkt ist, an dem er war, bevor er angeboten hat, für mich einzuspringen.

Sechs verdammte Monate.

Man sagt, dass keine gute Tat ungestraft bleibt, und das scheint wohl zu stimmen …

Ich wünschte, ich wüsste, wie ich mit der brennenden Wut umgehen soll, die ich den Männern gegenüber empfinde, die meinen Bruder ins Krankenhaus gebracht haben. Ich will, dass sie genauso leiden wie er, doch das behalte ich für mich. Das Letzte, was meine Familie jetzt braucht, ist, dass ich noch mehr Ärger verursache.

Aber innerlich koche ich trotzdem und ich bin so angespannt, dass Rache praktisch das Einzige ist, woran ich denken kann. Da uns wegen der Schüsse auf Milo ein Wagen weniger zur Verfügung steht, übernehme ich doppelt so viele Fahrten selbst, sodass ich kaum Zeit habe, einen Racheplan zu schmieden, den ich ohnehin nicht umsetzen werde.

Ich muss mich auf das konzentrieren, was wirklich wichtig ist, also meine Beziehung zu Sofia und Mateo, meinen Bruder und seine Bedürfnisse, meine Eltern und *ihre* Bedürfnisse, meine Firma, mein Zuhause, meine Familie und die vielen Freunde und Bekannten, die sich alle nach Milo und uns erkundigt, Essen gebracht und angeboten haben, uns in allem zu unterstützen.

Es gefällt mir, dass Sofia mitkriegt, wie unsere Familie und unsere Freunde in schweren Zeiten zusammenhalten. Auf eine gewisse Art erinnert mich das an die Tage nach dem tragischen Tod von Carmens erstem Ehemann Tony, einem Polizisten, der im Dienst erschossen wurde. Wir waren total erschüttert, jemanden zu verlieren, der jahrelang Teil unserer Familie gewesen war.

Während ich an die schrecklichen Wochen denke, die auf Tonys Tod folgten, bin ich noch dankbarer, dass mein Bruder überlebt hat. So schlimm es ist, ich bin mir durchaus bewusst, wie viel schlimmer es hätte kommen können.

Mein Handy klingelt und ich nehme den Anruf von meinem Vater über Bluetooth entgegen. »Hey, was ist los? Alles okay mit Milo?«

»Ja, alles in Ordnung. Er schläft schon seit ein paar Stunden. Wir haben alle anderen nach Hause geschickt, aber Mommy und ich warten, um ihn noch einmal zu sehen, bevor wir nach Hause fahren.«

»Übernehmt euch nicht. Das wird ein Marathon, kein Sprint.«

»Solange es ihm den Umständen entsprechend gut geht, sind wir zufrieden. Wir sorgen uns allerdings um dich.«

»Um mich? Warum zum Teufel das denn? Schließlich bin nicht ich derjenige, der angeschossen wurde.«

»Nein, doch du bist derjenige, der glaubt, es hätte ihn treffen sollen.«

»Na ja, das stimmt ja auch. Warum habe ich nicht daran gedacht, dass sie es schon einmal versucht haben?«

»Machst du dir Vorwürfe, weil du nicht so denkst wie ein Krimineller?«

»Nein, ich mache mir Vorwürfe, weil mein kleiner Bruder eine Kugel abbekommen hat, die für mich bestimmt gewesen ist. Er wäre fast gestorben, Dad. Ohne Jason …«

»Ich weiß, mein Sohn. Wir hatten Riesenglück. Und ich verstehe, warum du so empfindest. Verdammt, mir würde es genauso gehen, wenn Vincent von einer Kugel getroffen worden wäre, die für mich bestimmt war. Das würde ich mir vermutlich nie verzeihen.«

»Ich *werde* mir das nie verzeihen.«

»Und was soll das bringen? Wird es irgendetwas ändern?«

»Nein, aber …«

»Kein Aber, Sohn. Deine Wut, dein Rachedurst, deine Schuldgefühle … Nichts davon ändert etwas an dem, was geschehen ist. Doch ich kann dir garantieren, dass es durch all diese Dinge schlimmer wird, und nicht nur für dich, sondern für alle, denen du wichtig bist.«

Einen Moment lang bin ich sprachlos, weil er so genau weiß, wie ich denke und fühle. Ich lache kurz auf. »Gibt es in dieser Familie eigentlich irgendwelche Geheimnisse?«

»Nicht viele. Ich konnte die Wut in dir brodeln sehen, als du heute in den Warteraum der Intensivstation gekommen bist. Und ich habe überlegt, wie ich mich fühlen würde, wenn ich du wäre und Vincent Milo. Ich verstehe das wirklich. Ich würde die Leute umbringen wollen, die ihm das angetan haben.«

»Ja.« Ich wische mir mit dem Ärmel ein paar Tränen ab, die mich wütend machen. Ich bin niemand, der im Auto sitzt und rumheult, aber das hier … Milo hätte sterben können, und ein Leben ohne ihn darin kann und will ich mir nicht vorstellen.

»Ich verstehe dich wirklich, Sohn, doch Rache macht nichts besser. Und Milo wird es auf keinen Fall helfen.«

»*Ich* würde mich besser fühlen.«

»Vielleicht flüchtig. Allerdings läge dein Bruder dann immer noch im Krankenhaus, hätte weiter eine lange Zeit in der Reha vor sich und bräuchte dich, so wie du seit dem Tag an seiner Seite gewesen bist, an dem er geboren wurde. Mommy und ich haben uns vorhin gerade darüber unterhalten. Über den Tag, an dem wir mit ihm aus dem Krankenhaus heimgekommen sind, und darüber, wie du niemand anderem erlauben wolltest, ihn auf den Arm zu nehmen. Du hast den Mädchen gesagt, sie hätten einander und Milo gehöre dir und sie sollten sich von ihm fernhalten.«

Ein Schluchzen dringt durch meine fest zusammengepressten Lippen. Ich erinnere mich an den Tag als einen der besten meines Lebens. Nach zwei Schwestern hatte ich endlich einen Bruder.

»Nach den Mädchen haben wir es überhaupt nur deshalb noch einmal versucht, weil du dir so einen Bruder gewünscht hast. Wusstest du das?«

Ich wische mir weitere Tränen ab, die einfach nicht versiegen wollen. »Nein, das hast du mir bisher nie erzählt.«

»Du hast so häufig gefragt, wann du einen Bruder bekommst, dass wir beschlossen haben, noch mal einen Versuch zu starten.«

»Gott sei Dank ist es keine weitere Schwester geworden.«

Dad lacht. »Ach, komm schon. Du liebst sie genauso.«

»Ja, schon, aber ich bin so, so dankbar für Milo. Immer.«

»Sogar als er dir die ganze Zeit nachgelaufen ist und dich in den Wahnsinn getrieben hat? Deine Sachen stibitzt, sich deine Kleidung geborgt und deine Freundinnen geärgert hat?«

»Selbst dann.«

»Erinnerst du dich noch daran, wie dieser Junge ihn in der Schule tyrannisiert hat?«

»Das war einer meiner besten Momente als großer Bruder.«

»Erzähl mir die Geschichte. Ich werde es nie müde, sie zu hören.«

Wir sind das schon Tausende Male durchgegangen, doch ich tue ihm den Gefallen, hauptsächlich weil ich weiß, dass er versucht, mir mit diesen Erinnerungen zu helfen. »Milo ist jeden Tag von der Schule heimgekommen und hat sich supermerkwürdig verhalten. Wollte mit niemandem reden, wollte nichts essen, hat nicht mehr geschlafen. Schließlich habe ich ihn dazu gebracht, mir zu erzählen, was los war. Da war ein Junge, der ihn gemobbt, ›Dicker‹ genannt und versucht hat, ihm seine Brille zu klauen. Am liebsten wäre ich sofort losgezogen und hätte dem verdammten Kerl eine Tracht Prügel verpasst.«

»Genau wie jetzt, richtig?«

»Ja.«

»Und was hast du in der Sache unternommen?«

»Wir haben herausgefunden, dass er bei McDonald's arbeitet, also sind Milo und ich dort an einem Samstag zum Mittagessen hingegangen, und ich habe den Jungen, während wir da waren, die ganze Zeit angestarrt. Ich habe nicht ein Mal geblinzelt.«

»Und hat er die Botschaft verstanden?«

»O ja«, sage ich mit einem Lachen. »Er hat sich fast in die Hose gemacht, als ihm klar geworden ist, dass ich ihn nicht aus den Augen lasse.«

»Ich erinnere mich, dass ich so schrecklich stolz darauf war, wie du das gemeistert hast. Es war perfekt. Du hast kein Wort zu ihm gesagt, aber du hast keinen Zweifel daran gelassen, dass er sich besser nicht mit Milo anlegen sollte.«

»Das bedeutet nicht, dass ich ihm nicht am liebsten den Hintern versohlt hätte.«

Dad lacht. »Mir ist es ganz genauso gegangen, als ich das alles herausgefunden habe. Worauf ich hinauswill, ist, dass du enorme Reife bewiesen und deinem Bruder gezeigt hast, dass du immer für ihn da sein wirst.«

»Danach haben ihn alle in Ruhe gelassen.«

»Weil sie unglaubliche Angst vor seinem gefährlichen großen Bruder hatten.«

»Genau.«

»Du bist der beste große Bruder, den die drei sich hätten wünschen können. Du bist immer für sie da, wenn sie dich brauchen, und darum bringt es dich jetzt auch fast um, dass du das letzte Nacht bei Milo nicht geschafft hast. Aber ich möchte, dass du an all die Situationen denkst, in denen du für ihn da gewesen bist, und versuchst, das in die Waagschale zu werfen. Kannst du das tun?«

»Ich kann es zumindest versuchen.«

»Gib dir Mühe. Mach bitte nicht alles schlimmer, indem du etwas Dummes tust. Dafür bist du zu klug, Nico.«

»Manchmal frage ich mich, ob das stimmt.«

»Es stimmt. Du musst das Gesamtbild im Auge behalten.«

»Werde ich. Danke, Dad. Ich verstehe zwar nicht, wie du so viel mitbekommen kannst, doch ich weiß es zu schätzen, dass du mit mir darüber sprichst.«

»Eines Tages wirst du selbst Vater sein und du wirst die gleichen Dinge wahrnehmen, die ich wahrnehme, wenn ich meine Kinder ansehe. Ich habe auch deiner Mutter schon gesagt, dass Maria schwanger ist.«

»Echt?«

»Wir haben noch keine Bestätigung. Bislang sind das bloß Spekulationen von mir.«

»Okay, interessant. Ich frage mich, was das für ihre Hochzeit im November bedeutet.«

»Das werden wir abwarten müssen. Ist jetzt alles in Ordnung, Sohn?«

»Ja, mach dir um mich keine Gedanken. Pass lieber auf Milo auf.«

»Ich passe auf euch alle auf und werde das auch immer tun. Ruf mich an, wenn du reden möchtest. Jederzeit. Tag oder Nacht.«

»Werd ich. Ich hab dich lieb, Dad.«

»Ich hab dich auch lieb, Sohn.«

Ich lege auf und sitze noch eine Weile da, denke über die Dinge nach, die Dad mir mit auf den Weg gegeben hat. Ich hatte völlig vergessen, dass Milo in der Schule gemobbt worden ist, aber jetzt muss ich grinsen. Es war eine meiner besten Aktionen, wenn ich das selbst so sagen darf. Milo hat mich gefragt, warum ich nicht irgendwas zu dem Typen gesagt habe, und ich habe ihm geantwortet, dass keine Worte nötig gewesen seien. Es hat völlig gereicht, dass ich ihn so lange angestarrt habe, bis er die Botschaft verstanden hatte.

Der dreizehnjährige Milo war skeptisch.

Der neunzehn Jahre alte Nico war sich sicher, dass es funktionieren würde, und außerdem konnte ich den Jungen ja kaum zusammenschlagen, außer ich wollte im Gefängnis landen. Deshalb das herausfordernde Starren, das ich haushoch gewonnen habe. Der Junge hatte die Hosen gestrichen voll, als wir gegangen sind, und hat Milo von da an in Ruhe gelassen.

Tatsächlich haben *alle* Milo in Ruhe gelassen, es hatte sich offenbar herumgesprochen, dass er einen fiesen älteren Bruder hat. Niemand legt sich mit meinen Geschwistern an. Ich hab mir auch Marcus vorgeknöpft, als er eine andere geheiratet hat, während er eigentlich noch mit Dee zusammen war. Und als ich, über ein Jahr nachdem es passiert war, dem Idioten begegnet bin, der Maria betrogen hatte, hab ich ihn gewarnt, mir in Zukunft besser weiträumig aus dem Weg zu gehen, wenn er nicht im Krankenhaus landen wolle, woraufhin der elende Feigling die Beine in die Hand genommen hat.

Vielleicht ist das der Grund, warum diese Sache mit Milo so schwierig für mich ist. Ich habe mein ganzes Leben lang meine Geschwister beschützt und selbst aus der Ferne versucht, auf sie aufzupassen. Dass einem von ihnen jetzt so etwas passiert ist, ist ziemlich unerträglich für mich.

Es ist schon weit nach zwei Uhr nachts, als ich in meine Auffahrt einbiege, immer noch in dem schwarzen Cadillac CT4 vom Fahrservice. Normalerweise gebe ich mir Mühe, die Geschäftswagen nicht mit nach Hause zu nehmen, doch manchmal ist es einfacher, nach meiner letzten Tour direkt zu mir zu fahren und nicht erst noch das Auto zu wechseln. Meinen Angestellten ist es nicht erlaubt, in einem der Firmenwagen heimzufahren, aber ich kann tun, was ich will. Schließlich bin ich der Chef.

Als ich auf Zehenspitzen ins Schlafzimmer schleiche, wo Sofia in meinem Bett schläft, fällt mir auf, dass ihre Taschen gepackt sind und neben der Tür stehen.

Verdammt.

Ich habe gehört, was sie gesagt hat – dass sie nach Hause will –, doch ich ertrage die Vorstellung nicht, dass sie schutzlos ist oder dass jemand an sie rankommen kann, der ihr wehtun will, und bloß weil sie den Idioten Joaquín verlassen hat. Seit wann rechtfertigt der Wunsch, eine Ehe zu beenden, einen Mordversuch? Noch während ich mir diese Frage stelle, wird mir klar, dass das leider sehr viel häufiger vorkommt, als ich wahrhaben möchte.

Ich werde sie nach Hause bringen, wenn es das ist, was sie will, aber ich werde mit ihr gehen, und ich werde jede Nacht dort verbringen und alles tun, was ich kann, um dafür zu sorgen, dass ihr nichts geschieht.

Als ich ins Bett steige, schmiege ich mich an ihren warmen Körper.

Sie seufzt im Schlaf und entspannt sich in meiner Umarmung, während ich den frischen, sauberen Geruch ihres Haars einatme.

Zum ersten Mal, seit ich von den Schüssen auf Milo erfahren habe, merke ich, dass ich mich etwas entspanne und der Schmerz in meiner Brust nachlässt. Ihr auf diese Art nahe zu sein ist alles, was ich brauche, um den Sturm zu beruhigen, der den ganzen Tag in mir getobt hat. Als ich die Augen schließe, schwöre ich mir, sie so nah wie möglich bei mir zu behalten, so lange, wie es nur irgend geht.

Sofia

Am nächsten Morgen wache ich früh auf, aber ich halte still und hoffe, dass Nico noch etwas länger schläft. Ich habe keine Ahnung, wann er nach Hause gekommen ist, doch es muss spät gewesen sein, da ich bis lange nach ein Uhr aufgeblieben bin, in der Hoffnung, ihn zu sprechen. Er hat mir eine Textnachricht geschickt, um mir mitzuteilen, dass Milo guter Dinge war, als er bei ihm war, aber viel mehr als das hat er nicht gesagt.

Hoffentlich kann ich Milo irgendwann selbst besuchen, auch wenn ich ihm keinen Vorwurf machen würde, wenn er mich dort nicht haben will.

Das schreckliche Gefühl, das mir seit Samstagnacht schwer im Magen liegt, ist am Montagmorgen immer noch da. Dass Nicos herzensguter Bruder beinahe von dem Mistkerl getötet worden ist, mit dem ich verheiratet war, ist einfach zu viel für mich. Ich denke immer wieder, dass ich mich dringend von Nico und seiner Familie fernhalten sollte, aber ich kann mich nicht dazu überwinden, den nettesten Menschen den Rücken zu kehren, die ich je gekannt habe, selbst wenn es für sie besser wäre.

Ich liebe sie alle so sehr.

Vor allem Nico, der stets nur freundlich zu mir gewesen ist und mich unterstützt hat, solange ich ihn kenne.

Ich wünschte, ich wäre stärker und könnte tun, was für ihn und seine Familie am besten ist, doch der Gedanke, wieder so leben zu müssen wie vorher, bevor ich sie kennengelernt habe, bricht mir das Herz.

»Was auch immer du denkst, hör auf damit«, sagt Nico mit seiner heiseren Morgenstimme, während er mich fester an sich zieht.

»Woher weißt du, dass ich über irgendetwas nachdenke?«

»Jeder Muskel in deinem Körper ist angespannt.«

Es schockiert mich, wie gut er mich kennt, obwohl wir erst so kurz zusammen sind. Allerdings hat niemand je genauer auf mich geachtet als er. »Ist das so?«

»Mhm.«

Plötzlich finde ich mich auf dem Rücken wieder, blicke zu ihm hoch. Er betrachtet mich konzentriert.

»Äh, hallo?«

Als er lächelt, wirkt er ganz anders. »Guten Morgen. Warum bist du so verkrampft?«

»Tja, warum wohl?«

»Ich hab es dir doch gesagt: Milo wird wieder gesund.«

»Und ich bin extrem froh darüber, aber ich fühle mich trotzdem furchtbar.«

»Ich weiß, Baby.« Er schließt die Augen und lehnt seine Stirn an meine. »Geht mir genauso.« Nach einer langen Stille erklärt er: »Ich hab gesehen, dass du deine Sachen gepackt hast.«

»Ich muss heute nach Hause. Das ist mein Tag dafür, alles vorzubereiten, bevor am Dienstag die Arbeitswoche wieder anfängt.«

»Und es gibt nichts, womit ich dich davon überzeugen kann, noch ein bisschen länger hierzubleiben?«

»Ich weiß, dass es nicht das ist, was du möchtest, aber … ich würde wirklich gerne nach Hause.«

»Wie kannst du erwarten, dass ich auch nur einen Moment Ruhe finde, wenn ich weiß, dass ihr dort schutzlos seid?«

»Und was, wenn sie es tatsächlich auf mich abgesehen haben? Würdest du dich dann zwischen uns und sie stellen?«

»Absolut«, erwidert er, ohne zu zögern, als sei es das Selbstverständlichste der Welt.

»Damit deine Mutter einen weiteren Sohn im Krankenhaus hat oder Schlimmeres?«

»Wenn du hierbleiben würdest, bis sich die Dinge beruhigt haben, müssten wir uns keine Sorgen darüber machen, dass sie dich oder mich erwischen könnten.«

»Außer wenn ich bei der Arbeit bin oder zur Arbeit fahre oder einkaufen oder zu Mateos Schule oder zu irgendeinem der Dutzende von Orten, wo ich unter der Woche hinmuss.«

»Wenn ich das höre, lässt das meine Sorge nur in den roten Bereich steigen.«

»Das ist schlecht, oder?«

»Sehr schlecht.« Er rollt sich von mir runter auf den Rücken. Sofort vermisse ich seine Wärme und den vielversprechenden Beginn einer Erektion.

Ich sehe zu ihm. Er starrt an die Zimmerdecke, als könnte er dort Antworten finden. Seine offensichtliche Verzweiflung schmerzt mich.

»Also gut, ich bleibe.«

Er wendet den Kopf zu mir. »Wirklich?«

Ich nicke und sage: »Ich versuche nicht, es noch schwieriger zu machen, als es schon ist.«

Er dreht sich auf die Seite und legt mir eine Hand auf den Bauch. »Das mit uns ist das Beste, was mir in meinem ganzen Leben bisher untergekommen ist. Die Sachen, die draußen passieren und nichts mit dem hier zu tun haben, können uns nichts anhaben, außer wir lassen das zu. Ich respektiere deinen Wunsch, zu dir nach Hause zurückzukehren, aber es ist nun mal so, dass du hier in dieser bewachten Wohnanlage viel besser geschützt bist. Du kannst dir Lebensmittel und alles andere, was du brauchst, liefern lassen. Ich kann dich begleiten, wenn du Mateo zur Schule bringst oder ihn abholst. Wenn wir ihnen die Gelegenheiten nehmen, dich zu erwischen, ist das für dich sicherer.«

»Ich weiß und ich geb dir ja recht. Ich hoffe, du denkst nicht, dass ich dumm bin, weil ich nach Hause möchte. Ich habe nur wirklich hart dafür gearbeitet, die Wohnung zu kriegen und zu einer Routine zu finden, und es ist schwierig für mich, das einfach aufzugeben.«

»Du kannst dahin zurück, sobald dir keine Gefahr mehr droht. Das verspreche ich. Ich telefoniere nachher mit Miguel, um eine Vorstellung davon zu erhalten, was die Cops über Joaquíns Gang hören. Vielleicht reicht es, dass er und Diego wegen versuchten Mordes angeklagt sind, um ihnen genug Angst einzujagen, dass sie die Sache nicht weiter verfolgen.«

»Ich wünschte, sie wären so klug.«

»Ja, ich auch.« Er verschränkt seine Finger mit meinen. »Erzähl mir, was du sonst immer montags erledigst, und dann lass uns sehen, was davon machbar ist.«

»Musst du nicht arbeiten?«

»Erst nachher.«

»Du musst müde sein, schließlich bist du erst so spät ins Bett.«

»Mir reichen fünf oder sechs Stunden Schlaf. Das war schon immer so.«

»Da hast du Glück. Wenn ich nicht wenigstens sieben bekomme, bin ich unleidlich.«

»Ich kann dich mir gar nicht unleidlich vorstellen.«

»Du kannst mir glauben, das ist nicht schön.«

»Ich kann mir keine Umstände vorstellen, unter denen du nicht schön bist. Ich weigere mich, etwas anderes zu glauben.«

Er bringt mich zum Lächeln und zum Lachen, sogar wenn ich das für völlig ausgeschlossen halte. »Mateo wird sich freuen, dass wir noch etwas länger bleiben. Gestern Abend hat er geweint, als ich ihm eröffnet habe, dass wir heimgehen und den Pool nicht mitnehmen können.«

»Ich habe dir gesagt, dass er in meinem Pool schwimmen kann, wann immer er will, egal ob ihr hier wohnt oder nicht.«

»Das ist wirklich lieb von dir. Das tut ihm so gut. Schon nach den wenigen Tagen, an denen er hier im Pool war, meine ich sehen zu können, dass seine Beine kräftiger sind.«

»Dann muss er jeden Tag in den Pool dürfen.«

»Es wird es lieben.«

»Wir werden es möglich machen.«

»Können wir zu meinem Haus fahren, um die Post und ein paar andere Sachen zu holen, die wir brauchen?«

»Natürlich. Darum kümmern wir uns, gleich nachdem wir Mateo zur Schule gebracht haben.«

Ich werfe einen Blick auf den Wecker auf dem Nachttisch. »In fünfzehn Minuten muss ich ihn wecken.«

»Das heißt, wir haben fünfzehn ganze Minuten? Weißt du, was wir mit fünfzehn Minuten anfangen können?«

»Schon mal duschen? Frühstück vorbereiten? Eine Waschmaschine anstellen …«

Lachend verschließt er mir den Mund mit seinen Lippen und dann macht er sich daran, mir eine viel bessere Möglichkeit zu zeigen, wie wir diese Zeit nutzen können. »Komm her.«

»Lass mich erst mal kurz weg.«

»Beeil dich. Immerhin haben wir nur fünfzehn Minuten.«

Nachdem ich schnell das Bad benutzt und mir die Zähne geputzt habe, bin ich zurück im Bett und schmiege mich an ihn. Er hebt mich mühelos auf sich, und seine Erektion drückt sich gegen meinen Bauch.

Seine Hände gleiten über meinen Rücken und legen sich auf meinen Po, als er sich an mich presst. »Du fühlst dich so gut an. So, so gut.«

»Du auch.«

»Das hier«, sagt er, »mit dir … Ich möchte, dass du weißt … Du bist das Beste, was mir je passiert ist.«

»Meinst du das ernst? Trotz allem, was vorgefallen ist?«

»Gott, ja. Von der ersten Minute an, in der ich dich gesehen habe, wollte ich dich mehr, als ich je irgendwas anderes gewollt hab, selbst die Modelleisenbahn, um die ich meine Eltern angefleht habe, als ich zehn war.«

Mit einem Lächeln lege ich ihm die Hände auf die Brust und stemme mich hoch, sodass ich rittlings auf ihm sitze. »Mehr als die Modelleisenbahn, was?«

»Sehr viel mehr, und ich wollte diese Bahn, wie ich nie irgendetwas davor gewollt hatte.«

Ich drücke mich gegen seine Erektion und er stöhnt, während er an meinem Shirt zupft. Ich ziehe es hoch und über den Kopf.

Hitze glimmt in seinen Augen, als ich meinen Busen enthülle, und eine Sekunde später sind seine Hände da, und er streichelt mit den Daumen meine Brustspitzen.

Ich lasse meinen Kopf in den Nacken fallen.

Er richtet sich auf und ersetzt seine Hände durch Lippen, Zunge und Zähne.

Ich kann nicht still sitzen. »Nico.«

»Was, Baby?«

»Ich will dich.«

»Die besten Worte, die ich je von jemandem gehört habe.«

Wir lösen uns lange genug voneinander, dass ich meine Unterhose und er seine Boxershorts ausziehen kann, und dann bin ich wieder auf ihm, lasse mich langsam und vorsichtig auf ihn sinken und stöhne, während ich mich bemühe, ihn ganz in mich aufzunehmen. Dieses Problem hatte ich noch nie, was ein weiterer Punkt ist, in dem er anders ist.

»Vorsicht, Süße. Ganz langsam und behutsam.«

Ich kann nicht glauben, dass das alles ist, was es braucht, um mich fast zum Orgasmus zu bringen. Er hat sich ja noch nicht einmal bewegt. Bei Joaquín habe ich es am Ende vorgetäuscht, ein Zeichen für ein viel größeres Problem, wie mir jetzt klar wird. Ich hatte Angst vor ihm, also wie sollte ich beim Sex locker sein und mich ihm hingeben?

»Warum die plötzliche Anspannung?«, will Nico wissen. »Tut was weh?«

»Nein«, sage ich und atme lang gezogen aus, weil ich nicht will, dass er weiß, dass ich an Joaquín denke, vor allem jetzt. »Es ist eine gute Anspannung.«

»Ah, diese Anspannung gefällt uns.«

»Ja, sogar sehr.«

»Und wie ist es damit? Ist das noch besser?« Er legt einen Finger auf meine heiße Mitte, während er mich mit der anderen Hand in eine Brustspitze zwickt. Ich komme so heftig, dass vor meinen Augen Sterne explodieren. Als ich mich von dem unglaublichen Hochgefühl erhole, wird mir klar, dass ich die Einzige war, die Sterne gesehen hat. »Bereit für mehr?«

Ich nicke und bewege die Hüften, liebe es, als er scharf einatmet.

»Mach das noch mal.«

Ich tue es wieder und wieder, bis er sich mir bei jedem Stoß entgegenhebt, bis ich selbst wieder erregt bin. Ich fasse es nicht, dass er mich in unter fünfzehn Minuten zweimal zum Orgasmus bringen kann.

Wir haben unseren eigenen Rekord gebrochen.

Kapitel 19

Nico

Ich liebe die morgendliche Routine mit Sofia, zu der Sex im Morgengrauen und Frühstück mit Mateo gehören, bevor wir ihn zur Schule bringen und uns dann unseren täglichen Erledigungen zuwenden. Ich habe immer ein wachsames Auge auf den Rückspiegel und achte auf meine Umgebung. Als wir Mateo an der Schule abgesetzt haben, atme ich erleichtert auf, denn für die nächsten Stunden muss ich mir keine Sorgen um seine Sicherheit machen.

Mein Dad hat eine Textnachricht geschickt, nachdem er im Krankenhaus angerufen und erfahren hat, dass Milo eine ruhige Nacht hatte und sich weiter gut erholt, was mir eine Riesenlast von den Schultern nimmt. Wir können ihn heute Nachmittag besuchen.

Als wir vor Sofias Apartmenthaus parken, erreicht meine Angst um sie erneut einen Höhepunkt. Wenn sie uns beobachten, halten sie wahrscheinlich nach meinem Pick-up Ausschau, sodass die Tatsache, dass wir immer noch in dem Auto von gestern Abend sitzen, durchaus hilfreich sein kann, nur fällt der glänzende schwarze Cadillac auf einem Parkplatz voller normaler Pkw auf wie ein bunter Hund.

Nachdem sie die Post aus dem Briefkasten in der Lobby geholt hat, folge ich Sofia nach oben zu ihrem Apartment, blicke mich dabei unablässig um. Alles ist ruhig, doch das heißt nicht, dass sie uns nicht weiter beobachten. Vielleicht müssen sie ja auch wie ganz normale Leute arbeiten und haben daher heute Vormittag keine Zeit, Joaquíns Ex-Frau zu stalken.

»Wir sollten eine Liste mit all den Leuten zusammenstellen, mit denen Joaquín regelmäßig verkehrt, damit ich sie Miguel geben kann.« Ich wünschte, das wäre mir eingefallen, bevor mein Bruder beinahe erschossen worden wäre. »Könntest du das machen?«

»Ja, ich kümmere mich sofort darum. Möchtest du Kaffee?«

»Immer.«

Sie setzt Wasser auf und nimmt dann mit Block und Stift am Küchentresen Platz, geht ihre Handykontakte durch, um die Namen und die dazugehörigen Nummern aufzuschreiben. »Ich führe die Partnerinnen ebenfalls mit auf, weil deren Kontaktdaten in vielen Fällen das Einzige sind, was ich habe.«

»Was auch immer wir Miguel aushändigen, wird hilfreich sein. Ich vermute, er hat nur deswegen nicht bereits darum gebeten, weil sie die Namen der Bandenmitglieder schon kennen. Aber unsere Liste wird nicht schaden. Bitte nimm auch alle aus seinem weiteren Dunstkreis mit auf.«

Ihre Brauen ziehen sich bei dem Wort »Dunstkreis« zusammen.

»Aus dem weiteren Umfeld, Leute, mit denen er manchmal Zeit verbringt, die jedoch nicht zu seinen engen Freunden zählen.«

»Ah, okay. Das Wort sollte ich in meine Vokabelliste eintragen.«

Als sie fertig ist, hat sie drei Seiten in ihrem Block mit Namen und Telefonnummern gefüllt.

»Das ist super, Babe.« Ich fotografiere alles ab und setze eine Textnachricht an Miguel auf.

> Hey, Sofia hat diese Liste von Leuten zusammengestellt, mit denen Joaquín regelmäßig abhängt. Im Moment sind wir gerade in ihrer Wohnung, aber sie und ihr Sohn werden erst mal bei mir bleiben, bis feststeht, dass es für sie sicher ist, nach Hause zurückzukehren. Wir sind alle ein bisschen unruhig und nervös, wie du dir sicher vorstellen kannst.

Miguel antwortet sofort. Danke dafür. Das wird uns helfen. Wir wissen zwar, wer seine Kumpel sind, trotzdem ist es auf jeden Fall nicht verkehrt, so viele Informationen wie möglich zur Verfügung zu haben. Ich behalte die Typen im Auge und hab sie wissen lassen, dass wir sie beobachten und bereit sind, jeden zu verhaften, der meint, er könne zu Ende bringen, was Joaquín und Diego begonnen haben. Wie geht es deinem Bruder?

> Den Umständen entsprechend gut. Er ist zwar weiter auf der Intensivstation und hat eine lange Genesung vor sich, doch wir sind dankbar, dass wir ihn noch haben und dass er nicht querschnittsgelähmt ist.

> Ja, Gott sei Dank. Ich hab den Bericht der Polizisten gelesen, die als Erste am Tatort waren, und sie dachten anfangs, er sei tot.

Als ich das lese, rutscht mir das Herz auf Höhe meiner Knie. Himmel. Da hatten wir alle echt Glück.

Ja, aber wirklich.

Morgen Abend fängt Sofia wieder im Restaurant an.

Während ihrer Schicht fahren wir in der Straße regelmäßig Streife.

Wie lange wird das noch nötig sein?

Bis wir uns sicher sein können, dass niemand da anzuknüpfen plant, wo sie aufgehört haben. Ich möchte daran glauben, dass sie es kapiert haben, nachdem sie mitgekriegt haben, dass Joaquín und Diego ernsthaft in Schwierigkeiten stecken. Hoffentlich sind sie hinreichend abgeschreckt, allerdings muss ich einräumen, dass es nicht immer so funktioniert. Daher bleiben wir wachsam.

Ich mach mir Sorgen um meine Familie. Die Mistkerle haben mich auf dem Kieker, weil ich mit ihr zusammen bin, und sie haben die Schüsse auf Milo abgegeben, weil sie dachten, er sei ich, doch was, wenn sie sich an meinen Eltern oder meinen Schwestern rächen und mich dadurch so treffen wollen, dass ich Sofia verlasse? (Was nicht passieren wird.)

Das kann ich nachvollziehen. Alles, was ich zu deiner Beruhigung sagen kann, ist, dass wir die Typen, bei denen es am wahrscheinlichsten ist, dass sie auf Rache sinnen, unter ständiger Beobachtung haben. Ich bin nur froh, dass deine Freundin Joaquín Diaz verlassen hat. Er ist ein übler Kerl – und zwar seit Jahren.

Nach allem, was sie auf sich genommen hat, um von ihm wegzukommen, hasse ich es, dass sie sich mit Sorgen um sich selbst, ihren Sohn, mich und meine Familie quälen muss.

Versteh ich, Kumpel, und wir tun alles, was in unserer Macht steht. Ich halte dich über alle Entwicklungen auf dem Laufenden.

Danke, das weiß ich zu schätzen.

»Was hat er gesagt?«, erkundigt sich Sofia mit der angespannten, ängstlichen Miene, die in mir den Wunsch weckt, zum Gefängnis der Stadt zu fahren und ihrem Ex-Mann gehörig das Fell zu gerben.

Ich gebe ihr eine kurze Zusammenfassung, lasse dabei das aus, was ihrer Angst neue Nahrung geben könnte. »Er bedankt sich für deine Liste und meint, sie sei sehr nützlich.«

»Ich bin nur froh, dass ich etwas tun konnte, obwohl es, wenn sie es herausfinden, vermutlich alles bloß noch schlimmer macht.«

»Sie werden das nicht herausfinden. Das würde Miguel nie zulassen und außerdem hat er gesagt, sie seien alle seit Jahren polizeibekannt.« Ich gehe zu ihr und lege meine Arme um sie. »Versuch, nicht daran zu denken. Es wird alles unternommen, was nur irgendwie Erfolg versprechend erscheint.«

Sie entspannt sich und schmiegt sich an mich. »Das ist so schwierig. Nie in meinem Leben wäre mir eingefallen, dass er sich zu so was hinreißen lassen könnte.«

»Miguel hat außerdem angemerkt, dass Joaquín schon lange auf die schiefe Bahn geraten ist. Vermutlich hat er bisher einfach Glück gehabt, dass ihm noch niemand auf die Schliche gekommen ist, obwohl die Polizei ihn seit Jahren auf dem Radar hat.«

»Ich hatte von alledem keine Ahnung. Das heißt dann wohl, dass ich naiv bin, aber ich habe wirklich von nichts gewusst. Als wir anfangs zusammen waren, hatten wir so viele Pläne und Träume. Er wollte eine Kfz-Werkstatt aufmachen, und dann wollten wir ein Haus kaufen und weitere Kinder kriegen. Ich wollte Kurse an der Hochschule belegen und ihm nach meinem Abschluss helfen, das Geschäft zu führen. Nichts davon ist passiert. Es wurde einfach nur dieser tägliche Kampf, irgendwie mit dem auszukommen, was wir hatten, und je schwieriger es wurde, desto gemeiner hat er sich mir gegenüber verhalten, als ob es meine Schuld sei, dass nichts so lief, wie wir gedacht hatten.«

»Tut mir leid, dass du es so schwer hattest.«

»Ich hätte ihn schon vor Jahren verlassen sollen, als er immer wieder verschwunden ist und mir nicht sagen wollte, wo er gewesen war. Ich dachte, er hätte vielleicht eine Affäre, aber jetzt erscheint es mir viel wahrscheinlicher, dass er mit seinen Cousins und seinen Freunden krumme Dinger gedreht hat.« Sie richtet sich plötzlich auf. »Vor ungefähr zwei Jahren war er einmal eine ganze Woche lang unauffindbar. Niemand wusste, wo er gesteckt hat. Ich war davon überzeugt, dass er tot war, doch inzwischen würde ich wetten, er saß im Gefängnis.«

»Das könnten wir ja herausfinden.«

Sie überlegt eine Sekunde. »Ich glaub, das wüsste ich wirklich gern.«

Ich schicke Miguel eine Textnachricht und kurz darauf antwortet er.

Vor zwei Jahren war er wegen Verdachts auf Autodiebstahl acht Tage in Haft. Während wir das mit dem Auto untersucht haben, haben wir ihn wegen ausstehender Haftbefehle festgehalten. Wir haben vermutet, dass er und seine Jungs eine Zerlegewerkstatt für gestohlene Fahrzeuge betreiben, doch letzten Endes konnten wir nichts beweisen und mussten ihn wieder laufen lassen. Aber er war unter Beobachtung, weil er zu mehreren Gerichtsterminen nicht erschienen war.

Ich lese es Sofia vor.

»Davon hatte ich nicht die geringste Ahnung. Er ist nach der Woche zurückgekommen, als sei überhaupt nichts gewesen, und hat behauptet, er habe bestimmte Autoteile, die er für einen aktuellen Auftrag brauchte, persönlich abholen müssen. Ich habe ihm nicht geglaubt, aber auch keine Fragen gestellt. Danach … Das war der Moment, als ich ernsthaft angefangen habe, Geld beiseitezulegen, um ihn verlassen zu können. Ich habe beinahe ein Jahr gebraucht, um genug zusammenzusparen, dass ich mir eine eigene Wohnung leisten konnte. Und dann habe ich ein weiteres halbes Jahr benötigt, um den Mut aufzubringen, tatsächlich zu gehen.«

»Was ist passiert, als er begriffen hat, dass ihr fort wart?«

»Er ist durchgedreht. Ich hatte noch Freunde, die mich auf dem Laufenden gehalten haben. Sie haben mir erzählt, dass er wie ein Verrückter versucht hat, mich zu finden, sogar die Polizei angerufen und behauptet hat, ich hätte sein Kind entführt. Jetzt verstehe ich, warum sie ihn nicht ernst genommen haben. Sie kannten ihn und wussten, wie gut es war, dass ich seinen Sohn da weggeschafft habe. Trotzdem hatte ich furchtbare Angst, dass er mich finden und umbringen würde.«

»Himmel, ich hasse es, dass du das allein durchstehen musstest.«

»Ich war nicht völlig allein. Ich hatte Gladys, die wie eine Mutter für mich und eine Großmutter für Mateo war, außerdem ein paar gute Freundinnen, die meine Anrufe angenommen haben, obwohl es Jahre her war, dass ich das letzte Mal Kontakt zu ihnen gehabt hatte. Manche von ihnen waren mit Typen wie Joaquín zusammen gewesen und kannten die Masche, mit der sie einen von alten Freunden abschirmen, sodass sie unser Leben bis ins kleinste Detail kontrollieren können.«

»Ich bin froh, dass Gladys und deine Freundinnen für dich da waren.«

»Sie haben getan, was sie konnten, aber ich hatte trotzdem die ganze Zeit Angst. Und dann hat er mich vor Gericht gezerrt und versucht, das Sorgerecht für Mateo zu bekommen. Da hatte ich regelmäßig Albträume, dass er tatsächlich gewinnen könnte. Doch auch daraus ist nichts geworden und ich hab mich immer gefragt, warum eigentlich, aber jetzt weiß ich es natürlich. Der Grund war, dass er im Gefängnis saß. Trotzdem hat ihm der Familienrichter eine Übernachtung die Woche mit Mateo zugestanden, sodass ich ihn regelmäßig treffen musste. Das war echt schlimm. Ich hab mir die ganze Zeit Sorgen gemacht, dass er Mateo nehmen und abhauen könnte, mit ihm auf Nimmerwiedersehen verschwindet.«

Ich führe sie zum Sofa und setze mich neben sie, halte weiter ihre Hand. »Ich will mir gar nicht ausmalen, wie entsetzlich das gewesen sein muss.«

»Das war es wirklich und dann ist Mateo krank geworden. Das war das Furchtbarste von allem.«

»Erzähl mir davon.« Ich möchte all ihre Geheimnisse kennen, all ihre Geschichten, all ihre Träume. Ich habe nie einen anderen Menschen so kennen wollen wie sie.

»Ich dachte, er hätte einen Infekt. Er war schlapp und lustlos, wollte nur daliegen und fernsehen, was völlig untypisch für ihn war. Sonst hat er mich immer angebettelt, dass wir zum Schaukeln auf den Spielplatz gehen, dass ich mit ihm Fangen spiele, oder er wollte mit dem Roller fahren, den er zu Weihnachten bekommen hatte. Aber er war bestimmt zwei Wochen lang ständig müde und es wurde einfach nicht besser. Ich hatte schreckliche Angst, dass es irgendwas Schlimmes ist.«

»Du hast es geahnt.«

»Ja, irgendwie schon, noch bevor Jason meine schlimmsten Befürchtungen bestätigt hat. An jenem Tag in der Sozialklinik … Ich werde nie vergessen, wie besorgt Jason war. Ich konnte es ihm an der Miene ablesen, obwohl er sich meinetwegen bemüht hat, Ruhe auszustrahlen. Alles ging so furchtbar schnell. Sie haben uns mit einem Rettungswagen zum Miami-Dade gefahren. Dort hat Jason ein paar weitere Tests gemacht, den Tumor lokalisiert und Mateo sofort operiert. Dieses Gefühl von … Wie nennt man das?«

»Dringlichkeit?«

»Ja, Dringlichkeit … Es war echt übel. Meine Hände … Sie haben so heftig gezittert, dass ich kaum den Stift halten konnte, um im Krankenhaus die Formulare auszufüllen. Ich hatte entsetzliche Angst um Mateo und hab mich gleichzeitig gefragt, wie ich mir die Operation je leisten sollte.« In ihren Augen schimmern Tränen, als sie mich anschaut. »Jason … Er hat uns für die Operation kein Honorar berechnet. Wir verdanken ihm alles.«

»Er ist ein unglaublich guter Chirurg.«

»Später hat er mir erklärt, dass er an genau der Tumorerkrankung, die Mateo hatte, jahrelang geforscht hat und dass es im Land niemanden gab, der besser darauf vorbereitet gewesen wäre, diese spezielle Operation durchzuführen.

Der liebe Gott hat an jenem Tag wirklich über uns gewacht und Seine Hand schützend über uns gehalten.«

»Ja, das denke ich auch, und Er tut das seither weiter. Schau nur, wie gut Mateo sich erholt.«

»Ihm geht es so viel besser, auch wenn er noch einen langen Weg vor sich hat. Manchmal fragen ihn die anderen Kinder in der Schule, warum er so merkwürdig läuft oder warum sein Gesicht so komisch aussieht. Dann antwortet er, das liege daran, dass er Krebs gehabt habe, aber jetzt nicht mehr.«

»Toll. Er ist ein großartiges Kind.«

»Ja, ist er. Irgendwie ist er trotz all dieses Irrsinns immer noch so süß und lieb wie früher.«

»Dafür bist du verantwortlich. Du machst das prima mit ihm.«

»Er ist das Kostbarste in meinem Leben.«

»Möchtest du eigentlich weitere Kinder?«

Die Frage scheint sie zu überraschen. »Solange ich mit Joaquín zusammen war, ganz sicher nicht. Er hat Mateo kaum zur Kenntnis genommen, bis ich mit ihm gegangen bin, und dann war er auf einmal stärker an ihm interessiert als je zuvor. Ich hab keine Ahnung, wo er an dem Tag war, an dem Mateo operiert worden ist. Ich hab ihm dauernd Nachrichten geschickt, aber er hat sich überhaupt nicht gemeldet.«

»Alles, was ich neu über ihn erfahre, steigert nur meine Verachtung für ihn.«

»Glaub mir, das kann ich gut verstehen. Ich hab ganz genau aufgepasst, dass ich nicht noch mal schwanger von ihm werde. Damit er keine Pille im Haus findet, hab ich mir in der Sozialklinik Verhütungsspritzen geben lassen. Er wollte mehr Kinder, doch ich glaube, er wollte vor allem mehr Gründe, die mich an ihn fesseln. Es ging ihm bloß darum, mich zu kontrollieren.«

»Nun, wenn es eine gute Sache in all dem Chaos der letzten Tage gibt, dann die, dass er sicher verwahrt ist und eine ganze Weile nicht rauskommen wird.«

»Nur was sage ich Mateo, wenn er nach seinem Vater fragt?«

»Ich finde, er ist alt genug, um die Wahrheit zu hören.«

»Ja, das glaube ich auch«, antwortet sie mit einem tiefen Seufzen. »Vermutlich wird es ihn nicht überraschen. Er hat Joaquín oft genug in Aktion erlebt, um Angst vor ihm zu haben. Er hat es gehasst, über Nacht bei ihm bleiben zu müssen.«

»Gott sei Dank wird er das jetzt erst mal nicht mehr müssen.«

»Ich vermute, das ist immerhin ein … Wie sagt man noch, wenn etwas Schlechtes am Ende auch was Gutes hat?«

»Ein Lichtblick?«

»Ja, das ist ein echter Lichtblick.« Sie sieht mich mit einem hoffnungsvollen Ausdruck in den Augen an, den ich dort zuvor nicht bemerkt habe. »Ich muss immer an das denken, was du mir vorgeschlagen hast, dazu, wie ich vielleicht meinen Vater finden könnte.«

»Ja?«

Sie nickt. »Meine Mutter hat behauptet, er sei ein guter Mann gewesen, obwohl sie ihn nur das eine Mal getroffen hat, daher denke ich, dieser gute Mann würde vermutlich wissen wollen, dass er eine Tochter und einen Enkel hat.«

»Da bin ich mir sicher. Was weißt du denn über ihn?«

»Dass er Jon hieß, aus Minnesota stammte und Mitte der Neunziger in Homestead hier in der Nähe stationiert war.«

»Das ist wahrscheinlich genug, um ihn ausfindig zu machen. Hast du einen Facebook-Account?«

»Ja, und Instagram auch.«

»Dann solltest du vermutlich genau das posten: dass du einen Mann namens Jon aus Minnesota suchst, der in den

Neunzigern in der Nähe von Miami in Homestead stationiert war und eine Frau namens … Wie heißt deine Mutter?«

»Mildred, aber sie wird nur Millie gerufen.«

»Eine Frau namens Millie gekannt hat. Schreib dazu, dass jeder, der eine Ahnung hat, wer das sein könnte, dich per Direktnachricht kontaktieren soll. Und bitte die Leute, es zu teilen.«

»Glaubst du wirklich, das funktioniert?«

»Es kann jedenfalls nicht schaden. Die Social Media sind mächtig, und wenn die Leute anfangen, das zu verbreiten, kann man nicht wissen, was passieren wird.«

Sie hält ihren Arm hoch. »Wenn ich daran denke, dass ich ihn vielleicht tatsächlich finde, kriege ich Gänsehaut.«

»Möchtest du, dass ich das für dich poste?«

»Nein, ist schon okay. Das mache ich selber.« Sie nimmt sich ihr Handy, öffnet die Facebook-App und beginnt zu tippen. »Mir ist noch was eingefallen. Meine Mutter hat mal erwähnt, sie habe seine Schwester Jessica getroffen, die gerade zu Besuch war, als sie sich kennengelernt haben.«

»Füg das hinzu. Jedes Detail hilft.«

»Ich kann kaum glauben, dass ich das tatsächlich tue«, meint sie mit einem nervösen kleinen Lachen.

»Das ist super. Ich hoffe, du findest ihn und dass er begeistert ist, wenn er erfährt, dass er eine Tochter und einen Enkel hat. Jeder wäre glücklich, euch beide in seinem Leben zu haben.«

»Danke dafür, und dass du mich dazu ermutigst, das hier zu versuchen. Es ist etwas, das ich mir schon so lange wünsche, wozu ich nur irgendwie nie gekommen bin.« Sie tippt den Post und reicht mir das Handy. »Habe ich alles richtig geschrieben?«

Ich lese ihren Text, der praktisch Wort für Wort dem entspricht, was ich ihr vorgeschlagen habe. »Sieht für mich perfekt aus.« Ich geb ihr das Handy zurück.

Sie hält es noch einen Moment in der Hand, bevor sie mit dem Daumen den Button drückt, mit dem sie es postet. Dann atmet sie langsam aus. »In Ordnung, los geht's.«

»Genau. Poste es auch auf Instagram und Twitter, wenn du das hast.«

»Okay.«

Sie tut es und legt dann das Handy beiseite. »Wie soll ich bitte ganz normal weiterleben, wenn das jetzt da draußen rumschwirrt?«

Mit einem Lächeln beuge ich mich vor und gebe ihr einen Kuss. »Lass die Social Media tun, wozu sie gut sind, und versuch, nicht ständig dran zu denken. Wenn sich aus den Posts nichts ergibt, habe ich auch noch einen Freund, der für Anwälte hier in der Stadt Erkundigungen einzieht. Den kann ich bitten, sich mal für dich umzuhören.«

»Du überlegst immer sofort: Wie kann ich das Leben für Sofia und Mateo einfacher machen? Wie kann ich dafür sorgen, dass ihnen nichts passiert? Wie kann ich ihnen helfen? Ich hab nie zuvor jemanden wie dich kennengelernt, mit Ausnahme deiner Großmütter und des Rests deiner Familie. Da hast du es ja vermutlich her.«

»Ich bin mir nicht sicher, ob mich je jemand anders in diesem Licht gesehen hat.«

»Ich sehe dich in diesem Licht. Ich sehe dein wahres Wesen. Ich sehe den Typen, der für seinen Nachbarn den Rasen mäht, nachdem er die ganze Nacht wach gewesen ist und sich um das Leben seines Bruders sorgen musste. Ich sehe den Typen und er gefällt mir.«

»Danke.«

»Bitte danke mir nicht. Du hast so viel für mich getan.«

»Wir haben eine Menge füreinander getan.«

»Wenn du das sagst.«

»Das tue ich. Und das eben … Du hast keine Ahnung, wie viel mir das bedeutet. Die meisten Leute nehmen nur die weniger schmeichelhaften Seiten meiner Persönlichkeit wahr. Und ich gebe gerne zu, dass mein früheres Verhalten durchaus Kritik verdient. Aber mit dir und Mateo zusammen zu sein … Ihr weckt in mir den Wunsch, euer würdig zu sein.«

»Du bist unser mehr als würdig.«

Sie hebt den Blick zu meinen Lippen und plötzlich flammt Verlangen in mir auf. »Also, diese Dinge, die du heute tun musst …«

Sie starrt weiter auf meinen Mund. »Was ist damit?«

»Können die noch ein bisschen warten?«

»Vermutlich schon. Ich muss mehr Kleidung einpacken und dann bei dir zu Hause eine Waschmaschine anstellen. Warum?«

»Ich hab nur gerade daran gedacht, dass wir die Wohnung ganz für uns und keine Termine haben, bis es Zeit ist, Mateo abzuholen.«

»Und was würdest du gerne mit all dieser Zeit anfangen, die wir haben?«

»Wie wäre es, wenn ich es dir zeige, statt es dir zu sagen?«

»Okay …«

Am liebsten würde ich sie packen, mir über die Schulter werfen und zum Bett tragen, doch ich widerstehe dem Drang aus Rücksicht auf das, was sie in der Vergangenheit durchgemacht hat. Das Letzte, was ich jemals tun möchte, ist, ihr Angst einzujagen. Stattdessen stehe ich da und ziehe sie sanft auf die Füße. Dann lege ich meine Arme um sie und hebe sie hoch, was ihr ein überraschtes Aufkeuchen entlockt.

»Ist das okay?«, frage ich auf dem Weg zum einzigen Schlafzimmer des Apartments.

Sie nickt und lächelt, bevor sie mich küsst. »Absolut okay.«

Da klingelt ihr Smartphone und sie schaut zu der Stelle, wo sie es hat liegen lassen. »Ich muss kurz checken, ob es die Schule ist.«

Ich setze sie ab und sie geht zum Handy, erstarrt, als sie aufs Display sieht.

»Wer ist es?«

»Meine Mutter.«

»Willst du mit ihr sprechen?«

»Nein.«

»Dann tu es nicht. Du bist nicht verpflichtet, mit ihr zu reden.«

»Sie hat mich seit über einem Jahr nicht mehr angerufen.«

»Ist es möglich, dass sie deinen Post gelesen hat?«

»Ja, wahrscheinlich schon.«

»Kümmere dich nicht weiter darum, Sofia, und komm her.«

Sie legt das Handy wieder auf den Couchtisch und durchquert den Raum zu mir.

Ich fasse sie behutsam an den Schultern. »Alles okay?«

»Ja, es ist nur seltsam, dass sie mich anruft.« Ihr Handy meldet den Eingang einer Sprachnachricht. »Das wird von ihr sein. Vermutlich ärgert sie sich darüber, dass ich nach meinem Vater suche.«

»Warum interessiert sie das überhaupt?«

»Sie wollte nie darüber reden, wenn ich sie gefragt habe, warum sie ihm nichts von der Schwangerschaft erzählt hat. Einmal, als sie getrunken hatte, hat sie mir gesagt, dass er ein guter Mann gewesen sei, und sie schien traurig zu sein, als würde sie sich wünschen, dass sie sich mehr Mühe gegeben hätte, ihn wiederzusehen. Aber meistens hat sie, wenn ich nach ihm gefragt habe, nur geantwortet: ›Er hatte sein Leben und ich meins.‹ Das war dann immer das Ende der Unterhaltung. Manchmal hat sie noch hinzugefügt, dass ich nicht das einzige Kind sei, das ohne Vater aufwächst, und dass ich es überleben würde. Ich denke nur ständig daran, wie anders mein Leben verlaufen wäre, wenn darin irgendwo ein Vater gewesen wäre.«

»Er hätte bestimmt verhindert, dass sie dich so schlecht behandelt.«

»Das möchte ich glauben, doch wer weiß das schon? Am Ende wäre er sogar schlimmer gewesen.«

»Das glaube ich nicht, und womöglich wusste sie, dass du ihn lieber haben würdest, weshalb sie dich ihm verschwiegen hat.« Ich massiere ihr weiter die Anspannung aus den Schultern. »Möchtest du dir ihre Sprachnachricht anhören?«

Sie schüttelt den Kopf. »Ich würde gerne zu dem zurückkehren, was wir tun wollten, bevor sie angerufen hat.«

Ich lege meine Arme um sie und hebe sie wieder hoch. »Du meinst das hier?«

Ihr Lächeln erinnert mich an Sonnenstrahlen, die hinter den Wolken hervorbrechen. »Ja, genau das meine ich.«

Kapitel 20

Sofia

Nackt in Nicos Armen zu liegen ist so ziemlich das Beste, was ich je erlebt habe, gleich hinter der Art und Weise, wie er mich liebt. Er ist so sanft und süß und trotzdem unheimlich sexy und leidenschaftlich. Ich wusste gar nicht, dass es so sein kann, dass ich mich bei einem Mann so sicher und geborgen fühlen kann und mich dem Liebesakt so uneingeschränkt hingeben kann wie mit ihm.

Er hält mich im Arm, eins meiner Beine habe ich zwischen seine Oberschenkel geschoben und er streichelt mir mit seiner großen Hand über Rücken und Po, sodass mein Verlangen neu erwacht. Ich hab keine Ahnung, wie ihm das derart mühelos gelingt. Er sorgt dafür, dass ich mich so entspannt fühle, dass ich die Liste von Dingen, die ich erledigen wollte, während Mateo in der Schule ist, glatt vergessen hab. Sogar an die Posts in den sozialen Medien hab ich gar nicht mehr gedacht, obwohl sie vielleicht tatsächlich dazu führen, dass ich endlich meinen Vater finde.

Nein, ich denke einzig und allein an diesen Mann und die Liebe, die ich für ihn verspüre und die mit jedem Tag größer zu werden scheint. Ich küsse ihn auf die Brust und atme den Duft ein, der mich verrückt nach ihm werden lässt. Ich bin nicht sicher, ob es Seife oder Rasierwasser ist oder einfach nur er, aber ich liebe es.

Ich liebe *ihn*. So, so sehr. Es macht mir fast Angst, wie sehr ich ihn liebe. Denn wenn man jemandem solche Macht über sich einräumt, kann das durchaus angsteinflößend sein.

Mein Telefon klingelt wieder. »Da muss ich mal draufschauen.«

Nico lässt mich los, ich stehe auf, schnappe mir sein T-Shirt vom Boden und streife es mir über, bevor ich zu meinem Handy gehe.

Es ist wieder meine Mutter.

Mist.

Ich höre ihre Sprachnachricht ab. »Was zum Teufel bildest du dir ein, öffentlich nach Jon zu suchen, ohne vorher mit mir darüber zu reden? Du hast keine Ahnung, was du damit lostrittst. Lösch das. Jetzt sofort.« Sie beendet die Nachricht, ohne sich auch nur mit einem Wort nach Mateo oder mir zu erkundigen. Als ich sie angerufen habe, um ihr mitzuteilen, dass er krank ist, hat sie erwidert, sie habe mir ja von Anfang an gesagt, ich solle ihn gar nicht erst kriegen. Seither habe ich mich nicht mehr bei ihr gemeldet.

Ich werde die Posts jedenfalls nicht löschen. Ich möchte den Mann kennenlernen, der mich gezeugt hat. Ich habe ein Recht auf diese Informationen, egal, was sie davon hält.

Mein Handy summt, weil sie mir eine Textnachricht schickt, die praktisch wortgleich mit ihrer Sprachnachricht ist. Ohne groß darüber nachzudenken, sperre ich ihre Nummer. Das hätte ich schon längst tun sollen. Als Nächstes blocke ich sie auch auf Facebook und den anderen Plattformen, damit sie nicht mehr direkt sehen kann, was ich poste. Mein Leben geht sie nichts an. So wollte sie es ja schließlich haben.

»Alles in Ordnung?«, fragt Nico aus dem Schlafzimmer.

»Ja.« Sein Handy klingelt, daher bringe ich es mit, als ich zu ihm zurückkehre.

»Danke. Hey, Maria, was ist los?« Er lauscht eine Minute, dann schaut er zu mir hoch. »Sicher können wir das. Klingt nett. Was soll ich mitbringen?« Nach einer weiteren Sekunde sagt er: »Ja, klar, gern. Bis dann.« Nachdem er das Gespräch beendet hat, streckt er die Hand nach mir aus. »Maria und Austin laden alle zum Dinner ein. Sie dachten, es wäre schön, nach der Aufregung der letzten Tage Zeit miteinander zu verbringen.«

»Musst du nicht arbeiten?«

»Erst später. Meine Fahrten beginnen um acht.«

»Bist du sicher, dass sie uns dabeihaben wollen?«

»Meine Schwester hat gesagt: ›Wir würden gerne dich, Sofia und Mateo zu uns einladen.‹ Genau das waren ihre Worte.«

»Wenn du dir wirklich sicher bist.«

Ich ergreife seine Hand und er zieht mich zurück ins Bett, deckt mich mit der Daunendecke zu, für deren Anschaffung ich Wochen gespart habe. »Das bin ich. Wir mögen uns schreckliche Vorwürfe wegen der Schüsse auf Milo machen, aber wir sind die Einzigen, die das tun.«

»Ich bin mir nicht sicher, ob ich so großmütig sein könnte, wenn das meinem Sohn passiert wäre.«

»Meine Familie liebt dich. Sie kennen dich. Sie würden dir nie die Schuld an etwas geben, was dein Ex-Mann getan hat, Sofia.«

»Wir hatten solches Glück, Nico. *Milo* hatte Riesenglück. Ein paar Zentimeter weiter, und er wäre querschnittsgelähmt oder sogar tot. Ich muss immer daran denken, was wir getan hätten, wenn das geschehen wäre.«

»Wir müssen Gott jeden Tag dafür danken, dass uns allen das erspart worden ist.«

»Aber es hätte so kommen können und es wird immer mit mir zusammenhängen, selbst wenn es nur indirekt ist.«

»Ich verstehe, dass du so empfindest, und an deiner Stelle würde es mir genauso gehen. So wie ich Schuldgefühle deswegen habe, dass ich Milo meine Fahrten habe übernehmen lassen, obwohl mich jemand schon ganz direkt bedroht und außerdem einen meiner Geschäftswagen beschädigt hatte. Natürlich waren es trotzdem nicht wir, die ihm das angetan haben, und das wissen alle. Mein Dad hat mich gerade vorhin daran erinnert, wie sehr ich Milo immer geliebt habe. Von dem Tag an, als sie mit ihm aus dem Krankenhaus nach Hause gekommen sind, habe ich gesagt, er gehöre zu mir, und damit war die Sache für mich klar.«

»Das ist sehr süß.«

»Einmal hat ihn in der Schule ein älterer Junge schikaniert. Da hab ich mir Milo geschnappt und bin mit ihm zu McDonald's marschiert, wo der Typ gejobbt hat, und hab den Kerl niedergestarrt. Er hat Milo nie wieder belästigt – und auch kein anderer. Mein Dad hat mir diese Geschichte wieder in Erinnerung gerufen, ich hatte sie schon völlig vergessen.«

»Ich wette, Milo hat sie nie vergessen.«

»Vermutlich nicht.«

»Du bist ein wunderbarer großer Bruder, Nico.«

»Nicht immer, doch ich werde es von jetzt an sein. Ich habe meine Schwestern und meinen Bruder als selbstverständlich hingenommen, irgendwie geglaubt, dass sie stets da sein würden. Aber jetzt ist mir bewusst, dass das nicht notwendigerweise stimmt.«

»Du hast ein Riesenglück mit deinen Geschwistern. Ich hab mir immer so sehr welche gewünscht.«

»Ich teile meine gern mit dir – und auch all meine Cousins und Cousinen.«

»Wie viele hast du denn?«

»Mindestens zweiunddreißig. Über meinen Vater und Nona sind es sechzehn, und von der Seite meiner Mutter aus ebenfalls sechzehn, dazu muss man noch Abuela und ihren Anhang hinzunehmen, die zählen mindestens ehrenhalber dazu.«

Ihr treten bei dieser Zahl fast die Augen aus dem Kopf. »Kennst du sie alle gut?«

»Nicht alle gut, doch ich kenne sie. Es gibt Unmengen Hochzeiten in der Familie, Schulabschlusspartys und Familientreffen. Es steht immer in der einen oder anderen Familie was an, obwohl wir mehr Verbindung zur Seite meines Vaters haben, da die meisten seiner Familienmitglieder hier in der Gegend leben.«

»Ich kann mir gar nicht vorstellen, Teil einer Familie wie der deinen zu sein.«

»Du gehörst ja schon dazu. Meine Familie ist deine Familie. Egal, was zwischen uns passiert, wenn Nona und Abuela dich adoptieren, gibt es kein Entkommen mehr.«

Ihr Lächeln erreicht nicht ganz ihre Augen. »Es würde dich nicht stören, wenn deine Familie weiter zu mir steht, selbst wenn du und ich nicht mehr zusammen sind?«

»Ich bin wild entschlossen, dich so lange wie nur irgend möglich bei mir zu behalten. Genau genommen schwebt mir ›für immer und ewig‹ vor.«

»Das meinst du wirklich ernst?«

»Ja, absolut. Ich bin auf die lange Sicht bei dir, Sofia. Bei dir und Mateo. Ich möchte nicht, dass du je etwas anderes glaubst.«

»Das macht mich sehr glücklich.«

»*Ich* bin hier der Glückliche. Zerbricht dir bitte wegen nichts den Kopf, okay? Alles wird von jetzt an großartig laufen. Das weiß ich.«

Ich hoffe bloß, dass das ein Versprechen ist, das er halten kann.

* * *

Zwei Stunden nachdem ich den Post in den Social Media veröffentlicht habe, ist er über tausend Mal geteilt worden und ich habe eine Nachricht von einer jungen Frau namens Janelle. Ich glaube, der Jon, den Sie meinen, ist mein Onkel. Ich bin Jessicas Tochter. Warum suchen Sie ihn?

»Was soll ich ihr schreiben?«, frage ich Nico. »Die Wahrheit?«

»Wieso nicht? Du wirst es ja irgendwann ohnehin erklären müssen. Warum also nicht jetzt gleich?«

»Was, wenn sie es nicht an ihn weitergibt? Vielleicht sollte ich einfach erwidern, ich müsse eine Privatangelegenheit mit ihm besprechen und bräuchte dafür die Kontaktdaten, wenn sie bereit ist, sie mir zu nennen.«

»Ich vermute, das wäre besser, als ihr die Entscheidung darüber zu überlassen, ob sie ihm sagt, was du ihn fragen willst.«

»Okay.«

Vielen Dank, dass Sie auf meinen Post antworten. Ich habe eine persönliche Angelegenheit, die ich gerne mit Jon besprechen würde, daher würde ich mich sehr freuen, wenn Sie mir, wenn das möglich ist, seine Kontaktdaten geben oder ihm meine weiterleiten könnten. Ich füge meine Handynummer und meine E-Mail-Adresse hinzu, muss dabei daran denken, dass sie meine Cousine sein könnte. Nachdem ich von Nicos Cousins und Cousinen gehört habe, frage ich mich, wie viele ich wohl habe. Ich drücke »Senden« und hoffe, dass sie ihm die Kontaktinformationen schickt.

»Was, wenn es einfach im Sande verläuft?«, frage ich Nico.

»Wir können über sie Jessica finden und von da aus weitersehen. Es wird nicht schwierig sein, ihn aufzuspüren, nachdem wir nun ein Familienmitglied haben, bei dem wir ansetzen können.«

»Das klingt fast so, als hättest du damit Erfahrung.«

»Nicht mit genau so was, aber mein Freund hat die ganze Zeit mit solchen Sachen zu tun. Er würde deinen Dad mit all dem, was wir inzwischen wissen, in einer halben Stunde ausfindig machen können.«

Zwanzig Minuten später suche ich gerade die Wäsche zusammen, die ich mit zu Nico nehmen will, als auf meinem Handy eine Textnachricht eingeht. Ich nehme das Handy vom Arbeitstresen.

Hier ist Jon Baxter. Man hat mir gesagt, Sie versuchten, mich zu erreichen. Meine Nichte meint, Sie hätten Millie aus Miami erwähnt??

Sein Name ist Jon Baxter.

Meine Hände zittern, als ich meine Antwort tippe.

Vielen Dank, dass Sie sich melden. Millie ist meine Mutter. Ich weiß, das ist jetzt vermutlich ein Schock für Sie, doch ich glaube, Sie könnten mein Vater sein.

Ich warte mit angehaltenem Atem, wie er darauf reagiert.

Als mein Handy klingelt und auf dem Display eine Nummer von außerhalb des Bundesstaats erscheint, bleibt mir vor Schreck beinah das Herz stehen. Wie kann es so leicht gewesen sein, ihn zu finden?

Nico legt mir seine Hände auf die Schultern. »Tief durchatmen, Babe. Du kannst das.«

Ich tue, was er mir geraten hat, und drücke den grünen Button. »Hallo?«

»Hier ist Jon. Ich … Ich weiß nicht, was ich sagen soll. Ich hatte keine Ahnung. Sie hat es mir nie erzählt.«

»Es tut mir so leid, dass ich das wie eine Bombe platzen lasse, aber ich bin schon seit Jahren auf der Suche nach einem Weg, Sie zu finden. Ein Freund hat mir dann Social Media vorgeschlagen, was tatsächlich bemerkenswert einfach war.«

»Wie alt sind Sie?«

»Ich werde im Juni siebenundzwanzig«, antworte ich und nenne ihm noch mein genaues Geburtsdatum.

»Das passt auf jeden Fall zu dem Zeitpunkt, zu dem Ihre Mutter und ich zusammen waren. Ich bin sprachlos. Wirklich. Die ganze Zeit hatte ich eine Tochter, von der ich nichts gewusst habe. Warum hat Millie mir nichts davon erzählt?«

»Ich weiß es nicht. Wir beide stehen uns nicht wirklich nahe, was für mich auch besser ist.«

»Wie schade. Sie heißen Sofia?«

»Ja, Sofia Diaz, allerdings ist das nicht mein Mädchenname. Ich bin im Moment noch verheiratet, habe jedoch bereits die Scheidung eingereicht. Und ich hab einen fünfjährigen Sohn namens Mateo.«

»Also habe ich nicht nur eine Tochter, von der ich nichts geahnt habe, sondern außerdem einen Enkelsohn. Wow. Ich brauche eine Minute, um das zu verarbeiten.«

»Verstehe ich vollkommen. Ich hab den Kontakt auch nicht gesucht, weil ich irgendwas von Ihnen möchte, außer Sie kennenzulernen. Ich hab mich mein ganzes Leben lang gefragt, wer wohl mein Vater ist.«

»Es fühlt sich so unwirklich an, dass Millie sich nie bei mir gemeldet hat. Sie wusste, dass ich nach meiner Zeit in der Navy in die Region Minneapolis zurückkehren wollte.«

»Ich wünschte, ich wüsste, was sie sich gedacht hat, aber ich hab sie nie verstanden. Das war Teil unseres Problems. Haben Sie … Sind Sie verheiratet?«

»Ja, und wir haben vier Kinder zwischen achtzehn und elf Jahren.«

Ich keuche auf, als ich höre, dass ich nicht bloß eine Cousine habe, sondern auch Geschwister. »Wow.«

»Haben Sie noch andere Geschwister?«

»Nein«, antworte ich leise. »Doch ich hab mir immer welche gewünscht.«

»Ich kann es nur noch mal wiederholen: Das ist so unwirklich, Sofia. Nach all der Zeit … Ich bin etwas fassungslos.«

»Es tut mir wirklich leid, dass ich Ihnen das antue. Wie gesagt, ich wollte lediglich, dass Sie es wissen. Natürlich verstehe ich es, wenn nicht mehr daraus wird.«

»Seien Sie nicht albern. Jetzt, wo ich weiß, dass es Sie gibt, möchte ich Sie und Ihren Sohn dringend kennenlernen … Himmel, Sofia … Du bist meine Tochter.«

Ich blinzele mir ein paar Tränen weg, als er das so klar ausspricht, während ich spüre, dass sich mein gesamtes Leben auf eine Art und Weise ändern wird, die ich mir vor heute nie hätte träumen lassen.

»Ich muss erst noch mit meiner Frau sprechen, aber kannst du nach Minneapolis kommen? Ich schicke dir Flugtickets für dich und deinen Sohn.«

»Ich … äh, du solltest vielleicht erst mit deiner Familie reden.«

»Was gibt es da zu bereden? Das ist passiert, lange bevor ich meine heutige Frau getroffen habe, und ich hatte bis eben keine Ahnung von deiner Existenz. Sie werden so überrascht sein wie ich, trotzdem wird es kein Problem sein.«

Ich blicke Nico an und sage: »Ich … Ich würde dich und deine Familie liebend gern kennenlernen. Ich muss nur erst rausfinden, wann ich mir freinehmen und Mateo von der Schule befreien lassen kann.«

»Ruf mich an, wenn du mehr weißt, dann arrangieren wir das. Und ich bin so froh, dass du dich gemeldet hast, Sofia. Ich wünschte bloß, ich hätte schon früher von dir erfahren … Ich wäre für dich da gewesen.«

Meine Kehle schnürt sich vor Rührung und Bedauern zusammen, sodass ich kaum sprechen kann. »Das bedeutet mir eine Menge. Danke.«

»Du hast meine Nummer. Ruf mich gern jederzeit an.«

»Mach ich. Du kannst mich auch anrufen.«

»Oh, du wirst von mir hören. Darauf kannst du dich verlassen. Am Ende wirst du mich von Herzen satthaben.«

Ich lache unter Tränen und schüttle den Kopf. »Das bezweifle ich.«

»Wir reden in Kürze wieder, okay?«

»Ja. Okay. Danke für den Anruf.«

»War mir ein Vergnügen.«

Wir beenden das Gespräch mit dem wiederholten Versprechen, bald wieder zu telefonieren.

Ich werfe mich Nico in die Arme und beginne haltlos zu schluchzen. »Das war mein Dad.«

»Hab ich gehört.«

»Ich hab vier Geschwister!«

»So viele hab nicht mal ich.«

»Er will, dass ich ihn besuche.«

»Hab ich ebenfalls gehört.«

»Er hat gesagt, er wäre für mich da gewesen. Warum hat sie ihm das mit mir verschwiegen?«

»Keine Ahnung, Süße, doch du musst einen Weg finden, damit klarzukommen, sodass es dir nicht die Freude verdirbt, nachdem du jetzt weißt, wo er lebt, und du Kontakt zu ihm hast.«

»Ja, vermutlich schon. Trotzdem ist das nur noch ein weiterer Grund, nichts mehr mit ihr zu tun haben zu wollen.«

Er gibt mir kleine Küsse auf die Stirn, die Nasenspitze, meine Wangen und dann auf die Lippen. »Ich freue mich so für dich, Süße.«

»Kommst du mit nach Minneapolis?«

»Ich wünschte, ich könnte es. Aber ich kann hier nicht weg, solange Milo im Krankenhaus ist, ich mich um mein Geschäft kümmern muss und meine Mutter kurz vor dem Abschluss ihrer Krebsbehandlung steht. Wenn das alles erst mal hinter uns liegt, haben wir uns auf jeden Fall eine Megaparty verdient.«

»Richtig. Ich weiß. Ich wünschte bloß, du könntest bei mir sein.«

»Geht mir genauso, und das wäre ich auch, wenn es irgendwie möglich wäre. Ich hoffe, das weißt du.«

»Natürlich. Und es ist keine große Sache.«

»Nein, Sofia. Es ist eine Riesensache. Stell es nicht kleiner hin, als es ist. Du wirst zum ersten Mal in deinem Leben deinen Vater treffen.«

»Ich hab Magenschmerzen.«

»Warum, Süße?«

»Was, wenn er mich nicht mag oder …«

Er starrt mich verwundert an. »Dich nicht mag? Er wird dich lieben. Wie auch nicht? Jeder würde dich lieben. *Ich* liebe dich.«

Es erschreckt mich, ihn das sagen zu hören, selbst wenn ich schon eine Weile lang vermutet hatte, dass er so empfindet. »Ich liebe dich auch.«

»Wirklich?«

»Ja, wirklich«, antworte ich lachend. »Das musst du doch wissen.«

»Irgendwie hatte ich gehofft, dass es so ist.«

»Nach allem, was passiert ist, hätte ich dir keinen Vorwurf gemacht, wenn du mich nie wieder hättest sehen wollen.«

»Das wird nicht passieren.«

»Trotzdem. Ich hätte dir keinen Vorwurf gemacht. Stattdessen hast du deine starken Arme um mich und Mateo gelegt und alles getan, was in deiner Macht stand, um uns zu beschützen und für unsere Sicherheit zu sorgen, obwohl meine Probleme deiner Familie so viel Unglück gebracht haben. Also ja, ich liebe dich, Nico. Ich liebe dich sogar sehr.«

Er zieht mich an sich und wir halten einander eine lange Zeit im Arm. Da summt mein Handy und unterbricht uns, vermeldet eine neue Textnachricht.

Nico lässt mich los, damit ich nachschauen kann.

»Das ist mein Dad.« Ich blicke ihn an und lächele. »Und das war das erste Mal, dass ich diese Worte gesagt habe.«

»Ich bin so froh für dich, Babe.«

»Er schreibt, er habe mit seiner Frau und den Kindern gesprochen, und auch wenn sie von der Neuigkeit so überrascht sind wie er, würden sie mich und Mateo lieber heute als morgen kennenlernen. Er verspricht, Tickets zu schicken, sobald ich ihm mitgeteilt hab, wann es bei uns geht.«

»Du solltest sofort fliegen. Noch diese Woche.«

»Das kann ich nicht, ich muss arbeiten. Ich kann Dee fragen, ob es vielleicht von Sonntag bis Dienstag nächste Woche passt, dann bräuchte ich nur einen Tag Urlaub.«

»Ich wünschte, ich könnte deine Schichten im Service übernehmen, damit du früher loskannst.«

»Das ist total lieb von dir, aber Sonntag ist früh genug.« Ich tippe eine Antwort an meinen Vater. Ich habe einen Vater! Ich erkundige mich bei meiner Chefin, wann ich freibekommen kann. Ich melde mich nachher oder spätestens morgen.

Klingt gut, schreibt er. Ich freue mich schon auf euch beide.

Ich freue mich auch! Vielen Dank, dass du das so großartig aufnimmst. Ich weiß, das muss ein ziemlicher Schock sein.

Ist es, doch das ist schließlich nicht deine Schuld. Ich bin nur froh, dass du versucht hast, mich ausfindig zu machen.

Mir wird klar, dass ich ihm von Mateos Tumor und den Folgen der Operation erzählen muss, damit sie sich nicht über seine ungelenken Bewegungen wundern, über sein halbseitig gelähmtes Gesicht oder seine gelegentlichen Schwierigkeiten mit alltäglichen Dingen. Und ich werde Mateo erklären müssen, wer diese Leute überhaupt sind.

Ich denke darüber nach, während Nico mich zu Mateos Vorschule fährt, um ihn abzuholen. Ich habe unsere Wäsche dabei und auch mehr von Mateos Spielzeug und Kleidung. Mir ist klar, dass wir nach und nach immer mehr von unseren Habseligkeiten zu Nico bringen, obwohl ich mein Apartment und damit meine Unabhängigkeit gerne behalten möchte.

Das ist mir enorm wichtig, aber je mehr ich mit Nico zusammen bin, desto deutlicher erkenne ich, dass er nicht den geringsten Wunsch verspürt, mir irgendetwas zu nehmen. Viel eher möchte er mir Sachen geben, die ich nie zuvor hatte, wie beispielsweise Verlässlichkeit, Sicherheit, Liebe und die Familie, die ich mir erträumt habe, bevor ich wusste, dass ich irgendwo dort draußen selbst eine habe.

Alles an dieser Beziehung ist anders als bei Joaquín. Meine Welt war ganz klein, als ich mit ihm zusammen war. Wir haben nur seine Freunde getroffen und seine Familie, niemals meine. Nach einer Weile haben meine Freundinnen ihre Bemühungen eingestellt, mit mir Kontakt zu halten. Mehr als eine hat versucht, mir klarzumachen, was Joaquín da tat, dass es nicht gesund war, doch da hatte ich schon ein Kind und keine Möglichkeit, uns ohne Joaquín durchzubringen. Und da meine Mutter nicht für mich da war, war ich tatsächlich in einer Lage gefangen, die mehr einem Gefängnisaufenthalt glich als einer Ehe.

Er wollte mir noch nicht mal erlauben, dass ich arbeite, weil ihm daran lag, dass ich voll und ganz von ihm abhängig war. Das kann ich jetzt sehen. Damals steckte ich zu sehr drin, um zu erkennen, wie sehr er die Kontrolle über mein Leben übernahm. Ich hab all meine Aufmerksamkeit auf Mateo gerichtet, der der einzige Lichtblick in einem ansonsten unerträglichen Leben war.

Ich hole tief Luft, um die Angst zurückzudrängen, die jedes Mal in mir aufwallt, wenn ich länger an diese Zeit zurückdenke, atme dann langsam wieder aus.

Nico drückt meine Hand. Ich liebe es, dass er mich ständig berührt, selbst wenn er mich irgendwohin fährt. »Warum hast du so geseufzt?«

Kapitel 21

Sofia

»Ich denke über Dinge nach, die ich vermutlich besser vergessen sollte.«

»Warum tust du das dann?«

»Ich möchte meine früheren Fehler auf keinen Fall wiederholen.«

»Was meinst du zum Beispiel?«, fragt mich Nico.

»Mich so sehr auf einen Mann einzulassen, dass ich mich selbst verliere.«

»Das würde ich auch nicht wollen, denn ich liebe dich.«

Lächelnd schaue ich ihn an. »Du bist überhaupt nicht wie er, das weiß ich.«

»Oh, vielen Dank.«

»Das meine ich ernst«, erwidere ich mit einem Lachen. »Du wirst dich nicht plötzlich in einen Kontrollfreak verwandeln, oder?« Diesen Ausdruck habe ich von einer Freundin gelernt, die mit einem Mann wie Joaquín verheiratet war.

»Nope.«

»Aber die Sache ist die: Bei ihm habe ich das auch nicht erwartet. Als wir zusammengekommen sind, war er überhaupt nicht so. Er hat sich nach und nach verändert, und ich war so damit beschäftigt, Mateo eine gute Mutter zu sein, mit allem, was dazugehört, dass ich das am Anfang gar nicht erkannt habe. Als mir dann endlich klar wurde, was da eigentlich passierte, war ich schon komplett isoliert von all meinen Freunden, hatte kein eigenes Geld mehr und war in einem Albtraum gefangen.«

Er schließt seine Hände fester um das Lenkrad, und an seinem Kiefer zuckt ein Muskel. »Ich hasse es, dass er dir das angetan hat.«

»Ich hab es zugelassen.«

»Nein, hast du nicht«, widerspricht er mir rau. »Gib dir nicht selbst die Schuld daran.«

»Es freut mich, dass du immer auf meiner Seite bist, Nico, aber ich *habe* es zugelassen. Ich hab mir seinen Mist so lange gefallen lassen, dass er sich schließlich überhaupt nicht mehr zurückgehalten hat. Wenn ich mich stärker gewehrt hätte, wäre es vielleicht nie so weit gekommen.«

»Oder er hätte dich und oder gar Mateo umgebracht. Du hast getan, was nötig war, um zu überleben. Zerbrich dir nicht den Kopf darüber, was du unter Umständen hättest tun können, um deinen Mann zu beschwichtigen.«

»Ja, du hast recht. Trotzdem wünsche ich mir immer noch, dass ich ihm gegenüber nicht so ein Waschlappen gewesen wäre.«

»Du hattest Angst um dich und dein Kind. Vermutlich war es dir anfangs nicht sofort klar, aber tief drinnen wusstest du, dass du vorsichtig sein musstest. Und er hat mit dieser Angst gespielt, um dich zu manipulieren.«

Darüber denke ich einen Moment lang nach. »Das ist gut möglich.«

»Das stimmt auf jeden Fall. Du hattest Angst vor ihm, lange bevor er dir tatsächlich Grund dazu gegeben hat, oder du hättest dir diesen ganzen Mist niemals gefallen lassen.«

»Ich bin jetzt anders als damals.«

»Wie meinst du das?«

»Seit Mateo krank geworden ist, hat sich mein Leben einschneidend verändert. Nachdem ich in der Sozialklinik war, hat Maria ihrer Familie von uns erzählt. Eure Großmütter haben mir Geld gegeben und einen Job und haben uns mit Essen versorgt und allem, was wir gebraucht haben. Sie haben mein Leben komplett umgekrempelt. Sie haben mein Selbstvertrauen gestärkt und mir über einen Anwalt, einen Stammgast im Restaurant, geholfen, die Scheidung einzureichen. Ich habe mich geändert und bin ganz anders als früher. Es stört mich, dass ich es letzten Endes Mateos Krankheit zu verdanken habe, dass alles besser geworden ist, aber so ist es nun mal. Es hat mir bewusst gemacht, was ich in meiner Ehe habe geschehen lassen, und dank deiner Großmütter konnte ich etwas dagegen unternehmen.«

»Was ist passiert, als du ihm gesagt hast, dass du ihn verlässt?«

»Ich hab es ihm nie gesagt, ich habe es einfach getan. Ich hatte gerade erst einen Job und ein Apartment aufgetan, als Mateo krank geworden ist, und ich hatte furchtbare Angst, dass ich alles verlieren würde. Dann sind deine Großmütter in mein Leben getreten, mit allem, was wir gebraucht haben, einen besser bezahlten Job als den, den ich selbst gefunden hatte, inklusive. Der Anwalt, der regelmäßig im Giordino's zu Gast ist, hat Joaquín die Scheidungspapiere zugestellt. Das Kontaktverbot kam später, als er in meiner Wohnung aufgetaucht ist, ohne dass ich ihn eingeladen hatte oder ein Besuch bei Mateo anstand. Ich konnte es kaum fassen, als das Gericht entschieden hat, dass Mateo einen Tag in der Woche bei ihm verbringen soll. Er hat sich nie auch nur das geringste bisschen an seiner Versorgung beteiligt und es stand ihm nicht zu. Die ersten paar Male hatte ich schreckliche Angst, vor allem weil Mateo nach der OP noch sehr geschwächt war. Joaquín hat sich überhaupt nicht für seinen Gesundheitszustand interessiert, sondern hat sich immer nur beschwert, dass, was immer sie mit ihm angestellt hätten, ihm geschadet habe und wir sie verklagen sollten.«

»Was für ein Idiot.«

»Du hast keine Ahnung, wie schlimm er wirklich ist. Er hat jeden Arzt beschimpft, Jason eingeschlossen. Ich werde niemals vergessen, was Jason ihm auf seine haltlosen Vorwürfe geantwortet hat. ›Ich habe Ihrem Sohn das Leben gerettet. Wenn Sie mich deswegen verklagen wollen, bitte.‹«

Nico lacht laut auf. »Das finde ich klasse. Echt schlagfertig von Jason.«

»Ich hätte Joaquín am liebsten ausgelacht, weil das so lächerlich war. Trotzdem war es mir peinlich nach allem, was Jason für uns getan hat, und auch noch ohne Bezahlung. Ich habe ihm versichert, dass Joaquín nicht für uns beide spricht.«

»Ich bin mir sicher, dass Jason das klar war. Er ist einer der intelligentesten Menschen, die ich kenne.«

»Er hat mir gesagt, ich solle mir darüber keine Gedanken machen. Ich vermute, er erlebt so was immer wieder mit Eltern, die erwarten, dass ihre Kinder nach einer Hirn-OP aufwachen und genauso sind wie vorher, ohne jegliche Einschränkung.« Ich schaue zu ihm hinüber. »Ist das das richtige Wort?«

»Ja.«

»Ich musste das beim ersten Mal, als er es benutzt hat, nachschlagen, um genau zu verstehen, was er gemeint hat. Ich habe viel geweint, nachdem ich begriffen hatte, dass es bedeutete, dass Mateo für den Rest seines Lebens Probleme haben könnte.«

»Aber wenigstens *hat* er ein Leben, richtig?«

»Ja. Ich hab mir auch immer gesagt, dass das das Wichtigste ist. Doch zuzusehen, wie er sich anstrengen muss, um zurückzuerlangen, was er eingebüßt hat, ist schwierig.«

»Ich weiß. Das geht mir ebenfalls nahe und ich bin nicht mal ein Elternteil.«

»Ich wollte, dass er ein besseres Leben hat als ich.«

»Das hat er, schon allein weil er dich hat. Du machst sein Leben jeden Tag besser, einfach indem du für ihn da bist. Er weiß, wie viel Glück er hat, denn er lässt dich nicht aus den Augen. Er will stets wissen, wo du bist.«

»Das habe ich auch bemerkt. Seit der Richter verfügt hat, dass Joaquín Besuchsrecht hat und Mateo zu ihm muss, ist er ängstlicher als vorher. Ich hatte solche Panik, dass Joaquín ihn entführen würde oder schlimmer … In der ersten Nacht, die er bei ihm verbracht hat, bin ich fast durchgedreht. Joaquín hat Cousins in Panama und Mexiko. Ich habe mir ausgemalt, dass er sich Mateo schnappt und ihn irgendwohin verschleppt, wo ich ihn niemals finden würde.«

»Gott, das ist furchtbar, Sofia. Es tut mir schrecklich leid, dass du dich mit solchen Sorgen herumschlagen musstest.«

»Als Mateo wieder zu Hause war, habe ich stundenlang geweint, was ihm nur noch mehr Angst eingejagt hat.«

»Wer kann dir da schon einen Vorwurf machen?«

»Ich hasse es, was Joaquín Milo angetan hat, doch ich bin froh, dass er dafür eine lange Weile im Gefängnis bleibt.«

»Milo würde dir versichern, dass es das wert war, angeschossen zu werden, wenn es dir und Mateo das Leben erleichtert.«

»Das ist Wahnsinn. Sag das nicht!«

»So ist er aber.«

»Denkst du, ich könnte ihn mal besuchen?«

»Sicher. Du kannst mich begleiten, wenn ich heute Nachmittag zu ihm fahre. Ich bin mir sicher, dass jemand im Wartezimmer sitzt, der einen Moment auf Mateo aufpassen kann.«

»Wenn nicht, warte ich dort auf dich.«

»Ich gehe rein und besuche ihn, und dann kommst du nach mir.«

»Okay.« Trotz allem, was Nico sagt, macht mich der Gedanke nervös, Milo zu treffen. Der Rest der Familie ist weiter so nett zu mir gewesen. Trotzdem könnte ich es ihm kaum verdenken, wenn er mich deswegen hasst. Beinahe hätte er wegen meines Ex-Mannes alles verloren.

Als wir Mateos Vorschule erreichen, sehe ich Joaquíns Mutter neben ihrem Auto auf dem Parkplatz stehen.

»Was?«, fragt Nico, dem sofort auffällt, dass irgendetwas los ist.

»Joaquíns Mutter.«

»Ist ihre Anwesenheit hier ungewöhnlich?«

»Bisher ist sie noch nie hier gewesen.«

»Besteht die Möglichkeit, dass sie eine Waffe hat?«

»Eher nicht.«

»Aber du bist dir nicht sicher?«

»Es würde mich sehr überraschen. Sie ist mit den Entscheidungen ihres Sohnes nicht einverstanden.«

»Soll ich Miguel anrufen?«

»Nein, ich rede mit ihr, wenn du nach Mateo Ausschau halten könntest. Er wird von seiner Schulbegleiterin Lauren gebracht.«

»Okay, aber wenn du mich brauchst, schrei dir die Kehle aus dem Hals.«

»Was soll das heißen? Die Kehle aus dem Hals schreien?«

Er spielt mir vor, wie er wie wild schreit, und ich muss lachen.

»Verstehe.«

»Sei vorsichtig.«

»Na klar.«

Ich steige aus dem Pick-up und gehe zu Marisol, die mir immer eine Freundin gewesen ist, selbst in den schlimmsten

Zeiten mit Joaquín. »Was willst du hier?«, frage ich sie auf Spanisch.

»Ich habe gehofft, dich zu treffen, und wusste nicht, wo ich dich sonst finden kann. Ich habe gehört, dass du nicht mehr in deiner Wohnung bist.«

»Das stimmt, weil es dort nicht sicher für mich ist, wenn dein Sohn und seine Familie auf Leute schießen, die mir wichtig sind.«

»Joaquín sagt, dass er auf niemanden geschossen hat«, erklärt sie unter Tränen. »Er würde so etwas nie tun.«

»Die Polizei hat es auf Video, Marisol. Sie können beweisen, dass sie es waren.«

Sie fängt an, leise zu weinen. »Du hast ihn dazu gebracht! Du hast ihn verlassen und sein Kind mitgenommen!«

»Ich habe ihn verlassen, weil er grausam zu mir war, wie du genau weißt. Du hast es miterlebt und ihn für die Art, wie er mich behandelt hat, sogar kritisiert. Stell dir vor, wie es war, wenn du nicht dort warst. Ich habe meinen Sohn und mich selbst gerettet, indem ich ihn verlassen habe.«

»So ist er nicht. Er ist niemand, der einfach einen Mann niederschießt.«

Darauf antworte ich nicht, denn was soll ich sagen? Welche Mutter will schon hören, dass ihr Sohn ein Psychopath ist, der einen Unschuldigen niederknallt?

»Wer ist der Mann, mit dem du gekommen bist?«

»Sein Name ist Nico. Sein Bruder ist derjenige, den Joaquín beinahe getötet hat. Sie haben Milo mit Nico verwechselt. Sie haben versucht, ihn umzubringen, weil ich mit ihm glücklich bin.«

»Du bist immer noch verheiratet. Vielleicht ist das der Grund, warum er durchgedreht ist.«

»Ich hab die Scheidung eingereicht, die demnächst rechtsgültig werden wird. Ich darf eine neue Beziehung beginnen, genau wie er auch.«

»Er will niemanden außer dir!«

»Aber mich kann er nicht mehr haben, Marisol. Dafür hat er mich zu schlecht behandelt.«

»Ist hier alles in Ordnung?«, fragt Nico.

Ich drehe mich um und sehe ihn, wie er dort steht, eine Hand auf Mateos Schulter.

»¡Abuela!« Mateo läuft in die ausgestreckten Arme seiner Großmutter.

»Hola, mi niño. ¿Cómo estás?«

»Bien.«

»Lass uns nach Hause fahren, Mateo«, sage ich.

»Wo wohnst du jetzt?«, will Marisol wissen und gibt Mateo einen Kuss auf den Scheitel, bevor sie ihn loslässt.

»Sie wohnen bei mir, bis es sicher für sie ist, nach Hause zurückzukehren«, erklärt Nico.

»Mein Sohn ist für Gott weiß wie lange hinter Gittern.«

»Es geht nicht nur um ihn, Marisol«, erinnere ich sie. »Du weißt, wie der Rest von ihnen tickt. Sie denken, dass das alles meine Schuld ist, dabei habe ich lediglich beschlossen, dass ich nicht länger mit deinem Sohn verheiratet sein will. Das ist mein gutes Recht. Wenn ich oder dein Enkel dir irgendwie wichtig sind, solltest du ihnen ausrichten, dass sie uns in Ruhe lassen sollen.«

»Sie werden nicht auf mich hören.«

»Du könntest es wenigstens versuchen, außer du möchtest, dass ihre nächste Kugel jemanden trifft, der dir vielleicht wichtig ist.« Über Mateos Kopf zeige ich auf ihn und werfe ihr einen flehenden Blick zu. »Bitte. Sag ihnen, sie sollen uns in Ruhe lassen.«

»Ich tue, was ich kann. Wirst du mir erlauben, ihn weiter zu sehen?«

»Natürlich. Du bist seine *abuela*. Du kannst ihn jederzeit besuchen, wenn du das möchtest, solange du mich und meine Entscheidungen respektierst.«

»Ich hab es ihm gesagt …« Tränen laufen ihr über das hübsche Gesicht, das von dunklen Ringen um ihre braunen Augen gezeichnet ist. »Ich habe ihm seit Jahren gesagt, dass er dich besser behandeln soll, aber er tut ja, was er will. Ich hoffe, du weißt …« Ihr Blick wandert von mir zu Nico, kehrt dann zurück zu mir. »Der Junge, den ich großgezogen habe, hätte so etwas niemals getan.«

»Niemand gibt dir die Schuld, Marisol.«

Sie presst sich eine Faust auf die Brust. »*Ich* gebe mir die Schuld. Er ist *mein* Sohn. Sein Vater hat in seinem Leben nie eine Rolle gespielt. Er hatte niemanden, der ihm beibringen konnte, wie man ein guter Ehemann und Vater ist. Ich habe mein Möglichstes getan …«

Ich trete zu ihr und schließe sie in die Arme. »Das weiß ich doch. Er hat seine eigenen Entscheidungen getroffen und jetzt muss er dafür bezahlen.«

»Lo siento mucho, cariño.«

»Gracias. Te llamaré pronto.« Ihre Entschuldigung bedeutet mir viel, und ich verspreche, sie bald anzurufen.

Sie umarmt und küsst Mateo und sagt ihm, dass er ein guter Junge ist. *»Te amo.«*

»Te amo, abuela.«

Als wir zum Auto zurückgehen, legt Nico einen Arm um mich.

»Mama, warum ist *abuela* traurig?«, will Mateo wissen.

»Sie vermisst uns.« Ich helfe ihm in den Pick-up und schnalle ihn in seinem Autositz an. »Hattest du einen schönen Tag?«

Er nickt. »Können wir heute schwimmen?«

»Auf jeden Fall«, erwidert Nico und lächelt uns vom Fahrersitz aus an.

Mateos fröhliches Lachen erhellt meine Welt. Alles, was ich will, ist, dass er glücklich und in Sicherheit ist, und ich bin Nico extrem dankbar, dass er uns das ermöglicht.

Nico

Ich gehe total gern mit Mateo in den Pool. Er ist so glücklich, dass er im Wasser sein darf, dass es ihm egal ist, wenn ich ein paar Übungen mit ihm mache, wie auf der Seite zu liegen und mit den Beinen zu paddeln oder Hampelmann. Er ist bei allem dabei, was ich vorschlage, und scheint meine Aufmerksamkeit aufzusaugen wie ein Schwamm.

Er ist ein süßer kleiner Junge und ich genieße jede Minute, die ich mit ihm verbringe.

Als ich untertauche und mit ihm auf den Schultern wieder hochkomme, kreischt er vor Lachen.

Er klammert sich an meine Haare und hält sich fest.

»Vorsicht, sonst hab ich bald eine Glatze!«

Darüber muss er nur noch mehr lachen. Plötzlich lasse ich mich mit ihm ins Wasser fallen und wir kommen prustend wieder hoch. Ich bemerke, dass er lacht, während er hustet.

»Noch mal!«

Am Ende muss ich es mindestens hundert Mal machen. Es ist besser als ein Work-out im Fitnessstudio. Als ich ihn schließlich auf die Kante des Pools hebe, sind wir beide erschöpft, aber auf gute Art und Weise. »Wir müssen uns anziehen und meinen Bruder Milo im Krankenhaus besuchen.«

»Warum ist er im Krankenhaus?«

»Er ist angeschossen worden.«

Mateos niedliche kleine Augenbrauen ziehen sich zusammen, während er darüber nachdenkt. »Warum?«

»Wissen wir nicht genau. Es war ein Unfall, doch es geht ihm langsam besser.«

»Hast du Angst?«

»Nicht so viel wie vorher, als wir noch nicht wussten, ob er wieder gesund wird.«

»Ich finde es schön, dass er wieder gesund wird. Er ist nett.«

»Ja, ist er. Er ist die netteste Person, die ich kenne.«

»Du bist auch nett.«

Das Kompliment bedeutet mir alles. »Danke, Kumpel. Wir sollten uns fertig machen, damit wir zum Krankenhaus fahren können.«

»Können wir nachher noch mal schwimmen?«

»Vielleicht.« Maria hat einen Pool, aber ich will nichts versprechen, was ich eventuell nicht halten kann. »Schauen wir mal, was passiert.«

Vierzig Minuten später kommen wir im Krankenhaus an und begeben uns auf die Intensivstation, wo Maria, meine Eltern, meine Großmütter, meine Tante und mein Onkel versammelt sind.

»Da ist ja mein kleiner Freund Mateo«, begrüßt Nona ihn und streckt ihm eine Hand hin.

Mateo läuft durch den Raum und umarmt sie.

Ich liebe meine Nona immer, doch ich bin noch dankbarer für sie, wenn ich sehe, wie sie und Abuela Sofia und Mateo ins Herz geschlossen haben.

»Wie geht es ihm heute?«, frage ich meinen Dad.

»Ganz gut, er fängt allerdings an, sich zu langweilen. Jason meint, noch ein paar Tage, dann kann er damit beginnen, sich ein bisschen zu bewegen.«

Ich fühle mit meinem Bruder, denn mich würde die Untätigkeit auch verrückt machen. »Könnte Mateo einen

Moment bei euch bleiben?«, erkundige ich mich. »Sofia würde gerne mit Milo sprechen.«

»Natürlich«, antwortet Nona. »Lass ihn ruhig hier bei uns. Im Moment ist Dee bei Milo, aber jetzt, wo sich sein Zustand weiter stabilisiert hat, dürfen mehrere Besucher gleichzeitig zu ihm.«

»Okay, danke.« Ich nehme Sofia an der Hand und bringe sie zu Milos Zimmer.

Schon auf dem Korridor hören wir Dee und ihn lachen.

»Was ist so lustig?«, frage ich beim Eintreten.

»Dee bringt mich zum Lachen, obwohl ich ihr gesagt habe, sie soll das lassen.«

»Sie macht ja nie, was man ihr sagt«, erwidere ich.

»Du musst gerade reden«, entgegnet Dee.

Als ich zu Sofia blicke, bemerke ich, dass sie das Metallding um Milos Kopf erschreckt betrachtet. Mir wird klar, dass ich sie hätte vorwarnen sollen. »Jason hat uns erklärt, das sorge dafür, dass Milo in der ersten Heilungsphase den Hals nicht bewegen kann. Er behauptet, es sehe sehr viel schlimmer aus, als es ist.«

»Der hat leicht reden«, beschwert sich Milo. »Er hat nie in so einem Ding gesteckt.«

»Milo«, sagt Sofia sanft und mit bebender Stimme. »Es tut mir so furchtbar leid, dass das passiert ist.«

Er hält ihr eine Hand hin.

Sie legt ihre hinein, während ich versuche, meine Tränen zurückzuhalten.

»Ich geb dir nicht die Schuld daran, Süße«, versichert ihr Milo auf seine gewohnte freundliche Art. »Du hattest damit nichts zu tun. Das ist alles die Schuld meines Bruders.«

Das trifft mich wie ein Schlag in die Magengrube. »Was?«

»Haha, erwischt. Du hättest dein Gesicht sehen sollen.« Milos Lachen hört sich anders an als sonst, weil er nicht so loslegen kann wie üblich. »Jetzt macht nicht so lange Gesichter,

Leute, und hört auf, euch die Schuld zu geben. Ihr habt mir das nicht angetan. Ich werde wieder gesund, und die Typen, die das auf dem Gewissen haben, sind im Gefängnis. Das ist alles, was wichtig ist, stimmt's?«

Sofia nickt, aber ich kann den Kummer erkennen, der in ihren ausdrucksstarken Augen schimmert.

Ich lege wieder einen Arm um sie. »Dann lassen wir dich mal in Ruhe, Bro.«

»Ich bin da, um dir mit allem zu helfen, was du brauchst, wenn du nach Hause kommst«, fügt Sofia hinzu. »So lange, wie es nötig ist.«

»Danke. Das ist sehr nett von dir. Pass auf ihn auf, bis ich entlassen werde. Er bedarf ständiger Überwachung.«

Darüber muss ich lachen und verdrehe die Augen. Es freut mich, dass Sofia Milo helfen will, denn das bedeutet, dass sie in meiner Nähe bleibt, was, außer dass Milo sich wieder völlig erholt, alles ist, was mir im Moment wichtig ist. »Wenn du meinst.«

»Keine Sorge«, versichert ihm Sofia in ernsthaftem Tonfall. »Ich bleibe an ihm dran.«

Milo grinst frech. »Darauf würde ich wetten.«

»Ganz nah dran«, füge ich hinzu.

»Das war jetzt unnötig«, stöhnt Milo.

»Wir schauen morgen wieder vorbei.«

»Ich lauf nicht weg.«

Sofia gibt Milo einen Kuss auf den Handrücken. »Danke, dass du nicht gelähmt bist oder tot.«

»Gerne. Und hör auf, dir Vorwürfe zu machen, sonst werden wir beide einen Riesenärger miteinander kriegen, verstanden?«

Sie nickt und lächelt, während sich ihre Augen mit Tränen füllen. »Verstanden.«

»Gut. Und jetzt verschwindet. Die Schwestern dürften bald auftauchen, um mich zu waschen. Das ist das Highlight meines Tages.«

»Du bist pervers.«

»Hey, Nico?«

»Geh und rede mit ihm«, sagt Sofia. »Ich bin im Wartezimmer.«

»In Ordnung.« Ich dreh mich zu ihm zurück. »Ja?«

»Was ich zu ihr gesagt habe, gilt für dich genauso. Lass die Schuldgefühle sein. Ich bin an dem Abend aus freien Stücken für dich eingesprungen, und selbst jetzt, da ich weiß, was passieren kann, würde ich es wieder tun, denn es wäre unerträglich, wenn dir irgendetwas zustoßen würde.«

»Dann weißt du, wie es mir damit geht, dass du meinetwegen im Krankenhaus liegst.«

»Es ist nicht deinetwegen, und außer du möchtest einen epischen Streit mit mir vom Zaun brechen, hör auf damit. Okay?«

»Na klar. Was immer du willst.«

»Das ist es, was ich will.«

»Dann kriegst du es.«

»Sag es so, als würdest du es ernst meinen.«

»Ich meine es ernst. Jetzt sei still und lass dich von den Schwestern waschen.«

»O Mann, das ist das Beste überhaupt. Du solltest es auch irgendwann mal probieren.«

»Ich verlass mich da ganz auf dein Wort. Bis morgen.«

»Bis dann.«

Ich kehre zu den anderen ins Wartezimmer zurück. »Ja, es geht ihm gut.«

»Bildet sich sonst was ein und kommandiert alle herum«, sagt Maria. »Das Baby der Familie denkt, dass er jetzt der

Boss sei. Wir werden ihn wieder auf das ihm zustehende Maß zurechtstutzen, wenn er hier raus ist.«

»Auf jeden Fall«, stimmt ihr Dee zu.

»Jetzt muss ich nach Hause und alles für die Party vorbereiten«, verkündet Maria. »Sehen wir uns gleich?«

Ich umarme meine Schwester, als sie an mir vorbeigeht. »Na klar.«

»Wenn wir später mal eine Minute Zeit haben, kann ich dann über etwas mit dir reden?«, fragt Sofia Dee.

»Ich habe jetzt Zeit.«

Sofia blickt sich unsicher um, als sei sie sich unschlüssig, ob sie ihre Neuigkeit allen mitteilen sollte.

»Sie wollen es wissen, Süße.«

»Ist irgendwas passiert?«, erkundigt sich meine Mom.

»Nein, es ist alles in Ordnung«, erwidert Sofia. »Tatsächlich sind es sogar gute Neuigkeiten. Nachdem ich mich schon mein ganzes Leben lang frage, was eigentlich mit meinem Vater ist, habe ich ihn endlich gefunden.« Sie erzählt ihnen von dem Posting auf Facebook und wie leicht es letztendlich war, ihn aufzuspüren. »Er lebt in Minnesota und möchte mich und Mateo so schnell wie möglich kennenlernen. Wir sollen ihn besuchen kommen.«

»Steigen wir in ein Flugzeug, Mama?«, will Mateo wissen.

»Ja, genau. Das klingt toll, oder?«

»Wann können wir los?«

»Das wollte ich gerade Dee fragen.«

Als Restaurantleiterin vom Giordino's zeichnet Dee unter anderem auch für die Schichteinteilung verantwortlich. Vincent und Vivian haben sie ins Boot geholt, damit sie selbst hoffentlich irgendwann genug freie Zeit haben, um zu reisen und andere schöne Sachen zu tun.

»Das sind wirklich großartige Neuigkeiten, Sofia«, entgegnet Dee sofort. »Du solltest besser heute als morgen zu ihm.«

»Diese Woche muss ich arbeiten, aber ich hab mir überlegt, dass ich vielleicht Sonntag bis Dienstag nächste Woche wegkann, sodass ich nur am Dienstag Urlaub brauche.«

»Ich übernehme für dich und geb dir auch das Trinkgeld«, sagt Dee. »Du musst deinen Vater kennenlernen. Gibt es noch weitere Familie?«

»Er ist verheiratet und hat vier andere Kinder.«

»Du hast vier Geschwister!«, ruft Nona. »Wie schön. Ich stimme Dee zu. Warte nicht länger. Fahr hin, so schnell du kannst. Wir finden jemanden, der für dich einspringt, ohne dass du auf das Geld verzichten musst.«

»Wer seid ihr?«, fragt Sofia leise. »Ihr kümmert euch immer erst um die Bedürfnisse anderer … Mir ist noch nie jemand wie ihr begegnet.«

»Du bist jetzt eine von uns, *cariño*«, erklärt Abuela. »Und ich stimme dir und Livia zu. Das sind großartige Neuigkeiten. Du musst sofort hin und deine Familie treffen. Das mit deinen Schichten kriegen wir schon hin.«

»Ich danke euch allen so sehr. Nicht nur dafür, sondern für alles. Ich hätte euch keinen Vorwurf gemacht, wenn … Na ja …«

»Wir wissen, wer Milo niedergeschossen hat, Süße«, erwidert Dad. »Und wir wissen auch, wer das *nicht* getan hat. Ich bin mir sicher, dass ich für die ganze Familie spreche, wenn ich dir versichere, wir sind einfach dankbar, dass du und Mateo nicht länger bei ihm seid. Und noch was: Sie alle haben recht. Du solltest deinen Vater so schnell wie möglich kennenlernen.«

Ich habe meinen Dad nie mehr geliebt als in diesem Moment, als er genau das sagt, was Sofia hören muss. »Wir sehen euch gleich alle bei Maria?«

»Wir kommen später nach«, antwortet Dad. »Wir wollen erst noch eine Weile bei Milo bleiben.«

»Kann ich bei euch mitfahren?«, fragt mich Dee. »Vorhin habe ich ein Uber genommen, damit Wyatt und ich nachher bei Maria nur ein Auto haben.«

»Sicher. Los geht's.«

Kapitel 22

Sofia

Wieder einmal überrascht mich die Familie Giordino mit ihrer Großzügigkeit. Wie muss es gewesen sein, in einer Familie aufzuwachsen, in der man sich so liebt und unterstützt, wie sie es tun? Ich kann es mir nur schwer vorstellen, aber ich bin dankbar, sie jetzt in meinem Leben zu haben – und in Mateos. Es ist schon seltsam, dass der Tag, an dem der Gehirntumor bei ihm diagnostiziert wurde, in gewisser Weise der glücklichste Tag in unserem Leben war, weil wir dadurch den Giordinos begegnet sind.

Das Leben ist manchmal bizarr. Dass aus etwas so Furchtbarem so viel Gutes entstehen konnte, ist einfach unglaublich.

Während wir in Nicos SUV auf dem Weg zu Maria sind, sende ich meinem Vater eine Textnachricht. Ich kann es immer noch nicht glauben, dass ich meinem Vater schreiben kann.
Hallo noch mal. Meine Chefs möchten, dass ich dich so bald wie möglich besuchen komme. Mateo darf ein bisschen Schule versäumen, also vielleicht Freitag bis Montag? Wenn das bei dir nicht passt, können wir es ein andermal machen.

An einer roten Ampel reiche ich Nico mein Telefon. »Alles richtig so?«

»Jap. Eins mit Stern.«

»Danke.« Ich nehme das Handy wieder und schicke die Nachricht ab, warte mit angehaltenem Atem auf eine Antwort.

Er meldet sich zwei Minuten später. Lass mich sehen, was ich für Flüge buchen kann, und dann schreibe ich dir noch mal. Schick mir eure vollen Namen und Geburtstage (mit Jahr). Könnt ihr Freitag jederzeit?

Ja, können wir, und hier sind unsere Daten.

Nachdem ich alles geschickt habe, sendet er ein Daumen-hoch-Emoji zurück.

»Alles geklärt?«, fragt mich Nico.

»Erst mal schon. Er sucht nach Flügen. Ich bin noch nie geflogen.«

»Echt nicht? Du wirst es lieben. Ich wünschte, ich könnte mit euch kommen.«

»Warum kannst du das nicht?«, fragt Dee von der Rückbank.

»Arbeit, Milo, Mom, Dad und noch einiges mehr.«

»Du solltest sie definitiv begleiten. Wyatt, Austin und Dom würden bestimmt deine Fahrten übernehmen.«

»Das kann ich nicht von ihnen verlangen.«

»Musst du auch nicht. *Ich* frage sie.«

»Dee! Nicht. Das ist zu viel.«

»Nein, das ist es nicht und ich habe es schon getan. Wyatt hat sofort geantwortet. Er hat mir geschrieben: ›Sag mir, wann und wo, und ich werde da sein.‹ Austin lässt ausrichten, er übernimmt deine Fahrten liebend gern. Du sollst ihm einfach die Details zukommen lassen.«

Ich kann sehen, dass Nico von ihrer Hilfsbereitschaft genauso überwältigt ist wie ich. »Was ist mit Milo?«, fragt er seine Schwester und schaut sie im Spiegel an.

»Falls du es nicht bemerkt hast, es gibt den einen oder anderen hier, der da mithelfen kann«, erwidert Dee. »Du fliegst mit Sofia und Mateo nach Minnesota.«

»Diese Familie«, sage ich wieder, weil sie mich ein ums andere Mal begeistern.

»So sind wir eben«, meint Dee. »Es ist das, was wir in unserer Familie füreinander tun.« Nach einer kurzen Pause verkündet sie: »Dom ist auch dabei. Da hast du es. Drei Freiwillige, die dir deine Fahrten abnehmen. Es kann losgehen.«

»Wäre das für dich ebenfalls in Ordnung?«, fragt Nico, als wir an einer weiteren roten Ampel anhalten müssen.

»Ja, natürlich. Ich möchte, dass du mitkommst.«

Er atmet lang gezogen aus. »Und ich wäre gerne bei dir. Du solltest da nicht alleine sein. Ich meine, außer mit Mateo natürlich.«

»Ich weiß, was du meinst, und ich freue mich so, dass du mitkommst. Ich schreib das rasch meinem Vater.«

»Sag ihm, dass ich mir selbst ein Ticket für denselben Flug buchen werde.«

Ich tippe die Nachricht mit den neuen Informationen, wobei ich für eine Sekunde überlege, wie ich Nico nennen soll. Schlussendlich entscheide ich mich dafür, ihn als meinen festen Freund zu bezeichnen.

Okay, antwortet mein Vater. Schick mir auch von ihm Name und Geburtsdatum.

»Es ist okay, und er fragt nach deinem Namen und deinem Geburtsdatum.«

Nico nennt mir die Informationen und ich gebe sie an meinen Vater weiter.

»Dein Dad hört sich nett an.« Dee beugt sich vor, um mir die Schulter zu drücken. »Ich freue mich so für dich, Sofia.«

»Danke. Ich kann es noch gar nicht fassen.«

»Es ist auf jeden Fall sehr aufregend.«

»Wir werden fliegen!«, ruft Mateo plötzlich.

»Das ist alles, was ihn interessiert. Der Großvater, die Tanten und Onkel, all das kommt erst an zweiter Stelle.«

»Wenn ihr erst da mal seid und er sie kennenlernt, wird er sich bestimmt freuen«, versichert mir Dee.

Wir sind fast bei Marias Haus, als mein Dad sich erneut meldet und nach einer E-Mail-Adresse fragt, an die er die Tickets senden kann. Ich schicke ihm meine Gmail-Adresse.

Wen soll ich als Notfallkontakt eintragen? Es sollte wahrscheinlich jemand anders als ich sein, da ich niemanden aus deinem Freundes- und Bekanntenkreis kenne.

Als ich die Frage an Nico und Dee weitergebe, schlägt sie vor: »Nimm mich.« Sie sagt ihre Telefonnummer auf, die ich meinem Vater mit der Erklärung sende, das sei Nicos Schwester.

Hab ich notiert, danke. Die Tickets dürften in Kürze in deinem Postfach sein. Ich kann es nicht erwarten, dich am Freitag zu sehen!

Geht mir genauso. Ich kann es immer noch nicht glauben, dass das hier passiert. Danke für die Tickets.

Das ist das Mindeste, was ich tun kann. Ich hole euch in Minneapolis ab. Schickst du mir bitte ein Bild von euch? Im Gegenzug ist hier eins von mir.

Ich sende ihm ein aktuelles Foto von uns und schaue mir dann das von ihm an.

Den Moment, in dem ich sein Gesicht erblicke, werde ich nie vergessen. Ich starre es so lange an, dass ich es gar nicht merke, als Nico mit dem Auto in Marias Einfahrt einbiegt oder dass sie auf mich warten. »Das ist mein Vater.« Ich zeige ihnen das Foto.

»Du siehst ihm ähnlich«, stellt Dee fest.

»Das finde ich auch. Aber ich war mir nicht sicher, ob das reines Wunschdenken war.« Obwohl ich die dunklen Haare und die dunklere Hautfarbe meiner Mutter geerbt habe, hab ich die Gesichtsform und die Augen von ihm. »Ich habe mich immer gefragt, wem ich eigentlich ähnlich sehe.«

»Jetzt weißt du es«, verkündet Nico.

»Mateo, komm mit, wir schauen uns Marias Pool an, okay?«, schlägt Dee meinem Sohn vor.

»Okay!«

Sie schnallt ihn ab, nimmt die Tasche, die ich für ihn gepackt habe, bevor wir bei Nico losgefahren sind, fasst ihn an der Hand und geht mit ihm ins Haus. Ich bin ihr dankbar, dass sie mir eine Minute dafür verschafft, mich zu sammeln.

»Das ist so aufregend«, meint Nico. »Ich freue mich sehr für dich.«

»Es ist so lange her, dass etwas Gutes in meinem Leben passiert ist, und jetzt fühle ich mich, als warte jeden Tag etwas tolles Neues auf mich. Nun, außer dass Milo angeschossen wurde.«

»Niemand hat gute Dinge mehr verdient als du.«

»Wir alle haben sie verdient.«

»Ich schätze schon, aber manche von uns verdienen sie mehr und du bist eine von ihnen. Du hast ein so tolles Kind fast ganz allein großgezogen und dich jahrelang mit so viel Mist von deinem Ex rumgeschlagen. Du hast Mateo durch eine schlimme Krankheit begleitet und hilfst ihm noch, sich davon zu erholen.

Du bist ein wunderbarer, hart arbeitender, ehrlicher und liebevoller Mensch, Sofia, und guten Menschen wie dir sollten gute Dinge passieren.«

»Danke dafür, und dass du mit nach Minnesota kommst. Ich weiß, es ist viel verlangt bei allem, was bei dir los ist, und mit Milo …«

»Er würde wollen, dass ich bei euch bin.« Er beugt sich zu mir rüber und streichelt mir das Gesicht. »Und ich bin froh, dass ich nicht vier Tage auf dich verzichten muss.«

»Das freut mich auch.«

»Warte auf mich.« Er steigt aus dem Auto aus, läuft zur Beifahrerseite und öffnet mir die Tür. Sobald ich vor ihm stehe, schlinge ich die Arme um ihn und er küsst mich. »Ah, das habe ich gebraucht«, erklärt er ein paar Minuten später.

»Ich auch.« Ich küsse ihn ein weiteres Mal, einfach weil ich es kann. Ich habe nie Angst, ihn zu berühren oder zu küssen oder ihm im Spaß in die Seite zu boxen, ihm zu sagen, dass er still sein soll, wenn er albern ist, oder irgendetwas anderes, was mir gerade einfällt. Alles mit ihm ist so viel besser als das, was ich früher erlebt habe. Er hat mir zu der Erkenntnis verholfen, dass ich mich mit zu wenig zufriedengegeben hab.

»Lass uns reingehen, bevor meine Familie uns beim Rummachen in der Einfahrt erwischt«, erklärt er, bevor er sich noch einen Kuss von mir stiehlt.

»Würde sie das denn überraschen?«

»Das bezweifle ich.«

Nico

Das Erste, was wir hören, als wir Marias und Austins Haus betreten, ist das übermütige Lachen von Mateo und Austins Tochter Everly, die einander durch das große Haus jagen. Die beiden spielen so gerne miteinander und mich freut dabei besonders, dass Everly offenbar gar nicht merkt, dass es Mateo schwerfällt, mit ihr mitzuhalten, obwohl er zwei Jahre älter ist. Vielleicht liegt das daran, dass sie ihre eigenen Gesundheitsprobleme hatte, auch wenn sie sich wahrscheinlich nicht mehr so genau daran erinnert.

»Sie sind so süß zusammen«, meint Austin. »Darfst du ein Bier trinken, Nico?«

»In den nächsten Stunden muss ich mich nicht ans Steuer setzen, also ist eins okay. Ja, die beiden sind echt niedlich.«

»Sofia und du auch.«

Ich schaue den Mann an, der später dieses Jahr mein Schwager werden wird. Als ich das erste Mal gehört hab, dass Maria mit einem berühmten Baseballspieler ausgeht, hatte ich einen arroganten Spinner erwartet. Das ist er auf keinen Fall. »Danke.«

»Diesmal meinst du es ernst, oder?«

»Absolut. Ich liebe sie beide.«

»Wir kennen uns noch nicht so lange, aber mir ist klar, dass das eine ganz schöne Abweichung von deiner normalen Routine ist.«

»Du solltest nicht alles glauben, was du hörst.«

»Ich glaube jedes Wort davon«, erwidert Austin lachend.

»Halt den Mund.«

Darüber muss er nur noch mehr lachen, genau in dem Moment, als Mateo auf den Fliesen ausrutscht und hinzufallen droht.

Ich bin aufgesprungen und bei ihm, bevor er auf dem Boden aufschlagen kann. Dass ich mein Bier abgestellt habe, hab ich kaum registriert. »Alles in Ordnung, Kumpel.« Ich hocke mich vor ihn, ziehe ihn in meine Arme und halte ihn, während er weint – wahrscheinlich mehr vor Schreck und weil es ihm peinlich ist, als vor Schmerz, denn er kann sich nicht wehgetan haben. »Es ist alles in Ordnung.«

Everly kommt rüber und kniet sich neben uns. »Alles gut, Mateo.« Das bezaubernde kleine Mädchen streicht ihm mit der Hand über die Haare, vermutlich auf die Art und Weise, wie Maria und Austin sie trösten, wenn sie sich was tut. »Lass uns fragen, ob wir schwimmen dürfen!«

Mateo schaut auf, als sie das sagt.

»Geht und zieht euch um. Ich passe auf euch auf.« Ich helfe Mateo hoch und halte ihn für einen Moment, bis er sicher auf den Beinen steht, ehe er mit Everly davonrennt.

Ich richte mich wieder auf und Austin reicht mir mein Bier. »Das waren ausgezeichnete Reflexe. Du warst praktisch schon da, als du ihn hast fallen sehen. Meiner Erfahrung nach hat man das entweder drin oder nicht.«

Ich blicke ihn an. »Nimmst du mich auf den Arm?«

Er grinst. »Diesmal nicht. Das hast du gut gemacht.«

»Was ist passiert?«, fragt Sofia, die mit Maria aus der Küche kommt.

»Mateo ist gestolpert, doch Nico hat es wie ein Profi gehandhabt.« Austin zieht Maria an sich und küsst sie auf die Wange. »Wie ist die Lage in der Küche?«

»Fast fertig, dank der Hilfe meiner Schwester und deiner Eltern.«

»Sie sind die Besten.«

»Ja, absolut.«

Etwas scheint an Maria anders zu sein, aber ich kann nicht genau sagen, was.

Sofia legt ihren Arm um mich. »Danke, dass du das übernommen hast.«

»Kein Problem.«

»Es ist schön, dass noch jemand anders auf ihn aufpasst. Das kenne ich so gar nicht, außer von Gladys, wobei die ja nicht bei uns wohnt.«

»Ich liebe es, auf euch beide aufzupassen.«

»Unser kleiner Junge wird erwachsen«, meint Austin zu Maria.

»Das sehe ich«, antwortet sie mit einem Lachen.

»Seid still. Ich bin älter als ihr beide.«

»An Jahren vielleicht«, erwidert Maria. »In anderer Hinsicht allerdings nicht so sehr.«

»Lässt du zu, dass sie einfach so über mich herziehen?«, frage ich Sofia, die hilflos lacht. »Und hör auf zu lachen. Sie sind nicht witzig.«

»Doch, sind sie.«

»Nein, sind sie nicht.«

»Aber so was von«, schaltet sich Austin ein. »Da kannst du hier jeden fragen.«

Dee kommt ins Zimmer. »Was fragen?«

»Ob Maria und ich echt witzig sind, wenn wir uns über Nico lustig machen.«

»Erzähl mir mehr.« Dee reibt sich in Vorfreude die Hände. »Niemand hat es mehr verdient, durch den Kakao gezogen zu werden, als Nico.«

»Ich gehe jetzt raus, um auf die Kinder im Pool aufzupassen, und ihr könnt mich alle mal kreuzweise.«

»Ich auch?«, fragt Sofia und schaut mit Unschuldsmiene zu mir hoch.

Ich lege einen Arm um sie. »Du nicht, aber wir müssen später ein klärendes Gespräch über das Thema Loyalität führen.«

»Das wird ein Spaß.«

Ich liebe diese verspielte Seite von ihr ungemein und es macht mich überglücklich, sie nach und nach zum Vorschein kommen zu sehen, während sie sich in meiner Gegenwart immer weiter entspannt. Wir sitzen etwas über eine Stunde mit den Füßen im Wasser am Beckenrand, während wir auf Mateo und Everly aufpassen, die begeistert im Pool herumtoben.

Ich lache, als Mateo Everlys Versuch ausweicht, ihn unter Wasser zu drücken. »Sie sind wirklich süß.«

»Ich finde es großartig, dass sie nichts anderes als einen lieben Freund wahrnimmt, wenn sie ihn anschaut.«

»Daran habe ich vorhin auch gedacht und kann mir vorstellen, es könnte daran liegen, dass sie selbst gesundheitliche Probleme hatte.«

»Vielleicht. Es ist schwer zu glauben, dass diese beiden Engel einmal Krebs hatten.«

»Und sie haben ihn besiegt. Das ist das Entscheidende.«

»Ja, stimmt. Ich mache mir nur Sorgen, dass er wiederkehren könnte. Jason hat mir erklärt, dass dafür eine zwanzigprozentige Chance besteht.«

»Ja, das ist wirklich quälend. Meine Mutter hat auch jede Menge Scans und Tests vor sich, um festzustellen, ob der Krebs wiedergekommen ist.«

»Es ist angsteinflößend. Jason hat mir die Kontaktdaten einer Sozialarbeiterin im Krankenhaus gegeben, die mit mir darüber geredet hat, was ich gegen diese Ängste tun kann. Sie hat mir geraten, dass ich jeden guten Tag feiern und nicht zu sehr über die Zukunft nachgrübeln soll.«

»Das ist ein kluger Ratschlag.«

»Ich denke jedes Mal daran, wenn ich diese Furcht wahrnehme.«

»Du kannst auch immer mit mir darüber reden.«

Sie lehnt den Kopf an meine Schulter. »Danke.«

»Ich bin für alles da – das Gute, das Böse, das Hässliche.«

»Hoffentlich liegt all das Hässliche für eine Weile hinter uns.«

»O ja, das hoffe ich auch.«

Kapitel 23

Maria

Ich bin so nervös, dass ich beinah das Atmen vergesse. Austin hatte die Idee, bevor Milo angeschossen wurde. Wir hatten uns für Montagabend entschieden, wenn das Restaurant Ruhetag hat, mussten dann jedoch überlegen, ob wir alles wie geplant durchziehen wollten. Ich hab Milo gefragt, ob er mir vergeben würde, wenn ich heirate, ohne dass er dabei sein kann. Nachdem ich ihm erklärt hatte, weshalb wir es auf einmal so eilig haben, hat er mir gesagt, ich solle nicht albern sein und die Sache über die Bühne bringen, solange Austins Brüder über den Jahreswechsel in der Stadt sind. Und er hat mir versichert, er könne es gar nicht erwarten, Onkel zu werden.

Trotzdem fühlt es sich ohne meinen kleinen Bruder einfach nicht richtig an, aber weil Austin rechtzeitig mit den Vorbereitungen für das Frühjahrstraining, das nächsten Monat startet, beginnen muss und seine Brüder das letzte Mal vor der Saison in Miami sind, ist es quasi jetzt oder nie. Ich hab mit Milos Lieblingskrankenschwester vereinbart, dass er mit ihrer Hilfe wenigstens virtuell zugeschaltet wird. Jetzt müssen nur noch meine Eltern, Großmütter, Tanten und Onkel hier eintreffen, dann kann es losgehen.

Wie sich herausgestellt hat, erfordert eine spontane Hochzeit mit einem der derzeit berühmtesten Pitcher einige Schritte, die ich nie in Betracht gezogen hätte. Zum Beispiel muss die Publicity-Abteilung der Marlins unterrichtet werden und eine Erklärung vorbereitet werden, die nach der Trauung veröffentlicht werden kann.

Ich bin in unserem Schlafzimmer und ziehe mir das zwanglose weiße Kleid an, das ich eigens für diese Gelegenheit erworben habe. Es hat ein Neckholder-Top, das ich gerade im Nacken zuzubinden versuche, als Austin sich hinter mich stellt.

»Lass mich das machen.«

Die Aufgabe überlasse ich ihm gerne und beobachte im Spiegel, wie er die Träger verknotet.

Er trägt ein hellblaues Oberhemd mit hochgekrempelten Ärmeln, unter denen seine tätowierten Unterarme zu sehen sind.

»Selbst nach all dieser Zeit«, meint er, »schaue ich dich manchmal an und kann nicht glauben, dass du tatsächlich echt bist. Dass das mit uns echt ist. Das alles genau so passiert ist.«

Ich bin nicht überrascht, dass seine Worte mir Tränen in die Augen treiben. Denn das tut im Moment praktisch alles. »Und ich schau dich an und staune darüber, dass es mir gelingen konnte, einen Mann an Land zu ziehen, der so umwerfend, so sexy und süß ist wie du.«

»Du hast mich nicht an Land gezogen. *Ich* hab *dich* an Land gezogen. Du warst der viel bessere Fang.«

»Richtig«, erwidere ich lachend. »Als ob du mit deinen Millionen und deinem Ruhm und deinem tollen Charakter nicht der beste Fang von allen wärst.«

»Nichts davon bedeutet irgendwas, verglichen mit dem, was du mir und Ev gegeben hast, wie du genau weißt.«

Ich drehe mich zu ihm um, lege ihm meine Hände auf die Brust. »Ich liebe euch beide so, so sehr.«

»Wir lieben dich mehr.«

»Unmöglich.«

»Aber so was von möglich.«

Ich schüttle den Kopf, stelle mich auf die Zehenspitzen und küsse ihn.

Da klopft es an der Tür und ich muss mich von ihm lösen, obwohl das das Letzte ist, was ich möchte. Ihn zu küssen ist meine Lieblingsbeschäftigung. »Herein.«

Dee, die neben Carmen der einzige andere Mensch ist, der weiß, was wir heute vorhaben, steckt den Kopf durch die Tür. »Alle sind hier.«

»Wir kommen in einer Sekunde«, antworte ich ihr.

Sie grinst, bevor sie die Tür hinter sich schließt.

»Bist du bereit?«, frage ich Austin.

»Nur weil ich dich heirate. Keine andere käme für mich infrage.«

»Das will ich doch hoffen.«

Sein Lächeln ist unglaublich sexy. »Nur du, Babe, und das weißt du auch. Du hast meinem kleinen Mädchen das Leben gerettet und dann hast du meins perfekt gemacht. Und jetzt darf ich meine ganz persönliche Wonder Woman heiraten.«

»Und ich meinen persönlichen Superman.«

Er küsst mich auf Stirn und Lippen. »Eine Verbindung, die im Himmel entstanden ist. Dann sorgen wir mal dafür, dass es offiziell wird, okay?«

»Ja, bitte.«

Hand in Hand verlassen wir unser Schlafzimmer und betreten das riesige Wohnzimmer, an das sich die Terrasse mit dem Pool anschließt. Alle Leute, die uns wichtig sind, Austins Brüder Asher und Carter eingeschlossen, sind da, zusammen mit dem Friedensrichter, den Austin gebeten hat, die Trauung zu vollziehen. Als Riesenfan der Marlins hat sich Judge Donlon unglaublich gefreut und sofort zugesagt.

»Was wird das?«, will meine Mom wissen, die uns so scharfsichtig mustert, wie es nur eine vierfache Mutter kann.

»Wenn alle bitte mal mit nach draußen kommen, erfahrt ihr es.«

Austin nimmt Everly, die von Dee abgetrocknet, umgezogen und frisiert worden ist, auf den Arm, und zu dritt gehen wir raus in die Ecke des Gartens, von der aus man die schönste Aussicht auf den Intracoastal Waterway hat, hinter dem gerade in einem spektakulären Schauspiel die Sonne versinkt.

»Hast du Milo?«, frage ich Dee.

Sie reicht mir ihr Handy.

»Hey, kleiner Bruder.«

»Hey. Alle Systeme startklar?«

»Jap. Okay, dann ist jetzt Showtime. Milo hat mir die Erlaubnis erteilt, einen Plan durchzuführen, den wir gefasst hatten, bevor all das passiert ist.« Ich drehe mich um und halte das Handy so, dass Milo die anderen sehen kann. »Wie es scheint, bin ich nicht besonders schlau und wir sind schwanger.«

Laute Rufe ertönen. Mom und Dad umarmen uns, während Nona und Abuela einander in die Arme schließen.

»Ich wusste es!«, verkündet Abuela.

Das schockiert mich. »Unmöglich.«

»Das hat sie mir neulich gesagt und sich gefragt, ob du es überhaupt selbst schon gewusst hast«, erklärt Nona.

»Wie schaffst du das immer?«, will ich von Abuela wissen und bin völlig geplättet.

Sie zuckt die Achseln, bevor sie mich umarmt. »Ich kenne einfach meine Pappenheimer.«

»Daddy, ich würde mich freuen, wenn du mich dem Bräutigam übergibst.«

»Natürlich«, antwortet Dad mit feuchten Augen.

»Und zwar jetzt gleich.«

Auf ihren Gesichtern und denen von Austins Eltern malt sich Schock.

Ich beeile mich, ihnen alles zu erläutern. »Wir wollen am Ende von Austins Saison eine Riesenparty schmeißen, aber wir möchten unbedingt heiraten, bevor er zum Frühjahrstraining muss. Außerdem sind gerade seine Brüder hier, daher …«

Der Richter kommt zu uns, winkt dabei den anderen zu. »Ich liebe Ihr Restaurant.«

»Vielen Dank«, sagt Vincent und reicht ihm die Hand.

Ich greife nach meinem Vater.

Der schenkt mir ein liebevolles Lächeln, fasst meine Hand und lässt sich von mir zurück auf die Terrasse am Pool führen, damit wir das richtig machen. Ich schnappe mir den wunderschönen Brautstrauß mit weißen Rosen und Lilien, den ich vorhin unter der Bar deponiert habe.

Austins Brüder stellen sich neben dem Richter auf, und Dee und Carmen beziehen gegenüber von ihnen Stellung. Auf seinem Handy startet Austin den Song, den wir uns hierfür ausgesucht haben, »God Only Knows« von den Beach Boys, den wir gefunden haben, als wir bei Google nach den All-Time-Top-100-Lovesongs gesucht haben. Wir haben das Lied zuvor beide nicht gekannt, doch nachdem wir es uns angehört hatten, waren wir uns einig, dass es perfekt für uns ist. Als der Song über die Bluetooth-Lautsprecher ertönt, die rund um den Pool installiert sind, gefällt er mir noch besser als beim ersten Hören.

Mein Dad schaut mich voller Liebe an. »Meine wunderschöne Maria. Ich bin so stolz auf dich und die Familie, die du mit Austin gründest. Er ist ein großartiger Mann, und dass wir außerdem eine wunderschöne Enkelin dazukriegen, macht alles nur noch besser.« Er gibt mir einen Kuss auf die Wange. »Ich wünsche dir ein Leben voller Glück und Freude.«

»Danke, Daddy. Ich liebe dich so sehr.«

»Ich dich auch, meine Süße.«

Ich nehme den Arm, den er mir hinhält, und gemeinsam gehen wir zu meinen Lieben, während Dee alles mit ihrem Handy für Milo einfängt und Jason es für uns filmt.

Als Dad und ich bei den andern ankommen, umarmt er mich noch einmal lange, bevor er mich loslässt, sich zu Austin umdreht, der Everly auf dem Arm hat, und ihm die Hand schüttelt.

»Kümmer dich gut um mein kleines Mädchen«, sagt Dad mit belegter Stimme.

»Immer, Lo. Darauf hast du mein Wort.«

Er nickt und tritt zu Mom und den andern, die sich um uns versammelt haben.

»Liebe Familie, liebe Freunde«, beginnt Judge Donlon lächelnd. »Es ist mir eine große Ehre, die Trauung dieser beiden Menschen vorzunehmen, die eindeutig füreinander bestimmt sind und dafür, einander zu lieben und ihr Leben miteinander zu verbringen. Austin und Maria haben mir ihre unglaubliche Liebesgeschichte erzählt und es hat mich tief berührt, wie sie einander kennengelernt haben und dass die kleine Everly ihr Leben und ihre Gesundheit Maria verdankt.«

»Rie!«, ruft Everly prompt, worüber wir alle lachen müssen.

»Dass Austin und Maria sich auf diese Weise gefunden haben, ist einfach nur wunderbar, und es ist mir eine große Freude, ihnen dabei zur Seite zu stehen, den nächsten Schritt bei ihrer Reise zu tun. Sie haben sich entschieden, ihr Eheversprechen selbst zu verfassen, daher übergebe ich jetzt an Austin.«

Ich reiche Dee meinen Brautstrauß, während Austin Everly seinem Bruder Ash übergibt. Als ich vor dem Mann stehe, der bald schon mein Ehemann sein wird, nehme ich niemanden mehr wahr außer ihm.

»Ich hab gedacht, ich sei für alles gewappnet, bis ich dich mit deinem Vater auf mich zukommen sah, und da haben mich meine Gefühle überwältigt. Ich musste plötzlich an den Tag denken, an dem wir von Everlys schrecklicher Krankheit erfahren haben, und dann an den wundersamen Tag, als deine Knochenmarkspende ihr das Leben gerettet hat, und schließlich an den sechs Monate später, als ich endlich die Chance erhielt, dir für deine selbstlose Tat zu danken. Du hast mir meine Tochter zurückgegeben und ich habe dich allein deswegen schon geliebt, doch dann habe ich gemerkt, dass es noch so viel mehr Gründe gibt, dich zu lieben. Ein Jahr nach der Transplantation, als wir endlich richtig miteinander sprechen konnten, bist du binnen weniger Tage der Mensch geworden, mit dem ich am liebsten reden wollte. Ich habe wie ein liebeskranker Teenager auf deine E-Mails und Textnachrichten gewartet.«

Lachen erklingt um uns herum, während mehr als nur ein paar unserer Gäste sich Tränen wegwischen müssen.

»Ich wollte alles über dich wissen, und je mehr ich erfahren habe, desto mehr habe ich deine Großherzigkeit geliebt, deine riesige, verrückte Familie und die Hingabe, mit der du dich um Leute kümmerst, die dringend medizinische Versorgung benötigen. Alles, was ich wollte, war, einen Weg zu finden, Teil deines Lebens zu sein, solange das nur möglich ist. Und das war, bevor ich dich persönlich getroffen habe.«

Das erzeugt mehr Gelächter.

»Unsere erste Nacht zusammen war die mit Abstand beste Nacht meines gesamten Lebens, gleichauf mit dem Tag, an dem Ev geboren wurde. Nichts in dieser Welt wird sich je damit vergleichen lassen, ohne den Schatten eines Zweifels zu wissen, dass du die Richtige für mich bist. Das wusste ich, noch bevor wir uns persönlich begegnet sind. Ich wusste es mit Sicherheit in jener ersten Nacht und jeder Tag seither war nur eine weitere Bestätigung dafür, dass es niemanden auf dieser Welt gibt, der dem Vergleich mit Maria Giordino standhält. Du bist meiner Tochter eine unglaublich wunderbare Mutter, und sie und ich wissen beide, was für ein Glück wir haben. Ich bin der glücklichste Mann, und Ev ist das glücklichste kleine Mädchen, das je gelebt hat, weil wir dich für den Rest unseres Lebens lieben können und von dir geliebt werden.«

Himmel.

Dee reicht mir ein Taschentuch, das ich dringend brauche. Er hat mich zu Tränen gerührt.

»Ich, Austin Jacobs, nehme dich, Maria Giordino, zu meiner angetrauten Ehefrau. Ich gelobe, dich zu lieben und zu ehren bis zum Ende meines Lebens, komme, was da wolle. Ich bin für alles bereit.«

»Das war sehr schön, Austin«, bemerkt der Richter. »Maria?«

»Wird allen Ernstes von mir erwartet, dass ich danach noch irgendwas sage?«

Alle lachen.

»Beschränk dich auf den Teil, der nötig ist, um es offiziell zu machen«, schlägt Austin lächelnd vor.

»Werde ich, aber erst möchte ich sagen, dass ihr beide, du und Everly, mein Leben perfekt gemacht habt. Ich kann mir keinen Tag mehr ohne euch beide darin vorstellen. Ich denke dauernd an die erste Zeit, als wir endlich wirklich miteinander reden konnten, und wenn du dich wie ein liebeskranker Teenager gefühlt hast, will ich lieber nicht verraten, wie ich so drauf war. Ich konnte es jedenfalls ebenso wenig erwarten, von dir zu hören. Manchmal kann ich immer noch nicht glauben, wie schnell alles gegangen ist, doch das, was ich am tollsten finde, ist, dass wir schon ineinander verliebt waren, bevor wir uns persönlich getroffen haben.«

»Das war das Beste überhaupt«, pflichtet er mir bei und lässt meine rechte Hand los, um mir die Tränen aus dem Gesicht zu wischen.

»Können wir Everly für diesen Teil zurückkriegen?«, frage ich ihn.

Er dreht sich um und nimmt sie seinem Bruder ab.

»Hi, Bärchen.«

»Rie! Hochzeit!«

»Ich weiß. Ich freue mich so unglaublich, nicht nur, weil ich deinen Daddy heirate, sondern ebenso, dich zu adoptieren. Weißt du noch, was das heißt?«

»Du wirst für immer meine Mommy sein.«

»Genau, und ich werde dich lieben und mich um dich kümmern und dich beschützen, mit dir schwimmen und alles andere mit dir tun, was du möchtest. Ich bin so froh, dass ich dich zur Tochter bekomme.«

Sie beugt sich zu mir rüber und ich lege meine Arme um ihren kleinen Körper, bin wie jeden Tag dankbar, dass sie gesund und munter ist. »Ich hab dich lieb, Bärchen.«

»Ich hab meine Rie auch lieb!«

Lachend und weinend und glücklicher, als ich je gewesen bin, reiche ich sie Austin zurück, der mir seine freie Hand hinhält. Ich schaue sie beide an und erkläre: »Ich, Maria Giordino, nehme dich, Austin Jacobs, zu meinem angetrauten Ehemann und dich, Everly Jacobs, zu meiner Tochter. Ich verspreche, unsere kleine Familie zu dem Wichtigsten in meinem Leben zu machen, solange ich lebe. Ich liebe euch beide eine Million Mal bis zum Mond und wieder zurück.«

»Das ist echt viel«, meint Everly beeindruckt.

Sie ist zuckersüß. »Das ist wirklich ganz viel.«

»Wer hat die Ringe?«, fragt der Richter.

Austin muss Everly anders halten, um die Trauringe aus seiner Tasche zu ziehen. Er reicht mir seinen.

»Maria?«, wiederholt der Richter.

»Everly, du zuerst.« Ich nehme ihre Hand und schiebe ihr den winzigen goldenen Ring, den ich ihr gekauft habe, an den

Finger. Er wird ihr bald zu eng werden, aber ich plane, ihr eine Kette zu besorgen, an der sie ihn um den Hals tragen kann, wenn er nicht mehr an ihren Finger passt. »Everly, ich gebe dir diesen Ring als Zeichen meiner Liebe zu dir. Ich werde dich immer lieben, und deine Mutter zu sein ist die größte Ehre meines Lebens.«

»Danke, Rie.«

Austin wusste von dem hier nichts und es setzt ihm mächtig zu. Er muss sich immer wieder Tränen von den Wangen wischen und schüttelt den Kopf. »Guter Spielzug, Liebste.«

Lächelnd erwidere ich: »Das hast du verdient nach dem, was du vorhin getan hast.« Ich nehme seine Hand. »Mit diesem Ring heirate ich dich. Ich liebe dich bis in alle Ewigkeit.«

Er steckt einen Diamantreif, der zu meinem Verlobungsring passt, an meine linke Hand. »Mit diesem Ring heirate ich dich. Ich liebe dich bis zur Unendlichkeit und noch viel weiter.«

»Buzz Lightyear!«, ruft Everly, was eine weitere Runde Gelächter auslöst.

»Mit der Macht, die mir der Staat Florida und Buzz Lightyear verliehen haben, erkläre ich Sie zu Ehemann und Ehefrau. Austin, Sie dürfen die Braut jetzt küssen.«

Austin hält Everly so, dass sie mich auf die Wange küssen kann, bevor er sie abstellt, seine Hände an mein Gesicht legt und mir den allerzartesten, süßesten Kuss überhaupt gibt.

»Ladys und Gentlemen, darf ich vorstellen: Austin, Maria und Everly Jacobs!« Auf diese Worte des Richters hin brandet Applaus auf.

Wir werden von allen umarmt und beglückwünscht, und dann bringt Dee mir das Handy. »Milo möchte noch etwas sagen.«

»Hallo, alle mal ruhig sein«, verlangt Nico. »Milo ist dran.«

»Hey, Leute, das war unglaublich. Willkommen in der Familie, Austin und Everly. Und meinen Glückwunsch, Maria.

Niemand verdient dieses Happy End mehr als du. Hab dich lieb.«

»Hab dich auch lieb, Milo. Es tut mir nur so leid, dass es ohne dich abgelaufen ist.«

»Mach dir keine Gedanken. Schließlich war es fast so, als wäre ich dabei.«

»Wir besuchen dich morgen.«

»Ich lauf nicht weg.«

»Bis dann.« Ich reiche Dee das Handy zurück und lasse mich von meiner neuen Schwiegermutter in die Arme ziehen.

»Meinen Glückwunsch, Süße«, sagt Deidre. »Jeff und ich lieben dich mindestens genauso, wie Austin das tut.«

»Vielen Dank. Ich bin so froh, nun zu eurer Familie zu gehören.«

»Wir können uns glücklich schätzen. Von der Minute an, in der du in unser Leben getreten bist, hast du dich als wahrer Segen für uns erwiesen.«

Wir umarmen einander noch mal, und als wir uns voneinander lösen, lachen wir unter Tränen.

»Das sollten besser Tränen des Glücks sein«, meint Austin, als er zu uns tritt und seinen Arm um mich legt.

»Das sind sie«, versichere ich ihm.

Austin wollte eigentlich bei einem Caterer Essen bestellen, aber davon wollte ich nichts hören. Am Samstagabend, bevor das mit Milo passiert ist und die Hölle losbrach, habe ich bereits ein Festessen gekocht, das ich jetzt unserer Familie vorsetze, mit Lasagne, Chicken Parmigiana, Hähnchen Marsala, Antipasti, Caesar Salad und Knoblauchbrot. Dee und Carmen helfen mir, alles auf dem langen Tisch aufzutragen, den wir vorhin auf der Terrasse aufgebaut haben.

Austin schaltet die Outdoorlautsprecher ein, und die Lichterketten, die wir rund um den Pool aufgehängt haben, flammen auf.

»Es ist perfekt«, sagt er. »Absolut perfekt.«

»Das ist alles, was ich brauche. Vielleicht sollten wir die zweite Feier vergessen. Ich glaub nicht, dass wir das hier übertreffen können.«

»Da hast du vermutlich recht. Das hier war absolut perfekt, und möchtest du wissen, warum?«

»Äh, ja.«

Lachend antwortet er: »Weil du jetzt meine Frau bist.«

»Und du mein Ehemann.«

Unsere Gäste beginnen im Chor zu fordern: »Küssen, küssen, küssen …«

Natürlich lassen wir uns nicht lange bitten.

Keine Frage, das hier ist der beste Tag meines Lebens und ich vermute, von jetzt an wird es nur besser werden.

Kapitel 24

Milo

»Das war wunderschön«, erklärt Gianna, nachdem sie das FaceTime-Telefonat mit Dee beendet hat.

Während der Zeremonie hat sie feuchte Augen bekommen und sich sogar ab und zu verstohlen ein paar Tränen weggewischt, als sie das Handy für mich gehalten hat.

»Ihr neuer Schwager ist Austin Jacobs! Wie cool!«

»Er ist ein wirklich netter Kerl.«

»Und ein toller Pitcher. Ich kann es gar nicht erwarten, ihn dieses Jahr in Action zu erleben.«

Ich hatte ja bereits beschlossen, dass sie meine Traumfrau ist, aber wenn sie auch noch Baseball liebt, bin ich nicht mehr für meine Taten verantwortlich zu machen. »Sie sind Baseballfan?«

»Sogar ein riesengroßer. Ich habe Jahreskarten für die Marlins und gehe zu so vielen Spielen, wie ich kann. Alle sind total begeistert davon, dass Austin jetzt zum Team gehört.«

Ist es möglich, sich Hals über Kopf zu verlieben, wenn man sich nicht bewegen kann? Ich frage für einen Freund. Nein, Moment, das stimmt nicht. Ich frage für mich selbst. »Danke, dass Sie bei dem Anruf und allem anderen geholfen haben.«

»Wir konnten ja wohl kaum zulassen, dass Sie die Hochzeit Ihrer Schwester verpassen.«

»Ich vermute, sie hatten schon alles geplant, bevor ich hier gelandet bin. Seine Brüder konnten bloß für wenige Tage hier sein.« Ich bin traurig, dass ich bei der Party nicht dabei sein kann, doch weil ich dafür hier mit Gianna reden kann, ist es nur halb so schlimm.

»Ihre Familie scheint sehr nett zu sein«, sagt sie, während sie die Pins desinfiziert, die den Metallkranz fixieren, dann trägt sie antibiotische Salbe auf.

»Das ist sie.«

»Und groß.«

»Bringen Sie mich nicht zum Lachen, aber ja, es gibt ziemlich viele von uns. Was Sie da heute und die Woche über gesehen haben, ist lediglich ein Bruchteil. Ich habe noch Cousins und Cousinen, die nicht hier in der Gegend wohnen.«

»Himmel, das müssen ja wahnsinnige Familientreffen sein.«

»Es kann ziemlich irre werden. Sie haben selbst nicht so viel Familie?«

»Nur zwei jüngere Brüder. Meine Eltern waren beide Einzelkinder, daher gibt's auch keine Cousins oder Cousinen. Unsere Eltern sind vor vier Jahren bei einem Unfall umgekommen und meine Brüder leben inzwischen in Kalifornien, sodass hier in Miami bloß noch ich übrig bin.«

»Es tut mir sehr leid, dass Sie Ihre Eltern auf diese Weise verloren haben.«

»Danke. Es war schrecklich, wie Sie sich sicher vorstellen können. Und meine jüngeren Brüder waren nicht wirklich darauf erpicht, dass ihre neunzehnjährige Schwester auf einmal darüber zu bestimmen hatte, was sie tun und lassen sollten. Es waren ein paar schwierige Jahre, bis sie beide ans College gegangen sind und ich gewissermaßen mein Leben zurückbekommen habe.«

»Ich finde es bewundernswert, dass Sie für sie da waren.«

»Es war für uns alle sehr schwierig, aber wir haben es überlebt. Irgendwie.«

»Ich konnte nicht anders, als zu bemerken, dass die Hochzeit Sie zu Tränen gerührt hat.«

»Es war so süß. Die beiden sind offenbar perfekt füreinander.«

»Das stimmt. Sie sollten unbedingt mal die ganze Geschichte davon hören, wie sie einander kennengelernt haben.«

»Oh, das hab ich schon. Ich war im Stadion, als Maria offiziell geehrt wurde, als die Marlins gegen die Orioles gespielt haben. Es ist so eine tolle Geschichte, dass sie erst seiner Tochter das Leben gerettet hat und sie sich dann ineinander verliebt haben.« Sie wischt sich eine weitere Träne weg, bevor sie die Katheterschläuche überprüft.

Nichts buchstabiert »sexy« besser als: *Hey, Süße, kannst du meinen Katheter kontrollieren?* Ich verdränge diesen beunruhigenden Gedanken und versuche unser Gespräch am Laufen zu halten. »Ist alles in Ordnung?«

Sie zuckt die Achseln. »Hochzeiten machen mich immer ein bisschen wehmütig.«

»O Gott. Tut mir leid. Davon wusste ich nichts, als ich Sie gebeten habe, mir bei dem Anruf zu helfen.«

»Kein Problem. Es ist nur so, dass mein Verlobter mich sitzen gelassen hat. An unserem Hochzeitstag.«

»Was? Ernsthaft? Was für ein Idiot.«

Ihr kleines Lächeln erreicht nicht ganz ihre ausdrucksvollen Augen. »Stimmt.«

»Wie lange ist das her?«

»Etwas mehr als ein Jahr.«

»Tut mir wirklich leid, dass das passiert ist.«

»Mir auch.« Die Trauer, die ich in ihren Augen sehe, bringt mich schier um. »Was ich dabei immer noch nicht verstehe, ist: Wenn er nicht heiraten wollte, warum hat er bis zu dem Tag damit gewartet, es mir zu sagen? Ich meine, da waren die Kirche, voll mit Leuten, und ein Empfang, für den wir schon bezahlt hatten. Warum hat er es so weit kommen lassen, bis der Punkt erreicht war, an dem ich vor all unseren Gästen blamiert war, insbesondere da er genau wusste, wie schwierig diese Hochzeit ohnehin schon für mich war, da meine Eltern nicht dabei sein konnten?«

»Ich weiß nicht, warum irgendjemand so etwas tun sollte. Hat er einen Grund dafür genannt?«

»Dass er an dem Morgen aufgewacht ist und das sichere Gefühl hatte, dass wir nicht heiraten sollten. Er hat gesagt, er könne nicht erklären, wo das Gefühl hergekommen sei, aber es sei so stark gewesen, dass er es nicht habe ignorieren können.«

Ich bin um ihretwillen wütend. »Und er konnte dieses Gefühl nicht haben, bevor Sie sich das weiße Kleid angezogen haben und in der Kirche voller Leute erschienen sind?«

»Offenbar nicht.«

»Er ist ein Idiot.«

»Damit trösten mich alle, trotzdem hat es eine Weile gedauert, bis ich mich damit abgefunden habe, dass es das Leben mit ihm, von dem ich geträumt hatte, nicht geben würde. Ehrlich gesagt habe ich immer noch daran zu knabbern.«

»Niemand sollte so etwas durchmachen müssen. Es tut mir sehr leid für Sie.«

»Ach, danke. So ist das Leben, wissen Sie?«

»Nein, ist es nicht. Es ist grausam und überflüssig und feige, etwas, das man eigentlich gar nicht will, so weit gedeihen zu lassen. Sie haben Besseres verdient.«

»Danke.«

Ich warte darauf, dass sie mir erklärt, sie müsse sich jetzt um andere Patienten kümmern, doch anders als sonst hat sie es heute offenbar nicht eilig. »Haben Sie gar keine anderen Patienten zu versorgen?«

»Nein, nur Sie. Auf der Intensivstation geht es heute ungewohnt ruhig zu.«

Ich liebe es, der Einzige für sie zu sein. *Ganz ruhig, Milo. Du bist ihr einziger Patient. Nicht der Einzige für sie.* Mein Ziel ist es, sie am Reden zu halten.

»Wie haben Sie es überhaupt angestellt, dass Sie in den Hals geschossen wurden?«, will sie wissen.

»Es war eine Verwechslung. Der Schütze dachte, ich sei mein Bruder.«

»Und was hat der getan?«

»Er hat angefangen, an der Demnächst-Ex-Frau von einem von ihnen Interesse zu bekunden.«

»Das ist alles?«

»Jap. Meinem Bruder gehört ein Fahrservice und er hat sich furchtbar aufgeregt, weil sie sie bedroht hatten – und ihn. Jedenfalls hatte er Angst, sie allein zu lassen, während sie in unserem Familienrestaurant bedient hat.«

»Übrigens das beste Essen der Stadt.«

»Stimmt. Es gibt nichts Besseres. Aber wie auch immer, ich habe ihm angeboten, seine Fahrten zu übernehmen, und sie dachten, ich wäre er, und haben auf mich geschossen.«

»Das ist ja unfassbar. Nur weil er mit der Ex-Frau des Schützen ausgehen wollte. Die Leute sind echt irre.«

»Ja.«

»Sie hatten wirklich Riesenglück. Ich hoffe, Sie wissen das. Ich hab gehört, wie die Ärzte darüber geredet haben, dass Sie, wenn die Kugel Sie bloß einen Millimeter weiter seitlich getroffen hätte, entweder tot oder vom Hals abwärts gelähmt wären.«

Ich schlucke, als sie das sagt. Ich meine, ich wusste, es war knapp, doch wie knapp, war mir bisher nicht klar.

»Und dann hatten Sie auch noch Riesenglück, weil Dr. Northrup da war und Sie operieren konnte. Die Leute hier verehren ihn, für sie ist er so was wie ein Gott in Weiß.«

»Er ist mit meiner Cousine Carmen verheiratet.«

»Weiß ich. Er ist ein unglaublich talentierter Chirurg.«

»Ja. Kennen Sie auch Dr. Wyatt Blake?«

»Natürlich. Er ist ein weiterer Rockstar in diesem Krankenhaus.«

»Der ist verlobt mit meiner Schwester Dee.«

»Ich hab sie hier gestern zusammen gesehen. Die Frauen in Ihrem Leben wissen jedenfalls, wie man sich die Richtigen aussucht.«

Darüber habe ich noch gar nicht groß nachgedacht, aber den Eindruck kann man durchaus gewinnen. »Vermutlich schon.«

»Dass Dr. Northrup Sie operiert hat, hat Ihnen vermutlich das Leben und die Bewegungsfähigkeit gerettet.«

»Ich bin jedenfalls froh, dass es nicht schlimmer ist. Als man mich gebeten hat, mit Fingern und Zehen zu wackeln, hatte ich keine Ahnung, wie viel davon abhing.«

»Es herrschte allgemein Erleichterung, als Sie das konnten. Ihr Bruder … Nico, richtig?«

»Ja, genau.«

»Er war nach seinem ersten Blick auf Sie nach der Operation völlig am Boden zerstört. Er hat mir so leidgetan.«

»Er gibt sich die Schuld daran, dass ich hier bin. Sofia natürlich auch. Das ist seine Freundin.«

»Es ist ja schließlich nicht so, als hätten sie die Schüsse abgegeben.«

»Versuchen Sie das mal den beiden klarzumachen.«

»Vermutlich ist es bloß natürlich, dass sie Schuldgefühle haben. Es wird einige Zeit dauern, trotzdem werden sie darüber hinwegkommen, besonders wenn Sie sich erkennbar auf dem Weg der Besserung befinden und nicht mehr auf der Intensivstation liegen müssen.«

»Das hoffe ich doch. Sofia und ihr Sohn Mateo sind großartig für Nico. Seit sie auf der Bildfläche aufgetaucht sind, ist er ein ganz anderer Mann.«

»Inwiefern?«

»Er war ein ziemlicher Frauenheld, bis er sie getroffen hat. Aber seit er sie zum ersten Mal gesehen hat, hatte er keinerlei Interesse mehr an irgendeiner anderen.«

»Wow. Wie schön. Klingt ganz so, als hätte er die Richtige gefunden.«

»Das glaube ich auch, nur ist dann *das* passiert. Ich hoffe, es hat das zwischen den beiden nicht ruiniert.«

»Ich bin mir sicher, dass es nicht einfach war, andererseits sind sie ja noch zusammen, oder?«

»Soweit ich weiß, schon.«

»Dann sind sie offensichtlich dabei, sich durchzukämpfen, was wiederum ein guter Test für ihre Beziehung ist.«

»Ich hasse es, derjenige zu sein, der ihre Beziehung auf die Probe stellt. Ich finde sie gut für ihn. Sie ist großartig, genau wie ihr Sohn.«

»So wie die beiden nicht die Schüsse auf Sie abgegeben haben, sind Sie nicht derjenige, der ihre Beziehung einer Belastungsprobe unterzieht. Die Schuld daran liegt ganz allein bei den Schützen.«

»Stimmt.«

»Hat die Polizei sie eigentlich gefasst?«

»Ja, sie sind hinter Schloss und Riegel. Der ganze Vorfall wurde von einer der Überwachungskameras gefilmt, die überall in der Gegend installiert sind.«

»Das ist dann ein weiterer Glücksfall. So mag es Ihnen zwar im Moment vielleicht nicht vorkommen, doch das Glück war in letzter Zeit definitiv auf Ihrer Seite.«

So gut mir das im Moment möglich ist, sehe ich sie direkt an, hoffe ihr mit meiner Zustimmung zu dieser Feststellung noch viel mehr zu übermitteln. »In mehr als einer Beziehung.«

Nico

Bei Marias und Austins Hochzeit zu sein weckt in mir den verzweifelten Wunsch, Sofia zu heiraten. Nun, ich kann zwar nicht mit dem verdammten Palast mithalten, in dem meine Schwester und Austin leben, aber mein Haus muss sich nicht verstecken. Es hat alles, was Sofia und ich brauchen, wozu auch der Pool zählt, den Mateo so liebt. Sobald ihre Scheidung endgültig durch ist, werde ich sie bitten, meine Frau zu werden.

Ich warte einen Moment, lasse den Gedanken auf mich wirken, doch nichts in mir lehnt sich dagegen auf, obwohl es mir vor wenigen Monaten einfach nur lächerlich erschienen wäre. Heiraten war für andere Leute, nicht für mich.

Das Einzige, was ich jetzt bei der Vorstellung verspüre, sind Zufriedenheit und der Wunsch, es so schnell wie möglich in die Tat umzusetzen.

Während ich sie mit meinen Schwestern und meiner Cousine reden und lachen sehe, bin ich überglücklich, dass meine Familie sie bereits fest ins Herz geschlossen hat. Trotz all der Dinge, die letzte Woche passiert sind, stehen sie unverrückbar zu ihr und haben ihr, ohne zu zögern, versichert, dass ihr niemand die Schuld an dem gibt, was ihr Ex getan hat. Und sie haben es nicht allein beim Reden belassen, sondern haben Taten folgen lassen und dafür gesorgt, dass sie sich genauso willkommen fühlt wie vor den Schüssen.

Ich beobachte sie so genau, dass ich es bemerke, als sich ihr gesamtes Verhalten ändert, nachdem sie auf ihr Handy geschaut hat. Ich verlasse meinen Barhocker und gehe zu ihr, während ich aus dem Augenwinkel beobachte, dass Wyatt und Dee Everly und Mateo auf den Schaukeln anstoßen. »Was ist los?«

»Joaquíns Mutter hat mir eine Textnachricht geschickt. Er möchte mich gern treffen.«

»Ausgeschlossen. Das musst du nicht tun, Sofia.«

»Ich weiß, aber er behauptet, es sei wichtig.«

Alles in mir protestiert, wenn ich daran denke, dass sie den Mistkerl im Gefängnis besucht, der beinahe meinen Bruder umgebracht hätte. Doch das Letzte, was ich tun möchte, ist, sie so zu behandeln, wie er es machen würde, und ihr die Chance zu nehmen, ihre eigenen Entscheidungen zu treffen. »Was möchtest du denn tun?«

»Ihn nicht sehen. Nie wieder.«

»Dann solltest du das auch nicht.«

»Was um alles in der Welt kann er mir zu diesem Zeitpunkt schon mitzuteilen haben, nachdem er beinahe den Bruder meines Freundes ermordet hat?« Sie mustert mich und fragt: »Warum lächelst du?«

»Du hast mich als deinen Freund bezeichnet.«

»Nico! Konzentrier dich bitte.«

Ich lege ihr meine Hände auf die Hüften und ziehe sie an mich, küsse sie auf den Scheitel und atme den Duft ihres Haars ein, den Duft meiner Liebe. »Ich konzentriere mich auf das Allerwichtigste in meinem Leben, und dass du mich als deinen Freund bezeichnest, ist eine Riesensache. Willst du wissen, warum?«

»Ja, klar. Warum?«

»Weil ich nie zuvor eine feste Freundin hatte.«

»Stimmt doch gar nicht. Du hattest unzählige Freundinnen.«

»Ja, es hat viele Frauen gegeben, aber nie eine, die ich als meine feste Freundin bezeichnet habe. Bis jetzt.«

»Du bist zweiunddreißig Jahre alt, Nico.«

»Dessen bin ich mir bewusst.«

»Es ist merkwürdig, dass du nie zuvor eine Freundin gehabt hast.«

»Ich habe eben einfach keine gewollt, bevor ich dir begegnet bin. Jetzt hingegen ist das alles, was ich mir wünsche, allerdings nur, weil du es bist.«

Der vernichtende Blick, den sie mir zuwirft, ist der, den Frauen Männern seit Anbeginn der Zeit zuwerfen, und ich liebe es. Ich liebe *sie*, und ich will, dass sie das weiß. Genau jetzt. Ich beuge mich näher zu ihr, flüstere ihr ins Ohr: »Du bist die Einzige, die ich je geliebt habe.«

»Nico«, sagt sie lang gezogen. »Wie machst du das nur immer?«

»Was mache ich denn?«

»Das weißt du ganz genau!«

Lachend umarme ich sie. »Tu, was du in Bezug auf Joaquín tun musst. Ich werde dich bei allem unterstützen, was du beschließt.«

»Du bist nicht sauer, wenn ich hinfahre?«

»Nicht, wenn es dir wichtig ist.«

»Vielleicht gehe ich tatsächlich hin, für Mateo. Aber nur für ihn.«

»Okay.«

Sie lehnt sich zurück und schaut an mir hoch. »So läuft das normalerweise nicht für mich. Ich hatte mich darauf vorbereitet, dass du wütend wirst.«

»Das werde ich nicht. Würde ich ihn für alles, was er Milo angetan hat, am liebsten umbringen? Ja, doch das würde ich nie tun, weil er auch Mateos Vater ist. Viel eher freue ich mich darauf, ihn verurteilt zu sehen und für lange Zeit weggesperrt, während mir die Ehre zufällt, seinen Sohn großzuziehen. Wenn du mir das gestattest, natürlich nur.«

Sie erstarrt und ihr Gesicht wird ganz ausdruckslos.

Das ist nicht die Reaktion, die ich mir erhofft hatte.

»Sag etwas.«

»Du …«

»Ich möchte Mateo großziehen. Ich möchte dich heiraten. Ich möchte mehr Babys mit dir haben und ein Leben mit dir zusammen und alles, was dazugehört, und ich möchte es mit dir und mit ihm. Ich möchte alles, Sofia.« So viel also zu meinem Plan, zu warten, bis sie endgültig geschieden ist, ehe ich ihr einen Antrag mache.

»Aber ich bin die erste feste Freundin, die du je hattest!«

»Und hoffentlich auch die letzte.«

»Niemand heiratet seine erste Freundin.«

»Manche Leute schon. Und eine erkleckliche Zahl von ihnen lebt glücklich zusammen.«

»Du solltest dir das wirklich noch mal gründlich überlegen.«

»Das habe ich. Es ist alles, woran ich gedacht habe, beinah seit dem ersten Tag, an dem ich dich getroffen habe.«

»Hör auf.« Sie versucht, sich von mir zu lösen, und ich lasse meine Arme sinken, aus Rücksicht auf das, was sie in der Vergangenheit erlebt hat, nicht etwa, weil ich es wollte. »Sag so was nicht.«

Ich drehe mich zu Dee um und frage: »Kannst du auf ihn aufpassen?« Ich deute auf Mateo.

Sie zeigt mir den erhobenen Daumen und ich folge Sofia ins Haus.

Sie hastet zur Toilette und versucht die Tür zuzumachen, aber ich bin direkt hinter ihr und zwänge mich mit ihr hinein, schließe die Tür hinter uns.

»Ich möchte allein sein.«

»Warum? Damit du darüber nachgrübeln kannst, was für ein Spiel ich spiele? Lass mich klarstellen: Ich spiele das Spiel des Lebens, Sofia. Meines Lebens, deines Lebens, Mateos. Ich möchte, dass wir eine Familie sind.«

Zu meinem großen Schreck beginnt sie zu weinen. Das hier sind nicht die Tränen des Glücks, die meine Schwester während ihrer Hochzeit vergossen hat. Nein, das hier sind eher welche, die auf ein gebrochenes Herz hinweisen. »Rede mit mir, Süße. Warum bist du so unglücklich?« Ich bemerke, dass ihre Hände zittern, und sie ist aufgelöster, als ich sie je erlebt habe. Selbst nach den Schüssen auf Milo war sie nicht so nervös.

»Ich … Nach allem, was ich mit Joaquín erlebt habe und was nötig war, um von ihm wegzukommen … Ich hab mir geschworen, dass ich nie wieder heiraten werde, damit ich nie wieder an einen Mann gebunden bin, der so über mich bestimmen kann, wie er es getan hat.«

Es schmerzt mich, wenn ich mir vorstelle, durch welche Hölle dieser Mistkerl sie geschickt hat. »Das verstehe ich, und ich verstehe auch, warum du dir das geschworen hast. Doch ich bin nicht wie er. Ich möchte einfach, dass du und Mateo glücklich seid und du mich für eure Sicherheit sorgen lässt, sodass ich euch das schönste Leben und die beste Familie bieten kann, die nur möglich sind. Ich würde niemals deine Wünsche übergehen oder über deinen Kopf hinweg entscheiden, dich niemals daran hindern, Dinge zu tun, die dir Spaß bringen oder dich glücklich machen. Was immer du möchtest, ist auch das, was ich will.«

»Und dafür liebe ich dich.«

»Aber?«

»Es fällt mir schwer, dir das zu erklären, weil du es nicht erlebt hast.«

»Versuchst du es bitte trotzdem?« Mehr als alles andere möchte ich sie auf dem tiefstmöglichen Level verstehen.

»Also, als ich mit ihm zusammen war, hatte ich nichts. Keinen Job, kein Geld, kein Mitspracherecht bei irgendwas, keine Kontrolle über irgendeinen Aspekt meines Lebens. Er war für alles verantwortlich. Ich habe mich um Mateo gekümmert und das war meine Rolle. Das und immer zur Verfügung zu stehen, wenn er Sex wollte. Abgesehen davon war ich nichts. Ich war einfach nur da.«

»Mit uns wäre es nie so. Du hast selbst gesagt, mit mir sei alles anders.«

»Ja, schon …«

Vorsichtig nehme ich ihr Gesicht zwischen meine Hände, sodass sie mich anschaut. »Was auch immer es ist, sprich es einfach aus und wir finden eine Lösung.«

»Du wirst wollen, dass wir in deinem Haus wohnen.«

»Ja, allerdings nur, wenn du es nicht hasst.«

»Selbstverständlich hasse ich es nicht. Es ist ein wunderschönes Haus. Doch es ist *deins.*«

Mit einem Mal begreife ich, was sie mir zu sagen versucht. »Wir können uns auch etwas kaufen, das uns beiden gehört.«

»Das wäre blödsinnig, wo du ein einwandfreies Haus hast, das dir bereits gehört. Ich habe nur einfach Angst, an einen Punkt zurückzukehren, an dem ich kein Mitspracherecht mehr über mein Leben habe.«

»Ich weiß, es sind bloß Worte, aber ich schwöre bei meinem Leben, dass dir so was nie passieren wird, solange du mit mir zusammen bist. Niemals.«

»Ich möchte mehr als alles andere an dich glauben und an uns, trotzdem hab ich gelernt, vorsichtig damit zu sein, einem anderen vor dem Gesetz die Macht zu geben, über mein Leben zu bestimmen.«

»Das verstehe ich. Lass mich darüber nachdenken, okay? Ich bin überzeugt, uns fällt etwas ein, das deine Befürchtungen aus dem Weg räumt.«

»Vielleicht könnten wir einfach nur zusammenwohnen. Warum müssen wir heiraten?«

»Vermutlich müssen wir das nicht, doch ich würde es gerne. Irgendwann.«

»Hast du dir je vorgestellt, dass du heiraten würdest?«

»Nein, niemals«, antworte ich mit einem Lachen. »Ich hatte null Interesse an einer Ehe, bis ich jemanden gefunden habe, ohne den ich nicht leben kann.«

Sie lächelt und streicht mir mit den Händen über die Brust, ehe sie die Finger in meinem Nacken verschränkt. »Nach allem, was ich mit Joaquín durchgemacht habe, war ich wirklich nicht auf der Suche nach dem hier, nach dir.«

»Ich auch nicht, aber dann warst du da und hast in deiner Kellnerinnenkluft so sexy ausgesehen, dass ich dich einfach kennenlernen musste.«

Wir halten einander lange in den Armen, bis jemand an die Badezimmertür klopft und wir uns voneinander lösen. Für den Moment jedenfalls.

Ich öffne die Tür, vor der mein Cousin Dom steht.

»Macht ihr hier etwa rum?«

»Nein, machen wir nicht, also halt die Klappe.«

»Wenn du meinst.«

Ich schiebe ihn aus dem Weg und gehe mit Sofia zurück zur Party, während ich über das nachdenke, was sie gesagt hat. Sie schaut nach Mateo, während ich zur Bar abbiege, um mir ein Bier zu holen. Ich setze mich auf den Hocker neben meinem Dad.

»Wohin warst du verschwunden?«, fragt er und schiebt die Dominosteine auf dem Tresen für ein Spiel zu mir.

Ich lege mir einen Stapel Steine zurecht, bin allerdings nicht mit dem Herzen dabei. »Ich war drinnen und hab mit Sofia geredet.«

»Alles in Ordnung?«

»Ich denke schon. Wir haben übers Heiraten gesprochen.«

Dads Augen weiten sich vor Überraschung und Freude. »Wirklich? Nun, das sind ausgezeichnete Neuigkeiten, mein Sohn. Sie ist eine großartige, liebe junge Frau.«

»Ja, ist sie, aber sie hat echt viel Mist hinter sich, weißt du?«

»Nachdem ich gesehen hab, wozu ihr Ex-Mann fähig ist, kann ich mir das lebhaft vorstellen«, antwortet Dad und hebt sein Cocktailglas mit Rum an die Lippen, während er über seinen nächsten Zug bei unserer Partie Domino nachdenkt.

»Vermutlich war es viel schlimmer, als wir es uns vorstellen können.«

»Zweifellos.«

»Ich muss ihr irgendeine Sicherheit an die Hand geben, dass es mit mir nie so werden wird. Ich meine, ich hab ihr gesagt, dass ich kein Verlangen verspüre, über sie zu bestimmen oder sie davon abzuhalten, ihre Träume zu verwirklichen, doch letzten Endes sind das nur Worte.«

»Du brauchst eine große Geste.«

»Ich weiß und ich hatte mir überlegt … Was wäre nötig, um sie zur Mitbesitzerin meines Hauses zu machen?«

Mein Dad schaut mich verwundert an. »Bist du dir da sicher, Nico? Das ist ein äußerst riskantes Manöver.«

»Nicht, wenn ihr das die Sicherheit gibt, die sie braucht.«

»Ich möchte, dass du dir das wirklich gründlich überlegst, Sohn. Ihr gehört dann unwiderruflich die Hälfte deines Hauses.«

»Ich weiß und genau darum geht es.« Je mehr ich über diese Idee nachdenke, desto besser gefällt sie mir. »Könnte Mom mir bei dem Papierkram helfen?«

»Sicher, nur bin ich noch nicht überzeugt, Nico.«

»Warum nicht? Haben nicht Austin und Maria dieses Anwesen gemeinsam gekauft, obwohl er den Preis allein gezahlt hat?«

»Ja, vermutlich schon, aber …«

»Kein Aber, Dad. Wenn Sofia und ich verheiratet gewesen wären, als ich das Haus gekauft habe, hätten wir es gemeinsam erworben. Ich stelle diesen Zustand jetzt lediglich nachträglich her.«

Dad nickt und lächelt zufrieden.

»Was ist?«

»Du. Ich hab mich schon gefragt, ob ich diesen Tag je erleben würde.«

»Welchen Tag?«, frage ich verwirrt.

»Den Tag, an dem du dein Herz an jemanden verlierst. Und jetzt, wo's passiert ist, könnte ich nicht glücklicher darüber sein, auf wen deine Wahl gefallen ist oder wie du versuchst, alles so zu arrangieren, dass sie sich in deinem Leben wohlfühlt. Und obwohl es ein riskantes Manöver ist, bin ich froh über die Gründe, die dich dazu bewegen.«

»Das Haus bedeutet mir nichts im Vergleich zu ihr und Mateo.«

»Dann machst du es aus all den richtigen Gründen. Sprich mit deiner Mutter. Sie kann das für dich aufsetzen. Und wo wir schon darüber reden, solltest du wissen, dass ich den Verlobungsring meiner Großmutter habe, falls du ihn Sofia geben möchtest.«

»Wirklich?«

»Ja, ich hab ihn für dich aufgehoben, doch schon halb damit gerechnet, dass ich ihn an Milo weiterreichen muss, weil es nicht so aussah, als wolltest du je heiraten.«

»Wow. Ich hatte ja keine Ahnung.«

»Weil bei dir bisher nie auch nur der Gedanke an eine Ehe im Raum stand, brauchtest du davon nichts zu wissen. Aber jetzt solltest du unbedingt mal vorbeikommen und ihn dir anschauen, damit du entscheiden kannst, ob er ihr gefallen könnte.«

»Das tue ich. Danke, Dad.«

»Gerne.« Er nimmt noch einen Schluck von seinem Drink und legt den nächsten Dominostein. »Diese Woche hat uns gezeigt, dass wir nie wissen, was morgen ist, und daher müssen wir für den Moment leben. Dieser Moment genau jetzt ist alles, was wir sicher haben, und wenn sie die Richtige für dich ist, dann bist du ein Glückspilz.«

»Das ist mir durchaus bewusst und ich möchte ihr all den Trost und die Sicherheit geben, die sie nie zuvor hatte.«

»Dann ist sie ebenfalls ein Glückspilz.«

»Das sind wir beide, wie uns auch sehr genau klar ist.«

»Melde dich, wenn ich irgendwas für dich tun kann.«

Zum ersten Mal seit Jahren küsse ich meinen Vater auf die Wange. »Du hast mir bereits alles gegeben, was ich je brauchen könnte.«

»Ich hab dich lieb, mein Sohn.«

»Ich dich auch.«

Kapitel 25

Sofia

Wider besseres Wissen erkläre ich mich einverstanden, Joaquín zu sehen, aber nur weil er Mateos Vater ist. Mir fällt kein einziger anderer Grund ein, Stunden meines Lebens an ihn zu verschwenden, die ich nicht zurückerhalten werde. Nico regt sich deswegen auf, doch er hat nichts gesagt und mich allein entscheiden lassen, wie ich mit Joaquíns Bitte umgehen will, was ich ihm hoch anrechne.

Elena hat mir einen Anwalt aus ihrem Bekanntenkreis besorgt, der mich begleiten wird. Ich werde mich vor dem Stadtgefängnis mit ihm treffen, und als ich zum Aufbruch bereit bin, finde ich Nico in dem Zimmer, das er als Büro benutzt und in dem er an seinem Laptop arbeitet.

»Ich, äh, will dann jetzt los. Ich komme direkt danach zurück.«

»Okay«, sagt er und mustert mich aufmerksam. »Fahr vorsichtig.«

»Werde ich.« Ich wende mich zum Gehen, kann die Situation zwischen uns aber nicht so stehen lassen. »Nico.«

Er schaut wieder hoch, sein Ausdruck ist wachsam.

»Es tut mir leid, dass es dich so aufregt, dass ich das tue.«

»Es ist in Ordnung für mich, wenn es das für dich ist. Sei vorsichtig, Sofia. Ich mach mir Sorgen, dass das eine Falle ist.«

»Unterdessen muss ihnen klar sein, in wie viel Ärger sie stecken. Sie wären verrückt, da noch was obendrauf zu satteln.«

Darauf erwidert er nichts.

»Ich bin vorsichtig. Ich verspreche es dir. Ich liebe dich.«

»Ich liebe dich auch.«

Ich hasse die Spannung, die in den letzten paar Tagen zwischen uns entstanden ist, seit ich beschlossen habe, Joaquín vor unserer morgigen Reise zu treffen. Heute war der früheste Termin, den wir hinbekommen haben, also mussten Nico und ich diese unangenehme Situation durchstehen, während wir gearbeitet, uns um Mateo gekümmert und Milo besucht haben. Seine Mutter durchläuft gerade die letzte Woche ihrer Krebsbehandlung, also habe ich seinen Eltern gestern was zum Abendessen gekocht und wir haben es hingebracht, während Mateo in der Schule war.

Nico ist mit seiner Mutter eine halbe Stunde lang im Büro verschwunden, während ich mich mit seinem Vater unterhalten habe. Als sie wieder herausgekommen sind, wollte er mir nicht verraten, worüber sie gesprochen haben, was mir nur noch mehr Stress gemacht hat.

Er hat versprochen, mir alles zu erzählen, wenn wir aus Minnesota zurück sind.

Weil dort Winter herrscht, musste ich wärmere Kleidung und Mäntel für Mateo und mich kaufen, was in meinem Budget nicht eingeplant war. Alles ist so unsicher, und mein Magen tut mir weh, wenn ich darüber nachdenke, dass ich Joaquín treffen, nach Minnesota fliegen, zum ersten Mal meinen Vater sehen und meine Halbgeschwister kennenlernen werde …

Nicht zu vergessen all meine komplizierten Gefühle für Nico und die Sorgen um Milo. Es ist wirklich kein Wunder, dass sich mir der Kopf dreht.

Vor ein paar Wochen habe ich gehört, wie Dee diesen Ausdruck benutzt hat, und ich habe sie gefragt, was er bedeutet. Jetzt ist das einer meiner Lieblingsausdrücke. Mir dreht sich ständig der Kopf.

Ich stelle mein Auto vor der Justizvollzugsanstalt der Stadt an der Northwest 13th Street ab, benutze eine App auf meinem Handy, um das Parkticket zu bezahlen, und gehe zu William, dem Anwalt, den Elena für mich organisiert hat. Sie hat gedacht, es würde mir helfen, mich im Gefängnis zurechtzufinden, wenn ich jemanden dabeihabe, der sich dort auskennt.

Er schüttelt mir die Hand. »Freut mich, Sie kennenzulernen. Hier entlang bitte.«

Als wir im Warteraum sitzen, zittern meine Hände, denn es war aufregend, durch die Gänge im Gefängnis zu laufen, meinen Personalausweis vorzuzeigen, durch eine Reihe verschlossener Türen zu gehen und schließlich in einem Zimmer zu landen, das direkt aus einem Film stammen könnte, mit Plätzen vor einer Glasscheibe mit altmodischen Telefonen, über die man mit den Insassen sprechen kann.

William steht etwa zwei Meter von mir entfernt neben der Tür, falls ich ihn brauche.

Wir warten zehn Minuten, bevor Joaquín in einem orangen Overall vorgeführt wird. Seine Hände und Füße sind aneinandergekettet. Er sieht blass aus und hat möglicherweise sogar Angst, während er darauf wartet, dass der Wächter ihm die Handschellen abnimmt. Das dunkle Haar, das er normalerweise mit Pomade in Form bringt, ist eine fettige Masse, als hätte er es sich gerauft und es seit Tagen nicht gewaschen.

Als er sich auf den Stuhl setzt und nach dem Telefon greift, tue ich das auch, lass es fast fallen, weil ich so nervös bin. Er spricht Spanisch mit mir. »*No estaba seguro de que vendrías.*« Ich war mir nicht sicher, ob du kommen würdest.

»*Vine por Mateo.*« Ich bin für Mateo hier.

»Du musst ihnen sagen, dass ich es nicht war, dass ich so etwas niemals tun würde.«

Ich bin fassungslos wegen dieses Ansinnens. »Sie haben alles auf Video.«

»Sie können nicht sehen, wer genau in dem Auto gesessen hat, nur dass es Diego gehört. Sie können nicht beweisen, dass ich dabei war.«

»Du hast einen unschuldigen jungen Mann niedergeschossen.«

»Ich habe auf den Typen geschossen, den du vögelst.«

Ich bin unglaublich wütend, um Milos willen – und auch um Nicos willen. »Das stimmt nicht. Es war sein Bruder, der mit dem Ganzen überhaupt nichts zu tun hat.«

Er zuckt die Achseln, als wäre ihm das komplett egal. Vermutlich stimmt das sogar. »Es wäre hilfreich, wenn du ihnen sagst, dass ich das nicht war.«

»Warum sollte ich das tun, nachdem jemand, der mir wichtig ist, fast getötet worden wäre?«

Seine dunklen Augen werden innerhalb eines Herzschlags hart, und die altbekannte Angst überrollt mich in einer Welle von Erinnerungen, die ich am liebsten für immer vergessen würde. »Du wirst das tun, wenn du weißt, was gut für dich ist.«

»Ist das eine Drohung, Joaquín? Willst du jemanden dazu bringen, zu beenden, was du begonnen hast? Wirst du tatsächlich die Mutter deines Kindes umbringen lassen oder irgendeinen anderen Unschuldigen, weil ich dich nicht mehr will?«

Der Blick, den er mir zuwirft, lässt deutlich erkennen, dass er mich gern tot sehen würde. »Wenn du ihnen das sagst, was ich will, wird dein Sohn vielleicht nicht ohne Vater aufwachsen müssen.«

»Oh, er wird einen Vater haben, nur wird es auf keinen Fall jemand sein, der versucht hat, einen unschuldigen Mann zu ermorden, und das nur, weil seine Frau sich von ihm getrennt hat.«

»Du kannst mich nicht einfach ersetzen.«

»Klar kann ich das. Du bist im Gefängnis, wo du hingehörst und wohl für eine lange Zeit bleiben wirst. Ich kann dir nicht helfen. Ich *werde* dir nicht helfen.«

»Ein Wort von mir an meine Jungs, und du und dein feiner Giordino-Boyfriend seid tot. Ist es das, was du für Mateo willst?«

»Steckst du nicht schon in genug Schwierigkeiten?«

»Ist mir doch egal. Sie werden mich des versuchten Totschlags anklagen. Was sind da schon ein oder zwei Opfer mehr?«

Ich starre ihn an, erschüttert, dass er mir tatsächlich in die Augen schaut und droht, mich – und Nico – zu töten. »Wann ist das mit dir passiert? Seit wann bist du fähig, Leute einfach umzubringen?«

»Das ist passiert, als meine Ehefrau sich entliebt hat.«

»Nein, es ist schon lange davor geschehen und das ist der Grund, warum ich dich nicht mehr liebe. Weil du jemand geworden bist, den ich nicht wiedererkenne. Ich kann dir nicht helfen. Ich *werde* dir nicht helfen.« Ich lege auf und gehe weg, während er mir hinterherbrüllt, dass ich zurückkommen soll.

Auch wenn ich zittere, während die alten Traumata an die Oberfläche zurückdrängen, laufe ich weiter auf die Tür und William zu. »Er verlangt von mir, für ihn zu lügen und zu erklären, dass er niemals versuchen würde, jemanden zu töten. Wenn ich das nicht tue, wird er mich und meinen neuen Freund umbringen.«

»Moment. Das waren tatsächlich seine Worte?«

»Ja.«

»Sie müssen die Polizei verständigen.«

Ich habe befürchtet, dass er das sagen würde. Ich seufze und nicke zustimmend. »Sergeant Miguel Silva ist mit dem Fall betraut.« Ich schicke Nico eine Textnachricht und bitte ihn um Miguels Nummer.

Er schickt sie mir ohne Kommentar oder Fragen.

Ich rufe Miguel an, und als er sich meldet, teile ich ihm mit, wer ich bin und was passiert ist.

»Meine Güte, die lernen es nie, oder? Ich fange schon mal mit dem Papierkram an, um weitere Anklagepunkte hinzuzufügen. Arbeiten Sie heute Abend?«

»Ja, und Nico auch.«

»Ich sorge dafür, dass Ihnen beiden einige Tage lang ein paar Beamte zugeteilt werden.«

»Morgen früh fliegen wir übers Wochenende weg. Wir sind Montag wieder zurück.«

»Alles klar. Das ist gut. Hoffentlich wird sein Anwalt ihm raten, den Mund zu halten.«

»Nico wird heute Abend einige Fahrten übernehmen müssen.«

»Wir behalten ihn im Auge. Versuchen Sie, sich keine Sorgen zu machen.«

Genau. Wie soll ich mir bitte keine Sorgen machen, wo Joaquín doch Nicos Leben bedroht hat? Ich verstehe, wie viel Glück wir hatten, dass Milo nicht getötet wurde oder gelähmt ist. Beim nächsten Mal haben wir vielleicht nicht so viel Glück.

Das sind die Gedanken, die mir durch den Kopf schießen, während ein Polizeiauto mir zu Mateos Schule folgt und danach zu Nicos Haus.

Gladys ist in der Küche und gießt sich gerade einen Becher Tee ein, als wir hereinkommen.

Mateo lässt seinen Rucksack fallen und rennt zu ihr, um sie zu umarmen. »Ich will schwimmen.«

»Werden wir«, erwidert Gladys. »Aber erst packst du deine Tasche aus.«

Er läuft widerwillig los, um den Rucksack zu holen, zieht seine Lunchbox heraus und reicht sie mir zusammen mit dem Zettelhaufen, der jeden Tag mit nach Hause kommt. »Kann ich jetzt schwimmen?«

»Zieh dich um«, sage ich ihm.

»Was ist passiert?«, will Gladys wissen, nachdem Mateo aus dem Zimmer gestürmt ist.

»Er wollte, dass ich bei der Polizei ein gutes Wort für ihn einlege, indem ich zu Protokoll gebe, dass er niemals auf Milo geschossen hätte, und als ich gesagt habe, dass ich das nicht tun werde, hat er gedroht, ein Wort von ihm zu seinen Jungs, und Nico und ich wären tot.«

Gladys keucht auf. »Lieber Gott.«

»Die Polizei weiß davon und passt auf uns auf. Aber mir ist schlecht.«

»Warum?«, fragt Nico, der gerade den Raum betritt.

Gladys drückt mir den Arm. »Ich schau mal nach Mateo.«

Als wir allein sind, zwinge ich mich, Nico anzusehen und ihm zu erzählen, was im Gefängnis passiert ist.

Seine Miene verändert sich nicht, als er hört, dass sein Leben bedroht worden ist – schon wieder.

»Ich hab mir gedacht, dass wir vielleicht besser eine Beziehungspause einlegen sollten, bis … Du weißt schon …«

»Ausgeschlossen.«

»Nico …«

»Nein, Sofia. Wir lassen uns von ihm nicht auseinanderbringen. Das ist ja das, was er bezweckt. Er weiß, dass er tief in der Scheiße steckt, und er versucht dich selbst aus dem Gefängnis heraus noch zu kontrollieren. Lass das nicht zu.«

»Er hat es aber ernst gemeint. Du warst nicht dabei. Du hast nicht miterlebt, wie er es gesagt hat.«

»Wir können nicht zulassen, dass er uns das antut. Es ist genau das, was er will. Er hat keine Macht dort drinnen und das weiß er. Die einzige Macht, die er noch hat, ist, dir Angst einzujagen.«

»Es hat funktioniert. Ich habe Angst.«

»Was meint denn Miguel dazu?«

»Dass es weitere Anklagepunkte geben wird.«

»Das ist gut.«

»Und sie stellen für uns beide Beamte als Personenschutz ab. Ich habe ihm erzählt, dass wir morgen fürs Wochenende wegfliegen, und Miguel meinte, dass ihm das Zeit dafür geben würde, die Freunde aufzuspüren.«

Mein Handy klingelt und es ist Miguel.

»Hallo?«

»Sofia, hier ist noch mal Sergeant Silva. Ich wollte Ihnen mitteilen, dass wir den Staatsanwalt über Joaquíns Drohung informiert haben. Daher werden sie den Richter bitten, seinen Zugang zum Telefon zu reduzieren und die Besucherzahl zu begrenzen.«

»Oh, das sind gute Neuigkeiten«, sage ich und atme lang aus.

»Das bedeutet nicht, dass er seine Freunde nicht über andere Leute im Gefängnis kontaktieren kann, aber das macht es schon mal deutlich schwieriger.«

»Ich danke Ihnen sehr. Jetzt fühle ich mich besser.«

»Ich gebe Ihnen Bescheid, sobald wir wieder vom Richter gehört haben, und ich werde Nico und Sie in der Zwischenzeit bewachen lassen. Am Montagabend kommen Sie von Ihrer Reise zurück?«

»Ja.«

»Können Sie mir Ihre Fluginformationen übermitteln? Dann stelle ich Beamte bereit, die auf Sie warten.«

»Ich schicke sie Ihnen per Textnachricht.«

»Danke.«

»Nein, *ich* danke *Ihnen.* Ich bin wirklich sehr dankbar für Ihre Hilfe und es tut mir so leid, dass Joaquín so einen Stress verursacht.«

»Es besteht kein Grund für Sie, sich zu entschuldigen, Sofia. Ich wünschte, ich könnte sagen, dass ich so etwas zum ersten Mal erlebe, aber leider passieren solche Dinge in Missbrauchssituationen viel zu oft.«

»Danke noch mal für alles.«

»Kein Problem. Ich halte Sie auf dem Laufenden.«

»Okay.«

Er beendet das Telefonat und ich fühle mich innerlich ganz taub, so wie ich mich früher gefühlt habe, wenn Joaquín mich bedroht oder mir wehgetan hat.

»Was hat er gesagt?«, will Nico wissen.

Ich bringe ihn auf den neusten Stand und ergänze noch, was der Staatsanwalt vorhat. »Miguel lässt mich wissen, was der Richter entscheidet. Ich muss ihm auch die Informationen über unsere Reise schicken.«

»Darum kümmere ich mich.«

»Oh, okay. Danke.«

Er legt die Arme um mich. »Ich weiß, im Moment sieht es vielleicht nicht so aus, aber alles wird gut.«

»Wie kannst du dir da so sicher sein? Du wirst heute Abend mit dem Auto unterwegs sein. Sie wissen, dass sie beim ersten Mal den Falschen erwischt haben. Vielleicht braucht es nicht mal den Befehl von Joaquín, damit jemand beschließt, dass sie den Job zu Ende bringen sollten.«

»Wenn sie auch nur einen Funken Verstand haben, haben sie alle Respekt vor dem, was Joaquín und Diego erwartet. Sie werden mir nicht nahe kommen.«

»Das kannst du doch gar nicht wissen!«

»Nein, kann ich nicht, allerdings vermute ich, dass die kürzlichen Ereignisse dafür gesorgt haben, dass sie die Hosen voll haben. Sie hören, dass Joaquín und Diego wahrscheinlich jahrelang hinter Gittern sein werden. Das wird nicht spurlos an ihnen vorübergehen.« Als er merkt, dass ich nicht überzeugt bin, fügt er hinzu: »Denk darüber nach, Sofia. Warum sollten sie es riskieren, im Gefängnis zu landen, vielleicht für den Rest ihres Lebens, weil ihr Freund oder Cousin auf den neuen Freund seiner Ex-Frau eifersüchtig ist?«

Wenn er es so ausdrückt, fühle ich mich ein kleines bisschen besser.

»Jetzt, wo Joaquín und Diego im Knast sitzen, streiten sie sich wahrscheinlich gerade darum, wer die Führung übernimmt, da die beiden anderen aus dem Verkehr gezogen sind.«

»Das stimmt vermutlich. Sie beide waren die Bosse.«

»Ich wette, wir sind das geringste ihrer Probleme. Sie haben viel zu viel damit zu tun, herauszufinden, was Joaquín und Diego vorhatten, sodass sie ihre Abwesenheit zu ihrem Vorteil nutzen können. Die Leute sind zuallererst und am meisten sich selbst gegenüber loyal, Babe. Wahrscheinlich kannst du darauf wetten, dass Joaquín nur versucht hat, dich einzuschüchtern. Vermutlich hat er das bei vielen Leuten versucht, die jetzt dankbar sind, dass er für eine lange Zeit weggesperrt wird.«

»Ich habe von einer der anderen Frauen gehört, dass es viel Streit und Auseinandersetzungen gibt.«

»Siehst du? Sie machen sich Sorgen um ihre eigenen Familien, nicht seine.«

Ich atme tief aus. »Er hat mir wirklich Angst eingejagt.«

»Und dafür würde ich ihn am liebsten umbringen.«

»Bitte tu das nicht. Ich brauche dich hier bei mir.«

»Das ist der einzige Ort, an dem ich sein will.«

Wir stehen in der Küche, halten einander im Arm, als Gladys mit Mateo zurückkommt. Er trägt Badehose und

Schwimmflügel und bleibt abrupt stehen, als er mitkriegt, dass wir uns umarmen.

»Igitt, küsst ihr euch etwa?«

Nico lacht und lässt mich los. »Das wollten wir gerade, aber dann bist du reingeplatzt.«

»Eklig.«

»So wirst du nicht immer denken, Kumpel. Wie wäre es mit einer weiteren Schwimmstunde, bevor ich zur Arbeit muss?«

»Ja!«

Ich werfe Mateo einen Blick zu. »Was sagst du zu Nico?«

»Danke, Nico.«

»Ist mir ein Vergnügen, Kumpel.«

Nico küsst mich noch einmal kurz auf den Mund. »Schick mir eine Nachricht, wenn du bei der Arbeit angekommen bist, sonst mach ich mir Sorgen.«

»Na klar.«

»Schick mir am besten den ganzen Abend über ununterbrochen Nachrichten.«

»Auch das.«

Wir lächeln einander an und stehlen uns einen weiteren Kuss.

»Ich liebe dich«, flüstert er. »Ich kann morgen gar nicht erwarten. Wir werden so viel Spaß haben, und wer muss die Stadt gerade dringender verlassen als wir beide?«

»Niemand. Ich liebe dich auch. Danke, dass du für mich da bist.«

»Immer. Mateo, verabschiede dich von deiner Mutter. Sie muss jetzt zur Arbeit.«

Er läuft zu mir und gib mir die schnellste Umarmung, die möglich ist.

»Das kannst du besser«, sagt Nico. »Umarm sie so, als würdest du es ernst meinen.«

Mit einem Seufzer umarmt Mateo mich erneut, diesmal so fest, wie er nur kann.

»Hab dich lieb, Süßer.«

»Hab dich auch lieb, Mama.«

»Sei artig für Nico und Gladys.«

»Bin ich.«

Ich sehe zu, wie sie nach draußen rennen, der Mann, den ich liebe, und der kleine Junge, der mir alles bedeutet.

»Er ist ein guter Mann«, bemerkt Gladys.

»Ja, ist er.«

Und falls diesem guten Mann meinetwegen irgendetwas zustößt, werde ich sterben. So einfach ist das.

Kapitel 26

Nico

Nach einem Besuch im Krankenhaus bei Milo, dem es heute deutlich besser zu gehen scheint, stehe ich die ganze Nacht unter Strom, rechne unabhängig davon, was ich zu Sofia gesagt habe, jederzeit damit, dass Joaquín seine Drohung wahr macht. An jeder roten Ampel ertappe ich mich dabei, wie ich mir die Autos neben mir genau anschaue, überlege, ob wohl jemand darin sitzt, der mich lieber tot sähe als mit Sofia zusammen. Zwischen mehreren Touren zum Flughafen und einer zu einem Hotel in Key Biscayne fahre ich immer wieder am Restaurant vorbei. Ich bin mir nicht ganz sicher, wonach ich suche, aber es freut mich, dass jedes Mal ein Streifenwagen in der Nähe parkt.

Ich rufe Miguel an.

»Hallo, wie geht's?«

»Ziemlich gut, wenn man berücksichtigt, dass man mein Leben bedroht.«

»Der Typ ist ein Idiot. Der Staatsanwalt hat der Liste mit Vorwürfen gegen ihn noch weitere Anklagepunkte hinzugefügt. Er schaufelt sich sein eigenes Grab.«

»Schon irgendwelche Neuigkeiten vom Richter?«

»Gerade eben. Er hat alle Besuche und Anrufe für Joaquín gestrichen und ihn in den Isoliertrakt des Untersuchungsgefängnisses gesteckt – einen Bereich in der Justizvollzugsanstalt, wo er kaum Kontakt zu Mitinsassen haben wird. Damit ist es für ihn praktisch unmöglich, über andere Gefangene Anweisungen nach draußen zu übermitteln.«

»Oh, gut. Sofia wird so erleichtert sein. Sie sagt, es habe Streitigkeiten unter seinen Freunden gegeben.«

»Das haben wir ebenfalls gehört.«

»Also haben sie vielleicht andere Probleme, als sich darum zu kümmern, ob Joaquíns Ex-Frau einen neuen Freund hat.«

»Das ist unsere Hoffnung. Andererseits wollen wir nach dem, was Milo zugestoßen ist, nichts riskieren. Wir lassen euch überwachen, bis ihr morgen die Stadt verlasst, und dann wieder, sobald ihr zurück seid. Joaquín und Diego müssen sich morgen einer ersten Anhörung zu den ursprünglichen Anklagepunkten sowie den neuen gegen Joaquín unterziehen.«

»Ich bin nur froh, dass wir hier für ein paar Tage wegkönnen.«

»Was ist eigentlich in Minnesota?«

»Da lebt Sofias Vater, den sie bislang gar nicht kannte.«

»Oh, wow.«

»Ja, sie ist schon ganz aufgeregt und nervös.«

»Das kann ich mir vorstellen. Ich wünsche euch viel Spaß und eine schöne Zeit.«

»Ist meine Familie denn in Sicherheit, während ich weg bin? Ich hab die Befürchtung, dass Joaquín schon irgendwas in Gang gesetzt hat und dass sie sich, wenn sie mich nicht erwischen, jemand anders vorknöpfen.«

»Wir haben so viele Leute, wie wir nur entbehren können, auf sie angesetzt, und die Streifenbeamten haben ein Auge auf das Restaurant, das Haus deiner Eltern, den Eingang zu deiner Wohnanlage und das Umfeld von Sofias Apartmenthaus. Wir hoffen, dass sie dumm genug sind, sich an einer dieser Stellen blicken zu lassen.«

Mir wird bei dem Gedanken übel, dass irgendeinem Mitglied meiner Familie meinetwegen Gefahr droht. Das ist unerträglich.

»Alles wird gut, Nico. Flieg nach Minnesota und mach dir keine Gedanken. Es gibt unseren Erkenntnissen zufolge keine Hinweise darauf, dass irgendeiner von ihnen Anweisungen von Joaquín erhält, und dass er in der Isolationsabteilung untergebracht ist, heißt, er ist praktisch von der Außenwelt abgeschnitten.«

»Danke für alles, Miguel.«

»Ist schon in Ordnung. Kannst du Sofia in Bezug auf die Anweisung des Richters Bescheid geben? Das erspart mir einen Anruf.«

»Ja, klar. Kein Problem.«

»Danke. Ich wünsch dir eine gute Reise. Ich werde dich über alle Entwicklungen auf dem Laufenden halten.«

»Du hast eine Menge bei mir gut.«

»Ich erledige nur meinen Job.«

Nachdem ich das Gespräch beendet habe, hinterlasse ich eine Sprachnachricht für Sofia, in der ich ihr von der Anweisung des Richters erzähle, damit sie es erfährt, sobald ihre Schicht zu Ende ist. Meine letzte Fahrt an dem Abend ist eine vom Flughafen nach Brickell. Als ich meinen Passagier abgesetzt habe, mache ich mich auf den Weg zum Restaurant, hoffe, Sofia noch zu erwischen, damit ich hinter ihr her nach Hause fahren kann.

Ich bin erleichtert, als ich ihr Auto auf dem Parkplatz stehen sehe, sobald ich darauf abbiege. Ich steige aus und schaue mich gründlich um, wobei mein Herz schneller schlägt als sonst. Während ich durch die Hintertür ins Restaurant gehe, muss ich daran denken, dass hier jeder einfach so mit einer Waffe reinmarschieren und unser aller Leben für immer verändern könnte. So einen Gedanken hatte ich im Giordino's noch nie, das praktisch mein Leben lang so was wie ein zweites Zuhause für mich gewesen ist. Ich hasse Joaquín und seine Drohungen, die mir meine Unbeschwertheit genommen haben.

Vor der Küche laufe ich meinem Onkel Vincent über den Weg. »Hey«, sagt er und mustert mich amüsiert. »Was für ein komischer Zufall, dich hier zu treffen.«

»Ja, ja. Du weißt genau, weshalb ich hier bin. Wie geht es ihr?« Ich habe ihn vorhin angerufen, um ihn wegen Joaquíns Drohungen zu warnen, und er hat versprochen, besonders aufzupassen.

»Heute Abend war eine Menge los, sodass sie nicht viel Zeit hatte, über irgendetwas anderes nachzudenken als die Arbeit.«

»Gut. Das hat sie gebraucht.«

»Das gilt für uns alle.«

»Es tut uns beiden so leid, das ausgelöst zu haben.«

Er wischt meine Bemerkung mit einer Handbewegung beiseite. »Du hast überhaupt nichts getan und sie genauso wenig, daher müsst ihr auch nicht die Verantwortung dafür übernehmen. Das Einzige, worauf es ankommt, ist, dass keinem von uns was passiert und Milo auf dem Weg der Besserung ist.« Er drückt mir die Schulter. »Du siehst aus, als würdest du gleich explodieren. Mix dir einen Drink und reg dich ab, bevor dich noch der Schlag trifft.«

Ich muss grinsen. »Das mit dem Drink klingt gut. Danke, Vin.«

»Jederzeit gern.«

Ich stelle mich hinter die Bar, die gewöhnlich Vincents Hoheitsgebiet ist, und schenke mir einen Tanqueray mit Tonic und einer Limettenscheibe ein, den ich mitnehme, als ich mich auf die Suche nach Sofia begebe.

Sie ist auf der kubanischen Seite und unterhält sich mit Gästen, die bei Dessert und Kaffee sitzen. Sie hat mich noch nicht bemerkt, daher bleibe ich stehen und beobachte, wie sie lacht und scherzt, als hätte sie keine Sorge auf der Welt, obwohl ich genau weiß, dass das nicht stimmt. Ich kann es gar nicht erwarten, dass sie diese schreckliche Angst loswird und endgültig frei ist von dem Mann, der dafür verantwortlich ist.

Als sie sich von dem Tisch abwendet, entdeckt sie mich, und ihr Gesicht strahlt auf.

Ich gehe zu ihr, kann auf einmal verstehen, warum so viele von den Jungs, mit denen ich aufgewachsen bin, sich lebenslang an eine Frau gebunden haben. Das konnte ich vorher nicht, aber jetzt ist alles, was ich mir wünsche, den Rest meines Lebens mit ihr zu verbringen.

Sie umarmt mich und ich lege meinen freien Arm um sie.

»Ich bin so froh, dich zu sehen«, sagt sie.

»Gleichfalls, Liebste.«

»Der heutige Abend ist mir endlos vorgekommen.«

»Mir auch. Alles, woran ich denken konnte, war, zu dir zurückzukehren. Wie lange musst du noch hier sein?«

»Ich kann jetzt gehen. Ich habe gerade meinen letzten Tisch abgerechnet und alle anderen Aufgaben schon vor einer Weile erledigt.«

»Dann lassen wir dein Auto hier stehen und fahren gemeinsam in meinem nach Hause. Wir können deins dann abholen, wenn wir wieder aus Minnesota zurück sind.«

»Bist du dir sicher, dass es Vincent nicht stört?«

»Ganz bestimmt nicht. Ich sag ihm trotzdem Bescheid.«

»Ich muss noch Mateos Autositz aus dem Wagen holen, damit wir den mitnehmen können.«

»Wir sehen uns gleich an der Hintertür.« Ich trinke mein Glas aus, während ich nach Vincent suche. Schließlich finde ich ihn bei Nona auf der italienischen Seite am Empfangstisch.

»Hey, stört es euch, wenn Sofia ihr Auto während unserer Abwesenheit hierlässt?«

»Nein, überhaupt nicht. Gib mir bitte nur den Schlüssel, falls wir es wegfahren müssen.«

»Geht klar.«

Sofia kommt mit ihrer Handtasche und den Schlüsseln in der Hand zu uns.

Ich stelle mein leeres Glas auf ein Tablett und nehme ihr die Schlüssel ab. »Ich hole Mateos Autositz und bin gleich wieder da. Onkel Vin hätte gern deine Autoschlüssel, falls sie den Wagen umparken müssen.«

»Danke, Vincent und Livia. Danke für alles diese Woche. Ich werde eure Freundlichkeit nie vergessen.«

»Wir haben dich und Mateo so lieb und sind sehr glücklich, dass du endlich deinen Vater kennenlernst«, antwortet Nona. »Wir hoffen, die Reise bringt dir alles, was du dir wünschst.«

Sofia umarmt sie, und als sie sich von ihr löst, müssen beide Frauen Tränen wegblinzeln. »Ihr alle … Ihr habt mir und Mateo das Leben gerettet. Wir schulden euch alles. Danke, dass ihr mir gezeigt habt, was es heißt, zu einer Familie zu gehören.«

»Uns wirst du so schnell nicht los, Kleines«, meint Vin mit einem herzlichen Lächeln. »Dir eine wunderschöne Zeit mit deinem Vater. Schick uns Fotos.«

»Auf jeden Fall.«

Ich nehme den Autositz, lade ihn in meinen Pick-up und geh wieder rein, um Vin die Schlüssel zu geben. »Wir sehen uns Dienstag.«

»Gute Reise.« Er umarmt mich rasch. »Passt gut auf euch auf.«

»Ihr auch«, sage ich mit einem Blick zu ihm.

Er nickt. »Das wird schon. Mach dir keine Sorgen.«

Wenn es nur so einfach wäre, denke ich, während ich mit Sofia nach Hause fahre.

»Ich glaub nicht, dass ich je glücklicher gewesen bin, jemanden zu sehen, als dich heute Abend im Restaurant«, erklärt Sofia. »Ich hatte solche Angst um dich.«

»Hast du die Nachricht abgehört, die ich dir aufs Handy gesprochen habe?«

»Bisher nicht. Ich hab noch gar nicht nachgeschaut.«

»Der Richter hat angeordnet, dass Joaquín weder Besuch noch Telefonanrufe erhalten darf und außerdem in eine isolierte Abteilung verlegt wird. Das ist zwar nicht dauerhaft, aber es sollte ihm zeigen, was passiert, wenn er aus dem Gefängnis heraus das Leben anderer Leute bedroht.«

»O mein Gott, das ist so eine Erleichterung.«

»Es heißt nicht, dass nicht doch noch irgendjemand die Angelegenheit in die eigenen Hände nimmt, aber er kann praktisch niemanden von seinen Freunden oder Familienmitgliedern beauftragen, uns was anzutun.«

Sie atmet laut aus und lacht dann. »Ich frage mich, was er sich denkt, so ganz allein und der Möglichkeit beraubt, uns umbringen zu lassen.«

»Hoffentlich, dass es ein Riesenfehler war, dich zu bedrohen.«

»Das ist das erste Mal, dass ich das Gefühl habe, gegen ihn gewonnen zu haben. Sonst gewinnt immer er. Was er auch wollte, er hat es gekriegt. Er hat sogar trotz Vorstrafenregister das gemeinsame Sorgerecht erhalten. Ich hab mich so sehr dagegen gewehrt und irgendwie wurde ihm trotzdem das Recht auf eine wöchentliche Übernachtung von Mateo zugesprochen. Ich musste meinen Sohn einmal die Woche einem Kriminellen übergeben. Wann immer Mateo bei ihm war, habe ich aus Angst vor dem, was er vielleicht sieht oder hört, kaum ein Auge zugemacht.«

»Nun, dieses Mal hast du gewonnen. Du hast dich gewehrt und jetzt muss er den Preis dafür zahlen, dass er dir gedroht hat, und er weiß auch, du hast dafür gesorgt, dass er isoliert ist.«

»Wird er dadurch nicht gefährlicher für mich?«

»Ich denke, man wird ihn dort lang genug lassen, dass er kapiert, welche Folgen es hat, wenn er Leute bedroht. Ich bin mir sicher, der Richter wird ihm bei der Anhörung morgen ebenfalls sehr ernsthaft ins Gewissen reden.«

»Da würde ich gern Mäuschen spielen.«

»Wir bekommen hinterher einen vollständigen Bericht. Und morgen haben wir ohnehin Besseres zu tun, wie beispielsweise deinen Dad und deine Geschwister kennenzulernen.«

»Ich kann einfach nicht glauben, dass das wirklich passiert.«

»Ich freue mich so für dich, auch wenn ich mir nicht wirklich vorstellen kann, wie du dich fühlst.«

»Dieser gesamte Monat ist … Wie lautet noch mal das Wort dafür, wenn etwas komplett merkwürdig ist?«

»Unwirklich?«

»Ja, das meinte ich. Unwirklich. Alles mit dir und Milo und jetzt das Treffen mit meinem Vater und na ja … einfach alles.«

»Das meiste davon ist ja gut. So furchtbar es für Milo war, angeschossen zu werden, wird er sich doch erholen, und das ist alles, was zählt. Es geht ihm schon so viel besser, daher können wir das ebenfalls als was Gutes verbuchen.«

»Ich hab Angst, mich zu entspannen. Wann immer ich das tue, passiert irgendwas neues Schreckliches.«

»Ich denke, allmählich beruhigt sich die Lage, Süße. Jetzt wird alles besser werden. Joaquín ist raus aus unserem Leben – und aus dem von Mateo – und du wirst deinen Vater und seine Familie kennenlernen. Das Leben wird für dich immer nur schöner.«

»Du hast das Allerwichtigste vergessen.« Sie dreht sich auf ihrem Sitz zu mir um. »Das. Uns. Du bist das Allerbeste in meinem wunderbaren neuen Leben, Nico. Ich hoffe, du weißt das.«

»Ich möchte das und alles andere für dich sein.«

»Das bist du. Natürlich bist du das.«

»Gerade hast du noch versucht, mit mir Schluss zu machen«, erinnere ich sie in neckendem Tonfall.

»Aber nur, weil ich dich in Sicherheit wissen möchte.«

»Tu das nie wieder.«

»Ich wollte es schon von Anfang an nicht tun. Das war das Letzte, was ich wollte, doch der Gedanke, dass du in Gefahr bist, jagt mir furchtbare Angst ein.«

»Da geht es mir nicht anders. Für deine und Mateos Sicherheit zu sorgen ist für mich das Wichtigste überhaupt.«

»Du hast dich selbst vergessen.«

»Du ja auch.«

»Wenn euch irgendwas passiert …« Meine Kehle schnürt sich bei der Vorstellung zu. Ich darf gar nicht darüber nachdenken.

Sie greift nach meiner Hand und hält sie zwischen ihren. »Du bist alles für mich geworden.«

»Das gilt für mich bei dir ebenso. Jede einzelne Sache.« Als ich an einer Ampel anhalten muss, küssen wir uns. »Ich hatte keine Ahnung, dass man sich so fühlen kann.«

»Ich auch nicht. Ich hab zwar schon mal gedacht, ich sei verliebt, aber das war ich gar nicht. Nicht so wie in dich.«

»Ich hab nie was erlebt, was dem hier nahegekommen ist. Ich hab eindeutig auf dich gewartet.«

Als wir zu Hause eintreffen, finden wir Gladys auf dem Sofa schlafend vor.

Sofia breitet ein Plaid über sie und schaltet den Fernseher aus, dann schauen wir nach Mateo. Sein Koffer ist gepackt und für die Reise bereit. Er schläft mit aus dem Bett hängendem

Arm, den Sofia vorsichtig zurücklegt, ehe sie die Decke über ihn zieht, als hätte sie das schon eine Million Mal getan.

Wir gehen über den Flur in mein Zimmer – oder ist es jetzt unseres?

»Wir müssen packen«, erklärt sie.

»Ich hab keine Lust.« Ich schlinge von hinten die Arme um sie. »Es gibt so viel Besseres, womit wir uns die Zeit vertreiben könnten.«

»Später. Erst packen wir.«

»Spielverderberin.«

»Überhaupt nicht, doch unser Flug geht früh und daher können wir es nicht aufschieben. Mein Dad hat mich extra darauf hingewiesen, dass es in Minnesota sehr kalt ist, daher hat Gladys aus meinem Apartment wärmere Kleidung mitgebracht, zusätzlich zu dem, was ich gekauft habe. Hast du eine Winterjacke?«

Mit einem Stöhnen folge ich ihr in meinen begehbaren Kleiderschrank. »Ja, hab ich.« Wieder lege ich die Arme um sie. »Wirst du mich denn nicht warm halten in Minnesota?«

Lachend schüttelt sie mich ab und macht sich an die Arbeit. »Je eher du in die Gänge kommst, desto eher können wir ins Bett.«

Ich hab noch nie in meinem Leben so schnell gepackt. Jeans, Sweatshirts, Winterschuhe. Unterwäsche. Fertig.

»Du hast deine Zahnbürste vergessen«, bemerkt Sofia, während sie sorgfältig alles zusammenfaltet, ehe sie es ordentlich in ihren Koffer legt.

»Die brauche ich morgen früh noch. Aber ich vergesse sie nicht. Keine Sorge.« Ich ziehe zärtlich an ihrem Pferdeschwanz. »Komm jetzt ins Bett. Ich möchte dich im Arm halten.«

Lächelnd erwidert sie: »Deine Großmutter hat recht – und ich auch. Du bist ein Teufel.«

»Das hat sie nic gesagt. Sie meint nur, ich drücke alle Knöpfe.«

»Du bist ein Teufel. Ohne jeden Zweifel.«

Ich greife nach ihr und werfe sie mir über die Schulter, drehe mich mit ihr herum, sodass sie vor Lachen kreischt. Als ich sie aufs Bett herunterlasse, schwingt die Tür auf und knallt gegen die Wand.

»Hör auf!«, ruft Mateo. »Tu ihr nicht weh!«

Ich lasse Sofia los, sodass sie sich um ihn kümmern kann. »Er hat mir nicht wehgetan. Ich hab gelacht.«

»Ich hab dich schreien gehört«, erklärt er und schluchzt auf, was mich direkt ins Herz trifft.

»Ich hab gelacht, das schwöre ich. Nico würde mir nie wehtun. Stimmt's, Nico?«

»Niemals. Ich liebe deine Mama so sehr. Ich möchte sie nur glücklich machen und zum Lachen bringen. Sie hat gelacht, Mateo. Das versichere ich dir hoch und heilig.«

Er bricht in Tränen aus und ich würde am liebsten irgendwas kaputt schlagen, wenn ich mir vorstelle, was der kleine Kerl in der Vergangenheit gesehen und gehört hat, dass er sofort das Schlimmste befürchtet.

Sofia hält ihn im Arm, bis er sich beruhigt hat.

»Kommst du kurz her?«, frage ich ihn.

Er zögert, doch nur eine Sekunde.

Ich heb ihn mir auf den Schoß. »Ich möchte, dass du etwas wirklich Wichtiges weißt, okay?«

Er nickt.

»Ich liebe dich genauso sehr, wie ich deine Mutter liebe, und ich verspreche dir, von Mann zu Mann, dass ich nie irgendetwas tun werde, das einen von euch beiden verletzt. Ich möchte nichts mehr, als dass ihr glücklich seid, okay?«

»Okay.«

»Wenn ich je irgendwas tue, das dir Angst einjagt, dann möchte ich, dass du es mir sagst, ja?«

»Mach ich.«

Ich küsse ihn auf den Kopf und drücke ihn fest an mich, bevor ich ihn gehen lasse, damit Sofia ihn wieder ins Bett stecken kann.

Ich höre sie mit ihm reden, bevor sie ins Schlafzimmer zurückkehrt und sich neben mich auf die Bettkante setzt. »Tut mir leid.«

»Entschuldige dich nicht. Ich würde immer wollen, dass er zu deiner Rettung herbeieilt, wenn er denkt, jemand tut dir was an.«

»Ich finde es so furchtbar, dass er überhaupt Grund zu der Sorge hat. Und du hast das großartig gehandhabt. Danke.«

»Ich würde nie, niemals einen von euch mit irgendeinem anderen Gefühl anfassen als Liebe. Ich schwöre das beim Leben aller, die ich liebe, und das sind eine Menge Leute. Du musst nie in irgendeiner Weise Angst vor mir haben. Und ich werde euch das für den Rest meines Lebens beweisen.«

»Ich weiß, Nico. Ich weiß das bereits und er weiß es jetzt auch.«

Als ich meinen Arm um sie lege, lehnt sie ihren Kopf an meine Schulter.

»Und jetzt lass uns schlafen. Morgen wird ein aufregender Tag für dich.«

Wir kriechen ins Bett und schmiegen uns in der Mitte aneinander. Unsere Arme und Beine sind ineinander verschlungen und ich beschließe, dass in Sofias Armen zu schlafen besser ist als der beste Sex, den ich je zuvor hatte.

Ich bin wild entschlossen, ihr – und ihrem Sohn – weiterhin zu zeigen, wie ein echter Mann die Frau behandelt, die er liebt.

Kapitel 27

Sofia

Mateo ist am Morgen nach dem nächtlichen Vorfall niedergeschlagen und still. Ehe sie geht, erzähle ich Gladys, was passiert ist, und sie versichert ihm, dass er da bei Nico keinen Grund zur Sorge hat. Mein Sohn umarmt Gladys und gibt ihr einen Kuss, bevor Nico sie von einem seiner Fahrer heimbringen lässt.

Dann holt uns ein anderes seiner Autos und setzt uns am Abflugterminal vom Flughafen ab.

Ich bin so dankbar, dass Nico bei mir ist. Er kennt sich aus und weiß, wo wir hinmüssen, sodass wir binnen kürzester Zeit eingecheckt haben und auf dem Weg zur Sicherheitskontrolle sind. Mateo schaut sich interessiert um, und während er heute Morgen nicht viel mit uns geredet hat, wird er jetzt lebhafter und aufgeregt wegen der Reise.

Nico ist großartig mit ihm, erklärt ihm Dinge, von denen er denkt, sie könnten ihn interessieren, wie beispielsweise das Förderband beim Durchleuchten des Handgepäcks und auch den Scanner zur Personenkontrolle, durch den Mateo erst nicht gehen will. Mir ist sofort klar, dass er ihn an das Krankenhaus erinnert.

»Es tut überhaupt nicht weh«, versichere ich ihm. »Guck mal, Nico macht es vor.«

Der stellt sich in das Tor, spreizt leicht die Beine und hebt die Arme, während Mateo atemlos zuschaut.

»Jetzt bist du dran, Mateo«, sage ich und schiebe ihn nach vorn. »Mach es einfach genauso wie Nico eben. Ich verspreche dir, es tut nicht weh.«

Tapfer tritt Mateo in den Scanner und bringt sich leicht unbeholfen in Position.

»Nicht bewegen«, ermahnt ihn der Security-Mitarbeiter.

Ich halte den Atem an, bis die Maschine fertig ist.

»Das war es schon«, verkündet der Mann von der Security.

Nico nimmt Mateo in Empfang, während ich in den Scanner gehe.

Nachdem wir die Sicherheitskontrolle hinter uns haben, setzen wir uns in ein Flughafen-Café am Terminal und frühstücken.

Als eine Stunde später das Boarding beginnt, habe ich beinah vergessen, wegen meines allerersten Flugs überhaupt nervös zu sein.

Nico erzählt den Flugbegleitern, dass Mateo und ich noch nie geflogen sind, und der Pilot verlässt sein Cockpit, um Mateo eine Anstecknadel der Fluggesellschaft zu geben. Mein Sohn ist begeistert, nicht zuletzt von der Aufmerksamkeit des Piloten, der ihn sogar zur Besichtigung des Cockpits einlädt, während die anderen Passagiere an Bord kommen.

Es ist alles so furchtbar aufregend, denn nach dem Flug von drei Stunden und zwanzig Minuten werde ich zum ersten Mal meinen Vater treffen. Meine Aufregung erstirbt jäh, als der Flieger die Startbahn entlangrast und sich in den Himmel erhebt.

Nico sitzt in der Mitte, sodass Mateo den Platz am Fenster haben und raussehen kann, denn das ist das Letzte, wonach *mir* ist.

»Guck mal«, sagt Nico. »Da unten ist Miami.«

»Nein, danke.«

Er bedeckt meine eiskalte, verkrampfte Hand mit seiner warmen. »Du solltest hinschauen, Sofia. Es ist erstaunlich, alles von oben zu betrachten. Es gibt nichts, wovor du Angst haben musst.«

Ich zwinge mich, die Augen zu öffnen, und blicke nach rechts, wo sich unter uns der Strand von Miami erstreckt. Unwillkürlich beuge ich mich an Nico vorbei zum Fenster, um mehr erkennen zu können. Er hat recht. Es ist wunderschön. Bis das Flugzeug kurz nach unten sackt und ich vor Schreck beinah einen Herzanfall kriege.

Sein Arm um mich hält mich fest. »Alles ist gut. Das ist wie ein Auto, das über ein Schlagloch fährt.«

Argh, ich fürchte, das überlebe ich nicht. Ich stehe so unter Spannung, dass ich mich fühle, als würde ich gleich explodieren.

Als die Stewardess kommt, um unsere Getränkebestellung aufzunehmen, ordert Nico je eine Bloody Mary für sich und mich und eine Sprite für Mateo. »Der Wodka wird helfen«, versichert er mir.

Und er hat recht. Nach ein paar Schlucken von meinem Drink fühle ich mich ruhiger.

Mateo liebt alles hieran, besonders die Sprite so früh am Morgen.

Nico ist unglaublich geduldig mit ihm, beantwortet all seine Fragen und zeigt ihm alles Mögliche durch das Fenster. Es gibt einen Monitor auf der Rückseite des Sitzes vor uns, auf dem wir die Flugroute unserer Maschine verfolgen können, was Mateo restlos fasziniert. Als er unruhig zu werden beginnt, macht Nico ihm den Pixar-Film »Cars« an, den Mateo liebt, und setzt ihm Kopfhörer auf.

»Du bist wunderbar mit ihm. Vielen Dank.«

»Er ist ein toller kleiner Kerl. Ich liebe es, mich um ihn zu kümmern … und ich hasse es, dass er gedacht hat, ich könnte dir wehtun.«

»Und ich hasse es, dass er automatisch das Schlimmste annimmt, wenn es um die Männer in seinem Leben geht.«

»Ich werde ihm zeigen, wie man sich richtig verhält. Ich bemühe mich, ihm ein gutes Vorbild zu sein.«

»Da ich die Männer kenne, die dich großgezogen haben, weiß ich, dass Mateo großes Glück hat.«

»Selbst falls das zwischen uns nicht klappt, was natürlich nicht passieren wird, werde ich trotzdem weiter für ihn da sein. Darauf hast du mein Wort.«

»Ich liebe dich dafür und noch für eine Million andere Dinge.«

»Ich dich auch, nur für zwei Millionen Dinge.«

Als ich meinen Kopf an seine Schulter lehne, fällt mir auf, dass ich das oft tue. Meinen Kopf an seine Schulter legen, in dem Wissen, dass er so verlässlich und stark ist, wie er wirkt. Vielleicht ist er bei anderen Frauen toxisch gewesen, aber für mich und meinen Sohn ist er genau das, was wir brauchen.

Irgendwann muss ich eingeschlafen sein, denn ich wache plötzlich auf, als das Flugzeug auf der Landebahn aufsetzt.

»Das ist nur die Landung«, erklärt Nico. »Gleich wird es noch mal laut werden, doch das ist bloß der Bremsvorgang der Piloten.«

Ich bin froh, dass er mir das gesagt hat, weil mir das Dröhnen Angst eingejagt hätte.

»Das war toll, Mama. Ich freue mich schon so auf das nächste Mal!«

»Wir fliegen am Montag zurück. Das ist in drei Tagen.«

»Yay!«

Während wir darauf warten, das Flugzeug zu verlassen, hilft Nico Mateo, seinen Rucksack aufzusetzen, und nimmt ihn dann an die Hand.

Es erleichtert mich sehr, dass Mateo nach letzter Nacht keine Scheu im Umgang mit Nico zeigt. Es hat mir für Nico so leidgetan, der uns gegenüber immer nur nett und großzügig gewesen ist. Aber leider verstehe ich bloß zu gut, warum Mateo Angst hatte. Ich hoffe, er vergisst mit der Zeit, dass sein Vater immer rumgeschrien und gebrüllt und mich manchmal sogar geschlagen hat, wenn er einen Wutanfall hatte.

Das scheint mir ewig lange zurückzuliegen, doch die Wunden auf unserer Seele sind tief.

Wir begeben uns zur Gepäckausgabe, wo ich meinen Vater treffen soll. Plötzlich bin ich ein Nervenbündel. Was, wenn er mich nicht mag oder einen Blick auf Mateo wirft und nichts als seine Behinderungen sieht? Was, wenn er …

»Hör auf, dich verrückt zu machen.« Nico drückt mir die Schulter. »Er wird euch beide lieben. Wie könnte er auch nicht?«

»Wieso kannst du eigentlich so in meinen Kopf schauen?«

»Ich kenne dich und du plagst dich mit zu viel Sorgen.«

»Aus gutem Grund!«

»Vielleicht, aber im Moment gibt es nichts, was diese Sorgen rechtfertigen würde. Er wollte euch so dringend kennenlernen, dass er euch Tickets für diese Woche geschickt hat. Nicht die nächste, diese. Alles wird gut, das weiß ich.«

»Danke, dass du sagst, was ich hören muss.«

»Entspann dich und genieße jede Minute.«

Mit ihm an meiner Seite und meinem kleinen Jungen an der Hand bin ich imstande, den Sorgenknoten loszulassen, den ich schon so lange mit mir herumschleppe, dass ich mich kaum noch an ein Leben ohne ihn erinnern kann. Es ist wie ein ständiger Schmerz in meiner Brust. Ich weiß nicht, ob es daran liegt, dass wir so weit von Miami entfernt sind, meinen Vater treffen werden oder dass ich mit Nico zusammen bin, doch ich fühle mich besser als je zuvor.

Ich vermute, das verdanke ich vor allem Nicos beständiger, liebevoller Gegenwart. Wenn er mir versichert, dass alles in Ordnung kommt, glaube ich ihm.

Wir nehmen die Rolltreppe nach unten zur Gepäckausgabe und ich erkenne meinen Vater sofort. Er hält ein Schild in der Hand, auf dem steht: »Sofia, Mateo und Nico!« Das Ausrufezeichen verrät, dass er ebenso aufgeregt ist wie ich.

Als wir auf ihn zugehen, merke ich, dass da mehr Grau in seinem Haar ist als auf dem Bild, das er mir geschickt hat. Aber selbst aus fünf Metern Entfernung kann ich die Ähnlichkeit erkennen, die mir schon bei dem Foto aufgefallen ist. Ich sehe aus wie er. Das lässt sich nicht bestreiten.

Und dann umarmt er mich und ich ihn, als sei es das Natürlichste auf der Welt, den Mann zu umarmen, der mich gezeugt hat.

Als wir uns voneinander lösen, laufen uns beiden Tränen über die Wangen, während wir einander mustern.

»Du siehst genau wie meine Schwester aus«, meint er und wirkt so verwundert, wie ich mich fühle.

»Ich finde, ich sehe dir ähnlich.«

»Das tust du ja auch. Sie und ich sind Zwillinge. Die Bilder von ihr, als sie in deinem Alter war … Wenn wir zu Hause sind, zeig ich dir das.«

»Das hier ist Nico und das da mein Sohn Mateo. Mateo, Süßer, das hier ist Jon, dein Großvater. Kannst du Hallo sagen?«

»Hi«, antwortet Mateo mit einem schüchternen Lächeln.

»Großvater«, wiederholt Jon mit einem Lachen, während er erst Nico und dann Mateo die Hand schüttelt. »Dafür werde ich eine Minute brauchen.« Nachdem Nico unsere Koffer und Taschen sowie Mateos Autositz vom Gepäckband geholt hat, führt uns Jon ins Parkhaus zu einem schwarzen SUV. Wir schnallen Mateo in seinem Kindersitz auf der Rückbank an.

»Setz du dich nach vorn zu deinem Vater.« Nico deutet mit dem Kinn auf Mateo. »Ich kümmere mich um ihn.«

»Danke.« Ich nehme neben meinem Vater auf dem Beifahrersitz Platz. Mein Vater! Das fehlende Puzzlestück für die größte Lücke in meinem Leben ist gefunden und er scheint großartig zu sein. Das erleichtert und betrübt mich zugleich, wenn ich daran denke, wie mein Leben hätte sein können, wenn er von Anfang an da gewesen wäre.

Doch heute ist nicht der richtige Zeitpunkt dafür, sich mit der schmerzhaften Vergangenheit auseinanderzusetzen. Heute geht es darum, neue Erinnerungen zu schaffen, mit den drei Männern, die meine Zukunft sind.

Wenigstens hoffe ich das.

Nico

Sofia mit ihrer neuen Familie zu erleben ist eine der unglaublichsten Erfahrungen meines Lebens. Sie sind alle so unfassbar freundlich und empfangen sie mit offenen Armen, sogar Jons Frau Kathy, die guten Grund hätte, angesichts des plötzlichen Auftauchens einer Tochter und eines Enkels Argwohn zu zeigen. Sofia hat zwei Halbschwestern – die dreizehnjährige Lily und die achtzehnjährige Morgan – und zwei Halbbrüder, Tyler mit fünfzehn und Luke mit elf Jahren. Sie scheinen alle supernette Kinder zu sein. Von Sofia sind sie fasziniert, genau wie von Mateo, durch den sie unverhofft zu Tanten und Onkeln geworden sind.

Jon holt Fotos von sich selbst und seiner Zwillingsschwester Jessica aus ihrer Kindheit und Jugend. Er hat recht damit, dass die Ähnlichkeit zwischen Sofia und ihrer Tante beinah unheimlich ist. Den Teint und die Haarfarbe hat sie von ihrer Mutter, weswegen beides dunkler ist, aber der Rest ist ganz Jon und Jessica.

»Sie lebt in Wisconsin, daher wirst du sie dieses Mal nicht kennenlernen können«, erklärt Jon. »Doch sie hat fest vor, schon bald deine Bekanntschaft zu machen.«

»Hast du noch weitere Geschwister?«

»Wir hatten einen älteren Bruder namens Joe, der bei einem Unfall umgekommen ist, als wir noch Kinder waren.«

»O nein, wie traurig.«

»Es war schwer.« Jon reicht ihr ein Foto seines verstorbenen Bruders. »Wir haben ihn grenzenlos bewundert und sind ihm überallhin gefolgt.«

»Es tut mir leid, dass das passiert ist.«

»Danke.«

Jon und Kathy arbeiten Hand in Hand und kochen uns ein Abendessen, das aus Roastbeef mit Ofenkartoffeln und grünen Bohnen sowie Salat besteht. Das Essen ist köstlich und die Unterhaltung entspinnt sich ganz mühelos, was eine angenehme Überraschung ist, schließlich kennen wir uns erst seit heute.

Das Haus hat verschiedene Wohnebenen und Schlafzimmer im ersten Stock und im Erdgeschoss. Sie fragen uns, ob wir getrennte Zimmer möchten oder eins zusammen.

»Wir können alle in einem unterkommen«, antwortet Sofia. »Mateo braucht mich vielleicht nachts, wenn er aufwacht.«

»Klingt gut«, meint Kathy. »Lily und Morgan, bezieht bitte das Bettzeug und bringt die Luftmatratze in Morgans Zimmer.«

»Danke, dass wir dein Zimmer benutzen dürfen«, wendet sich Sofia an Morgan, die rotblondes Haar und Sommersprossen auf der Nase hat.

»Gerne doch. Komm, Lily.«

»Legt auch ein paar Handtücher raus«, ruft Kathy ihnen hinterher. »Ich sag ihnen immer, das sei der Grund, weshalb ich Kinder gekriegt habe: damit sie für mich Dinge erledigen. Wenn sie älter werden, sind sie echt nützlich.«

»Gut zu wissen«, erwidert Sofia und scheint jedes Detail dieses Besuchs wie ein Schwamm aufzusaugen.

Mein Handy vermeldet eine Textnachricht. »Die ist von Miguel«, teile ich ihr mit.

Ich reiche das Smartphone an Sofia weiter, damit sie es selbst lesen kann. Der Richter hat Joaquín heute bei der Anhörung ganz schön in die Mangel genommen und hat ihm eine Heidenangst eingejagt. Er hat ihm klargemacht, in wie großen Schwierigkeiten er jetzt schon steckt und dass er, wenn er seine Lage verschlimmern möchte, nur weiter Leuten drohen soll. Er hat ihm zwei Wochen Einzelverwahrung aufgebrummt, damit er über sein zukünftiges Verhalten nachdenken kann.

»Was heißt das?« Sie deutet auf den Ausdruck »in die Mangel«.

Ich beuge mich grinsend zu ihr vor und flüstere ihr ins Ohr: »Er hat ihm den Hintern aufgerissen.«

»Oh!« Sie lacht und verzieht das Gesicht. »Tut mir leid, dass ich gefragt habe, aber das klingt schmerzhaft.«

»Das soll es sein.«

»Und das, was heißt das?« Sie deutet auf das Wort »Einzelverwahrung«.

»Er wird allein in einer Zelle sein.« Ich drücke ihr die Hand, um meiner Erleichterung darüber Ausdruck zu verleihen, dass Joaquín vor Gericht die Quittung für sein Verhalten präsentiert bekommen hat. Ich sehe zu Mateo und dann zu Jon und Kathy. »Wir erklären euch das nachher.«

»Mateo«, schlägt ihm Kathy vor, »möchtest du mir vielleicht helfen, nachzuschauen, ob wir irgendwo Nachtisch finden?«

Er steht auf, nimmt ihre Hand, als würde er sie schon sein ganzes Leben lang kennen, und verschwindet mit ihr in die Küche.

»Ihr seid alle so unglaublich freundlich zu uns«, sagt Sofia. »Vielen Dank für alles.«

Jon schüttelt den Kopf, und seine Miene spiegelt sein Bedauern wider. »Ich hatte keine Ahnung, Sofia, sonst hättest du mich schon viel früher kennengelernt.«

»Es freut mich, das zu hören. Aber wir werden das in Zukunft aufholen und besser machen.«

»Absolut. Ganz bestimmt. Was deine Mutter betrifft …«

»Sie spielt nicht wirklich eine Rolle in meinem Leben.«

»Das tut mir leid.«

Sofia zuckt die Achseln. »So ist es am besten. Sie unterstützt mich nicht und hat das auch nie getan.«

Jons tiefes Seufzen verrät viel. »Morgen zeige ich dir alles.« Mit einem Lächeln fügt er hinzu: »Vielleicht kann ich euch ja überzeugen, hierherauf in den Norden zu ziehen.«

Der Gedanke ist mir noch gar nicht gekommen und jetzt durchzuckt es mich wie ein Blitzschlag aus dem Nichts. Wird sie hier leben wollen, in der Nähe ihrer neuen Familie? Wer könnte ihr das verdenken? Aber was wird aus mir, wenn sie das möchte?

Mit so etwas hatte ich überhaupt nie gerechnet, bis Jon es erwähnt hat.

Wir bringen Mateo ins Bett, auf eine bequeme Luftmatratze in dem Zimmer, das wir drei uns teilen, und dann leisten wir Jon und Kathy noch für einen Schlummertrunk im Wohnzimmer Gesellschaft. Ihre Kinder sind auch alle auf ihre Zimmer gegangen, sodass wir zu viert dasitzen. Jon hat ein Feuer im Kamin gemacht, das den Raum in ein behagliches Licht taucht.

»Ist es hier immer so kalt?«, will Sofia wissen.

»Ungefähr von November bis Mai«, erwidert Jon. »Doch man gewöhnt sich dran.«

»Ich bin mir nicht so sicher, dass das bei mir je geschehen wird, schließlich bin ich in Mexiko und Miami aufgewachsen.«

»Genau«, pflichte ich ihr bei. »Unser Blut ist zu dünn für dieses Klima.« Ich bin dem Himmel echt dankbar, dass hier so niedrige Temperaturen herrschen. Vielleicht wird das verhindern, dass überhaupt der Wunsch in ihr aufkommt – trotz all der Vorteile, die das Leben hier für sie hätte.

Wir erzählen Jon und Kathy, was mit Joaquín los ist und was heute vor Gericht passiert ist.

»Gütiger Himmel«, entfährt es Kathy. »Es tut mir so leid, dass du so etwas Schlimmes durchmachen musstest.«

»Danke«, antwortet Sofia. »Gott sei Dank ist er erst mal da, wo er hingehört, und ich versuche, möglichst nicht an ihn zu denken. Unsere Scheidung wird jeden Tag rechtsgültig werden.«

»Und dein Bruder, Nico«, erkundigt sich Jon. »Geht es ihm schon besser?«

»Glücklicherweise ist er auf dem besten Weg, wieder ganz der Alte zu werden.«

»Und was weiß Mateo von alldem?«

»Nicht viel«, erwidert Sofia. »Er ist nicht gern bei seinem Vater, daher hat er nicht nach ihm gefragt. Wir hoffen, so bleibt es noch eine Weile. Irgendwann muss ich ihm aber vermutlich die Wahrheit sagen.«

»Darüber zerbrechen wir uns den Kopf, wenn es so weit ist«, werfe ich ein und drücke ihre Hand.

Sofia kann gar nicht aufhören zu gähnen, daher ermutigen wir sie, sich für die Nacht zurückzuziehen.

Jon steht auf und umarmt sie. »Noch mal danke, dass du den weiten Weg hierher auf dich genommen hast.«

»Danke für die Einladung.«

»Ist uns ein Vergnügen.«

»Ich komm gleich nach«, sage ich zu ihr, hoffe, Jon eine Minute lang allein sprechen zu können.

»Ich muss auch ins Bett«, verkündet Kathy. »Gibt es noch irgendwas, was ihr braucht?«

»Nein, alles in bester Ordnung«, entgegnet Sofia. »Vielen Dank für deine Gastfreundschaft.« Sie wirft mir einen unsicheren Blick zu, als ob sie mich fragen möchte, ob sie das richtige Wort verwendet hat.

Ich lächle ihr zu und zeige ihr einen erhobenen Daumen.

Gemeinsam verlassen die beiden Frauen das Wohnzimmer.

Jon steht auf und legt im Kamin ein Holzscheit nach, dann dreht er sich zu mir um und hält sein Glas hoch. »Möchtest du auch noch einen?«

»Sicher, danke.«

Er gießt mir großzügig Whiskey ein und schenkt auch sich selbst noch mal nach. Mit einem Lächeln reicht er mir mein Glas und meint: »So bleibt man in Minnesota den Winter über warm.«

»Ich begreife, inwiefern das sinnvoll ist.«

»Sofia hat erwähnt, dass Mateo krank war.«

Ich nicke. »Er hatte einen bösartigen Gehirntumor, der vor über einem Jahr operativ entfernt worden ist. Er hat sich ausgezeichnet erholt, hat allerdings noch mit den Nachwirkungen zu kämpfen.«

»Wow. War es damit erledigt? Mit der Operation?«

»Er hat zusätzlich Bestrahlung erhalten und die Ärzte sehen Grund zu der Hoffnung, dass er den Krebs besiegt hat. Er hatte jede Menge unterstützende Therapie, trotzdem wird es eine Weile dauern, bis er sich restlos erholt hat. Bei mir zu Hause schwimmt er regelmäßig im Pool und man kann schon erkennen, dass er davon kräftiger wird.«

»Ich kann nicht glauben, wie viel sie durchgemacht hat.«

»Da ist noch mehr als das. Es steht mir nicht zu, das zu erzählen, doch du solltest wissen, dass das nicht alles ist.«

»Ich kann erkennen, dass dir sehr viel an ihr liegt. Seid ihr schon lange zusammen?«

»Offiziell nicht so lange, aber wir sind bereits eine ganze Weile befreundet. Ich liebe sie und Mateo sehr. Genau genommen hoffe ich, sie demnächst fragen zu können, ob sie mich heiraten will.«

»Wie wunderbar. Meinen Glückwunsch.«

»Danke.«

»Ich schätze, es ist Wunschdenken, zu hoffen, dass ihr tatsächlich einen Umzug hierher in Erwägung zieht.«

»Ich hab ein Haus und eine Firma in Miami. Ich könnte da nicht so einfach weg.«

»Also sollte ich sie nicht zu sehr drängen?«

»Ich möchte, dass Sofia glücklich ist. Wenn sie hier glücklicher ist, wo ihr alle seid – die einzige Familie, die sie neben meiner hat, die sie adoptiert hat –, dann würde ich alles verkaufen, um bei ihr und Mateo sein zu können.«

»Trotzdem seid ihr nun mal in Miami zu Hause.«

»Ja.«

»Dann werden meine Tochter und ich einen anderen Weg finden müssen, einander zu sehen. Wir können über FaceTime miteinander sprechen und telefonieren und einander so kennenlernen. Was auch immer nötig ist.«

»Ich glaube, sie hatte ein Riesenglück, dass sie dich und deine Familie gefunden hat. Es wird für sie einen großen Unterschied machen, zu wissen, dass du hier bist und dass dir was an ihr liegt.«

»Oh, das tut es auf jeden Fall. Von ihr zu hören war ein ganz schöner Schock, doch nachdem der sich gelegt hatte, blieben Neugier und Sorge und so viele andere Gefühle.«

»Ich kann mir gar nicht vorstellen, wie das für dich gewesen sein muss.«

»Meine Frau sagt, wir müssen es als Geschenk betrachten. Zwei Leute mehr, die wir lieben können.«

»Das ist eine schöne Betrachtungsweise.«

»Und sie hat recht. Es ist schließlich nicht Sofias Schuld – oder meine –, dass es so gelaufen ist. Alles, was wir tun können, ist, das Beste draus zu machen. Und genau das haben wir vor.«

»Wenn ich deine Tochter fragen würde, ob sie mich heiratet, würdest du uns deinen Segen geben?«

Jon lacht. »Ich hab gehört, Töchter möchten heutzutage, dass ihre Väter antworten, die einzige Zustimmung, die man als junger Mann braucht, sei die der Braut. Aber du scheinst ein netter junger Mann zu sein, Nico, und du liebst sie offenkundig beide. Daher hast du meinen Segen, was auch immer der wert ist.«

»Ich glaube, dass er einer Frau, die nie zuvor einen Vater gehabt hat, eine Menge bedeutet.«

Kapitel 28

Sofia

Dieses Wochenende ist wie ein wahr gewordener Traum. Meine neue Familie ist lustig und lieb und nett. Sie erinnert mich an Nicos Familie. Jons Schwester Jessica möchte uns so dringend kennenlernen, dass sie am Samstag eine vierstündige Autofahrt auf sich genommen hat, um mit ihren drei Kindern im Teenageralter und ihrem Mann herzukommen. Ich habe also nicht nur zum ersten Mal im Leben einen Vater, sondern auch Geschwister und Cousins und Cousinen, eine Stiefmutter, eine Tante und einen Onkel. Es ist überwältigend, aber natürlich auf die bestmögliche Art und Weise.

Jon und Kathy bieten sich am Sonntagabend an, auf Mateo aufzupassen, damit Nico und ich essen gehen können.

Nachdem sie vom Giordino's gehört haben und wir ihnen gestanden haben, dass wir in gewisser Weise für andere Restaurants verdorben sind, empfehlen sie uns das P.S. Steak in der Innenstadt von Minneapolis, das einen ausgezeichneten Ruf genießt.

Nico fährt uns in Jons Pick-up in die Stadt, macht dabei Witze darüber, mit dem Auto meines Vaters einen Unfall zu bauen. »Denkst du, er würde uns das verzeihen?«

»Er scheint so nett zu sein. Deshalb bin ich mir da sicher, trotzdem wäre es mir lieber, du würdest es nicht tun.«

»Ich bin am Steuer ein Profi, Liebste. Du befindest dich in den besten Händen und schließlich schneit es ja nicht.«

»Bist du jemals bei Schnee gefahren?«

»Nein.«

»Das muss Furcht einflößend sein.«

»Nicht, wenn man Übung darin hat.«

»Ich könnte mich nie daran gewöhnen.«

»Wenn du hierherziehen würdest, meinst du?«

Ich drehe mich abrupt zu ihm um und schaue ihn an. »Ich ziehe nicht hierher. Wir leben in Miami.«

»Ich würde dir keinen Vorwurf machen, wenn du das wolltest, nachdem du hier so eine wunderbare Familie gefunden hast.«

»Sie sind wunderbar, ja, und das hier ist das beste Wochenende meines ganzen Lebens, doch mein Zuhause, *unser* Zuhause, ist in Miami. Du bist in Miami. Deine Familie. Mein Job. Unser Leben.«

»Ich bin froh, dass du das sagst. Seit Jon es erwähnt hat, war ich ein wenig beunruhigt, dass du gerne dauerhaft hier wohnen wolltest.«

»Nun, das will ich nicht. So gerne ich sie auch besser kennenlernen möchte, mein Leben spielt sich in Miami ab.«

»Das stimmt so nicht mehr ganz.«

Ich nicke und gebe ihm recht. »Ich freue mich auf mehr Zeit mit ihnen, aber ich werde nicht hier heraufziehen. Neben allem anderen, was dagegenspricht, ist es hier eiskalt.«

»Nur im Winter.«

»Der ein halbes Jahr dauert! Das würde ich nicht überleben.« Ich blicke wieder zu ihm. »Tut mir leid, dass du dich deswegen gesorgt hast.«

»Ich möchte, dass du glücklich bist. Wenn hier zu sein dich glücklich macht, lassen wir uns was einfallen. Wir kriegen das hin. Irgendwie.«

»Das sagst du, obwohl du ein Haus und eine Firma und ein ganzes Leben in Miami hast.«

»Dieses ganze Leben würde sehr einsam aussehen, wenn du und Mateo nicht mehr da wärt.«

»Ich würde dich nie verlassen, Nico. Nicht nach allem, was wir miteinander erlebt haben und … Ich würde nie … Das würde ich einfach nicht tun.«

Er lächelt. »Es ist gut, das zu wissen.«

Das Steakhouse, das in einem eleganten historischen Gebäude in der Innenstadt untergebracht ist, hat Kronleuchter, wunderbare Stuckverzierungen an Decken und Wänden und Nischen mit bequemen Ledersitzen.

»Das hier könnte gerade so gehen«, meint Nico mit einem Grinsen.

»Es ist nicht das Giordino's, aber irgendwie werden wir uns behelfen.«

Wir geben unsere Mäntel an der Garderobe ab und Nico wartet, bis ich Platz genommen habe, bevor er sich mir gegenüber niederlässt.

Ich trage ein schwarzes Wickelkleid, das Morgan mir geliehen hat, als ich erklärt habe, ich hätte nichts Passendes für einen Restaurantbesuch eingepackt. Ich hab eine Schwester, von der ich mir Kleidung leihen kann. Sie hat gefragt, ob sie mich in den Frühlingsferien in Miami besuchen darf, und wir haben schon angefangen, Pläne zu schmieden.

»Woran denkst du gerade? Du siehst glücklich aus.«

»Ich denke darüber nach, dass ich eine Schwester habe, von der ich mir Kleider leihen kann und die mich in den Ferien besuchen will.«

»Glücklichsein steht dir – und Morgans Kleid auch.«

»Danke noch mal, dass du mich ermutigt hast, nach meinem Vater zu suchen. Wenn du nicht den entscheidenden Anstoß geliefert hättest, hätte ich das nicht in Angriff genommen.«

»Freut mich, dass alles so gut geklappt hat. Du verdienst es, eine wunderbare Familie zu haben, die dich unterstützt.«

»Ich bin auch dankbar für sie, aber das hatte ich schon, bevor ich meinen Vater und seine Familie getroffen habe. Deine Familie ist die erste gewesen, die ich hatte, und ihr seid mir alle unglaublich wichtig. Wie ihr mir verziehen habt, was mit Milo …«

»Da gibt es nichts zu verzeihen«, unterbricht er mich. »Du warst genauso entsetzt und erschüttert wie wir alle.«

»Trotzdem … Es hätte alles ändern können, doch das hat es nicht.«

»Weil wir dich alle lieb haben. Und ich liebe dich.«

»Ich liebe dich auch. Ich liebe deine ganze Familie, dich allerdings am meisten.«

»Und ich dachte schon, du sagst jetzt, Nona und Abuela wären deine Lieblinge.«

»Sie kommen gleich hinter dir auf Platz zwei.«

Wir bestellen uns Drinks, Krabbentoast als Vorspeise und Steaks als Hauptgang. Alles ist absolut himmlisch, nicht nur das Essen, sondern auch die Gesellschaft.

»Das ist das erste Mal, dass wir miteinander ausgehen«, bemerke ich.

»Das war längst überfällig.«

»Und wir mussten nach Minnesota fliegen, um einen Abend zu zweit verbringen zu können.«

»Das wird nicht immer so sein. Schon bald werde ich in der Lage sein, jemanden einzustellen, der meine Nachtschichten übernimmt. Dann haben wir mehr Zeit füreinander.«

»Nicht, wenn ich immer noch abends bediene.«

»Ich denke, du solltest versuchen, ein Studium zu beginnen. Natürlich nur, wenn du das möchtest.«

»Ich wünschte, ich könnte es. Aber momentan übersteigt es meine Vorstellungskraft, wie das möglich sein soll. Ich kann es mir nicht leisten.«

»Wenn du und Mateo bei mir wohnen würdet, ginge es.« Er hält eine Hand hoch. »Bevor du Nein sagst, lass mich ausreden.« Er steht auf und setzt sich neben mich, schaut mir ins Gesicht. »Ich weiß, wie wichtig es dir ist, dass du nie wieder so in der Falle sitzt wie bei Joaquín.« Er zieht ein Papier aus seiner Tasche und faltet es auseinander, bevor er es mir reicht. »Das ist der Grund, weshalb ich meine Mutter gebeten habe, das hier aufzusetzen.«

Rasch überfliege ich die Seite, doch was ich da lese, ergibt keinen Sinn. Immerhin erkenne ich, dass es irgendein juristisches Dokument ist. »Was ist das?«

»Das ist die Übertragung einer Hälfte meines Hauses an dich.«

Mich trifft vor Schreck beinahe der Schlag. »Was? Nico. Nein.« Ich versuche, ihm das Papier zurückzugeben, aber er will es nicht haben.

»Lass mich ausreden, ja?«

Ich kann kaum atmen, geschweige denn zuhören.

»Wenn wir uns eher getroffen und geheiratet hätten, hätten wir das Haus ohnehin gemeinsam gekauft.«

»Du weißt, wie ich über eine zweite Ehe denke.«

»Ja, schon. Nur ist da die Tatsache, dass ich dich liebe, Sofia, und Mateo auch. Ich möchte mit euch zusammenleben, euch lieben und für euch beide sorgen. Ich möchte, dass du imstande bist, unser Haus endlich fertig einzurichten und in ein echtes Zuhause zu verwandeln. Ich möchte, dass du deine Träume verwirklichst und aufs College gehst, wenn du das möchtest. Doch mehr als alles andere möchte ich, dass du die Sicherheit hast, die du nie zuvor hattest. Indem ich dich zur Miteigentümerin unseres Hauses mache, hast du, falls das mit uns beiden je in die Brüche geht – was nicht geschehen wird –, ein finanzielles Polster. Zwar ist da eine Hypothek auf dem Haus, die ich aufgenommen habe, um meine Firmengründung zu finanzieren, aber die zahle ich jeden Monat ab. Was ich mit alldem sagen will: Heiratest du mich bitte und verbringst den Rest deines Lebens mit mir und lässt mich den Rest meines Lebens mit dir und Mateo und den anderen Kindern verbringen, die wir vielleicht gemeinsam haben werden?« Er nimmt meine Hand und zieht sie an seine Lippen. »Ich möchte alles mit dir, wenn du mich nimmst.«

Ich benutze die Serviette, um mir die Tränen von den Wangen zu tupfen. Er hat mich mit allem, was er da gesagt hat, überwältigt und mir gezeigt, dass er mich versteht, wie es kein anderer je getan hat.

»Ich sollte vielleicht auch noch erwähnen, dass ich deinen Vater um seinen Segen gebeten habe, und er hat geantwortet, die Entscheidung liege ganz bei dir, aber er billige es.«

»Das würde jeder Vater tun. Du bist wunderbar.«

»Ich bin nie wunderbarer gewesen als mit dir. Du und Mateo ... Ihr weckt in mir den Wunsch, ein besserer Mensch zu werden, um euch zu verdienen.«

»Ich hatte mir geschworen, nie wieder zu heiraten, nachdem ... Na ja, du weißt ja.«

»Ja, ich weiß und ich hoffe sehr, du überlegst es dir noch mal, weil ich nie in meinem Leben eine Frau getroffen habe, die ich heiraten wollte, und jetzt kommt keine andere mehr infrage für mich. Es musst du sein. Und Mateo. Vielleicht könnte ich ihn irgendwann adoptieren, wenn sein Vater von der Bildfläche verschwunden ist.«

»Du machst es mir sehr schwer, was anderes zu sagen als …« Ich hole tief Luft und atme langsam wieder aus.

»Spring, süße Sofia. Ich werde dich auffangen. Immer.«

»Ja.«

Er umarmt mich so fest, dass es fast wehtut, allerdings auf die bestmögliche Art und Weise. Als er sich zurücklehnt, haben wir beide Tränen in den Augen.

»Danke«, flüstert er und küsst mich zärtlich.

»Danke. Für alles.«

»Warte. Das Beste habe ich ganz vergessen.« Er fasst in seine Tasche und holt einen Ring heraus, den er mir an den Finger steckt. »Der hier hat meiner Urgroßmutter gehört und mein Dad hat ihn für mich aufgehoben. Er hat gescherzt, er habe schon gedacht, ich würde ihn nie brauchen, aber sobald er mich mit dir zusammen gesehen hatte, hat er beschlossen, ihn reinigen zu lassen. Er hat gesagt, er habe das Gefühl gehabt, du könntest die Richtige für mich sein, und damit hatte er recht.«

Es ist ein Ring mit einem herrlichen rund geschliffenen Diamanten, umgeben von braunen Edelsteinen.

»Die Edelsteine heißen Tigerauge. Mein Urgroßvater hat meiner Urgroßmutter angeblich erklärt, dass die Farbe ihn an ihre Augen erinnere. Und die Farbe erinnert mich auch an deine Augen, was nur eins heißen kann, nämlich dass du für mich bestimmt bist.«

»Es ist der wunderschönste Ring überhaupt, und dass er deiner Urgroßmutter gehört hat, bedeutet mir unendlich viel.«

»Ich bin froh, dass du ihn magst.«

»Ich liebe ihn, nur ist da noch eine Sache …«

»Was denn?«

Ich schiebe ihm das Blatt Papier hin. »Sosehr mich das freut, kann ich es doch nicht annehmen.«

»Warum?«

»Das Haus gehört dir. Es würde sich nicht richtig anfühlen.«

»Was, wenn wir es verkaufen und uns zusammen was anderes suchen?«

»Da wären wir schön dumm. Dein Haus ist perfekt und hat alles, was wir brauchen, und mehr.«

Er zuckt die Achseln. »Entweder akzeptierst du das«, erklärt er und schiebt das Blatt wieder zu mir zurück, »oder wir verkaufen es und suchen uns gemeinsam was Neues.«

»Du bist echt stur.«

»Ich möchte, dass meine Frau sich sicher und geborgen fühlt – auf jede nur mögliche Weise, also auch finanziell. Ich respektiere, was es dir bedeutet, Joaquín verlassen zu haben, dir eine Wohnung gesucht und noch einmal von vorn angefangen zu haben. Es muss furchtbar schwer gewesen sein, doch du hast es getan, und du hast für dich und Mateo ein schönes Zuhause geschaffen. Wenn sich je wieder die Notwendigkeit für dich ergibt, von vorn zu beginnen, möchte ich, dass du immer weißt, du kannst es, selbst wenn ich stets hoffen werde, dass du nie den Wunsch verspüren wirst.«

Jedes Wort, das er sagt, trifft mich direkt ins Herz. Dieser Mann. Dieser wunderbare, wunderschöne, süße, liebevolle Mann …

»Willst du das wirklich tun?«, frage ich ihn.

»Ja. Ich möchte das für dich.«

»Ich möchte, dass alle, die davon wissen, erfahren, dass ich das nicht annehmen wollte.«

»In Ordnung. Das sind nur meine Eltern. Ich werde ihnen erzählen, dass du dich mit Händen und Füßen gesträubt hast.«

»Ja, bitte. Ich bin nicht hier, weil du irgendetwas besitzt. Ich bin hier, weil du der bist, der du eben bist. Und diesen Mann liebe ich.«

»Und ich liebe, wer du bist.« Er küsst mich auf den Hals, was mir ein Kichern entlockt. »Jedes kleine Stück von dir.«

Hinter Nico ertönt ein Räuspern, und als wir aufschauen, sehen wir den Kellner an unserem Tisch stehen.

»Darf ich Ihnen noch etwas bringen, Sir?«

»Ja, bitte«, antwortet Nico. »Wir brauchen Champagner, um auf unsere Verlobung anzustoßen.«

»Meinen Glückwunsch.«

»Danke«, erwidert Nico. »Und irgendwas Schokoladiges für meine Verlobte. Sie liebt Schokolade.«

»Wer tut das nicht?«, meint der Kellner. »Ich bin gleich zurück.«

Nico wendet sich wieder mir zu. »Du wirst mich heiraten, oder?«

»Ja, werde ich.«

»Wann?«

»Äh, das weiß ich nicht.«

»Bald. Ich möchte dich möglichst schnell heiraten. Und ich möchte auch, dass du das mit dem Studium prüfst. Ich möchte jeden Tag mit Mateo schwimmen üben und mehr Kinder kriegen und mit meiner Familie Urlaub machen, gemeinsam Feiertage feiern und herkommen, um deinen Dad und den Rest deiner Familie zu besuchen. Und ich möchte, dass sie uns in Miami besuchen. Ich möchte das alles und ich will es am liebsten jetzt sofort, mit dir.«

»Von welchem zeitlichen Rahmen sprechen wir denn?«

»Frühling?«

»Das ist schon sehr bald.«

»Es sei denn, du möchtest eine große, aufwendige Hochzeit.«

Ich schüttle den Kopf. »Am liebsten wäre mir etwas wie das, was Maria und Austin getan haben. Klein und intim. Wobei das mit deiner Familie gar nicht klein werden kann.«

»Und nicht zu vergessen mit deiner Familie.«

»Stimmt. Ich hab eine Familie.«

»Ich wette, Maria und Austin würden uns ihre Terrasse am Pool für unsere Trauung zur Verfügung stellen. Wenn du dafür bereit bist.«

»Das bin ich auf alle Fälle.« Ich lege meine Hand an sein Gesicht, versuche daran zu glauben, dass er mir für immer gehört. »Ich bin dabei.«

Epilog

Nico

Im Bett ihrer Schwester haben wir den leisesten Sex unseres Lebens, während Mateo auf der Luftmatratze auf dem Boden schläft.

»Ich fühle mich schlecht, weil wir das im Bett deiner Schwester gemacht haben«, flüstere ich Sofia nachher zu.

»Still. Sprich es nicht aus. Wir landen direkt in der Hölle.«

Ich umfasse ihre Brust und reibe mit dem Daumen über die Spitze. »Aber was für ein Abgang.«

Sie erschaudert und presst sich an mich, als sei sie in Gedanken schon bei Runde zwei.

Nachdem wir meiner Familie eine Textnachricht mit unseren Neuigkeiten und ein Foto von Sofias Hand mit dem Ring geschickt haben, erhalten wir eine Flut von Glückwünschen. Alle freuen sich für uns, worüber ich unglaublich froh bin. Ich könnte nie jemanden heiraten, den sie nicht ebenso lieben wie ich.

Ich könnte nie irgendjemanden außer ihr heiraten.

Ich hebe den Kopf von ihrer Schulter und schaue sie an. »Danke, dass du Ja gesagt hast.«

»Danke, dass du mich darum gebeten hast, und für alles andere, was du getan hast.«

»Wir werden unfassbar glücklich werden.«

»Ich kann es gar nicht erwarten.«

»Ich auch nicht, Liebste.«

Milo

Ich habe das Krankenhaus so satt, ich hab keine Lust mehr, ans Bett gefesselt zu sein, und das Jucken an den Schrauben, die den Metallkranz an Ort und Stelle halten, treibt mich noch in den Wahnsinn. Von dem Katheter will ich gar nicht erst reden. Das ist, glaube ich, das Schlimmste. Obwohl ich beinahe alles daran hasse, hier sein zu müssen, gibt es einen strahlenden Lichtblick in dem ganzen Elend.

Ich zähle jeden Tag die Stunden, bis sie um drei Uhr nachmittags ihren Dienst auf der Station antritt.

Ihre freien Tage sind schier unerträglich, denn da habe ich nichts, worauf ich mich freuen kann, außer die Besuche meiner Familie. Die bringen so viel Essen mit, dass ich damit alle anderen Patienten auf dem Flur mit durchfüttern kann.

Gianna hat mir erzählt, dass sie das Personal ebenfalls verköstigen, weshalb ich der beliebteste Patient der Station bin.

Das ist es, was meine Familie am besten kann. Sie versorgen Leute mit Essen und es überrascht mich nicht, dass sie das auch hier tun.

Es ist fünf Minuten vor drei und die Zeiger der Uhr bewegen sich rückwärts – zumindest fühlt es sich so an, während ich mich mit sinnentleertem Fernsehschauen abzulenken versuche und auf sie warte.

Ich muss viel darüber nachdenken, was ihr Verlobter ihr angetan hat, und es macht mich so wütend. Warum sollte irgendjemand es bis zur absolut letzten Minute vor sich herschieben, der Frau, die er eigentlich heiraten wollte, zu sagen, dass er es sich anders überlegt hat? Hat der Mann sie noch alle? Sie ist wunderschön, liebevoll und sexy und fürsorglich. Was bildet er sich eigentlich ein? Glaubt er wirklich, er könnte jemanden finden, der besser ist als sie?

Ich muss allerdings zugeben, dass seine Blödheit ein Glücksfall für mich ist.

Als sie reinkommt, ist das Erste, was mir auffällt, das Lächeln, das sie immer im Gesicht hat, wenn sie mein Zimmer betritt. Ihr seidiges Haar hat sie zu einem Pferdeschwanz gebunden, der ihr hübsches Gesicht betont. Ich könnte dieses Gesicht stundenlang betrachten, ohne dass es mir je langweilig werden würde.

»Hi. Ich hab gehört, Sie seien auf den Beinen und seien auch schon ein wenig herumgelaufen. Das ist großartig!«

»Ja, das war ein Heidenspaß, das können Sie mir ruhig glauben. Besonders dank dieses albernen Katheters, den ich überall mit hinschleppen muss.«

»Dann habe ich gute Nachrichten für Sie. Dr. Northrup hat angeordnet, ihn zu entfernen, daher können wir das gleich erledigen, wenn Sie mögen.«

»Sie meinen … *Sie* werden ihn entfernen?«

»Jap.«

Ich bin mir nicht ganz sicher, wie ich das finde. »Ich, äh …«

»Das mache ich dauernd. Ist keine große Sache.«

»Ich bin im Namen meines Gehänges gekränkt. Meiner Meinung nach ist das eine ziemlich große Sache.«

Sie lacht schnaubend. »Warum denken eigentlich alle Männer, dass ihr Penis der Mittelpunkt des Universums sei?«

»Weil es buchstäblich der Mittelpunkt *unseres* Universums ist, und ich hatte irgendwie gehofft, dass Ihr erster Blick auf meinen unter anderen Umständen stattfinden würde.«

Sie lehnt sich gegen das Bettgitter, tut so, als wäre sie fasziniert. »Ach, wirklich? Was genau hatten Sie sich denn vorgestellt?«

»Nun, allermindestens war ich davon ausgegangen, dass ich Sie vorher zum Essen einlade.«

Sie hebt ihre linke Augenbraue. »Flirten Sie etwa mit mir, Mr Giordino?«

»Und wenn?«

»Nun, ich würde sagen, dann sind Sie ein mutiger Mann – schließlich hab ich allen Männern abgeschworen, und zwar für immer.«

»Tun Sie das nicht.«

»Oh, es ist bereits geschehen. Ich hab eine eidesstattliche Erklärung unterzeichnet, in der ich mich auf ewig dem Single-Dasein verschrieben habe.«

»Dann werden Sie dagegen verstoßen und mit mir essen gehen, in der Sekunde, in der ich hier rauskomme.«

»In der gleichen Sekunde?«

»In exakt der Sekunde.«

»Hm. Das muss ich mir noch mal überlegen.«

»Lassen Sie mich nicht zu lange warten. Der Gedanke daran ist gerade das Einzige, was mir hilft, den Verstand zu bewahren.«

»Das Einzige?«

Ich schaue ihr tief in die Augen. »Ja. Das Einzige.«

»Sind Sie immer so unverblümt und direkt, wenn Sie eine Verabredung mit jemandem haben wollen?«

»Ich bin nie so unverblümt und direkt bei irgendjemandem, und ich habe auch noch nie mit jemandem dringender ausgehen wollen als mit Ihnen.«

»Milo«, sagt sie mit einem nervösen Lachen. »Was für Medikamente haben Sie heute bekommen?«

»Bis auf das Antibiotikum ist alles abgesetzt worden.« Ich bedecke ihre Hand mit meiner, hoffe, dass es sie nicht stört. »Ich meine das ernst, Gianna. Ich möchte Sie auch nach meiner Entlassung weiter treffen.«

»Ich glaube, ich würde Sie auch gerne treffen, solange Sie … Sie wissen schon … Ich hab das mit meinem Ex-Verlobten noch nicht wirklich verarbeitet und bin, ehrlich gesagt, eine wandelnde Katastrophe.«

»Sie sind überhaupt keine Katastrophe. Sie sind sogar meilenweit davon entfernt.«

»Vielleicht äußerlich, aber innen …« Sie zuckt die Achseln. »Da sieht es nicht so toll aus.«

»Wie wäre es denn, wenn wir mal schauen, was wir dagegen unternehmen können?«

Sie blickt mich eine lange Zeit an, so lange, dass ich beginne, mir Sorgen zu machen, sie könnte ablehnen. »Ich glaube, das würde mir gefallen.«

Ich bin so erleichtert, dass mir beinahe schwindlig wird. Ich bin nicht sicher, warum sie mir so wichtig geworden ist, doch ich fange an zu glauben, dass die Schüsse, die auf mich abgegeben wurden, sich am Ende als echter Glücksfall entpuppen werden, so verrückt das auch klingt.

»Und nun, wegen des Katheters …«

»Könnte das nicht jemand anders tun?«

»Ich fürchte nein. Also, seien Sie ein Mann und lassen Sie es uns hinter uns bringen.«

»Wird es wehtun?«, frage ich um einen Riesenklumpen herum, der sich plötzlich in meiner Kehle gebildet hat.

»Wie die Hölle.«

»Wirklich?«, erkundige ich mich mit viel zu hoher Stimme.

Lachend antwortet sie: »Ja, wirklich. Aber Sie werden es überleben. Das verspreche ich. Können wir?«

Am liebsten würde ich weglaufen und mich verstecken, doch ich darf nicht rennen. »Wenn es denn sein muss …«

Anmerkungen der Autorin

Danke, dass Sie »Bis du mich verzauberst« gelesen haben. Ich hoffe, Ihnen hat Nicos und Sofias Geschichte gefallen, ebenso wie das Update zum Rest der Familie Giordino. Ich liebe es, diese Reihe zu schreiben, und ich genieße jede Minute, die ich mit den Protagonisten verbringe. Dieses Buch habe ich geschrieben, während ich über den Winter in Südflorida war, und es war wirklich schön, vor Ort zu sein, während ich die Geschichte zu Papier gebracht habe. Ich habe ja schon mal erwähnt, dass Fort Lauderdale und Miami einen besonderen Platz in meinem Herzen einnehmen, da sie mit schönen Familienerinnerungen verknüpft sind, und daher ist diese Serie etwas ganz Besonderes für mich als Autorin.

Bitte treten Sie der Lesergruppe unter www.facebook.com/groups/howmuchiwant/ bei, um sich über Nico und Sofia auszutauschen, wobei Spoiler ausdrücklich erlaubt sind. Und Sie sollten unbedingt auch Mitglied der Gruppe zur Miami-Nights-Serie bei Facebook unter www.facebook.com/groups/MiamiNightsSeries werden, um es sofort zu erfahren, wenn es etwas Neues zu berichten gibt.

Ein ganz besonderer Dank geht an Erica Bettin, die ich in Fort Lauderdale getroffen habe und mit der ich mich sehr angeregt über die Schwierigkeiten unterhalten habe, die ein spanischer Muttersprachler beim Erlernen der englischen Sprache zu meistern hat. Ihre Beobachtungen haben mir sehr geholfen. Und wie immer hat mir die Hausärztin Dr. Sarah Hewitt bei allem, was die medizinischen Details betrifft, unter die Arme gegriffen. Der pensionierte Captain Russell Hayes von der Polizei von Newport hat mir bereitwillig Auskunft gegeben über alles, was in dieser Geschichte mit Polizeiarbeit zu tun hat.

Wie immer danke ich meiner Heimmannschaft mit Julie Cupp, Lisa Cafferty, Jean Mello, Nikki Haley und Ashley Lopez, die so viel dazu beitragen, dass hinter den Kulissen alles reibungslos läuft, vor allem während meines zweimonatigen Aufenthalts in Florida, als es jede Menge zu tun gab.

Meine Lektorinnen Linda Ingmanson und Joyce Lamb sind immer für mich da, wenn ich sie brauche, und ich schätze ihre zahlreichen Hinweise sehr. Anne Woodall, Kara Conrad und Tracey Suppo sind meine wichtigsten Beta-Leserinnen, und ihr Feedback zu jedem neuen Buch ist für mich überaus hilfreich. Gwen Neff hat für mich ein Auge auf die Details all meiner Serien und sie ist eine überaus wertvolle Ergänzung meines Teams.

Vielen Dank an meine Beta-Leserinnen aus Miami: Dinorah Shoban, Stephanie Behill und Angelica Maya. Schauen Sie sich Dinorahs Rezept für *coquito*, den spanischen Eierlikör, unten an.

Und schließlich möchte ich mich bei meinen erstaunlichen, treuen und loyalen Lesern bedanken – ich bin so unglaublich dankbar für Sie. Ich hoffe, dass Ihnen diese jüngste Reise nach Miami gefallen hat!

XOXO
Marie

Dinorahs *Coquito*-Rezept

1 (340 g) Dose Kondensmilch

1 (400 g) Dose gezuckerte Kondensmilch

2 Tassen (entspricht 1 Dose à 425 g) Kokosnusscreme (wie Coco López)

1/4 Teelöffel Zimt

1 Prise Muskatnuss

1 Teelöffel Vanille

1 1/2 Tassen weißer Rum

Zimtstangen zum Garnieren

Ich empfehle, 1 1/2 Tassen weißen Rum zu nehmen. Wenn Ihnen das zu viel ist, beginnen Sie mit 1 Tasse und fügen Sie je nach Geschmack mehr hinzu. Ich gebe gerne gerade so viel Rum hinzu, dass es in der Kehle prickelt und Sie von innen wärmt. Es ist eines der wenigen kalten Getränke, von denen einem warm wird. Seien Sie nur vorsichtig, denn der Geschmack des Rums wird stärker, je länger das Getränk zieht.

Ein Grund, warum ich meinen *coquito* ohne Eigelb zubereite, ist, dass er dadurch länger haltbar wird. Dieser *coquito* sollte sich im Kühlschrank vier bis sechs Monate halten. Wenn Ihr *coquito* oben eine kleine Fettkappe hat, ist das völlig normal. Das ist nur das Kokosmilchfett, das sich absetzt, was wie gesagt normal ist. Schütteln Sie Ihren *coquito* einfach gut durch, und schon ist er servierfertig.

Printed in Poland
by Amazon Fulfillment
Poland Sp. z o.o., Wrocław

28624907R00224